·长篇时政小说·

蒋世杰 著

一个普通官员复杂而曲折的仕途之路；
一个知识分子崇高而坚定的良心抉择。

图书在版编目（CIP）数据

竞岗 / 蒋世杰著. — 北京：新世界出版社，2012.8

ISBN 978-7-5104-3185-2

Ⅰ.①竞… Ⅱ.①蒋… Ⅲ.①长篇小说—中国—当代 Ⅳ.①I247.5

中国版本图书馆 CIP 数据核字(2012)第 171903 号

竞　岗

策　　划：	北京博中阳文化发展有限公司
作　　者：	蒋世杰
责任编辑：	黎　靖
责任印制：	李一鸣　刘丹丹
出版发行：	新世界出版社
社　　址：	北京西城区百万庄大街 24 号 （100037）
发 行 部：	(010) 68995968　(010) 68998733（传真）
总 编 室：	(010) 68995424　(010) 68326679（传真）
	http://www.nwp.cn
	http://www.newworld-press.com
版 权 部：	+8610 6899 6306
版权部电子信箱：	frank@nwp.com.cn
印　　刷：	北京佳顺印务有限公司
经　　销：	新华书店
开　　本：	710mm × 1000mm　1/16
字　　数：	280 千字　印张：17
版　　次：	2012 年 9 月第 1 版　2012 年 9 月北京第 1 次印刷
书　　号：	ISBN 978-7-5104-3185-2
定　　价：	29.80 元

版权所有，侵权必究

凡购本社图书，如有缺页、倒页、脱页等印装错误，可随时退换。

客服电话：　(010) 68998638

目录 Contents

一　新书记私访通天桥，聚共识定下整风策 ……………………… 001
二　"第一秘"走马任科长，女同学偶访"痴情人" ……………… 007
三　布然立志弃官从文，夫妻相商针锋相对 ……………………… 013
四　非常之举不胫而走，亲朋好友同声挞伐 ……………………… 018
五　葫芦村寻求支持，两挚友闪烁其词 …………………………… 023
六　老首长惺惺相惜，送别宴酷似送葬 …………………………… 028
七　潜在对手不战而走，红叶歌厅醉酒消魂 ……………………… 034
八　倪布然如愿进学堂，叶冰清采访葫芦村 ……………………… 040
九　梅雪夜访妹妹家，梅雨家丑不外扬 …………………………… 045
十　赴白宴夫妻有别，官本位冷落人心 …………………………… 051
十一　君子之交淡如水，谈佛论道话官场 ………………………… 056
十二　郜子达求官心切，老爷子舐舌护犊 ………………………… 062
十三　唤情郎哭诉夫君恶，杨红叶婚姻起微波 …………………… 067
十四　机关病积重难返，齐思民临场督战 ………………………… 072
十五　红叶大义化风险，父子议决上省城 ………………………… 078
十六　两冤家聚首人文院，三知己客座小餐馆 …………………… 083
十七　布然醉卧葫芦村，梅雪温情疗伤痛 ………………………… 089
十八　姐妹俩讽喻子达，忆身世对月伤感 ………………………… 095
十九　文人相聚祁连山林，效法自然物我两忘 …………………… 100

章节	标题	页码
二　十	学研成果饮誉神州，冷言冷语冷彻心头	106
二十一	朋友贺喜爽口斋，智者醉眼论大师	111
二十二	酒徒梅科长借酒挑事端，一粒老鼠屎害了一锅汤	116
二十三	师玉洁点拨官场通弊，郜子达沽名钓誉遭拒	121
二十四	逼夫参选惠贞苦口婆心，同学聚会尊严再遭重创	126
二十五	公选路口徘徊不定，经费无望痛下决心	132
二十六	倪布然瑞雪赶考，展才华一举夺魁	138
二十七	公选路上横生枝节，竞争对手不甘落败	144
二十八	彰显公道市长陈情，村官升职水到渠成	149
二十九	梅雪坦然诉婚骗，布然求人碰钉子	154
三　十	"人民公社"怀旧话新，母女相戏天然成趣	162
三十一	除夕夜布然出走，冰雪天险遇不测	167
三十二	鸡蛋里头挑刺无中生有，公道自在人心尘埃落定	173
三十三	依依惜别倪布然，上任即遭下马威	179
三十四	汤银汉陈情伤心事，倪布然警觉通天桥	184
三十五	梅雪困倦入春梦，梅能酒疯遭祸殃	191
三十六	履新职布然献计献策，望前程子达得陇望蜀	196
三十七	尽职责布局竞岗，顶压力一举成功	202
三十八	红叶丧夫前路茫茫，布然铁面再破难题	208
三十九	倪布然甘做"二傻子"，拒采访得罪无冕王	215
四　十	痴心女求夫望家心切，负心汉失手险伤人命	221
四十一	倪布然访友释疑心，新受命欣然履天职	226
四十二	只争朝夕布新局，姐俩拜佛遇红叶	231
四十三	濒死生还遁入空门，悔悟人生责己修心	236
四十四	郜子达罹患精神病，两搭档磋商选举事	242
四十五	主仆俩谋权暗交易，曾乙僧行善献爱心	248
四十六	僧俗悟人生殊途同归，红叶出三界淡然若定	254
四十七	市长临别话官场善言相赠，潘池违纪获处罚咎由自取	259
四十八	公选夺魁冰清玉洁终结缘，布然受邀赴港研讨人类学	264

一　新书记私访通天桥，聚共识定下整风策

陈吉钟没有带秘书，也没有带车，只身一人出了市委大院，随手拦了一辆出租车，上了车便对的哥说："走，咱们走个葫芦村。"

的哥看他一眼，冷冷地问："去村委会？"

"不，去那个通天大桥，"顺口问了一句，"你知道那地方吧？"

"那谁不知道，见个乌酉人，没有不知道的。"的哥说着就开动了车，试探着问道，"你是新来的陈书记吧？"

陈吉钟看一眼的哥，答道："对，我是新来的市委书记陈吉钟。"

"唉哟，"的哥有点夸张地说，"开了半辈子车，还没有拉过这么大的官呢，今天该不是交官运了吧！"

"师傅真会开玩笑，"陈吉钟说，"咱俩认识一下，你贵姓？"

的哥调侃道："不敢，不敢。小民百姓，贵什么姓呀！"接着他嘲讽道，"到那儿是想缅怀一下'先烈'的'丰功伟绩'吧！"

陈吉钟知道这是对他的冷嘲热讽，就善意地笑笑，玩笑道："师傅还挺幽默的嘛！"接着他补了一句，"黑色幽默，黑色幽默。"

的哥转头看他一眼，笑道："但愿你不要'前赴后继'就行。"

"哦，看来这位师傅的对立情绪还是蛮大的嘛。"陈吉钟大度地笑笑，"是不是'前赴后继'，还是留给历史去评判吧，你说呢，师傅？"

"这可不好说,"的哥不以为然地说,"这官位就像毒品,一旦上了瘾,想戒也戒不掉。你说呢?"

陈吉钟没有再说什么。他有点尴尬地笑笑,一股凉气从他的脊背升上他的脑门。的哥所说的"先烈",就是因贪污腐败被判了死刑的前任市委书记宦海淳。宦海淳主政乌酉期间,不仅搞垮了乌酉的经济,带坏了干部队伍,而且严重地败坏了干群关系。就连出租车司机的对立情绪都如此之大,可见干群关系紧张到了什么程度!看来,在乌酉人民中重新树立党和政府的形象,就成为他这个新任书记的当务之急。

这样想着,他看到了那座桥,它上下起伏,弯弯曲曲,因气流的扰动作用,远远看去,好像一条扭动着的巨龙。可谓匠心独运,费尽心机。

"师傅,停一下吧。"

车慢慢地停下来,陈吉钟下了车,付了车钱。的哥收了钱,说声谢谢,调头走了。陈吉钟走近桥头,桥头上竖着一块石碑,上面雕着几个大字:乌酉市党风廉政建设教育基地。他在此处驻足,望着这块石碑,仿佛看到了宦海淳从乌酉市的权力中心走向灭亡的人生轨迹。

这就是的哥说的那位"先烈"建立的"丰功伟绩",也是他的前任留给他的一笔"宝贵的精神遗产",他不能不认真地审视审视这笔"遗产"。他的这位前任,随着职位的升高,官瘾也越来越大,官欲极度膨胀,为求升官,到了无所不用其极的程度。从他当了县委书记的时候起,他就把自己的政治生涯规划到副总理的位置上了。因此,他在任乌酉市委书记不久,就去向本市有名的玄空真人问自己的前程。那位真人说,他仕途无限,前途无量,可官至天子辅弼。欠只欠一座通天大桥,若在他的治所之旁建一座桥,就可直通天庭,直达辅宰之位。于是他强行征走了葫芦村部分村民的一大块葫芦地和部分宅基地,劳民伤财,修了这座没有任何功用的通天大桥。具有讽刺意味的是,这座桥不但没有让他直达辅宰之位,而且被乌酉人民送上了刑场,钉在历史的耻辱柱上。

他上前抚摸着石碑,思绪万千。昔日的通天大桥,被辟为廉政教育基地,不知这历史的教训,又有多少人会吸取?他在这儿沉默了几分钟,踏上起起伏伏的"通天大桥",桥面上杂草丛生,当时为了修桥而开挖的几个人工湖,如今也辟为几个鱼塘。一个中年汉子在向塘中投撒鱼食,鱼儿跃出水面争抢鱼食,在阳光的照耀下,闪着点点银光。他从这头走到那头,那冷冰冰的石桥仿佛向他诉说着那个不太遥远且悲哀的故事。

他走下大桥，沿着鱼塘边沿，向那汉子走去。到了跟前，他向养鱼的汉子招呼道："老哥，喂鱼呢？"

那汉子边撒饵料边回答了一声。陈吉钟接着问道："收入怎么样呀？"

"托领导的福，还可以。"

陈吉钟笑笑，开玩笑地说："老哥，你也打上官腔了！"

那汉子也咧开嘴笑笑，之后调侃道："回领导的话，小老百姓一个，有啥资格打官腔呀！"说罢哈哈大笑起来。陈吉钟也跟着笑了起来。笑过之后，那汉子正色道："当初宦海淳为了造那个桥，挖了这个湖，他哪里料到，这湖会变成鱼塘。"接着他补了一句，"这都是齐市长为我们小老百姓办的好事。"

陈吉钟随口问道："是吗？"

"怎么不是！"那汉答道，"你到村子里看看，他给我们办的好事多着呢。"

"哦，我还真想去看看呢。"陈吉钟说着，向那汉子作别，向村里走去。

到乌酉以来，他总是抽空到全市各地走走看看。不论走到哪里，他都听到老百姓对齐思民的溢美之词。他了解到，齐思民被人民代表联名提名选举为市长以来，他在他力所能及的范围内，把宦海淳造成的损失降到最低。尽最大的力量，为乌酉人民办好事，做实事，赢得了老百姓的好评。他的这位搭档，让他尊敬的同时，无形中也给他造成了一定的压力。他这样想着，耳听得有人叫了他一声，他抬头一看，是秘书长侯静德，和他身后紧跟着司机小王。

"我随便出来走走，丢不掉的。"陈吉钟看着侯静德，开玩笑地问，"你们是怎么找到这儿的，不会是一直跟踪我的吧！"

"哪里，"侯静德笑笑说，"我有事找你，见你不在办公室，就给小王打了个电话，小王说你出了市委大院，没有要车，见你坐出租车走了，我们就找来了。"

"你们可真会找，"陈吉钟说，"既然来了，一块儿去村上看看吧。"

"省委办公厅来电话找你，他们在等你的回话呢！"侯静德说。

"那就回吧！"陈吉钟说着，打了个回的手势，三人转过头向桥头走去。在桥头，他们上了车，就打道回府了。

进了办公室，陈吉钟刚刚回覆了省委办公厅的电话，齐思民就进来了。

"又到哪里去来？"齐思民问。

"本想到葫芦村去看看,刚到村上,秘书长就追上去了。"陈吉钟话锋一转,问,"把那个'通天大桥'辟为党风廉政建设教育基地,是你的创意吧?"

"桥下的人工湖改造成鱼塘了,那桥就显得多余。那也是乌酉人民的血汗钱建造的,权且让它发挥点作用吧。"

"这个创意很好,时时刻刻给我们的领导干部一个警示,警钟常鸣嘛!"

齐思民点点头,关切地说:"以后出去还是把车带上吧,不然办公室和同志们有意见了!"

陈吉钟笑笑:"他们有意见,我可是大有收益。你是有体会的,要想了解点真实情况,还是一个人出去的好。你要前呼后拥的出去,没有多少人对你说实话的。如今,连农民都学会打官腔了。"

"谁说不是呢,"齐思民若有所思地说,"这些年来,我们的干部热衷于请来请去,迎来送往,还美其名曰'联络感情'。联络来联络去,干部之间的感情可能拉近了,但和群众之间的距离却越来越远了。这样下去,怎么得了!"

"谁说不是呢,"陈吉钟说,"我来乌酉之前,有人对我说,宦海淳造成的负面影响不可低估。最近我到基层跑了跑,社会矛盾尖锐复杂,老百姓对政府的抵触情绪很大。其中一个重要的原因,是干部的思想乱了,作风坏了。社会风气和发展环境不容乐观。因此,端正干部思想,整顿机关作风,优化发展环境,应当尽快提上我们的议事日程了。"

齐思民点点头说:"嗯,是应该提上议事日程了。古人有言,'仕风变,则天下治矣!'治天下,必先整顿吏治。"齐思民稍停了停说,"平心而论,我们不能把所有的问题都推到宦海淳的身上,有些是他造成的,有些是普遍存在的。要想彻底解决这些问题,不那么容易呀!但不管有多难,既然担子压到咱们的头上了,我们就只有迎难而上,尽力而为了!"

"看来咱俩的看法还是比较一致的,"陈吉钟说,"我想了想,有必要在全市范围内开展一个教育活动,对干部的思想和机关作风进行一次治理整顿。你觉得呢?"

"我看很有必要,"齐思民说,"看来你已经考虑成熟了。"

"谈不上成熟,如果你没有意见的话,就让办公室拿出一个方案来,上常委会议决。"陈吉钟说。

"我同意。"

"那好，这事就这样了。"陈吉钟话锋一转问道，"你来找我，大概是有什么重要的事吧？"

"也没有什么大事，"齐思民说，"现在跟我的这个小倪，以前是宦海淳的秘书，人很诚实，说他德才兼备也不过分。我想重新给他安排个岗位，想听听你的意见。"

陈吉钟看一眼齐思民，略作思虑状，之后说："我说还是先放一放，下一步调整中层领导班子时再考虑，你认为呢？"

"你误会了，"齐思民解释道，"不是提拔，是换个岗位。"

"哦，是这样。你给组织部说一下不就行了。"

"我是想让他负责秘书科，这属于市委办公室内部的事，恐怕还得你点头才行。"

"我没意见，回头我给侯秘书长说一声，让他去落实就行。"陈吉钟接着问，"那你用的人，物色好了吗？"

"还没有，就按正常程序，让政府办公室去物色好了！"

陈吉钟笑笑，没再说什么。他俩就工作上的事又扯了一会儿，齐思民就告辞出去，干别的事去了。齐思民出去以后，陈吉钟打了侯静德的电话，让他到这儿来一下。放下电话不久，侯静德进了书记办公室。他坐下来，陈吉钟对他说："你和组织部商量一下，拟定一个治理整顿干部思想和机关作风的草案。草案主要内容着眼于以下几个方面……"他说了几条意见，问侯静德，"看你还有没有要补充的？"侯静德说没有什么补充的，陈吉钟就说，"那好，具体怎么做，你们商定，草案出来以后，尽快提交常委会研究决定。"

"好，我马上安排。"

"还有一个事，"陈吉钟说，"秘书科的科长人选定了没有？"

"有人推荐过郗子达，不过还没有最后决定。"

"郗子达？"陈吉钟望着侯静德，有点吃惊地问。他约略知道一点，此人出生在官宦人家，其父是本市前朝遗老，有个哥哥在中央机关工作。而他本人却自小不爱读书，勉强初中毕业，见人家开车的八面威风，就进了一家国有企业当上了汽车司机。混到九十年代，感觉当官比当汽车司机威风多了，于是就进了行政机关，由一名工人变成了干部。不久又调到到了市委机关。想到这里，他说，"让他当秘书科长，恐怕不大合适吧！"

"我也这么认为，"侯静德讨好似地说，"书记手头有合适的，不妨推荐

一个。"

"我还真有一个人,"陈吉钟正色道,"你觉得倪布然能不能胜任?"

"倪布然当然没问题,"侯静德若有所思,"不过,齐市长临时主持市委工作的这段时间里,倪布然一直跟的是齐市长。不知道齐市长是什么意见,他要带过去,还是要换人,恐怕得征求一下他的意见。"

"我说的就是齐市长的意见。"陈吉钟说,"他给我打过招呼了。"

侯静德就说:"你俩都说了,那还有什么问题!"

"好,你说没问题,就在最近调整一下吧。"

"好的。"侯静德补充道,"这属于办公室内部调换,又不办调动手续。和组织部协调一下,转任一下职务就行。"

"好吧,具体怎么办,那就是你的事了。"

"好。"侯静德答应着,站起身,告辞出去。

二 "第一秘"走马任科长，女同学偶访"痴情人"

回到自己的办公室，侯静德有点儿窃喜。郜子达向他表示过要当秘书科长的愿望，他觉得不合适，但因郜子达有前朝元老的家庭背景，不好当面回绝，他正为这事为难呢。现在书记亲自点了将，他就可以堂而皇之地回绝了，而且谁也不得罪，真是两全其美。这样想着，他打了郜子达的电话。郜子达以为秘书长答应了他的要求，就兴冲冲地进了秘书长室，脸上还带着笑容。

"你坐下！"侯静德佯装批阅文件的样子，抬头和他打了个招呼，又做出一个忙碌的样子。"忙碌"了一会儿，他收起文件夹，对郜子达说，"给你说个事儿，希望你能理解。"

听到理解二字，郜子达的笑容凝固在脸上，看上去比哭还难看。他望着侯静德，半天才说："我知道我水平有限，但我可以学嘛，谁生下来就会当官呀！"

"不是这个意思，"侯静德说，"我原也是这么想的，可我的领导给我推荐了一个人，你说，我能驳他的面子吗？"

郜子达望着他，有点不甘心地说："那这事就这么完了？"

"也不能这么说，"侯静德说，"再说，不一定当了秘书科的科长就非提拔不可。实事上，不管哪个科，都是市委办公室的科，都有提拔的机会嘛！"

"说是这么说,"郜子达说,"总归还是秘书科的机会多一点。"

侯静德就有点不高兴了,说道:"你也不能死盯着一个秘书科,还是把心思用在工作上。只要把工作干好,一有机会就解决你的问题,这样总可以了吧?"

郜子达挤出一个尴尬的笑,显出一副无赖相,不满地说:"侯秘书长,这次就这样了,以后有机会,可不要再让人撬掉就行。"

侯静德不想和他再说下去,就带点嘲讽的口吻说:"谢谢理解。没什么事儿,你忙你的去吧!"

"好的,我记着你的话呢,可不能再食言哦!"郜子达说着站起身,侯静德向他点点头,就低下头看文件。郜子达转身过去,拉开门走了。

侯静德抬头望着他的背影,心中有点不快。他自言自语道:"这小子还挺牛的。"说罢,就给倪布然打了个电话。

倪布然进了秘书长室,向侯静德打声招呼,侯静德说声坐,他就在写字台对面的椅子上坐下来。问道:"秘书长有事呀?"

"嗯,有点,"侯静德问他,"最近在忙啥呢?"

"没忙啥,拉拉杂杂的,都是些日常琐事。"倪布然回答道。

"我就不拐弯抹角了,开门见山地说吧,"侯静德看着他说,"你在主要领导身边工作了这么些年,兢兢业业的,没有功劳也有苦劳,该到调整的时候了。"

倪布然稍稍愣了一下,客气地说:"谢谢组织的关心。"稍停,他平静地问:"组织上确定了吗?"

"这不是征求你的意见嘛!"

"调整到哪个岗位?"

"秘书科长。"侯静德说得很干脆,接着他征询似地问道,"你觉得怎么样?"

"哦。"倪布然淡淡地哦了一声,这显然不是侯静德所期望的态度。其实,对于这样的动议,他并不感到意外。他服务过的前市委书记自我毁灭以后,他给齐市长代理了一段时间的秘书。新书记到任后,齐市长征求过他的意见,问他随不随他到政府那边去。他想了想,觉得跟着他过去,多少有点人生依附的味道,还是不去为好。而要继续做新书记的秘书,显然已不合适,一朝天子一朝臣嘛!调整工作岗位,是他意料之中的事。并且这样的调整,属于市委办公室内部的平级调动,要说有什么不同,这"秘书"是兵,秘书科长则是个官。严格地讲，"秘书"这一称呼，只是对领导身边从事文秘工作人员的俗称。《中华人民共和国公务员法》并没有设置"秘书"这个职位。实际上，倪布然的法定职务是主任科员，行政级别是正科级，属于非领导职务。眼下，他将由"秘书"或者主任科员改任秘书科的科长，虽属平级调动，但由"非领导"变成了"领导"。这还不是最重要的。更重要的是，这个"领导"官职不大，但位置显赫。走上这个岗位，就等于搭上了通向权力高峰的高速列车，前程似锦。因此在机关干部们的眼中，它炙手可热，于是对它垂涎三尺。

"没什么问题吧？"侯静德见他若有所思的样子，不大高兴地问。

"没有，没有。"倪布然赶忙回答。

"没有问题的话，你到秘书科先负起责来，任职的通知，我去跟组织部谈。"

"好的。"倪布然一边答应着，一边站起身，随后问道，"秘书长还有什么吩咐？"

"你别忙嘛，"侯静德示意他坐下，他重又坐下来。侯静德带点调侃意味地说，"我要给你这个新任秘书科长安排第一个任务了。"

倪布然不好意思地笑笑，半开玩笑地说："请指示！"

"是这样，"侯静德正色道，"你草拟一份关于治理整顿干部思想和机关作风的文件。"接着，他把开展这项工作的意义、主要内容、预期的目的和大体步骤，提纲挈领地给倪布然说了说，最后说，"这都是市委市政府主要领导的意思，你好好琢磨一下，就按这个思路写。具体内容，你写出来我们再斟酌。明白了吧？"

"明白了，"倪布然接着问，"大概什么时候交稿？"

"越快越好。"侯静德叮咛道，"最近一段时间，其他事情你就不要介入了，集中精力，专心做好这件事就行。看还有没有问题？"

"没有。"倪布然站起身问，"再没什么事，我就去工作了。"

"去吧，有什么困难，随时找我。"

没几天，倪布然拿出了一个关于在全市范围内开展治理整顿干部思想和机关作风工作的征求意见稿。发到各县区、各部门、各党派和相关单位征求意见。吸收采纳征求来的意见之后，倪布然做了大幅度的修改。如此反复，几易其稿，提交市委常委会议通过后，倪布然的任务就算完成了。他顺手拿起一本新到的《人类学》杂志，翻到他没有看完的一篇文章，正准备过过

"文瘾"时，郜子达推门而入。

"当了科长，也不见请客，"他俩寒暄两句，郜子达调侃道，"这些天深居简出的，我以为干啥呢，原来在干大事呢！"。

"你就别逗了，我能干什么大事。"

"整顿这，整顿那的，还不是大事呀！"郜子达讽刺道，"又是'削肿减肥'啦，又是竞争上岗啦，还要公开选拔、群众评议。看这架式，乌酉市的政坛上要掀起一场风暴了，看着都有点害怕。"

"不做亏心事，不怕鬼敲门。又不是针对你来的，你怕啥呢！"

"你是知道的，我就是个汽车司机，没有多少文化。真要竞争上岗，我岂不成了你'削肿减肥'的对象了！"

倪布然笑笑，说："老兄，你也真逗，这是市委市政府为整顿机关作风做出的决定，我不过起草了一份文件罢了。要说'削肿减肥'，削谁减谁，那是有一套程序的，不是谁说了就能算数的，何况你我！"

郜子达冲倪布然笑笑。他没有争上秘书科的科长，心里本来就不快，于是他酸溜溜地说："算了吧老兄，削谁减谁，当然与你无关。你是谁呀？你是乌酉市的'第一秘'，现在又是乌酉市的'第一科'，削谁也削不到你的头上，减谁也不会把你减掉的。你是站着说话不腰疼，骑马的不知道步行的呀！"

倪布然笑笑："我看你喝高了吧，云遮雾罩的，你到底想说什么呀？"

"对不起，"郜子达打了个酒嗝，"看了你的那个意见，心里直发怵。中午和几个朋友喝了几杯，都议论这事呢。回来见你的门开着，就过来探个消息，你可要对我说实话，你的这个'削肿减肥'，削得到兄弟我的头上吗？"

倪布然见他虽然喝了点酒，神志却很清楚，听他这话，对这次治理整顿多少还是有点担忧。于是回答他道："你是知道的，过去有一段时间，党政机关超编制进了许多人，造成机关臃肿，人浮于事，效率低下，作风涣散。这次治理整顿，重点在于整顿，通过整顿，达到转变机关作风、提高工作效率的目的。至于'削肿减肥'，指的是逐渐分流超编制进来的这部分人员。即便是分流人员，也会妥善安置的，不会一下子'削'死。"

"明白了，"郜子达说，"拜托你了老兄，这工作开展以后，有什么涉及切身利益的事，给兄弟透个信儿。"

"你我不是一样嘛，"倪布然笑着说，"我知道的事儿，你自然也就知道了。"

"不一样,"郜子达调侃道,"你如今是乌酉市'第一科'的首长,处在核心位置,信息自然灵便。"

倪布然仍然笑笑,应付道:"就算是这样,我替你操点心,一旦有什么消息,只要不涉及机密,我在第一时间告诉你,这样可以了吧!"

"这还算哥们,"郜子达竖起大姆指赞道,他站起身,打了个趔趄,倪布然隔着写字台扶了他一把,他冲他笑笑,"不好意思,告辞了。"

倪布然见他还有点醉态,就走过来,把他送出门。回到坐位上,刚拿起那本《人类学》杂志,就有人敲门。门本来就开着,他望过去,原来是艾妮,他的一位学姐,乌酉人文学院的哲学老师。她一边敲着门板,一边冲着他笑。

"哦,是你呀,别难为情了,进来吧!"他说着,赶忙站起身走过去,和迎面走来的她握握手,接着把她让到沙发上,给她沏茶泡水,然后在她对面的沙发上坐下来,望着她道:"今天什么风,把艾大教授刮到这里来了?"

艾妮笑笑,大大咧咧地说:"我就知道狗嘴里吐不出象牙来。"

这样唇枪舌剑地逗了一阵子嘴,艾妮问他:"家里还好吗?"

"还可以吧!"

"怎么,有状况了,说得这么勉强!"她又问,"工作没有什么变化吧?"

他犹豫了一下,回答道:"有点,但变动不大。"

"升官了吧?"艾妮开玩笑道。

"哪里的话。"于是,他把岗位调整了的事对她说了说。她故作惊讶道:"哎呀,我的倪大科长,"她说着从沙发上站起来,上前一步,抓住他的手,有点夸张地说,"千年的媳妇终于熬成婆了,可喜可贺,可喜可贺啊!"

他冲她笑笑,带点调侃意味地说:"嗨,没想到我们的'哲学泰斗',如今也变得这么俗气。哎,你坐,你坐!"

她退一步重新坐下来,不服气地说:"说我俗气?好像自己有多清高似的。"她停下话头,不认识似地盯着他看了半天,露出一丝怪怪的笑容,对他说,"你真要清高的话,我倒有个去处,保你要多清高有多清高,只是不知道,你愿不愿去?"

"噢,什么去处,不妨说说。"

"乌酉人文学院,人类学研究室。"

他怔了一下,答所非问:"你们学院什么时候弄了个人类学研究室?"

"你看你,官不大僚气不小,"艾妮一脸严肃地说,"这可是市委市政

府批准的,正儿巴经的正科级单位。"

"嗯,我知道有这么回事,"他带点戏谑的口气问,"原来你是招兵买马来了?"

她不自然地笑笑:"哪里呀。"接着她说,"说正经的,这是我们学校新成立的一个学术研究机构,有没有勇气去试试?"

他稍加思索,半开玩笑半认真地回答道:"我去!"

"军中无戏言,我可是认真的。"她严肃地说。

"我也没有跟你开玩笑啊。"这是倪布然的真心话。他是一位人类学爱好者,在做秘书的这些年,他利用一切空余时间,学习研究人类学,在一些专业性刊物上发表过一些有份量的研究成果,受到国内一些人类学家的好评。因此,他一听本市的一所院校成立了这样一个研究机构,感觉这还真是个机会。另外,机关治理工作刚刚开始,他这时候选择离开机关,不也是对市委市政府工作的一种支持吗!

她睁大了眼睛,反而有点底气不足了。稍停了一会儿,她平静地说:"你真的舍得放弃现在的位子啊!"

"什么事都得人去做,"倪布然也平静地说,"你知道,在大学里我学的就是人类学,毕业这么些年来,我一直没有放弃过我的专业。我去研究人类学,正当其理,让有兴趣的人去当秘书科长,各得其所,没有什么舍得舍不得的。你说是不是这么个道理呀!"

"话虽这么说,"她极其认真地说,"常言道,男人怕入错行,女人怕嫁错郎。这是在两个行当中选择其中的一个,可不是什么小事。要我说,还是最好征求征求夫人的意见,考虑好了再决定。你说呢?"

他笑笑,对她说:"好吧,我考虑考虑吧!"

三　布然立志弃官从文，夫妻相商针锋相对

艾妮走后，倪布然平静的心理被打破。显然，在秘书科长和人类学者之间做出选择，从世俗的眼光去衡量，这不光是两种职业，而是两条不同的人生道路。因此，不同的选择必将导致相异的人生。从世俗的眼光看，两者之间的高下优劣，一目了然。如何选择，身在官场中的人，会毫无疑问地选择前者。而他，这个做过市委书记秘书的倪布然，却一反常态，选择了后者。难道他真的是为了发挥自己的专长，希望在学术领域一显身手，做出不凡的业绩，还是真的为了支持机关治理工作，先把自己"削"出去，给"削肿减肥"做出榜样？连他自己也有点糊里糊涂。

他怀着这样的心情回到家里，他在沙发上静静地坐了一会儿，看看表，给妻子沈惠贞打了个电话，问她回不回家。那头回答说，她有个重要的接待任务，不回家吃饭了。这在倪布然的意料之中，沈惠贞是市政府接待处行政科的科长，经常有"重要的接待任务"，不回家吃饭已是常态。之所以给她打电话，一是处于对妻子的尊重，二是他很想听听妻子对他的选择有什么样的意见，尽管他可以百分之百地做出判断，她对他的选择百分之百地持反对意见。但他还是想试试，给她讲讲其中的道理，也许会得到她的支持，尽管这样的期望是多么的渺茫。

他随便吃了点东西，坐下来看电视。不知什么时候，沈惠贞回家了。她

进了客厅,从肩上拿下女包,丢到倪布然这边的单人沙发上,噗哧坐在他的身旁,横着眼睛看了他一眼,随便问了一句:"吃了没有?"

倪布然本想和她好好聊一聊去乌酉人文学院的事,闻着她一股子酒气,兴趣便失掉了三分。于是他应付道:"吃过了,"稍停,他话峰一转,带点讥讽的意味说,"难为你还惦记着自己的男人。"

"这是什么话,"沈惠贞打了个酒嗝儿,不满地说,"我这也是工作,你以为我爱喝酒呀!"

"我也没有说你什么嘛,你这就上纲上线了。"倪布然不冷不热地顶了她一句。

沈惠贞眨巴眨巴眼睛,盯着自己的丈夫,不认识似的。半晌她说:"今天你是怎么了,我就问了一下你吃了没有,你就冷嘲热讽的。以前可不是这样的呀!"

"我不是有事要和你商量吗!"倪布然有点委曲地说。

沈惠贞怔了一下,多少有点好奇,她问:"什么事这么急,非得这会儿商量不可?"

"是我工作调动的事。"倪布然开门见山地回答道。

"不是刚刚到秘书科嘛,再怎么动呀?"沈惠贞直截了当地问。

"到乌酉人文学院去。"

沈惠贞望着他,略加思索,问:"去当副院长?"

"不是。去做学术研究工作。"

"什么?"沈惠贞瞪大了眼,酒意去了大半。接着她极其认真地说,"我原来以为你这秘书当得够称职的,就连最爱挑剔的宦书记都挑不出毛病来。谁能想得到,削肿减肥这一刀先砍到你的头上来了,这秘书科长的位子还没有坐热,说踹就被一脚踹出了市委的门,你能忍得下这口气,我可忍不下!"

"话不要说得那么难听嘛,什么踹不踹的,"倪布然截住她的话头,嗔怪道,"你不了解情况就随便责怪人家,也太轻率了吧!"

沈惠贞冷笑一声,认真地说:"不怪别人,那就是怪你自己了。说,是不是干了什么违法乱纪的事,被人家抓住把柄了?"

"喊,亏你想得出。要是真违法乱纪了,去的就不是什么人文学院,而是监狱,你懂不懂!"倪布然反驳道。

"要么就是哪个领导看着不顺眼?"

"你就别瞎猜了,这事是我自个儿要求去的。"接着他把答应艾妮的事一股脑儿地说了出来，最后他说，"情况就是这样，希望能得到你的理解和支持。"

沈惠贞看她的丈夫一本正经的样子，不像是开玩笑，顿时酒意全无。她满脸怒气，忿然说道："我明白了，原来是和女同学勾搭上了呀！"

"你说什么哪，这种事也是随便说的吗？"倪布然制止道。

"这有什么，时下流行一句顺口流，"沈惠贞挑战似地问倪布然，"怎么说来着？"

"你无聊不无聊！"倪布然不屑地说。

"不好意思说是不是。"沈惠贞冷笑着说，"你不好意思说，我来说。叫作'老婆无味，情人太累，小姐太贵，找同学最实惠。'你听听。你和那姓艾的，恐怕还不仅是同学关系呢！"

"好了，好了，不跟你说了。"倪布然说，"跟你说点事怎么这么费事呢。我想去人文学院，是因为那里新成立了一个人类学研究室，你知道，我是学人类学专业的，这么些年来，我虽然在机关上混，但我并没有放弃我的专业，我一直关注着人类学的最新发展和最前沿的研究成果，盼望着有朝一日能够静下心来，专门去研究它。现在有这么一个机会，我为什么不好好把握一下呢？事情就这么简单，一点也没有你说的那么复杂。你就别胡思乱想了，好不好！"

"我胡思乱想，"沈惠贞恨恨地说，"我看是你脑子出问题了吧！"

倪布然叹口气："我这不是和你商量吗？你这态度，像是商量的嘛！"

沈惠贞沉默了片刻，说道："既然是商量，那我表明我的态度：坚决反对。"

"也不要把话说死嘛，什么事都留有余地好不好。"倪布然无奈地说。

"留什么余地。你仔细想一想，"沈惠贞心平气和地说，"你到那儿，三年两载的，你会研究出个什么结果。教授？专家？我告诉你，在一个县官眼里狗屁都不是。"沈惠贞顿了一下，"你要是好好当你的秘书科长，几年工夫就混到副县级了。我就想不通，这么简单的道理，你怎么就搞不明白呢！"

倪布然就像挨了当头一棒，他觉得这样"商量"下去毫无意义，就对她说："我看我们谁也说服不了谁，再这样说下去反而伤了和气。不过有一点是肯定的，如果没有意外，我坚持我的选择。"

沈惠贞冷笑一声："我奉劝你，最好不要感情用事。我警告你，这世界上可没有后悔药，真要到那个时候，你哭爹哭娘都找不到坟头。"

倪布然听着好笑，就语带讥讽地说："嘀，怎么调个工作就像赴刑场似的！搞点学术研究，怎么就那么可怕呢！"

"从某种意义上说，差不多就是这样。"沈惠贞不服气地说。

"我看你是被官员们熏陶得官瘾十足了，把官看得比命还重要。"

"对一个男人来讲，社会地位和他的命也差不了多少。"沈惠贞掷地有声地说。

"真是不可理喻。"倪布然嘴上这么说，心里想，这也难怪。她的工作性质就是这样，接待处接待处，成天接待的就是领导，没有哪个老百姓让她去接待。既然是接待，就有接待的规矩，什么是规矩，最大的规矩就是规格，规格就是领导的职务、行政级别和部门的权力。一桌饭标准是多少，上什么烟酒，谁来坐陪，谁是主东谁是主客，谁坐哪儿，谁挨着谁，都是由职务级别部门来头决定的。与你的出生、性别、年龄、学历、学识水平、工作能力等等，一点关系都没有。因此，在她的眼里，一个人的价值，就等同于职务级别。他是学人类学的，他理解这一社会现象，也理解自己的老婆。

"怎么不说话了，不是挺理直气壮的吗？"沈惠贞见倪布然不说话，冷嘲热讽道。

"你把话都说死了，我还说什么呢！"倪布然平静地说，"我们谁都冷静一下，好好地想一想，再商量，好不？"

"没商量头，"沈惠贞说，"说句丑话，如果你和你的那位学姐真有点啥事，我都能理解，臭男人嘛，哪里的猫儿不吃腥。可这件事，不能由着你的性子来。"

"你扯什么淡呢，风马牛不相及的事，硬往一块儿扯，有什么意思？"倪布然不高兴地说。

沈惠贞冷笑一声："我把话再说的透彻一点，我宁可容忍你和你的那个学姐保持某种关系，也不容许你去搞什么学术研究！"

倪布然听到这里，气不打一处来，他看着她，回敬道："既然这样，我也把话说到家，如果没有什么意外，人文学院我是去定了！"

"我看你是昏了头了。"她站起身，向卧室走去，到卧室门口，她回过头对他说，"你是不撞南墙不回头，不见棺材不掉泪。"说到这里，她推门进去，哐当一声关上了门。随着这一声"哐当"，他的心也嗵地一下，但未等他回过神来，卧室的门又开了，沈惠贞探出头补充了一句，"不到黄河心不死，总有你后悔的那一天的！"

倪布然被她的这个举动逗得哑然失笑，他望着她，回敬道："那我就等着那天吧！"之后，卧室的门再一次关上。倪布然恢复了严肃的神色。沈惠贞对这事的态度，在倪布然的意料之中。尽管这样，他仍然感到有点扫兴。他俩毕竟是夫妻，在家庭问题上，这是个大事，就像艾妮说的，男人怕投错行，女人怕嫁错郎。还有一句老话，叫作夫贵妻荣。因此，在职业选择上，从来就不是一个人的事，而是一个家庭的事。偏偏在这么大的问题上，夫妻俩意见如此针锋相对，使他感到左右为难，心里很不是滋味。

难道就这样妥协算了？他问自己。这不可能，他已经向他的同学艾妮夸下海口，如此出尔反尔，还算什么男子汉大丈夫！再说，自己弃官从文，研究学问，对一个有志于做点事的人来说，正当其所。况且从市委出来到人文学院，都是财政供养的干部，对家庭生活不会造成实质性的影响。也许，她反对一阵子，等他开展学术研究，她也就任其自然了。这样一想，他也就释然了。于是他打开电视机，电视正在播放的，是他看过无数次，而每次都使他浮想联翩、心潮难平的一段猴子争霸的故事。

故事讲的是，在一群猴子中，三个年轻的公猴，公然挑衅老猴王的王权。最终挑起了争夺王位的斗争，它们共同向老猴王发起了猛烈的攻击。经过殊死搏斗，在腥风血雨中，伤痕累累的年轻猴子杀死老猴王后，王位争夺者们便毫不犹豫地调转枪口，互相残杀，杀得血肉横飞，惨不忍睹。最后一猴胜出，其它两个，一个惨死在胜者的尖牙利齿下，另一个九死一生，落荒而逃。胜者便在群猴的前呼后拥下，享受起了猴王的特权。

这个血腥的故事结束了，一段广告播完后，另一个故事开始了。讲述的是人类争权夺利斗得你死我活的真实故事。倪布然看到这里，就自然地把先后出现在电视画面上的故事联系起来。心想，争夺猴王的斗争之所以如此惨烈，是因为，猴王享有绝对优先的进食权，占有猴群中所有的母猴，对整个猴群颐指气使，可谓妻妾成群，呼风唤雨，八面威风。他还知道，人类的基因图谱与猴类相比相差无几，人自称已经脱离自然界成为万物之灵长，而人类对权力的欲望和追求，比猴子高明到哪里去了？这"万物之灵长"又从何说起呢？

这样想着，倪布然笑了。他的思绪从电视上转移到自己的心事上，他问自己：他能不能摆脱这种欲望的枷锁，比猴子稍稍有点出息呢？

四 非常之举不胫而走,亲朋好友同声挞伐

倪布然刚收拾完办公室,准备给艾妮打电话,在他拿起电话听筒的一瞬间,电话铃响了。他接起来,不是别人,正是艾妮。

"巧得很,"倪布然说,"正想着给你打电话呢,你的电话就来了。"

"是吗?心有灵犀还是巧合,"艾妮调侃两句,正色道,"不跟你开玩笑了,我问你,那事和夫人商量得怎么样了?"

"没什么好商量的,我决定了。"倪布然回答得很干脆。

"你可要考虑好,这可是关系到你前途和命运的大事啊!"

倪布然笑笑,说:"这点你放心,我的选择我负责。"

艾妮也嘻嘻一笑,开心地说:"有点男人气质。"接着她严肃地说,"既然考虑好了,能不能到学院来一下,实地参观考察一番,顺便和我们校长见个面?"

"行,我马上过去。"倪布然不假思索地回答道。

他到人文学院,就被优美的学院风光吸引住了。进了校园大门,一条笔直的大道将校园分成两部分。左边是一块仿丘陵状的草坪,上面点缀着矮矮的乔本植物,虽由人作,宛如天开,看上去十分怡人。右边是一处园林景观区,其风光十分迷人。倪布然禁不住走进景观区,一条小溪从一片花草树木当中蜿蜒流过,倪布然傍着小溪走过去,是一座假山,山下几道喷头从四面八方向山上喷出朵朵水花，在其周围形成薄薄的一团白雾，与上面郁郁葱葱的绿树，以及小溪发出的轻轻的流水声，构成一曲委婉舒缓的乐章，倪布然顿觉神清气爽。

他沿着由小石子铺成的弯弯曲曲的小路向校园深处走去。到了办公区域，首先映入眼帘的是一座汉白玉雕像，这是圣人孔夫子。圣人威严地挺立在办公楼前，一双充满了睿智的眼睛平视着远方，倪布然被夫子深深地折服，敬畏之心油然而生。

圣人身后，是一个音乐喷泉，随着音乐的节拍，喷出各色水花，令人赏心悦目。倪布然站在这里，茫然四顾，整个校园充满了诗情画意，它将自然风光和人文精神完美地揉合在一起，就像一曲波澜壮阔的交响乐，激荡着倪布然的心灵。

倪布然绕过音乐喷泉，见艾妮站在楼前，笑眯眯地看着他。他向前跨上几步，伸出手和她握握，两人上了楼，直接去院长办公室拜见院长。

院长姓庄，倪布然和艾妮进了他的门，一经艾妮介绍，庄院长就把手伸过宽大的桌面，倪布然紧走两步，真诚地握了握那只老远伸过来的手。他俩客气一番，倪布然和艾妮坐到沙发上，互相客气了几句，倪布然说："校园景色真美，看来庄院长治校有方。"

"过奖了，"庄院长微笑着说，"学校是教书育人的地方，环境自然应该好一点。"

"也是，常言说得好，人可以改变环境，环境也可以改变人嘛！"倪布然附和道。

就这样，你来我往的，就把话题扯到正题上来了。"到这里来就是做学问，"庄院长半开玩笑半认真地说，"要想当官，可就没有市委那么容易了。"

倪布然也笑笑，直截了当地说："明人不说暗话，庄院长是不是有点误会，以为我在市委呆不下去了才来你这儿，把你这儿当成一个跳板了？"

庄院长赶忙摆摆手说："不是，不是，倪科长多心了。"

艾妮看着气氛有点不大和谐，插话道："倪科长弃官从文，本来就不是按照我们这个社会的正常套路出牌的，因此，庄院长也就没按常理出牌，还望倪科长理解。"

"说得好，"庄院长赞美道，"非常之人必有非常之举，倪科长能做出常人难以理解的选择，必是非常之人。做学问就需要这样的人。"他说着站起身，绕过宽大的写字台，向倪布然走过来。倪布然也站起身，迎上前去。庄

四　非常之举不胫而走，亲朋好友同声挞伐

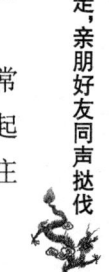

院长再次向倪布然伸过手来,握住倪布然的手说,"我代表乌酉人文学院全体教职员工欢迎你。"

"谢谢。"倪布然真诚地说。

他们重新坐下来,庄院长向倪布然介绍了一下学院的基本情况,说到人类学研究,他说:"你应该知道,人类学研究在中国还是一门新兴的学科,尤其像我们这样的独立院校,设立这个研究室应该说已经有点标新立异的味道。其前景如何,就完全靠像你这样志向远大的学者们了。"

倪布然笑笑:"还得靠院长的领导。"

艾妮也笑笑,半嗔半认真地说:"别互相吹捧了,还是说正事儿吧。"

听她这么一说,庄院长和倪布然相视一笑,庄院长说:"艾老师说得好,此风不可长,不可长呀!"接着他对艾妮说,"今天先谈到这里,你还是带倪科长到各处走走,也好让人家对我们学院有个总体印象。"

"好,"艾妮站起身,向倪布然做了个"请"的手势。倪布然也站起身,再次和庄院长握握手,跟艾妮出了院长室的门,依次参观了本院的办公区、教学楼以及一些主要学科的教学、研究和训练场地,对于在党政机关工作了多年的倪布然而言,院内处处洋溢着浓烈的文化气息,更加坚定了他弃政从文的决心。当他离开学院的时候,他对艾妮说:

"就这样定了,我这就去和我的领导谈,正式申请调到学院来。"

艾妮笑笑:"你们领导会不会不放你呀?"

"不会,"倪布然,"党政机关进一个人不容易,出一个人就简单多了。"

"是吗?"

"是的。"倪布然看一眼艾妮,带点揶揄的口吻说,"党政机关可是中国公民就业的首选,你不听,公务员考试被称为'国考'。所以出来一个,不就可以腾一个'国考'的岗位嘛!"

艾妮会心地一笑,拍拍倪布然的肩:"好吧,我等你的好消息吧!"

倪布然回到市委,就去侯静德那儿,直截了当地向他提出去人文学院工作的事。侯静德望着他,不解地问:"你这是什么意思?"

倪布然有点尴尬地笑笑,说:"没啥意思,秘书长,我就是想去做点学术研究工作。"

侯静德没有接他的茬,神情肃然地说:"我说小倪呀,我觉得这边的安排还是比较适当的。你没有担任过实职,一下子提起来,恐怕难以服众,给外界一种近水楼台先得月的感觉,那些爱嚼舌根的人,又要说领导身边的人坐直升飞机了。"

倪布然赶忙澄清道:"秘书长,你误会了,我不是那个意思。"

侯静德没有理会倪布然,接着他前面的话茬继续说道:"你还年轻,在秘书科长的位子上呆个三年两载的,对你以后的发展是有好处的。希望你能理解。"

"你真的误会了,"倪布然诚恳地说,"这些年来,我一直没有放弃我的专业,这点你是清楚的。"

侯静德看着一脸真诚的倪布然,似乎这才使他想起来,倪布然确实有这方面的爱好。他隐隐记起,他曾经在倪布然送给他的一些学术刊物上看到过倪布然的学术研究成果,这才对自己的判断做出些微的调整。他把目光从倪布然的脸上移开,自言自语道:"常言道,水往低处流,人往高处走。我在机关上工作了二三十年,还从来没有经过未经提拔自愿从市委机关调出的事。"他再次把目光移到倪布然的脸上,倪布然一脸的不自在。他叹口气,望着倪布然说,"你再好好考虑考虑,调出市委机关,想再回来,就没那么容易了。"

"我想好了,"倪布然赶忙说,"我决心出去,就没想再回来。"

侯静德怪怪地笑笑,他以长者的口吻说:"形势比人强,有些事是由不得自己的。"他一本正经地对倪布然说,"你在市委工作了这么多年,我得为你的前途负责,不能就这么放你出去。你再好好考虑考虑,也给我一点时间考虑考虑,过几天再给你答复,你看这样好吗?"

倪布然不大乐意地回答:"好,你再考虑考虑。"

在他俩"考虑"的这些天里,倪布然自愿调出市委的事不胫而走。他的同事、同学、朋友、亲属对他的选择表现出极大的关心,纷纷打电话或直接到他这里来,对他进行耐心细致的劝导,苦口婆心地提出他们的忠告。他刚接完一个这样的电话,有人敲门,他没好气地喊了一声"进",那人走进来,径直走到他的对面,他一看,又是一位同学,此人姓刘,名福之,是他中学时候的同学,原来也在行政机关混,后来下海经商,在生意场上摸爬滚打了十几年,如今是小有名气的私营企业家,芜浜县政协的常委。他忙站起身,走过去握住刘福之的手,有点夸张地说:"正想你呢,你就来了,请坐,请坐。"说着就和他一块儿坐到沙发上。

"正想我呢,怕是假话吧!"刘福之调侃道。

"真的。"倪布然说。

"是想让我给你道喜,是吧?"

"有句支持的话就行,"倪布然想,这位同学也是从机关上半路出家的,对于他的选择,肯定会支持的。于是就把这些天的苦闷一古脑儿地向他倒了出来,"你是不知道,这些天,我这里门庭若市,有人劝我直面现实,理性

四 非常之举不胫而走,亲朋好友同声挞伐

选择自己的未来；有人要我悬崖勒马，不要在错误的道路上越走越远；有的直截了当，说啥苦海无边，回头是岸，让我赶紧放下屠刀，立地成佛。你听，我不就是想换个工作嘛，怎么就像大祸临头似的。你说这是什么事嘛！"

刘富之听他说完，笑着问他："你以为我会支持你吗？"

"怎么，"倪布然显出一脸的惊讶，"你也反对？"

"我说老同学，你是谁呀，你是乌酉市的'第一秘'，是我们同学中的佼佼者，是我们的骄傲哪，你要走了，对得起谁呀！"

"你当初不也是从机关上出去的嘛！"

"不错，我是从机关上出去的，如今也算个有钱人了。可你知不知道，我在社会上混，到哪儿去不得装孙子呀！你知不知道，现在多少有钱人想方设法往官场上挤呀，为什么？在咱中国，官员的头比任何人都高呀！这点，你比谁都清楚，事情到自己的头上，怎么就糊涂了呢！"

倪布然不认识似地看着刘富之，找了一些理由，和他辩论了一阵子。最后，刘福之说："你说得可能有道理，我也说不过你。但我给你撂句绝情的话，你一旦离开市委去什么人文学院，从此咱们断绝同学关系，不再来往。"稍停他说，"这不是我一个人的意见，麻县长也是这个意思。"

所说的麻县长，是他俩的另一个同学麻佩锦。这个麻佩锦，原与倪布然同在市委办公室工作，其水平能力都在倪布然之下。只因他和市委副书记潘池关系密切，密切到什么程度？有人见他拿着潘池家门上的钥匙，就像潘池的保姆一般，给潘池家拖地板刷碗洗内裤，故尔前两年提拔到芜泯县当了副县长。如今他是同学中的明星。在同学这个圈子里，很有几分影响力的。倪布然无可奈何地笑笑，对他说："如果真是这样，那我就只能表示遗憾了。"

刘福之看他劝不回倪布然，就起身告辞了。送走刘福之，倪布然的心情极度懊丧。这样想着，电话铃又响了起来。他伸了伸手，却没有去接，接着两手捂着耳朵，低下头去，一看到了下班时间，给老婆打了个电话，问她有没有"重要的接待任务"，她说没有，能够按时回家。他一想回到家里，又要接受她没完没了的"人生教育"，就撒了个谎，说单位上有事，就不回家吃饭了。他放下电话，关上门下了楼，随便进了一家面馆吃了一碗面，信步来到广场上，漫无目标地溜达着。溜达了一会儿，他感觉有点累，又不想回家，想找个同盟军聊聊，想来想去，想起师玉洁来。于是给师玉洁打了个电话，师玉洁说他正在诸葛大爷的茶馆里，要他过去一块儿喝喝茶。他痛快地答应了，到马路上拦了辆出租车，坐上去，向葫芦村奔去。

五　葫芦村寻求支持，两挚友闪烁其词

到了葫芦茶馆，师玉洁、诸葛大爷站起身，互相客气了一番，三人落座后，诸葛大爷给倪布然沏了杯茶，就边喝茶边寒暄起来。话题也自然扯到倪布然工作调动的事儿上。

"我一猜就知道是这事儿，怎么样，心里七上八下的了吧？"师玉洁问。

倪布然点点头说："嗯，要不这会儿就不到你这里来了。"

"寻求支持来了？"师玉洁揶揄道。

"有这么点儿意思。"倪布然话锋一转，埋怨道，"说实话，我这心里本来很平静的，这事儿传出去以后，给我打电话的、找我谈心的，有人劝我，有人骂我，有人甚至说我要再不改弦易辙就不认我这个朋友了。这几天来，我才真正理解什么叫人言可畏，什么叫习惯势力了！"

师玉洁笑笑："这也难怪。"接着他问，"你听说过没有，除了我，还有哪个给市委书记当过秘书的人主动要求去学校教书的？"

倪布然瞅他一眼，带点调侃的意味说道："要说第一，你当之无愧，我是有样学样，算是步你后尘。"

师玉洁自嘲似地笑笑："我和你的情况多少还是有点区别的嘛。"

倪布然点点头，表示认同。当初，因宦海淳要装点门面，把有点名气的师玉洁招到他的门下，当起了他的秘书。后因师玉洁不愿依附权贵，不愿从

一个学者"蜕变"为一个官僚,其个人秉性与那个圈子格格不入,才离开市委的。与倪布然现在的情形相比,确实不太一样。而且听他的口气,他对当时做出的决定多少有点后悔的味道了。于是他心里一紧,发问道:"难道你也会反对我?"

师玉洁收敛了笑容,他呷了口茶,没有正面回答这个问题,而是若有所思地说:"你是知道的,我在葫芦村小学没呆多长时间,就决定竞选村支书,亲友们和社会舆论的压力,不能说是决定性的因素,但也绝对不是可以忽略的因素。这,你也感觉到了,不然也就不会到我这儿'取暖'来了。"

倪布然听着听着,心都有点凉了,他原来以为,除了齐思民以外,师玉洁和诸葛大爷可能就是他最坚定的支持者了。如今,师玉洁没说支持,也没说反对,但从他的语气中,他明显地感觉到他的倾向性。因此他有点失望地说:"这么说,我只好屈服于社会舆论的压力,'悬崖勒马'了?"

师玉洁眨了眨眼,问他:"你有没有下最后的决心?"

倪布然说:"我去过学院了,当面答应了艾妮和庄院长了。"

"俗话说,君子一言,驷马难追,既然答应人家了,就不能出尔反尔,反复无常。再说,这毕竟是你自己的事,别人说什么都不重要,重要的是自己的选择。你觉得学术研究适合于你,就要当机立断,自作主张。"说到这里,他把目光投向诸葛大爷,"你说呢,诸葛大爷?"

诸葛大爷看一眼师玉洁,然后把目光移向倪布然,慢慢地说:"这些事我也不懂,说不出个啥来。玉洁当初弃官从教,别人都说他年轻气盛,不谙世故,呈一时之快,赌气出了官场。也有人说他犯了什么错误,被人家贬到学校来了。"说到这里,他看着倪布然,语重心长地说,"你这样出来,知道的,说你是为了学问弃官从文的,不知道的,还以为你犯了什么错误呢!"

"可能还有人以为,你给宦海淳当过秘书,让人家把你扫地出门了呢。"师玉洁紧跟着接了一句。

倪布然望着他俩,有点茫然,不知道他俩是支持他呢,还是反对他呢?他不自然地笑笑,自言自语道:"古人说,人尽其才,物尽其力,善之善者也。我还是认为,我做学问比较合适。"

"谁也没有否认这点。"师玉洁说。

诸葛大爷接着说:"当初玉洁辞了宦海淳的秘书,大家都认为他生性孤傲率直,生来就不是做官的料。后来竞选成村支书,能不能干好,连他自己也心中无数。可后来呢?做了这么多的事,成绩有目共睹,现在谁说他不是做官的料——村官也是官嘛！"

倪布然轻轻地摇摇头，无可奈何地说："看来诸葛大爷也认为，还是当官好呀！"

诸葛大爷笑眯眯地说："常言道，人各有志，你喜欢当老师，老汉也不便说三道四的。只是听说你要转行，心里觉得怪可惜的。到底留还是走，终究还是要自己拿主意的。"

倪布然也尴尬地笑笑，说："我原本是来讨主意的，转了一圈子，这个球最终还是给你俩踢回来了。"

师玉洁笑笑："你执意要去，就先去吧，哪天学问做不下去了，再想办法往回调。人生的路本来就不平直，哪有一帆风顺的呀，你说是吧？"

"行了，我明白了。"倪布然不耐烦地说，"说来说去，还是舍不得让我离开官场。我就想不明白，这官场怎么就像黑洞一样，不管什么样的人，只要靠近它，就被它无情地吞噬掉。是这官场本身的魅力，还是某些特殊的人群独特的心理现象？"

"好了，不说它了。"师玉洁说，"你就把它当作人类学研究的一个课题，留给你的研究室，去探个究竟好了。现在陪你到村里转转，散散心，怎么样？"

"好吧，就依你的意思，走一步看一步吧！"倪布然言不由衷地说。

他们出了茶馆，穿过村子，来到村西头的那片葫芦地的地头，眼下正是开花季节，放眼望去，一片翠绿与金黄。倪布然知道，这是一种草本植物，有的地方也叫番瓜、南瓜，而乌酉人普遍把它叫作葫芦，有没有什么典故，不得而知。只知道它是乌酉人餐桌上不可或缺的美味佳肴。葫芦村更是以此物而得名。

倪布然望着眼前的景象，睹物思人。他曾经服务过的前任市委书记宦海淳的形象，点点滴滴，浮现在他的脑海中。看过《上天难欺》的朋友都知道，宦海淳为了建他的政绩工程，不惜侵犯农民利益，企图改变葫芦村人种植葫芦的传统，而把葫芦村的村民逼上梁山，在乌酉市上演了一场围攻市委的悲剧。最终使他原形毕露，受到法律的严惩。由此可见，葫芦对于葫芦村人的生活是何等的重要。齐思民当选市长以后，不仅保住了葫芦村的这一传统产业，而且因地制宜，把葫芦种到村民的院落里，成为葫芦村的又一景观。

想起这些，倪布然不觉感叹一声，对师玉洁和诸葛大爷说："时过境

迁，往事不堪回首呀！"

"谁说不是呢，"师玉洁一边说，一边引着倪布然和诸葛大爷上了一条地埂，沿着地埂走进葫芦地。他弯腰掐下一个刚结出来的葫芦，拿到倪布然的眼前，边走边说，"别看这不起眼的葫芦，这葫芦村就全靠它发家致富了。"

"是吗，"倪布然望着他，若有所思地说："看样子，你又要拿这葫芦做文章了，是吧？"

"正是，"师玉洁说，"自从人们发现这东西有防病治病与保健的功效以后，它的需求量大增，我看了一些资料，和有关的专家学者探讨过，葫芦产业的开发前景是十分广阔的。"

"你这葫芦里卖的什么药，"倪布然问，"是准备上葫芦加工项目了？"

"对，"师玉洁肯定地说，"这东西可加工成葫芦粉、葫芦汁、葫芦晶、葫芦酱或者罐头，也可以榨取果胶或制作成葫芦茶，直接食用。"

"看来你是胸有成竹了，目前进展到什么程度了？"倪布然问。

"刚刚和外地的一家企业签订了合同，资金也到了一部分，你看，"师玉洁指着远处的一片沙滩说，"厂址就选在那里，过几天就开工建设。"

倪布然望着师玉洁夸赞道："看来你把葫芦这步棋走活了，非把它做大做强不成。"

"还不止这些，"一直没有说话的诸葛大爷插话道，"这小子脑瓜子里的点子多着呢！"

"噢？"倪布然说，"有什么宏伟设想，不妨说出来让我们分享分享。"

师玉洁说："尚处在纸上谈兵阶段，不好卖弄。"

"什么叫卖弄，多难听呀！"倪布然嗔怪道。

"初步有个设想，在我的任期内，计划做这么一些事，一是以葫芦加工厂为中心，建一个科技经济园区，创造条件，吸引国内外企业前来投资办企业，壮大村社经济；二是扩建广场，组建民俗文艺演出队，发挥葫芦村的民俗文化传统，丰富村民的精神文化生活；三是建立村民的社会保障制度，让我们的村民也享受国有职工的各种福利待遇。"

"嗯，想得很好，"倪布然说，"要在两三年之内付诸实现，可不是那么容易的呀！"

"要是那么轻而易举，村民们选我干什么呢？"师玉洁说。

"但愿梦想成真。"

"谢谢，我想会的。"

这样聊着，他们突然发现，他们在横七竖八的田间地埂上转得晕头转向，就像走进了八卦阵，不知何处是个头。于是说了一些玩笑话，就摸着石头过河，七拐八拐地，费了一阵功夫才走出葫芦地。倪布然要叫出租车回去，师玉洁和诸葛大爷挽留他，师玉洁说："今晚给你做个葫芦全席，让你见识一下葫芦的妙处。"

　　倪布然想一想，答应道："好吧。"

　　他们回到村里，进了一家葫芦餐馆。这是葫芦村民俗一条街上专门以葫芦为主菜的特色餐馆。到了这里，当然以吃葫芦为主。他们要了几瓶啤酒，坐在靠窗户的一个小方桌上，边喝边聊，不一会儿，葫芦菜陆续端了上来，蒸的煮的炸的，腌的泡的炒的，小小的葫芦，被做成各种各样的精制小菜，摆了一桌子。他们品尝着这美味佳肴，就把倪布然的那事儿忘到九霄云外去了。

六　老首长惺惺相惜，送别宴酷似送葬

　　第二天，倪布然比往日提前半小时去上班，因为今天是所有党政机关统一做早操的第一天。他赶到班上，见市委督查室派了两员大将在大门口巡视，手里拿个小本子，检查出操情况。他知道，在此之前，各部门都做过动员，大多数人和他一样，都早早地赶过来，找到自己所属部门划定的区域，三三两两，或聊天，或弯腰踢腿，活动活动筋骨，等待广播体操的乐曲。大家心里明白，治理整顿机关作风的序幕，就由统一做操这件小事拉开了。

　　倪布然站在那儿，大家见了他，比往日客气了几分，有的和他寒暄几句，有的给他打声招呼。他知道，他的"古怪"行为，就像机关治理工作一样，成为大家关注的焦点。他去葫芦村寻求支持，得到的却是一番糊里糊涂的"教诲"，这让他有点失魂落魄的感觉。他觉得又好气又好笑，这是何必呢，他只不过想换个岗位，发挥自己的专业特长，做一点学术研究，不论对个人还是对社会，应该说都是一件好事，至少不是什么坏事。可要寻求亲友们的理解和支持怎么就那么难呢！他这样想着，郜子达踅摸过来，搭讪着和他说了几句闲话，悄声问他："那事儿怎么考虑的？"

　　"还能怎么考虑，我都已经答应人家了。"

　　"男子汉大丈夫，一言既出，驷马难追。既然答应人家了，就应该一无反顾，绝不反悔。"

倪布然心头一热，他明明知道，郜子达巴不得他离开市委。这样，不论在"削肿减肥"中还是在今后的提拔使用上，都可以少一个竞争对手。尽管如此，他还是很感激地拍拍郜子达的肩，真诚地说了声谢谢。毕竟，除了艾妮和庄院长之外，郜子达是第一个公开支持自己选择的人，不管他出于什么目的。

他俩说着话，广播中响起了广播体操的乐曲。他和大家一样，做完广播体操，上楼去上班。进了办公室，他打扫了一下卫生，坐下来处理了几份文件，不禁又想起那事，一想起这事，心里就七上八下的。他端坐在那儿，眼望着前方出神，有人敲门，扭头一看，原来是齐思民，正站在门口望着倪布然微笑着。

"噢，是齐市长。"倪布然赶忙站起身，向齐思民走过去，不好意思地笑笑，说："齐市长过来了？快坐，快坐！"

齐思民坐下来，倪布然给他泡了杯茶，放在他面前的茶几上，齐思民说声谢谢，问道："最近还好吧？"

"还好，还好。"倪布然回答道。

齐思民听他说得十分勉强，就逗他道："看样子，也只能'还好，还好'了！"之后他拖长了声音，问倪布然，"说说看，有什么大不了的事，你看你这没精打采的样？"

"是这样，市长，"倪布然简单地说了说这些天来他遇到的这些烦心事。

齐思民听罢，正色道："对不起，小倪。我主持市委工作的这段时间里，咱俩配合得很好，我是很满意的。陈书记到任后，我问过你，你不想跟我到政府那边去。我想也好，你也该调整个岗位了。原打算征求你的意见后再说，可巧得很，我和陈书记说了点事儿，顺便把我的想法给他说了说，说过之后我就出差了，回来一问，你的岗位已经调整了。我想调整了就行，有空和你再聊。这几天突然听说你想调出市委，是不是对我有意见了？"

"没有，"倪布然赶忙回答，"绝对没有。市长一片好心，感谢都来不及，哪来的意见！"

"那是什么缘故？"齐思民问。

"其实很简单，"倪布然说，"我有个同学在人文学院，聊天时她对我说人文学院成立了个人类学研究室，问我想不想去。我想这正好适合我的专业，而且我这一去，也给市委机关的'削肿减肥'减轻点压力，就答应说去，接着我就把我的想法向侯秘书长谈了谈。事情的来龙去脉就这么简单。"

"只是没有人支持,是吧?"

倪布然点点头,接着就向齐思民大倒苦水,最后他问齐思民,"齐市长,我真的不明白,我选择离开市委做一点学术研究,有什么不对?难道我的选择真的错了吗?"。

齐思民望着他说:"鞋子合不合脚,只有脚知道。你的选择错没有错,只有你自己最清楚。"说到这里,齐思民严肃起来,他说,"我不能说你的选择是唯一正确的选择,说实话,我刚听到你的事,这心里也不是滋味。你在领导身边工作了这么些年,不论是能力还是水平,上上下下都津津乐道,大家都看好你的政治前途,我看这也是那么多的人反对你的选择,尽力把你挽留下来的原由之一。"

"齐市长也这么认为?"倪布然多少显露出失望的神情。

"我还没有说完呢,你急什么,"齐思民说,"这就是思维惯性,特别是在领导机关工作的人,都很难转过这个弯,我也不能免俗。总觉得你在领导机关呆着,将来会有大出息的。偶然听说你要离开,一时觉得有点惋惜。"

倪布然不好意思地笑笑,说:"从感情上讲,我也不愿离开市委。特别是您,虽然跟得时间不算很长,但我很开心的。从您身上也学到了不少知识。不过我既然已经答应了人家,还是不要食言的好。再说,这人类学研究室刚刚成立,这方面的研究人员又比较缺乏。还是希望市长您最好支持一下,让我去吧!"

齐思民笑笑,对他说:"谁说我不支持了?完全支持。有句古话说得好,三百六十行,行行出状元。就你的个人风格而言,更适合于从事学术研究工作。"稍停他接着说,"当然,我不是说你在党政机关做得不好。说实话,当这个秘书科长的人有的是,但在人类学领域里搞出些名堂的人,不多。我相信你在这个领域里会大显身手,取得骄人的成就。比在党政机关干,更有价值。"

"谢谢市长,有您的支持,我就可以下最后的决心了。"倪布然站起身,显得有点激动。

"自己认准的路,就坚定地走下去吧!至于别人说什么,完全可以置之不理。"

"我会的,齐市长。"

齐思民又说了一些鼓励的话,就告辞走了。倪布然的心里敞亮多了。他默默地坐了一会儿,就起身到秘书长那儿去。

"怎么样，考虑清楚了吧？"侯静德开门见山地问。

"考虑清楚了。"倪布然镇静地回答道。

"好，考虑清楚了，就安下心来工作。最近一段时间，机关治理工作这么繁重，秘书科的担子可不轻呀！"

"秘书长，你误解了。"倪布然见他说得阴差阳错，赶忙说。

"我误解了，我误解什么了？"侯静德睁大眼，不解地问。

"我坚持我原来的选择，秘书长。"

侯静德不认识似地望着他，半天没有说话。屋子里一片静默。过了片刻，他语重心长地说："你一意孤行，我也只好尊重。不过年轻人，你想过没有，以你的能力、水平，将来做到人文学院的院长没有问题，可那毕竟是个教学单位，池子小，养不了多大的鱼。到时候再想回到党政机关，为时可就晚了。"

"谢谢秘书长的一片好心，"倪布然说。他想，侯静德的思路一直在这个长那个长上打转转，就直截了当地对他说，"我决心去人文学院，目的是想做学问，走学术研究这条路。如果想在仕途上发展，就不会选择人文学院了。"

"那我只能表示惋惜了，"侯静德说，"好吧，既然你决意要走，我通知人事科，你办手续就可以了。"

"谢谢秘书长。"

就这样，在一片反对声中，他办完了调动手续。准备前往人文学院报到的当天，市委办通知他，下午在乌酉大酒店给他"送行"。

这是党政机关不成文的规矩，单位有职工调出，本单位的职工或有关人员与调出人员一起"坐坐"，聊表同行情谊。像市委办、市政政府办以及那些"大"部门、"牛"部门的科长调出，一般情况下都是职升一级，兴高采烈地去履行新职。未经提拔出去的，要么是犯了错误被调离本机关的，要么是调往上级机关的。像倪布然这样自愿往"低处走"，"白身"离开权力部门的，不是绝无仅有，也是极为罕见。

下班以后，倪布然按时来到乌酉大酒店。被通知送他的人也陆续到了。他被告知，侯静德"因故"不能来送他。他当然清楚，这个"故"不是别的，是因为他的级别未达到一个副地级干部亲自出马相送的缘故。代表侯静德来的是副秘书长胡晔。除此之外，还有各科的科长，以及和他工作关系比较紧密的几位领导的秘书。

　　各路人马到齐后，依饭桌上的规矩入座，胡晔居中，倪布然被安排到他的左侧，而倪布然的左侧则是与他争过秘书科长的郜子达。此时的他，对倪布然表现出少见的热情，不知他是同情他呢，还是对他的离去暗自庆幸，此刻表现出一副恋恋不舍的样子，这让倪布然多少有点无所适从。

　　酒菜上齐以后，胡晔站起来，端着酒杯扫视了一圈，对大家说："受侯秘书长的委托，特意为倪布然同志送行。来，大家满饮一杯。"接着，他和倪布然碰碰杯，"兄弟，先敬你一杯。"说罢他一饮而尽。于是，大家都站起身，端着酒杯同倪布然碰杯。

　　大家放下杯子，胡晔招呼大家吃菜，大家静静地吃菜，场面一下子冷清下来，让人匪夷所思。倪布然想，如果他因职务提拔而离开市委大院，此时的桌子上一定会觥筹交错，大家会争先恐后地给他敬酒，祝贺声会不绝于耳，场面一定会喜气洋洋，一片欢庆气氛。而今，他"布衣"走出市委大院，让大家左右为难，向他祝贺？祝贺他什么？表示安慰？好像也不是那么回事。因此，大家只好保持沉默，免得说错话，闹出什么笑话。

　　想到这里，一股莫名的感伤气息涌进倪布然的胸口，让他有种就要窒息了的感觉。就在这一刻，他突然开悟道：莫非自己真的错了，真的在错误的时刻选择了一条错误的道路？否则，与自己朝夕相处的同事们，怎么就像给他送葬似的？让他笑也不是，哭也不是，很不是滋味。为了打破沉默，他扫一眼大家，端起一杯酒，转身端到胡晔的面前："谢谢你来送我，敬你一杯。"胡晔说声谢谢，端起杯和他碰了碰，一饮而尽。之后，他给在坐的各位逐个敬酒，逐一和大家碰杯，喝了。这样喝了一圈，他有点酒意，说话也就稍稍放开了一点儿。他说："大家能来为我送行，我谢谢大家。"他摇晃了一下身子，之后努力保持平衡，自嘲似地笑笑，接着说道，"我倪某人命薄福浅，在人生的关键时刻做出了出乎大家意料的选择。看得出来，大家为我的选择而扼腕叹息，甚至为我的选择而难过。说句实话，这让我有点沮丧，有点心寒。"他稍停了一下，环顾左右，尴尬地笑笑，说："我们都是给领导和市委机关起草过文件、文稿的人，什么加强文化建设；什么建设学习型政党、学习型机关；什么尊重知识，尊重人才，我们没有少动脑筋、少费笔墨。而面对一个选择了学术研究的人，怎么就像面对一个罪犯一样？我们写的那些个，领导讲的那些个，原来都是假的？我实在想不通，怎么会这样！"

　　场面上的气氛一下子紧张起来，大家面面相觑，一时不知如何是好。胡晔看看大家,不自然地笑笑,拉了一下倪布然的衣襟,让他坐下来,说道:"倪科长一向好学上进,我们都打心眼里佩服。你就要离开我们了,大家都有点恋恋不舍,心里头难过,这也是人之常情,人之常情嘛,大家说对不对呀?"

大家都说对,于是都起身给倪布然敬酒,倪布然双手抱拳,说:"对不起大家,实在不能再喝了。"

胡晔给大家使个眼色,说道:"既然倪科长不喝了,就暂时不喝了。大家说说话,鼓励鼓励倪科长,祝愿他在学术研究上取得新的成果。"

胡晔这样一说,大家都附和了几句,气氛有所缓和。之后又陷入一片沉静。过了片刻,胡晔端起酒杯,对大家说:"好,我们为倪科长惊世之举再干一杯。"

大家站起身,共同干了一杯。胡晔宣布下面为自由活动时间,想说话的说说话,想喝酒的再喝会儿。他宣布之后,说还有点儿事,就先走了。胡晔走后,大家也就陆续离开这里。郜子达见倪布然有点醉态,陪着他出了酒店,正好有一辆出租车停在门口,他俩搀扶着上了车,向倪布然的家驶去。

七　潜在对手不战而走，红叶歌厅醉酒消魂

回到家里，沈惠贞也刚刚回家。郜子达跟沈惠贞打过招呼，就和倪布然坐了下来。

"嫂子，今天哥们送倪科长，多喝了几杯，你别见怪。"郜子达对沈惠贞说。

沈惠贞冷冷地说："不见怪，只要你们高兴就好。"

郜子达见沈惠贞冷言冷语的，就望着她，不好意思地笑笑，说："嫂子一向善解人意，要不，这么年轻怎么会当上接待处的副处长呢！"

"八字还没一撇呢，你可不要胡说。"沈惠贞闻听此言，脸上露出了一丝得意的笑意，这样嗔怪道。

倪布然瞟一眼沈惠贞，看着郜子达，脸上写满了疑问。郜子达看他这样，不解地问："怎么，这么大的事你不知道？"他转身看一眼沈惠贞，赞叹道，"嫂子也真沉得住气，这么大的事也不告诉倪科长一声，怕是到时候给倪科长一个惊喜吧！"

沈惠贞瞟一眼倪布然，望着郜子达灿然一笑，半嗔半真地说："哪里的话，你知道，我家这人对这类事又不感兴趣，给他说也是白说，哪来什么惊喜。再说了，这事吧，不到火候不揭锅，早早地张扬出去，万一情况有变，到那时可怎么下得了台呀！"

"你看咱们嫂子考虑得多周到,"郜子达笑嘻嘻地说,"真不愧是女中豪杰!"

"你不也一样吗,"沈惠贞一脸喜气洋洋,"马上当科长了,连你们的倪科长都蒙在鼓里呢。"

倪布然看他俩一唱一和的样子,感觉自己反而成为多余的人了。他看看自己的老婆,又看看自己的同事,一脸的茫然。正如沈惠贞说的,什么处长科长,他不大感兴趣。于是眨巴眨巴眼睛,打了一个长长的哈欠,把头软软地转过去,将脸贴在沙发靠背上,鼻子里发出轻轻的鼾声。

郜子达见状,正当他不知所措之时,有人敲门。沈惠贞走去开了门,原来是倪布然在乡下的堂哥。他径直走进来,向郜子达点点头,就坐到倪布然的身边,没头没脑地问道:"犯什么事儿了,怎么让人家给撸了?"

"哦,是哥呀。"倪布然睁开眼睛,"这么晚了,你怎么来了?"

"我进城买了个拖拉机零件,去市委找你,说你刚刚调走了。办了点事,本来想坐晚班车回去的。一想还是来看看你,怕有什么想不通,出个啥事儿。"说到这里,他安慰道,"撸了就撸了吧,好歹还给你碗饭吃,怎么说,也比种地强吧!"

"哥呀,你想到哪里去了!你怎么就认定我犯了事,被人家撸了呢?"

"要不犯事,怎么说调就调出市委了呢?"堂哥有点不解地问。

"我调个工作就是犯事了呀,这是什么逻辑!"倪布然不满地说。

沈惠贞给堂哥倒了杯水,放到他面前的茶几上,对他说:"人家能,市委那个庙小,容不下你兄弟。这不,自己要求调出来的。哪是人家撸他。"

"你说啥?"堂哥不解地问,"是他自己要求调出来的。"之后他摸摸倪布然头说,"我看看,你脑壳没坏吧!"

"这属于正常的工作调动,"倪布然辩解道,"到哪里都是国家干部。"

"正常个鸟呀,"堂哥不客气地说,"我们倪家祖祖辈辈戳牛沟子,翻土坷垃刨食吃。先人积德,倪家门里好不容易出了你这么个当官的,都把望着你有个大出息哩。那成想,你自己把自己饭碗砸了!"

"哥呀,你种地把你的地种好,管这闲事干啥!"倪布然也不好气地说。

"这是闲事?"堂哥气恨恨地说。他转身对他旁边的郜子达说,"这位兄弟评评理,我这当哥的该不该管这事?"

郜子达闪烁其词,咕哝了几句,就说家里有事,向他们道了别。

出了倪布然的家,想想刚才倪家兄弟俩的对话,就想笑。他在大街上走

了一段路,也没有碰到一个空载的出租车。于是他乘着酒的余兴,胡乱哼着歌曲,在大街上信马由缰,打算走到哪儿算那儿了。这样走了一大段,附近的建筑群中传出的音乐声,朦朦胧胧飘进他的耳朵里,这声音,他是那么的熟悉。于是,他驻足扫了一眼周围的环境,原来他在不知不觉间,走到了一个他非常熟悉的地方——红叶歌厅。郜子达望着那几个闪烁着霓虹灯光的大字,心中涌起一股淡淡的玫瑰般的喜悦。他望着它们会心地一笑,就迈开轻快的步伐向歌厅走去。

进了歌厅,他向吧台上那个胖乎乎的姑娘打了声招呼,问了声你们老板在不在,那姑娘说在,他就径直走进吧台后面的工作间。杨红叶正在打电话,她见郜子达进来,打了个手势让他先坐,他就坐到她对面的一把转椅上,顺手拿起侧面木头格子上的一听灌装啤酒,嘭的一声打开来,扬起脖子喝了一口,笑眯眯地望着杨红叶。

杨红叶打完电话,合上手机,打趣道:"哪里野上来了,在这里找自在。"接着打趣道,"给你找个小姐消遣消遣怎么样啊?"

"别逗了,"郜子达说,"我们办公室调出了个人,大家聚到一起送了送,也算是同事一场。"

"谁又升官了呀?"杨红叶问。

郜子达有点得意地笑笑,漫不经心地说:"这次没人升,是个比我还傻的人主动要求离开市委的。这不喝得迷三倒四的,我刚送他回家。"

"是吗,还有比你傻的人呀?"杨红叶调侃道。

"可不是吗,"郜子达玩笑道,"当今社会上,有那么多研究学问的人,打破头拚命往党政机关挤,"说到这儿,他带着戏谑的口吻问杨红叶,"你知道为什么吗?"

"为什么呀?"杨红叶反问道。

"我再问你,"他喝了一口啤酒,又卖了一个关子,"做学问是为了什么?"

"为了金钱,荣誉,地位?还是什么的?"杨红叶用设问的方式回答道。

"就算是吧,"郜子达继续卖弄道,"我告诉你,牛皮部门的一个科长,在世人眼里那可比一个教授荣耀多了。你知道这又是为什么吗?这就叫权力崇拜。什么叫权力崇拜?就是权力是万能的,至高无上的。就连他当农民的哥都明白,就是他不明白。你明白吗?"

"明白,"杨红叶揶揄道,"就是官越大学问也越大呗。"

郜子达拍了一下自己的大腿，高兴得手舞足蹈："你太聪明了，"他趋上前抓住杨红叶的手说，"现如今，只要把官做大了，什么荣誉地位财富通通都有了。这么简单的道理，有人就是搞不懂，放着现成的官道不走，非要去研究什么学问，你说，这不是傻子是什么！"

"你懂，你什么都懂，"杨红叶站起身，伸手刮了一下他的鼻子，"你说的这是谁呀，是那个倪布然吧？"

"你消息这么灵通呀！"

"别忘了，我这儿可什么样的人都来。"

"那倒也是。"

"占了人家的便宜还说人家的坏话，你不觉得有点缺德吗？"

"不要把话说得那么难听嘛！"

"你不想想，人家不去搞学问，哪有秘书科长让你当呀！"

郜子达眨巴眨巴眼，用手挠挠头，慢条斯理地说："这倒也是哟！"他想起什么似地自言自语道，"倒是他那个老婆，挺厉害的，年纪轻轻的，就副处级了。"

杨红叶走过来，站在郜子达的背后，两手捏着他的肩，带点嘲讽的口吻说："你倒挺重情义的哦，为人家饯行，跑到人家的家里去干什么，"她把头伸到郜子达的前面，不怀好意地讥刺道，"恐怕是醉翁之意不在酒吧！"

"吃醋了？"郜子达抬手摸摸她的脸，调侃道，"你没想想，人家一天接触的都是些什么人？上至中央部委和省上的头头脑脑，下至市里的主要领导，那里的水深得很，不是我们这种小科长能趟的。我就是有那贼心也没那贼胆哪，这点你就放心吧。"

"噢，你的意思是，像我这样的人就只配你这样的小科长了？"杨红叶不满地说。

"别，别，别。"郜子达连忙说，"我可没那个意思。再说了，你就认定我这一辈子就只配当这个小科长了！"

"哪里呀，谁敢小瞧你这世家子弟！"杨红叶半嗔半讽道。

"好了，不贫了，我来又不是和你吵架的。"郜子达说着扭转身子，脸便贴到了杨红叶的胸前。杨红叶顺势把那颗脑袋揽到她的怀里，摩挲着那有点稀疏的头发。郜子达的心里便觉得痒痒的，他张开两手夸张性地揽住她的腰，把脸埋进乳沟中，在两座山峰之间蹭来蹭去。这一蹭，杨红叶也有点自持不住，就转身坐到郜子达的腿上，两手搂住他的脸，就把嘴凑上去，郜子

达顺势接住，两人就揉搓成一团，嘴里也哼哼哈哈，上气不接下气地喘了起来。接着就动手动脚地解衣宽带，吭哧哼哧地，在那小小的转椅上办起事来。

翻云覆雨间，郜子达的手机响了。完事之后，郜子达过去坐到沙发上，翻开未接来电，是自己的老婆，他冲杨红叶笑笑，整理好衣服，向她扮个鬼脸，扬长而去。

刚出了红叶歌厅，迎面碰上了他的小舅子、杨红叶的丈夫梅能。两人都愣了一下，梅能摇摇摆摆地凑上前，借着微弱的灯光看了看郜子达，喷出一股浓烈的酒气。他冲郜子达笑了一下，喃喃地说："我还以为是姐夫，原来真是姐夫呀！"

郜子达稍显荒乱，他定了定神，辩解道："我们有一位同事调走了，给他饯了个行，完了顺道过来看看。上去你不在，我就下来了。"这句话说完，他自己都觉得多少有点"此地无银三百两"的味道，他有点儿心慌。于是无话找话，关心似地问道，"怎么样，歌厅的生意？"

梅能含含糊糊地回答："托姐夫的福，还行吧。"接着他说，"我这整天忙得不着家门，主要是红叶在经营。"

"哦。"郜子达应付了一声，准备动身走开。

"要不上去再喝几杯？"梅能邀请道。

郜子达抬手看了一眼手机屏幕："不了，我看你也喝大了。再说，去晚了，你姐又要叨叨个没完没了了。"

"那行，"梅能说，"有空过来，添点人气。"

"好。"梅能说着，举了一下手。郜子达告别梅能，拦了辆出租车，搭车向自家方向驶去。

回到家里，少不了老婆梅雨的冷言冷语："打了那么长时间的电话，怎么不接？"

"我们不是送倪布然吗，那种场合，根本就听不见手机响。"郜子达一副受了委曲的样子。

"我冤枉你了？"梅雨讥讽道，"可人家倪布然早就到家了呀，你怎么现在才来？"

"我是从倪布然家里步行回来的，在大街上碰了几个熟人聊了一会儿，不知不觉就到这会儿了，这不很正常嘛！"郜子达辩解道。

"正常不正常只有你自己知道。"梅雨说，"有些事不要做得太绝，做得太绝了可要遭报应的。"

两口子你来我往地这样掐着,梅雨的手机响了起来,她拿起来看了一眼,便摁下了接听键:"嗯,是我。嗯,回来了,刚进门。什么,他去歌厅了?是你在门口碰上的。嗯,知道了,你忙吧!"

梅雨合上手机,两眼盯着郜子达,正色道:"你还有什么说的,做都做了,干吗遮遮掩掩的,算什么男子汉大丈夫!"

郜子达不自然地笑笑,他自知理亏,而且没想到刚进家门,就被小舅子戳穿了谎言,故而心虚,也就不好再为自己辩护。他和舅老(当地人对大舅子、小舅子的称呼)媳妇杨红叶有一腿,梅家人特别是梅雨姐弟隐隐有所觉察,只是没有抓到把柄,奈何不了他。而且他们梅家受恩于前朝遗老,于是就依家丑不可外扬的古训,没有张扬,也没有采取什么措施加以制止。这在客观上纵容了郜子达,使他与杨红叶的不正当关系持续保持了下去。想到这里,郜子达厚着脸皮,冲着梅雨挤出一堆无耻的笑,可耻地辩解道:"你也太疑神疑鬼了吧,我只不过顺道进去看了看,见梅能不在那里,我就出来了。刚出来就碰上了梅能,可能是他见我喝了点酒,不大放心,才给你打电话的,你就想到别处去了。"

"哼,"梅雨鼻子里冷哼了一声,还想说什么,儿子东东从卧室里出来,向他俩开火道:"你们有完没完,还让人做不做作业了?"说完这句,东东愤愤地回到卧室去。梅雨狠狠地瞪了郜子达一眼,悄声说道:"你就造孽吧你!"说完一撺头进了另一间卧室,郜子达愣了一会儿,关了客厅里的灯,躺倒在沙发上,迷迷糊糊地睡过去了。

八　倪布然如愿进学堂，　叶冰清采访葫芦村

　　第二天上班，郜子达的脖子就有点硬了，同事们见了，就说他该硬的不硬，不该硬的硬了。他路过倪布然的办公室，见门开着，就踅摸着进去。倪布然在收拾自己的东西，他见郜子达进来，忙在沙发上腾出一块地方，让郜子达坐。郜子达坐下来，扫了一眼屋子，半真半假地说："要不要我帮一把呀？"

　　"不用，"倪布然说，"也没什么东西，就是一些书，基本收拾停当了，过一会儿学院的车来拉过去就行了。"

　　"也行，"郜子达站起身，说道，"以后有什么事，尽管跟兄弟说，能办到的，一定尽力。"

　　"谢谢，"倪布然说。郜子达伸手和倪布然握了握，出了倪布然的门。郜子达走后，倪布然感到有点儿茫然。他坐到椅子上，看看捆绑成一捆一捆的书籍，再看看已经腾空了的办公桌椅和文件柜，惜别之情油然而生。

　　常言道，铁打的营盘流水的兵，他接替师玉洁担任"第一秘"至今，时间不算太长，但他经历的故事却太多太多。在市委机关，他算不上什么人物，但他扮演着一个重要的角色。身在官场中的人，上至市上的领导，下至局长主任什么的，都不能不把他高看一眼。可如今呢？从他提出离开市委的那天起，他感觉自己的人生价值在不断的贬值，他从人们的眼神里看出了这点，这是他万万没有料到的。

坐在那儿发了一会儿愣，他给艾妮打了个电话，不一会儿，艾妮来到他的办公室，和她一起进来的，还有人文学院的汽车司机。他们互相客气了一番，就往楼下搬东西，三下五除二，就把他要搬的东西全部搬到楼下。艾妮和司机下楼后，他去和他的同事打了个招呼，来到楼下，深情地回望了市委办公大楼一眼，坐上车前往他新的工作岗位。

倪布然是以代理主任的身份入主人文学院人类学研究室的，本研究室在办公楼的西端，他的办公室就在研究室的隔壁。他随艾妮进了办公室，办公室已收拾的窗明几净，一尘不染。"怎么样？"艾妮问他。他看一眼艾妮，满意地点点头。艾妮紧走两步走到写字台后面，她轻轻地转动了一下椅子，微笑着对倪布然说，"来，坐上试试！"倪布然冲她一笑，就走过去坐到椅子上，转了转，又前后摇了摇，感激似地看着艾妮。然后抬起头，目光落在前方的三面墙上。墙上挂着一些精致的名人肖像，就像楼道里挂的那些肖像一样，都是在人文科学领域取得辉煌成就而举世闻名的人类精英。从孔夫子到鲁迅，从亚里斯多德到到兰德曼，构成了一幅绚丽的人文历史画卷。千百年来，这些人文科学领域的代表人物，他们和自然科学家一道，在推动人类社会不断向前发展的同时，洗涤着人的灵魂，不断地充实着人的心灵世界。

和这些神圣的肖像挂在一起的，还有名人名言。倪布然的目光落在他正对面的墙上，在孔子的肖像旁，挂着一幅字：

太上立德，其次立功，其次立言——《左传》

紧挨着它的，是柏拉图的肖像，肖像一旁的一幅字是：

认识你自己——古希腊名言

看着这毫不相干的两句话，回想起这些天来被亲友同事的围追堵截，他的心中涌起一种莫名其妙的感觉。他问自己，他真地认识自己吗？从权力部门走出来，进入学术殿堂，他是想立功还是想立言？他的这个"非常之举"对他今后的人生将会产生怎样的影响呢？

艾妮看他若有所思的样子，就试探性地问："你看有什么不合适的地方，如果有，马上更换下来。"

"哦，没有。"倪布然幡然回过神来，赶忙说，"我看着这些字画都快入迷了，哪有什么不合适的！"

艾妮冲他笑笑，说："合适不合适，先就这么着，以后有好的创意，再调整吧！"

"行，"倪布然说，"谢谢你了，老同学，想得这么周到。"

艾妮抿嘴一笑,开了句玩笑:"你拿什么谢我呀?"

"嗯——"倪布然想想,"下午再叫几个朋友,找个地方喝几杯。这样行吗?"说着就拿出手机翻找要叫的朋友电话,他还没找好要打的电话,有人敲门。门是开着的,他和艾妮循声看过去,叶冰清笑眯眯地站在门口,一只手还在门板上,保持着敲门的姿势。倪布然和艾妮同时站起身,把她请进屋来。三人客气一番,落座后,艾妮给她泡了杯茶,她说声谢谢,就把目光聚焦在倪布然的身上。

"一直在外面跑呀?"倪布然问。

"不跑怎么办呢,就这个命。"叶冰清自嘲道。

艾妮见状,起身就要离去,她对他俩说:"你们聊着,我出去有点事。"

"别,"叶冰清赶忙站起身,拦住她说,"我也是路过这里,才想起倪科长调到学院来的事,便进来看看,看他是不是已经过来了。巧得很,进了大门一问才知道,他也刚刚走马上任。"

"哦,"艾妮说,"我以为你是专门来采访他的。"

倪布然哧地一笑,说:"这有什么好采访的。"

"你还别说,"叶冰清说,"认真起来,这还真是个新闻。"

"谁说不是呢,"艾妮附和道,"好好挖掘一下,说不上还真有轰动效应。"

"喊,"倪布然哂笑道,"一个小职员正常的工作调动,还能挖掘出什么有价值的东西!"

"你是这么认为吗?"叶冰清说,"自古以来,学而优则仕。如果一位学者弃学从政,肯定不是什么新闻,因为这样的事太多了。如果一位官场上的青年才俊弃官从教,那可就是凤毛麟角了。新闻抓得不就是凤毛麟角吗!比如这狗咬了人,算不得新闻。要是人咬了狗,那就是新闻了。况且全市的机关治理工作正搞得有声有色,你这不是响应市委的号召,带头'削肿减肥'嘛。这不是典型是什么!"

"看看,"艾妮夸赞道,"不愧是名记者,多有见地。"说完咯咯咯地笑了起来。叶冰清和倪布然互相看一眼,也笑了起来。笑过之后,倪布然对叶冰清说:

"我刚才还说,我们找俩朋友出去坐坐。正好你来了,我们一块儿出去喝几杯。"

"不了,"叶冰清说,"我还要赶到葫芦村去。"

"那里有什么新鲜事吗?"倪布然问。

"玉洁他们正和一个投资商洽谈创办葫芦制品厂的事，我去看看，有没有值得报道的东西。"

"哦，"倪布然说，"这还真是个事儿。那我就不留你了。"

"谢谢你了，以后有机会我请你们。"叶冰清站起身，"社里派我写一篇机关治理工作的文章，哪天我专门来找你。好了，我走了。"说着告别他俩，出了学院大门，拦了辆出租车，向葫芦村方向奔去。

到了葫芦村，叶冰清径直上了村委会的楼，进入村上的会议室。见师玉洁和一些男男女女围在一张大案子上，叽叽咕咕着。听了听，原来他们是村上的干部和投资商，正在商量建设葫芦制品厂的事呢。她敲了敲门，开玩笑道："商量什么军国大事呢，我也凑个热闹，行不行呀？"

"哦，怪不得呢，楼前一个喜鹊一大早就喳喳地叫个不停，原来有贵客临门，欢迎欢迎呀！"徐文书抬起头，说着就拉住她的手使劲地握了握。

村主任看着她，不怀好意地冲她笑笑，开了个荤味十足的玩笑："哪里是贵客，是典型的送货上门。"

叶冰清朝村主任捣了一拳，回敬道："我就知道，狗嘴里吐不出象牙来。"

"哎，哎，有点分寸好不好，这里还有生人呢！"师玉洁放下手里的一把三角尺，赶快给她解围。

叶冰清环顾了四周，在场的村干部，她当然都很熟悉。除了村干部，还有几位，她就不认识了。于是师玉洁向她介绍道："这位是乙僧公司的曾老板。"又向曾乙僧介绍道，"这是乌酉日报的叶记者。"

"也是我们师书记未来的家长。"村主任不失时机地丢了一句。

被介绍的那位短脖子、胖乎乎的中年男子向她微微一鞠躬，笑眯眯地说："本人曾乙僧，幸会，幸会。"

师玉洁继续介绍道："这位是曾总的助手，梅经理。"

梅经理很优雅地伸出手，大方地和叶冰清握握，面带微笑，说道："我叫梅雪，梅花欢喜漫天雪，取首尾二字，便是我的名字。"她说着，就从包里摸出一张名片，递给叶冰清，"以后还请叶记者多多关照。"

叶冰清接过名片，说："哦，认识你很高兴。我叫叶冰清，在乌酉日报社工作，有空常联系。"梅雪点点头，叶冰清面向曾乙僧，问道，"曾总是来葫芦村投资的吧？"

"记者的消息就是灵通，"曾乙僧夸奖道，"我们进村不久，你就赶到了。"

"你也不慢，"叶冰清回敬道，"刚一进村，就把工作拿到手上了。"

曾乙僧稍稍迟疑了一下，叶冰清向大案子上的图纸和字纸呶了呶嘴，曾乙僧望着她，转脸看看大家，哈哈笑了起来。

"好了，我不打扰你们的工作了，你们该干嘛干嘛，我去看看诸葛大爷。"叶冰清说着就要动身出去。

"不着急，"村主任说，"板凳还没有坐热呢，这就要走，师书记不寒心呀！"

"去你的吧，什么时候都没个正形！"叶冰清又给了他一拳，转身就要离去。

"真的不着急，"村主任说，"吃过饭，曾总他们要回乌酉宾馆，你跟他们一起回吧。"

"是呀，是呀，"曾乙僧和梅雪异口同声地说。

叶冰清把目光转向师玉洁，师玉洁对她说："去看诸葛大爷的事，下次吧。今天你是专门冲葫芦产业的事来的，总不能让你空手而返吧！"

叶冰清看看大家，有点犹豫不定，她说："我在这儿影响你们的工作。"

"没关系，你可以坐在这儿看，"师玉洁说着搬了把椅子放在大案子的一旁，"看哪儿有毛病，可直言不讳。"

"那好，我就恭敬不如从命了。"接着她对大家说，"你们忙你们的吧！"

师玉洁就对大家说："我们继续。"

于是，大家重又凑到大案子上，指指点点地研究起他们的事来。叶冰清随手拿起一本杂志，有一搭无一搭地翻看着，做做样子，实际上，她的注意力全部集中在他们研究策划的事情上。她边听边看边思索，对村上的这些干部们的崇敬之情油然而生。他们规划研究的，已超出了投资办厂的范围，他们这是在规划葫芦村的未来，为葫芦村的明天描绘着一幅美好的蓝图。仔细看来，他们在未来的一段时间内，将继续以葫芦产业为龙头，大力发展科技农业、有机农业、生态农业和观光农业。曾乙僧投资创办的葫芦加工企业，就是这些"农业"产业链条的一个组成部分。

就这样，他们一会儿七嘴八舌，议论纷纷；一会儿少言寡语，沉思默想；一会儿又兴致勃勃，写写画画。不觉时间过去了几个小时，有人走进会议室，向师玉洁悄声说了句什么，师玉洁就对大家说："好了，今天就讨论到这里，饭好了，吃饭。"

于是他们到一楼的临时餐厅吃饭。饭后，曾乙僧、梅雪他们要回宾馆，叶冰清自然要搭乘他们的车，师玉洁说要送送曾乙僧他们，于是，他们一起返回市区。

九　梅雪夜访妹妹家，梅雨家丑不外扬

到了乌酉宾馆，刚下车，他们碰上了沈惠贞。她也是刚接待完一拨客人，刚刚送走，这会儿脸微红着，看上去志得意满，神情俱佳。师玉洁迎上前去，拱手道："恭喜，恭喜！"

沈惠贞笑嘻嘻地说："谢谢你了，"接着她谦虚道，"我们这个，再怎么也是后方，伺候人的。不像书记你，在前方独当一面，冲锋陷阵，将来必定大展宏图，前程似锦啊！"

"哪里哪里，"师玉洁摆摆手，开玩笑道，"你这是将天比地，一个知县老爷，一个村野匹夫，岂可相提并论！"

"什么时候你也变得这么油嘴滑舌的，"沈惠贞看一眼他身边的客人，对他说，"你还有客人呢，别冷落了人家。"

"哦，我刚要跟你介绍呢，"师玉洁转过身，介绍他的客人，"这位是乙僧公司的老总，是我们请来开发我们葫芦村的金主。这位是市政府接待处的沈处长。"

沈惠贞就伸过手，和曾乙僧握握，客气道："欢迎，欢迎。"

师玉洁接着介绍了梅雪和他们的其他随员，介绍到叶冰清时，沈惠贞和她握握手，开玩笑道："我们就不用介绍了吧，大名鼎鼎的叶大记者，在乌酉这块地面上，但凡在社会上混的，谁不认识呀！"

叶冰清笑笑，说："处长这样夸我，我很高兴。是不是大名鼎鼎，我管不了那么多，就权当是处长的溢美之辞，先偷着乐呵乐呵吧！"

沈惠贞拍拍叶冰清的肩，说："不说了，和文化人说话，非吃亏不可。"她对师玉洁说，"让客人休息吧，不要在这儿站着了！"

师玉洁就说："好吧，有空和布然一块儿坐坐。这会儿我们上楼了！"

"好吧！"沈惠贞说着和曾乙僧他们一一握手告别，师玉洁就带他的客人上楼了。

到了客房里，宾主聊了一会儿，师玉洁问曾乙僧，要不要出去活动活动。曾乙僧说有点累了，还是休息为好。师玉洁跟梅雪开玩笑道："给你安排位帅哥，好好给你按摩按摩？"

梅雪笑笑，大方地说："免了吧。"她抬手看看表，对曾乙僧说："还有点时间，我去看看妹妹。"

曾乙僧稍稍犹豫了一下，说："想去就去吧。我回去以后，葫芦村的事就够让你忙的了，恐怕没有多少时间去看妹妹了。"

"你妹妹在乌酉，是谁呀？说不定我还认识。"师玉洁问。

"梅雨，"梅雪回答，"你不一定认识她，但我的妹夫你很有可能认识。"

"你妹夫是——"师玉洁问。

"郜子达。"

"哦，是他，认识，市委办公室的郜科长。"师玉洁说，"那她住在哪里，我送你去吧！"

"谢谢你，不用了。"梅雪说，"离这儿不远，我打个的去就可以了。"

"那好吧，注意安全。"师玉洁说。

到了妹妹家门口，敲了半天门，不见动静。梅雪将要离去，郜子达开了门，他见是大姨姐，露出一脸的尴尬，站在那儿，一副无所适从的样子。

"怎么，不让进啊？"梅雪开玩笑道。

郜子达挤出一个勉强的笑容，把梅雪让进门。到了客厅里，这里一片狼藉，显然，这个家庭刚刚经历过一场战争。梅雨坐在沙发上，披头散发，抽抽咽咽地哭泣。梅雪随手捡起被甩到地上的一块沙发垫子，放到沙发上。又将打落在地的几样物品拾起来放到茶几上，悄无声息地坐到梅雨身旁，平静地问她："有什么过不去的，非得闹成这样呀？"

梅雨从茶几上的纸盒子里抽出一张纸，擦了一把鼻子，手指着郜子达，对梅雪说："你问他！"

梅雪望着对面小凳子上的郜子达，埋怨道："大小也是个领导干部，这是何苦呢！"

郜子达没心没肺地笑笑，说："你妹妹就这样，动不动就砍天杀地的。你当我愿意这样呀！"

梅雪转而劝慰自己的妹妹："我说你呀，夫妻之间，有什么大不了的事，互相忍一忍，不就过去了吗？"

"这事是能忍的吗？"梅雨抢白道，"你能忍，你怎么也离了！"

"这是什么话！"梅雪被妹妹无故抢白了一句，而且戳到了她的痛处，一口气噎到喉咙里，一时说不出话来。于是站起身，转身就要走。

郜子达见状，站起身拦住她，说："大姐你别见怪。"说着把她拉到沙发上坐下来，屋里暂时沉默下来。过了一会儿，郜子达说，"对不起，大姐。你姐妹俩先聊会儿，我去买些饮料、水果什么的，一会儿就回来。"说着，他就穿上外套，出去走了。

郜子达走后，梅雪闷闷不乐地坐了一会儿，关切地问妹妹："你俩到底为了啥，闹成这样？"

"为了啥？"梅雨又擦了一把鼻涕，"家丑不可外扬，对自己的姐姐，我也就不再遮遮掩掩的了。"于是她慢慢地停止了抽噎，忿然说道，"你说姐姐，他是人不是人，简直就是个畜生！这世上有的是女人，搞谁不行，非得对他老婆的弟媳妇下手！"

梅雪阻止道："梅雨呀，这种事情，没有真凭实据，你可不要乱说。"

"姐姐呀，这种事，我怎么能随便乱说呢。他是谁呀？他是我的男人，没有事实，怎么可能胡乱猜疑自己的男人呢！"梅雨看一眼梅雪，哀哀怨怨地说，"人老说，男人外面胡搞，最后知道的是自己的老婆。这话也不全对。不瞒姐姐说，这畜生和那骚货有一腿，我在过年期间就听说了。当时我想，那骚货毕竟是他的舅老媳妇，眉来眼去的骚情骚情也就罢了，谁知他来真的了！"说着，梅雨又抽抽噎噎起来。

梅雪抽出一块纸递给妹妹，劝解道："说来说去，也没说出什么骚情的事。眉来眼去的，那算什么事呀！见了漂亮女人，哪个男人不'骚'几眼呢！"

梅雨听到这里，不觉噗哧一声笑了。随即又严肃起来："若像你说的仅仅'骚'几眼，我管他干吗？我也不是那号子小肚鸡肠的人。那天晚上不知在那里喝了些猫尿，跑到那骚货那儿去了。回来我问他，他说他送他们的一

九 梅雪夜访妹妹家，梅雨家丑不外扬

个同事。他的话音还没落,梅能就打来电话,说他在歌厅门口碰上了郜子达。你说,那么晚了,梅能又不在,那骚货又那么骚,仅仅'骚'几眼能罢休?"

听到这里,梅雪不禁哑然失笑,她笑着说:"你这也是想当然,歌厅是公众场合,现如今,哪个男人没去过歌厅?"

"那这个呢?"梅雨把一款手机送到梅雪的手上,"这手机就像他的命,藏着掖着的,一刻也不离身。有短信啥的,你看一眼他就着急,肯定有什么见不得人的事。今天老虎打了个盹,洗澡时放到茶几上了。你看看,看着都让人脸红。"

梅雪摁了一个键,手机屏幕上有一条短信,上面写着一些肉麻的话。她看了一眼,就还给梅雨,说:"这上面显示的姓名明明是杨贵妃,你咋知道这杨贵妃就是杨红叶,而不是误发到郜子达手机上的呢?"

"哼,"梅雨气哼哼地说,"好一个杨贵妃,你看有多心痛!"接着她带点戏谑的口气说,"若他是个干净人,我有可能就认为是别人误发的。可他不是个干净的人,我当时就多了个心眼,照着这个'杨贵妃'拨了过去,那面一接,你猜怎么着?"

"怎么着呀?"梅雪问道。

梅雨说:"还能怎么着,'骚'呗。"她学着杨红叶的口音说,"'亲爱的,我想死你了。'你听听,骚到家了。我心头那个火呀,一下子窜了上来,我没有客气,把那骚货狠狠地骂了一顿。"

"哦,原来是这样。"梅雪若有所思,"于是你就和郜子达打起来了?"

"嗯。"梅雨说,"你说姐姐,我该怎么办呀?"

梅雪长长地叹口气,无可奈何地说:"你说咋办,还能咋办?现如今的男人,不要说像郜子达这样偷偷摸摸的,公开包养小三小四的,又有多少?"

"别人包养小三小四我管不着,自己的男人我不能不管。"梅雨怒吼道。

"那你能怎么样,离婚?"梅雪停了一下,望着梅雨说,"人家郜子达巴不得呢。现在不像过去,过去是男人怕离婚。可现如今呢?反了,是女人怕离婚。男人离了婚,成了香饽饽,十八九岁的女孩子抢着要呢!可女人呢?大姑娘都嫁不出去,成了'剩女',谁还要离了婚的女人!"

"可我忍不下这口气,"梅雨有点不甘心的样子,"你说这是什么事,这骚货欺负了我不说,还给我们梅家戴了绿帽子。不行,我得告诉梅能,不能轻易饶了她!"

梅雪轻轻地摇摇头，悲伤地说："梅能的情况你又不是不知道。成天喝得醉醺醺的，外边的时间多，着家的时间少，谁的劝也听不进去。不仅固执，脾气也不好。你要告诉他，说得不好，动手动脚的，闹得满城风雨。这个时候，郜子达刚刚当了科长，据说梅能也嚷嚷着要调职呢，这些龌龊事张扬出去，对谁都不好。你说呢？"

梅雨无语，她沉默了一会儿，不情愿地问："那就这样算了？"

"不算了又能怎么样呢？"

"至少教训教训郜子达！"梅雨怒吼道。

梅雪左右看看，无奈地笑笑说："说是去买水果，一去不复返，这个郜子达！"

"什么买水果，见你来了，怕我当着你的面揭了他的丑，那驴脸上挂不住，找个借口逃避了。"梅雨忿忿地说。

梅雨说得对，郜子达出了家门，踅到一家水果店里，转了一圈，踅出门来，信步走在大街上，想着刚才的事，就懊悔在洗澡前没有把手机关掉，让老婆抓到了把柄。反过来一想，这个杨红叶，闲着没事，发什么肉麻的短信，让他在老婆面前，长上十个嘴也分辩不清。而且老婆还给杨红叶打过电话，不知她俩在电话中说了些什么。这样想着，就要掏手机打给杨红叶问个究竟，可一摸手机套子，空的，才想起来，手机还在老婆的手上呢，就越发懊丧起来。

这样往前走了一段路，来到人民广场，这里华灯初放，人来人往，热闹非凡。大屏幕上播放着花花绿绿的影像，看不出是什么节目。音乐喷泉四周，围绕着天真的孩子们，互相追逐着，叽叽喳喳，嬉戏玩耍，一副天真无邪的样子。广场的另一边，是一溜儿啤酒摊子，空闲时间，特别是晚饭以后，男男女女聚集在这里，三五成群，要一扎啤酒，一边喝啤酒，一边打牌聊天，乐此不疲。因此，人民广场便被戏称为确切而富有诗意。郜子达正在这儿徘徊着，只听有人叫他，他左顾右盼，闻声看过去，见是倪布然向他招手，就走了过去。倪布然和艾妮几个坐在一个摊子上，郜子达和他们握手寒暄了几句，坐下来。艾妮给他倒了杯啤酒，他呷了口啤酒，问倪布然："怎么样，还适应吧？"

"还行，"倪布然反问，"上任了吧？"

郜子达点点头，稍停他说："你们研究人类学的，研究不研究婚姻家庭？"

倪布然呵呵一笑，说："家庭是人类社会的细胞，婚姻是人类文化的有机组成部分，当然是人类学研究的重大课题了。"郜子达点点头，倪布然不解地问，"你怎么突然想起问这样一个问题，"然后开玩笑道，"该不是家庭出什么状况了吧？"

"没有，没有。"郜子达稍许有点紧张地否认道，"我随便问问。"

"哦，"倪布然说，"没有问题就好。"

艾妮望着郜子达，开玩笑道："能有什么状况，大不了有点婚外情什么的，也大可不必大惊小怪。"

"艾女士倒也大方，"郜子达回敬道，"仔细想想，也就那么一回事。你不听有人说，男人没情妇，活着不如猪，女人没情夫，还有啥情趣。时尚如此，想洁身自好都难。"

"谬论，"倪布然抨击道，"简直是谬论。"

"谬论不谬论，你研究一番，不就搞清楚了？"郜子达说着，目光停留在倪布然的脸上，神情有点怪异，他说，"哎，倪教授，嫂夫人可是官场上混的人，接触的又都是三教九流，你可防着点，不要哪天戴了绿帽子还浑然不知。"

"说你呢，怎么又扯到我这儿来了。来，罚酒一杯。"

"好，我认了。"郜子达说着，端起酒杯，一扬脖子，一饮而尽。

他们这样说笑着，倪布然的手机响了，一看，是老婆沈惠贞的。接完电话，他摊开两手说："对不起了，家里有点事，我得先走一步了。"

他们互相望望，艾妮说："时间不早了，散了吧，有机会再聚。"

"好吧。"其他几人异口同声地附和着，结了酒钱，各自散了。

十　赴白宴夫妻有别，官本位冷落人心

回到家里，见沈惠贞坐在沙发上，倪布然坐过去，问："什么大不了的事，非要这会儿商量。"

沈惠贞说："潘书记的丈母娘死了，我想我俩都去一下吧！"

倪布然说："你说的是潘池潘副书记？"

沈惠贞嗔怪道："潘书记就潘书记，非得加个'副'字干嘛！"

"本来就是副的，加个'副'字名副其实嘛！"倪布然调侃道。

沈惠贞有点不耐烦地说："你当了这么多年秘书，你听过有谁这么称呼领导的？无缘无故的，跟我抬什么杠呀，真是！"

"好好好，我不抬了。"倪布然正色道，"潘书记家的一个白事，况且是丈母娘，又不是他的亲娘老子。一家子人，你去一下就行了，我就不去了吧！"

"还是都去一下吧。"她本来想说，夫君调到人文学院，也许是他一时心血来潮做出的决定。到底能呆多久，谁知道呢！万一有一天在那儿呆不下去，或者不想呆了，不是还得往行政机关调吗。即使再度调入行政机关，不是还有一个不断"进步"的问题嘛。如果上层没有人脉，到时候临时抱佛脚，哭都来不及了。但她一看倪布然一副心不在焉的样子，就改口道，"就算是支持一下我的工作，行吗？"

"好吧,沈副处长。"倪布然又调侃了一句。

沈惠贞心想,自己为他着想,他却如此没心没肺。也就没有再说他什么。而就怎么个去法,随什么礼,搭多少礼钱这样的问题扯了几句,倪布然去书房里看书,沈惠贞换了电视频道,接着看她看过的一部韩国电视连续剧。

潘池丈母娘出殡那天,倪布然陪着沈惠贞前往殡葬公司吊唁。

他俩进了殡葬公司大院,就有人给他们各发了一朵白花,白花上系着一条细细的大红布条,不知什么意思,反正当地人都是这么做的。他俩认真地戴上白花,就被淹没在人潮之中。倪布然扫一眼人群,前来吊唁的,大都是党政机关各部门的头头脑脑,怪不得沈惠贞特别重视,大概这也是官场上不成文的规矩,如今变成丧葬文化的一部分了。

他这样边想边转悠着,沈惠贞忙着去献花圈、记礼,和熟人打招呼,忙得不亦乐乎。相比之下,他就显得冷清得多,这些头头脑脑们,在他当书记秘书的那会子,各个见了他总是主动和他打招呼,甚至套近乎,乃至于巴结也不算过分。现在明显的不一样了,见了他要么不屑一顾,要么冷冷地打声招呼,连握握手都显得那么勉强。真是此一时,彼一时也。身份变了,身价也掉了。

这样转悠着,追悼会就开始了。他俩进了吊唁大厅,来宾们被安排到各自的位置上,倪布然注意到,头头脑脑们在正中间,面对着丈母娘的遗像肃然起敬;丈母娘的亲属在左边,披麻戴孝的,跪在那儿,一副悲痛欲绝的样子。右边是其余的"亲朋好友",无职无爵,显得无足轻重。

主持人宣布追悼会开始后,接着便以深沉的音调公布一份名单:"参加今天追悼会,以及送来花圈和挽帐的有:⋯⋯"名单很长,完全是按公务活动中的排名顺序排列的,级别高的在前,低的在后;牛比部门的在前,一般的在后。沈惠贞是副县级干部,当然"榜上有名",有名有姓地公布了出来。县级以下的,没有资格上榜,管你姓甚名谁,统统摆在"以及亲朋好友"中,一锅烩了。即使像倪布然这样的学者,也不例外。他听了以后,多多少少有点失落的感觉。

追悼会结束后,他俩乘车挤入长长的车队,随着送葬大军前往老人家的最后一站——殡仪馆。烧完丈母娘,又随车队回到市区,到乌酉大酒店用餐。

他俩进入大厅,大厅里摆满了一桌一桌的酒席,门口迎宾的,里面接客的，全是机关干部，大多与倪布然相识。倪布然和他认识的一位迎宾先生打了个招呼，问道："是在这随便坐吧？"

迎宾先生不好意思地笑笑，说："你在这随便坐，沈处长到这边来！"说着拉起沈惠贞就往前边的包厢里走。沈惠贞随那迎宾先生走后，倪布然在大厅里"随便"找了个位子坐下来，心里横竖不是滋味。他想，这纯属私事，来这儿的都是主人的客人，本应一视同仁，平等对待。而如今客分三等，县处级干部进包厢，配专人伺候，县处级以下的，就被泛泛纳入"亲朋好友"之列，自己在大厅中找个座位坐下来。真是岂有此理！

倪布然纳闷了一阵子，便释然一笑，心想，这也不是针对他一个人的，也不是只有潘池才这样，而是一种习俗，一种文化现象。作为人类学研究者，他深深懂得这种文化现象的历史渊源。在中国古代，人们把朝庭命官以外的人称作"白身"、"白丁"或"布衣"什么的，仅从服饰上一眼就能识别出官员和百姓。与人交往，注重身份和社会地位，就连具有改革精神和民主思想的刘禹锡，也在其《陋室铭》中夸耀他"谈笑有鸿儒，往来无白丁。"这种待客文化和官本位意识，深深地渗透到中国社会的每一个角落，沉积到人们的每一块骨头里，体现在日常生活的方方面面。作为个体，要从大厅转移到包厢，只有一个办法，就是努力将布衣换成官服，拚命挤进官僚行列，哪管它是官本位还民本位，人类学还是动物学！

就在这种胡思乱想中，酒席散了。沈惠贞从包厢里出来，脸喝得红扑扑的，她忙着与领导打招呼，自然就冷落了自己的丈夫。倪布然走出大厅，匆匆离开人群，搭了辆出租车，径直向学院驶去。

到了自己的办公室，看离上班还有一段时间，他就躺在沙发上，打算小睡一会儿。这时手机响了，一看，是沈惠贞的，他不情愿地摁下接听键，有气无力地说："什么事，说！"

那边说："人家好心好意问候你，你这是什么态度？"

"嫌我态度不好就不要来打扰，正烦着呢！"倪布然语气生硬地说。

那边出现了短暂的沉默。稍停，沈惠贞温和地问道："烦谁呢，谁惹你生气了？"

"没人惹我生气，"倪布然没好气地说，"有事说事，没事我挂了？"

"呵呵。"沈惠贞笑呵呵地说，"不要自己跟自己过不去了，社会本来就这样，高低贵贱，自有定数。"

"你说什么呢？"倪布然大声分辩道，"不要以为当了个伺候人的芝麻小

官,就觉得了不起了。"

"伺候人的官也是官,县太爷,不管正的还是副的。而你呢?"沈惠贞一改温和的语气,冷冰冰地说,"什么叫社会地位,这就是!"

倪布然的脑袋嗡地一下,仿佛被什么东西重重击了一下。他翻起身,合上手机,愣愣地望着挂在墙壁上的名人肖像和他们的名言,心中升起一股无以名状的悲凉之情。他想,如果这仅仅是沈惠贞的个人之见,本不算什么,但他从潘池丈母娘的葬礼上,他深切地感受到,这不是什么个人之见,而是一个民族、一个时代的集体意识或潜意识。一个把官位视为衡量个人社会地位高低的唯一标准的民族,不知这个民族的优势和前途在哪里?他这样想着,手机又响了,他看都没有看,就接了起来。

"没生气吧,刚才话说得重了,不要往心里去。"那头传来沈惠贞软绵绵的声音,接着,她话锋一转,正色道,"不过,我说得是实话。离开市委这么些日子,我想你也该悟出一点什么了吧。别的不说,别人看待你的那个眼神,那个态度,你仔细玩味玩味,在离开市委前后,是个什么情形!布然呀,俗话说,吃一堑长一智,苦海无边,回头是岸,只要你同意,我立马去找市委的领导,咱们还回市委,好吗?"

倪布然听着沈惠贞的电话,心里像打翻了五味瓶,酸甜苦辣咸,五味俱全。难道自己的选择真的错了,就像老婆说的,搞学术"苦海无边",回到官场就"回头是岸"?"岂有此理!"他脱口而出。

"你这同学就这样让你上心,"沈惠贞揶揄道,"不成把她也一块儿调到市委,这样总可以了吧!"

"瞎扯!"倪布然忿然道。这样说着,有人敲门,他合上手机,喊了声"进!"

应声进来的正是他的同学艾妮。他不觉笑笑,心想怎么这么巧呢,说曹操,曹操就到了。"有什么开心的事,说出来我也分享分享。"她看倪布然的脸微微有点红,没心没肺地笑着,就和他开了句玩笑。

倪布然站起身,礼貌地把她让到沙发上坐下来,想起沈惠贞最后那句话,不禁又冲她笑笑,说:"要是把你调到市委去,你觉得怎么样?"

"别逗了,我哪有那本事呀!"艾妮不假思索地说。

倪布然收起了笑容,睁大眼望着艾妮,不解地问:"如果你觉得有本事的人才能够呆在市委,你为什么要我调出市委呢?"

艾妮一时语塞,回答不出来。倪布然正色道:"如果你也认为搞学术

'苦海无边'，那我真地应该考虑'回头是岸'了。"

艾妮看他有点着急的样子，赶忙说："我跟你开了个玩笑，看把你急成这样。"接着她说，"好了好了，不说这些了。知道你喝了些酒，而且心里不痛快。我们出去，找个地方给你醒醒酒如何？"她看倪布然犹豫不决的样子，站起身，伸手拉起他，一起出去。

刚出学院大门，碰上了一个熟人，倪布然向艾妮介绍道："这是中国文化研究会的孔主席。这是人文学院的艾老师。"

他俩冲倪布然笑笑，互相握握手，异口同声地对倪布然说："我们也是老熟人了。"说罢，三人面面相觑，接着哈哈大笑起来。笑过一阵，孔主席对他俩说："天缘凑巧，那就找个地方随便聊聊如何？"

倪布然和艾妮对看一眼，点点头表示同意。接着问孔主席："那你点个地方吧！"

孔主席略做思考，对他俩说："我喊一二三，三人共同说出各自想去的地方，看咱们是不是想到一块儿去了。"

"好。"倪布然说。

于是，孔主席伸出手指头喊："一、二、三。"

他的话音刚落，三个人同声喊出了"乌酉湖"仨字，他们相视一笑，恰有一辆出租车路过此处，三人招手拦下，上了车，向乌酉湖方向而去。

十一　君子之交淡如水，谈佛论道话官场

乌酉湖位于市区边缘地带，是由人工开凿修建而成的风景区。整个工程由几个大小不等的人工湖组成。这些湖互相连通，相对独立，掩映在起伏不定的丘陵和郁郁葱葱的林木之中，随着视角的变化，湖面波光粼粼，时隐时显，变幻莫测，显出几分诡异。

中心湖区内建有各种各样的景点，有形状怪异的人工小岛，有高耸入云的灯塔和弯弯曲曲的小桥；四周有人造瀑布，有观景码头，有树林草坪，有专供游客休憩的休闲区。他仨浏览了一会儿湖光山色，就在休闲区的一个茶亭子里坐下来，刚一落座，走过一位年轻女子，她身穿一套景泰蓝色花布短衫，显得丰满圆润，秀色可餐。她问声好，把手里的茶谱递到孔主席的手上，恬恬地问了一声："请问喝什么茶？"

孔主席瞅了一眼茶谱，看着倪布然和艾妮，用征求意见的口吻说："来壶台湾高山茶如何？"他见倪布然和艾妮面面相觑，解释道，"这种茶产于台湾高山地区，因为高山气温低，而且时常云遮雾罩，平均日照短，故茶叶肉厚柔软，色泽翠绿鲜活，非常耐冲泡，泡之水色蜜绿，滋味甘醇，香气淡雅。"说到这里，他问那姑娘，"我说的对不对呀？"

姑娘笑笑，夸赞道："老板博学多才，说得好极了。"

"嗯，这姑娘倒会说话。"艾妮说，"知道这位先生是干什么的吗？他是专门研究中国茶文化的。"

"阿弥陀佛，折煞我也。坐坐坐，还是坐下来喝茶吧！"孔主席说着，三人落了座，那姑娘泡茶去了。

被称作孔主席的人，名叫孔佰文。他大学毕业就进入党政机关工作，期间作过秘书、办公室主任和部门负责人。先后服务于好几个部门，具有丰富的行政工作经验，多次受到市委市政府和省级业务部门的表彰奖励。在公务员年度考核中，数度被评为优秀公务员。

他酷爱中国文化，嗜书如命。利用业余时间进行学术研究，特别是近几年来，他在国内一些颇负盛名的学术杂志发表过学术水准较高的文章，引起学术界的关注。同时也引起市领导的关注，把他调离行政部门领导岗位，改任一事业单位的调研员。

该单位本来就是个闲单位，这个调研员呢？说好听些，是个荣誉职务，一般情况下，赋予那些船到码头车到站的老人，起个心理安慰的作用，不承担任何工作任务，因此是个闲职。说不好听些，用当地人的话来形容，就是脖牛的卵子余外的肉。使得忙碌了半生的他一时三刻无法适应，百无聊赖之际，联络几个情投意合者，在民政部门登记成立了一个名为中国文化研究会的民间组织，他被大家推举为主席，时不时凑到一起，对某个感兴趣的话题展开讨论，为大家的研究抛砖引玉。

他们说着话，那姑娘泡好茶端了上来，少泡了一会儿，那姑娘沏到茶杯里，说声请慢用，就退了下去。倪布然喝了口茶，称赞道："嗯，果真是好茶。"

孔佰文呷了口，品一品，说："嗯，是真品。"

三人品了一会儿茶，倪布然说："我听孔主席原来单位的人说，你是他们解决棘手问题的能手，又会说，又会写，又能干，可谓能文能武，本该担当大任。这么早退居二线，有些可惜了。"

孔佰文嘿嘿一笑，说声谢谢，随和道："有人说我，当官不好好地当官，研究什么鸟文化呀，这不，研究出乱子来了，给你个'鸟'（调研员之调的谐音），一手儿研究你的文化去。"

"这样也好，"艾妮附和道，"安心做你的学术研究，比在官场上瞎混强。"

倪布然笑笑，对艾妮说："什么叫瞎混呀，用词不当！"接着他对孔佰文说，"艾妮说得有道理，在官场上摸爬滚打了二三十年，既有实战经验，

又有理论探究,写成文字,垂训后人,功德无量。"

孔佰文呵呵一笑,轻松地说:"兄弟你还别说,那天和女儿聊天,女儿问我,这调研员是个什么职务,我说,就是给劳苦功高的人的一种待遇。换句话说,你老爸我这辈子,官没当上,钱没挣下,除了你,就剩下满肚子的学问和一身的经验教训了。你猜她怎么说?她说,那你赶快把你的经验教训写出来,我可以学你成功的经验,吸取你失败的教训,这样,不就可以少走弯路了吗!"

"如果如愿以偿,那将是你留给女儿最富贵的财富。"倪布然说,"哎,我记得你在一篇文章中写过,人生如旅游,旅程快结束了,才知道哪些地方值得一去,哪些地方不值一去。如果在旅行前问问去过的人,不就知道什么地方该去,什么地方不该去了嘛!这样既省钱,又不浪费时间。对于后人,你就是过来人,把你的经验教训写成书,不就是人生旅程中最好的指南嘛!"

"好,我写,"孔佰文以调侃的口吻说,"我女儿把题目都给我想好了,就叫《给女儿的N条忠告》,怎么样啊?"

"好,"艾妮竖起拇指赞赏道,"俗话说,虎父无犬子,这题目直截了当,一目了然,妙哉,妙哉!"

孔佰文笑一笑,合掌道:"这就有点上纲上线了。阿弥陀佛,善哉,善哉!"

艾妮刚要开口说话,有人说道:"我们的大学者,是什么时候遁入空门的呀?"

他们转身一看,是师玉洁和另外几个人悄无声息地站在茶亭外面,笑眯眯地看着他们。

倪布然他们站起身,说笑着把师玉洁他们让进茶亭,那姑娘忙着搬过几把椅子,互相谦让着落了座。除了曾乙僧、梅雪外,其他人都是熟人。师玉洁就把他的客人和倪布然他们做了介绍,互相客气一番,师玉洁说:"这些天,曾总他们忙着建厂的事,今天天气好,我陪他们到这里换换脑子。走到这里,听见诸位高谈阔论,饶有兴致,就过来打搅诸位了。"

"哪里,哪里,"倪布然说,"什么时候也变得这么斯斯文文的了。"

他们这样说着话,那姑娘添了茶杯,沏了茶,主客品着茶,谈茶论道了一会儿,话题便自然扯到葫芦村投资建厂的事。"前期工作非常顺利,"师玉洁说,"目前,项目的规划、市场预测、工艺方案编制、厂址筛选等等,这些基础工作基本有个模样了。请了一些专家学者,正在做评估论证。审批这一关有齐市长撑腰，问题不大。"

倪布然点点头，若有所思地说："只要在法律法规政策的范围内，齐市长会尽全力的，这点我了解。"

"对，"曾乙僧也很有感触地说，"我们在跑这个项目的时候，他非常热情。好多事，只要合法，附合政策，他都给相关部门打招呼，甚至直接出面，协调办理。另一方面，他特别强调要合法经营，依法办事。不是随意许诺，随心所欲的那种。作为投资方，我们非常在乎这一点。"

"你请人家换脑子，怎么又说个没完没了的。"孔佰文半开玩笑半认真地说。

师玉洁、倪布然相视一笑，说道："不说这些了，说点轻松的，大家都轻松轻松。"

"嗨，好热闹呀，各路神仙都聚齐了。"大家转过头，原来是郜子达，他说着就进了茶亭，和大家握手致礼后，那姑娘又添了茶杯沏了茶。他望望大家，说，"呵，这差不多三教九流都有了。"

"过去叫三教九流，如今叫社会分工不同。"艾妮一本正经地说。

"什么叫社会分工不同，"郜子达带点傲慢的口吻说，"比如说这游玩，领导叫视察，老板叫休闲，百姓则叫瞎逛。这不是社会分工，这叫社会地位。同一件事，社会地位不同，性质也就不同。明白吗？"

倪布然接过郜子达的话茬儿说："按郜科长的逻辑，同样是干活，领导叫带头，老板叫创业，百姓则叫打工。"

"是这样，"郜子达肯定道，"同样是发言，领导叫指示，老板叫意见，百姓则叫牢骚。"

"真有意思，"师玉洁说，"同样是出国，领导叫考察，老板叫旅游，百姓则叫偷渡。"

郜子达望着大家，说："同样是泡妞，领导叫放松，老板叫包养，百姓则叫嫖娼。"

"那文人骚客呢？"艾妮突兀冒出一句。

"那叫体验生活。"没想到梅雪接了这么一句，把在座的人都逗得乐不可支。

说笑了一阵子，艾妮问孔佰文："孔主席对此有何高见？"

孔佰文合掌微笑道，"向你们学习，哪有什么高见！"

师玉洁冲艾妮笑笑，转身对孔佰文说："大悲无泪，大笑无声，大悟无言。孔主席此时无声胜有声呀！"

倪布然附和道:"佛说,'坐亦禅,行亦禅,一花一世界,一叶一如来,春来花自青,秋至叶飘零,无穷般若心自在,语默动静体自然。'开悟了,自然也就没有什么事是可叹可怨的了。"

孔佰文合掌道:"阿弥陀佛,我不过读了一点佛学著作,离开悟还差十万八千里呢!"

"哦,"梅雪说,"孔主席也念佛呢,我们曾总可是真正的佛教徒。"

"是吗?"孔佰文转身问曾乙僧。

曾乙僧微微一笑,说:"企业界念佛的人多,我也算一个。虔诚倒也虔诚,只是没有像主席那样,修炼到'语默动静体自然'的地步。以后多向主席请教。"

孔佰文哈哈一笑,对曾乙僧说:"我们可是两码事,你是虔诚的佛教徒,而我充其量不过是个佛学爱好者。"

梅雪眨巴眨巴眼睛,不解地问道:"这不是一会事儿?"

曾乙僧回答道:"主席是理论家,我算是个实践者。因此,主席把佛学和佛教是分开来理解的。"他转而问孔佰文,"我这样理解,不知对不对呀?"

"你太谦虚了,"孔佰文对曾乙僧说着,转头对梅雪说,"曾老板在槛内,而我在槛外。"说到这里,他面对曾乙僧,正色道,"说实话,佛学博大精深,自佛教传入中国,已经完全溶入中国文化,对中国文化乃至中国社会的发展发生过深远的影响。因此,研究中国文化,不能不研究佛学呀。"

谈到佛教,倪布然自然联想到前任市委书记宦海淳在碧空寺佛像肚里窝藏赃款赃物的事。想起这事,他不假思索地说:"我们的有些领导干部,打着支持宗教事务的旗号,干了一些违法乱纪的勾当。而我们的有些宗教场所,则成为犯罪分子的庇护所。这样的教训,也是值得我们的佛学家们好好研究研究的呀!"

孔佰文笑笑,对倪布然说:"是得好好研究研究。"

在座的人都听得出,他俩说的是什么意思。就连不在本市生活的曾乙僧也知道是怎么回事。他看看大家,说道:"他是利用人们对佛像的敬畏心理,才想到在佛像的肚里窝藏赃物。蛮聪明的嘛!"

"聪明反被聪明误,最终丢了卿卿性命。你说他到底聪明呢,还是傻!"艾妮评价道。

郜子达嘿嘿一笑,自作聪明地说:"说到傻子,我倒想起一个段子,说的是官场上的十大傻子。我念来大家听听。"他说着摸出手机,翻拣了一番,念道,"这十大傻子是:'默默奉献等提拔的,没有关系想高爬的,身体有病不去查的,经常加班不觉乏的,什么破事儿都管辖的,能退不退还挣扎的,当众拍马特肉麻的,感情靠酒来表达的,不论谁送都敢拿的,包了二奶还要娃的。'你们听听,是不是特经典呀!"郜子达念罢,收了手机。原想大家会附和他说几句,表示点什么。不想大家都沉默无语。他就自感有点无趣了。正当他挖空心思再说点什么官场"高论"的时候,孔佰文自嘲似地笑笑,玩笑道:

"我就是那'默默奉献等提拔的',结果等了一个'鸟'。有意思,真的很有意思。"

"嗯,还真是。听上去好像发牢骚似的,细细想想,还就那么一回事。"倪布然说。

"牢骚也是一种文化现象,"孔佰文接口道,"有它产生的社会背景和土壤,不能一概认为是消极的东西。古今中外好多有作为的政治家,都很重视这些'牢骚'话的。"

"不说这些了,太沉重。"倪布然说,"还是聊点轻松的吧。"大家说也是,就把话题转移到别的方面。郜子达见他们谈佛论道的,不感兴趣,就借故先离开了这里。他们这样聊着,那姑娘来换了茶水,大家就又品了一会儿茶。品到茶水淡去,便离开茶亭,沿着乌酉湖边,边说边向别处走去。

十二　郜子达求官心切，老爷子舔舌护犊

郜子达离开乌酉湖以后，想起孔佰文等了个鸟的话，就反复琢磨起来。心想自己刚任职"第一科"，不便向组织提出升职的要求。但从任主任科员算起，在正科级的岗位上也不能算短了。如果就这样等下去，那不也成了十大傻子之一了吗？

第二天一上班，他把该处理的事儿马马虎虎地处理了一下，站起身拉开柜子，挑了两罐咖啡，踅摸到胡晔那里。他把咖啡罐放到写字台前面的茶几上。胡晔瞥了一眼，问："这是干什么？"

"那天有位朋友给我带了两罐咖啡，搁我那儿也是搁着，不如放你这儿，工作累了，冲一杯喝喝，解解乏。"郜子达边说边打开了一罐，走到写字台前面，对胡晔说，"味道不错的，给你泡杯尝尝。"说着，拿起写字台上的茶杯，出去到水房里倒掉里面的茶叶，涮了涮，回到屋里，将咖啡和配料配好，从热水器中接上水，拿随咖啡罐里带的小汤勺搅一搅，双手端到胡晔的面前。

"多谢了，"胡晔放下手里的工作，客气地让道，"你坐，你坐！"

郜子达退几步坐到斜对面的沙发上，有一搭无一搭和胡晔聊了起来。闲聊了一阵子，胡晔说："你好像有什么事儿？有事就直说。"

"也没什么大事，这几天没多少工作，思谋着我在这科级岗位上也有些年头了，也该……"

胡晔笑笑，若有所思地说："有目标了？"

郜子达犹豫了一下，说道："教育局不是空出来一个领导职位吗？"

胡晔想了想："不知潘书记有没有人选。"

郜子达望着胡晔，他知道，按照市委领导分工，教育系统由潘池分管。在人事问题上，似乎有个不成文的规距，常委分管的系统配备领导干部，除非书记有人，一般都尊重分管常委推荐的人选。一般情况下，分管常委和他所管辖的干部形成了一个比较稳定的人事圈子，出现空缺，他首先从这个圈子里考虑人选。这就好比农民的自留地，个体户的店铺，外人是很难插进手，分上一杯羹的。郜子达属于侯静德分管，要进入另外一个圈子，通常情况下，一是由书记钦点，二是常委互相之间在各自的圈子里进行交换。他在市委机关工作多年，要做到这一点，不是很难，这一点，他是很清楚的。想到这里，他轻轻地摇摇头，说："所以请你出山，在潘书记那儿探个虚实。"

胡晔面有难色，他望着对面墙上的一幅字，瞅一眼茶几上的咖啡罐，便知郜子达是有备而来的。郜子达有前朝遗老的背景，在领导层和机关干部中，对高干家庭出生的干部，有意无意中，一般都对他礼让三分，而且在职务安排上优先于别人。因此，他也就有意无意间表露出一些霸气，让你多多少少产生一种畏惧感。此刻他让你"探个虚实"，实际上就是摆明了他的态度，对他瞄准的位子那是势在必夺。这样想着，他转头对郜子达说："你看这样好不好，你先找找组织部，谈谈你的情况，在那儿挂个号。我去给侯秘书长说一说，让他给你探个消息，再看下一步怎么做。这样可以吧？"

"那就谢谢胡秘书长了。"说着站起身，边退边说，"那我就听你的好消息了。"

"不用谢，你先去吧，有消息我会告诉你的。"

郜子达出了胡晔的办公室，转身去组织部。他先到组织部干部科，和孙科长寒暄了几句，悄声地直截了当地问道："教育局空出来的那个职位有人选了没有？"

孙科长轻轻地摇摇头，笑而不答。郜子达就知趣地说："我知道，组织部门的工作要求守口如瓶。"接着他问，"杨部长这会儿在不？"

"在。找他的人很多，不一定能挨上，"孙科长冲他诡异地笑笑，"你去找找看吧。"

他到杨部长对面的房间里候等着。这里已经有不少前来拜访的同志。沙

发上坐满了人，但凡能放屁股的地方，都挤成一团。后来的人挤不下，就只有站着的份了。看着这种情形，他不禁想起火车站的售票大厅。他知道，机关治理工作开始以后，削肿减肥，包括削减超编制配备的领导干部。这就不可避免地涉及到县区和市直部门领导班子的调整。他当然知道，每到调整领导班子的时候，这个地方就门庭若市。就像每到春节和学生寒暑假期间的火车站候车大厅一样热闹，一样拥挤不堪。他左顾右盼了一会儿，就和他认识的一位来访者挤坐在一张椅子上，小杨照例给他倒杯水，他接过水杯，说声谢谢，问小杨："进去的人多长时间了？"

"一会儿了。"小杨回答。

不一会儿，部长室里的客人出来了，小杨进去通报了一下，排在前面的访客被召进去了。就这样，郜子达一边和熟人悄声聊天，一边看着出出进进的访客。挨到他时，他的心里反而七上八下的了。进了杨部长的办公室，部长倒也客气，让他坐下，他就把半拉屁股跨在写字台前侧的沙发上，挺直腰杆望着部长。部长抽出一支烟给他，他说声谢谢，部长就说："不吸烟好，不吸烟好。"

郜子达有点尴尬地笑笑，不知是说好呢还是说不好呢。部长自己点上烟，吸了一口，微笑着对他说："说吧，有什么说什么，开门见山。"

他受部长随和态度的鼓励，轻轻地咳嗽了一声，谦卑地说："我在科级干部的岗位上也有些年头了，你看部长，能不能再给压压担子，换个责任再大一点的岗位！"

杨部长听完他的话，平静地对他说："你的心情是可以理解的，要求也不过分。不过，你也知道，各部门的领导班子大都超编，僧多粥少，现在又要削肿减肥，暂时没有位子。以后一有空出来的位子，我们再考虑，你看这样如何？"

郜子达闻听此言，不禁打了一个寒战，他咽了口唾沫，吞吞吐吐地说："教育局不是有个空出来的职位嘛！"

杨部长笑了笑，客气地说："哦，那里有人选了。"

"是吗？"郜子达的话软中带硬，"就这事儿，还请杨部长多多关照。"

杨部长点点头："等等看吧，只要有机会，记着你呢。"

郜子达从部长办公室走出来，觉得这事儿不能就这么算了，像杨某人说的等等看，而要主动出击，用锲而不舍的精神去争取，绝不当"默默奉献等提拔的"傻子。

下班以后，他直接去老爷子家，把这事儿跟老爷子说了说，老爷子也没有推托，拿起电话，给市上的头头脑脑逐一打了一通招呼。打完招呼，他坐下来，问郜子达："我听你媳妇说，最近一段时间你有点儿不规矩，而且对方还是自家的亲戚。你说实话，有没有这事儿？"

"没有，绝对没有。"郜子达矢口否认。接着他说，"梅雨就那样，说风就是雨，疑心又重，又容易上当受骗。你又不是不知道。"

"没有就好，"老爷子说，"如今这男女之事，虽说不是什么大事，可要是为这事闹得鸡犬不宁，在这种节骨眼上，就难免被人家拿来做文章了，你小子明白吗？"

"我又不是三岁大的小孩，你就不要管那么细了，好不？"郜子达不以为然地说。

"嘀，你小子是涝池大了鳖也大了，嫌着老子管了。"老爷子嗔怪道，"那好，我以后不管你了，你也别来烦我。"

"哪能呀，"郜子达嘻皮笑脸地说，"该管的还得管。"

父子俩一来一往地逗了一阵子嘴，郜子达就借故离开老爷子家，老老实实地回家去了。

过了几天，他去找胡晔，见胡晔情绪很好，他就知道胡晔已经找过侯静德了，而且效果还蛮不错的。

"我见过侯秘书长了，"胡晔说，"秘书长非常重视这事儿。不过，教育局那块归潘书记管，他可能有人选了。"

"那，"郜子达疑惑地问，"没有周旋的空间了？"

"也未必，"胡晔说，"你是知道的，在干部的选拔使用上，不到最后一刻，什么事都有可能发生。"

"你的意思是，"郜子达望着胡晔，对眼下的形势进行闪电般的分析判断。从胡晔对事态的态度看，老爷子的影响力正在发生作用，他不知道潘池的人选，其背景到底有多深，如果是一般的关系，很容易撬动，如果有特殊关系，那就没有那么容易让他改变原来的初衷。于是他问，"潘书记的工作还是可以做的了？"

胡晔点点头说："我刚才说过，不到最后一刻，什么事都是可以发生的。"

"我明白。"郜子达对官场语言有天然的感悟能力。他听懂了胡晔的话，成事在天，谋事不是在人嘛！"谢谢秘书长，我先走了。我有什么难题，少

不了还要来请教。"说着,他站起身,向外走去。

他没有回自己的房间,而是直接去找潘池。潘池办公室对面的房间里坐满了访客,他掏出手机看看时间,又看看满屋子等候潘池接见的人,心想在这里候到猴年马月才能挨上他呀!于是,转回自己的办公室,磨蹭到下班时间,就直接去了老爷子那儿。

老爷子见他吊个脸,知道那事还没有眉目。也就没有急着问他什么。郜子达见老爷子这么撑得住气,就开门见山地说:"老爷子呀,我借你一样东西,你可不要舍不得呀!"

"哼,就这还不愿让人管!"

"我多会子说过不让你管了,"郜子达开玩笑道,"既使说过,那也是大人不见小人过,该怎么着还怎么着,谁让你是老爷子呢!"

"说吧,混小子,需要啥?"

"把你收藏的那些名人的字画拿出几幅来!"

老爷子一怔,拉下脸来说:"我就知道,一遇到啥事,你就会打它们的主意。"

郜子达说:"那东西搁着也是搁着,搁得时间长了,说不上发霉了,让虫子给咬了。在这种关键时候拿出来,让它发挥一点儿作用,免得你劳神劳力的,时不时地拿出来晾它。同时也算是物尽其用嘛!"

老爷子愣了一会儿,带着无奈的口吻问道:"真的到这种地步了吗?"

"别问那么多了,拿东西吧!"郜子达有点着急地说。

老爷子叹口气,极不情愿地搬出一个装字画的匣子,郜子达打开匣子,从里面挑出几幅,看一看,都是些出自名家之手的精品,价格不菲。他把字画卷起来,拿报纸包上,出门打了辆出租车,直奔潘池家去。

十三　唤情郎哭诉夫君恶，杨红叶婚姻起微波

那天去潘池家，潘池虽然没有给郗子达一定的话，但也不像是有了确定的人选，或者说由于他的造访改变了潘池的主意也是有可能的。倘若果真如此，可见潘池原来的人选也就不是什么背景很深的人，因此也就没有什么特别令人担忧的了。这样想着，郗子达的心里宽敞多了。他打开电脑，玩起了游戏，但他的注意力怎么也集中不起来，那件事情就像幽灵一样，徘徊在他的心中，萦绕在他的脑子里，好像人生在世，除了官场上的这点儿破事，再也没有别的什么鸟事让他感兴趣了。于是他起身离开自己的办公室，蹓摸到组织部干部科，和孙科长聊了一会儿，希望得到一点这方面的消息，比如什么时候开始推荐考察，什么时候开常委会研究干部问题，教育局的那个副职还有谁在抢，等等。孙科长在组织部工作多年，严守组工干部的规矩，对对方的问话，回答得都很讲究技巧，说得云遮雾罩的，让你丈二和尚摸不着头脑。最后郗子达说："兄弟一个楼上呆了这么长的时间，心里有什么，嘴上就说什么。你知道，我在办公室呆得时候也够长的了，争取一下教育局的那个副职，如果有这方面的消息，透露透露。"说到这里，他有点激动，站起身，双手握拳道，"拜托老兄你了。"

孙科长忙起身握拳还礼，说了一些不痛不痒的话。郗子达就又说道："晚上没啥事吧？"还没等孙科长回答，他接着说，"没事找个地方坐坐。一

个楼上共事了这么多年,还没有好好地一块儿坐过呢。"

"你的好意我领了,"孙科长说,"下午家里有点事,恐怕不能从命。"

郜子达觉得好没面子,稍愣了一下,说:"没事,没事,以后消停了咱们再坐。"嘴里这么说着,心中不快地说,孙猴子做了个弼马温,不知天高地厚了。这样想着,和孙科长告了别,悻悻地出了干部科,蹚摸到另一个科里,看能不能打听点儿消息。

就这样,郜子达怀着惴惴不安的心,像热锅上的蚂蚁似地熬过了几天。有一日,他正心神不宁地探听着来自上层的每一个消息,他的手机响了,一看是杨红叶的,没有接听。之后,手机便锲而不舍地一遍又一遍地打过来。他接起来,没好气地说:"嗯,啥事!叫魂似的!"

电话那头反而沉默不语。郜子达生硬地问:"啥事,快说,我还忙着呢!"

不料电话里传来杨红叶歇斯底里的一声吼叫:"郜子达,我要死了,你管不管?"

郜子达怔了一下,吓出了一身冷汗,他吃惊地问:"怎么了?出什么事了?"那头传来一声紧似一声的哭喊。郜子达冷静了一会儿,柔声哄道,"不哭,不哭,有什么事慢慢说,不要动不动就哭,这可是在电话上,我还上着班呢!"他柔声细语地哄着,那头慢慢地平静下来。郜子达见她不哭了,就说,"好了,好了,我挂了啊!"

不料那头厉声道:"郜子达,你别哄我,要是心里还有我,就立马到我这里来,要不,我可要闹到你们办公室去!"

郜子达有点啼笑皆非,心想,你不知和谁怄了气,到我这儿闹个什么玩艺儿呢。这么一想,不觉对着手机哧地笑了一声。那头就又说道:"你别幸灾乐祸,你当我不敢去啊!"

郜子达好像突然悟出这句话的内涵似的。他想,这个女人真不简单,她不管和谁怄气,这个时候找他,肯定和他有关,而在这非常时期,小心谨慎尚切叫他惶惶不可终日,倘若再闹出什么桃色新闻,无异于雪上加霜。说什么也不能发生这样的事情。这么一想,他就赶忙说:"好,你说你这会子在哪里,我去。"

"在家里。"

"嗯?"郜子达惊觉地嗯了一声。

"怎么,不敢来?"她语气中带着嘲弄的意味。

郜子达稍加思索，说："好，我马上过去。"说完合上手机，下楼拦了辆出租车，就往杨红叶家赶。

杨红叶开了门，他一侧身进了门，杨红叶就扑到他的身上，悲悲切切地哭起来。他见她穿着睡衣，就边哄边把她扶到卧室里，依偎着她坐在床上。

"到底怎么了？"他问她。

"他不是人，"杨红叶抽泣着，"他要杀我。"

郜子达知道，她说的那个"他"无异就是她的丈夫梅能。于是哄她道："大概又喝了一点马尿，不知外面受了谁的气，回家撒了一场野，哪里就杀你！"

"你不信，"她说着，一把撕开自己的睡衣，抬起头，把脖子伸给郜子达看。郜子达凑近一看，杨红叶的脖子青一块紫一块，伤痕累累。杨红叶边哭边说，"你看，你看，险些叫人家掐死。"

郜子达轻轻地抚摸着那些伤痕，说："还真是这样呀，到底为了什么，对你这么恨之入骨呀？"

"到底为啥，说出来把人都羞死了。"杨红叶抹了一把眼泪，气恨恨地说，"不知在哪里喝了一点马尿，喝得醉醺醺的，进了门就要做那事。我不依，他就来气了，说我不和他做是留着给姐夫做呢。我说，'你说话注意点，什么留给姐夫！'他不依了，他骂我，'我说错了，勾引自家男人的姐夫，你当我不知道，你这婊子！'他骂着骂着，就把我摁到在床上，掐住我的脖子往死里掐。"

"你也是，"郜子达多少有点嗔怪道，"自家的男人是啥样子你不知道，见他喝了马尿，你就不能远远地跺一跺，惹他干什么！"

"他要掐死我，怎么反倒怪起我来了！"杨红叶说着，盯了一眼郜子达，把屁股往外挪了挪，恨恨地说，"告诉你，这次我饶不了他。"

"冤家宜解不宜结。对一个醉汉，有什么过不去的！"

"不行，再和他过下去，我这条命就难保了。"

"你想干什么？"郜子达望着杨红叶，警惕地问。

"和他离婚。"

"这可要三思而后行呀！"

"告诉你郜子达，我早就想和他离了。"

郜子达望着她，对她说："婚姻大事，不可儿戏，还是谨慎为好。"

杨红叶破涕为笑，带点揶揄的口吻对郜子达说："我离婚你不高兴呀？"

我离了,你不就不用偷偷摸摸的了嘛!"

"你啥意思呀?"郜子达再次警惕起来。

杨红叶望着他,慢慢地挪近郜子达,靠在他的身上,神色怪怪的,让人不可捉摸。她嗲声嗲气地问:"子达,你告诉我,你跟我是真心实意,还是逢场作戏呀?"

郜子达深感为难。说实话,他是有点喜欢杨红叶,她人长得有几分姿色,行为举止也落落大方,动若脱兔,静若处子,该销魂时让他动魄,该温柔时让他如梦如幻。这样的女子怎么能让人不喜欢她呢!但要让他和梅雨离婚与她结婚,这事儿他还没有认真想过。杨红叶此时提出这个问题,他还真有点难以抉择。

"怎么,不好回答?"她有点失望地说,"我就知道,你们男人,那会子死里活里,当你是心肝宝贝,裤子一提,就翻脸不认人。"

"不是这样,"郜子达说,"我真的喜欢你,对你是一片真心。可我……"

"你不用担心,"杨红叶显得非常平静,她说,"子达,有你这话就够了。我知道,你是把官位看得比命都重的那种男人,所以,我不指望你离婚,不愿意为了婚姻而影响了你的前程。这点你放心,我不会为难你。"

"红叶,"郜子达一把把杨红叶搂在怀里,在她的额头上亲了一下,动情地说,"你真好!"

"今天叫你来,"杨红叶仍然平静地说,"就是明明你的心,你表明了你的心,我也就有勇气下这个决心了。"

郜子达望着她,觉得她真的好可怜。梅能酒色无度,经常在外嫖娼,常常喝得烂醉如泥。回到家,老婆稍不如意,轻则破口大骂,重则大打出手,年龄越大,越发严重。她里里外外一把手,不仅操持家务,还经营着一个歌厅。这些年来,不知她是怎么熬过来的。如今提出离婚,看来真是被逼到墙角了呀。他这样想着,怜爱之心油然而生,把她抱得紧紧的,说着一些知冷知热的话,杨红叶冰冷的心渐渐被他熔化。

他俩这样缠绵着,郜子达看看时间不早了,该接梅恬恬了。郜子达又劝慰了一会儿,杨红叶换掉睡衣,匆匆梳洗一番,尽量除去因伤心哭泣留下的痕迹,准备去幼儿园接恬恬去。郜子达见她的情绪基本回复正常,又叮咛了她几句,便告辞走了。

杨红叶接回恬恬,伺候孩子吃罢饭,娘俩看了会儿电视,她就哄孩子睡觉去了。恬恬一离开客厅,杨红叶便拿出纸笔写离婚协议,写好以后放在客厅里的柜子上，和衣睡去，等待梅能回来签字画押，由此结束这段不堪回首的婚姻生活。

这样等了整整一夜，梅能一夜没有回来。

第二天，杨红叶连多一分钟都不想再等。她把恬恬送到幼儿园，看看时间还早，就信步到幼儿园附近的一个景观处消磨时间。这里绿树成荫，鲜花怒放，流水潺潺。有活动场地，有体育锻炼器具，有喷泉音乐。早起的男男女女，在场地上打拳，在流水边练功，在树林中静养身心。杨红叶勉强等到上班时间，就径直去梅能的工作单位——市行政事务管理局。

到了他的办公室，也不管他愿意不愿意，就坐在他的对面，他俩中间相隔两张写字台，照直看上去，他一脸憔悴，因酒色无度，他的脸不仅消瘦，而且非常干燥，没有一点血色与水分。此时，由于昨夜不知在哪里混了一夜，到这时还带着一脸的醉意，两眼直勾勾地望着杨红叶，手抖抖地胡乱翻拣着写字台上的文件，以掩盖他的窘态。杨红叶从包里摸出离婚协议，放到写字台上，推到梅能的面前，平静地说："协议我写好了，你看看哪里不合适，我们协商修改。如果没有不合适的话，就签字吧！"

梅能慢腾腾地从衣袋里摸出一支烟，拿打火机抖抖地点上，眼睛无神地望着杨红叶，冷冷地问："你要干什么？"

杨红叶瞅一眼离婚协议，面无表情地回答："你自己看。"

梅能狠狠地吸了一口烟，手抖得更加厉害，干瘦的脸也不住地颤抖。他盯着杨红叶看了半天，突然狠劲地扔掉半截香烟，猛地站起身，指着杨红叶吼道："你他妈想干什么？你当婊子当出功劳来了？你给老子戴绿帽子，反而来向我兴师问罪，天底下哪有这么不要脸的婆娘！"

"你冷静点，"杨红叶站起身，走过去关上门，"有话好好说，好好说。"

"你关门干什么，你也知道害羞，去你妈的吧！"

梅能这样骂着，有人敲门，杨红叶过去开了门，是师玉洁和梅雪。三人都略微吃了一惊，僵持在门口。僵持片刻，师玉洁问杨红叶："你也过来着呢？"

杨红叶胡乱应了一句，说："你们有事就办你们的事，我走了。"说罢匆匆离开了梅能的办公室。

十四 机关病积重难返,齐思民临场督战

杨红叶走后,师玉洁和梅雪走了进去,梅能没好气地对他俩说:"坐吧!"

他俩坐下来,梅雪问他:"怎么,家里闹还不够,闹到单位上来了。你俩过得这是什么日子!"

"我的事不用你管!"梅能抢白道。

师玉洁见他姐弟如此,本想劝劝他们,但他知道梅能那德行,说得好便罢,说得不好,臭你几句,让你脸上挂不住,还是不要自讨没趣的好。于是他对梅雪说:"你姐弟俩聊聊,我到汤局长那儿坐会儿。"

他说着站起身,到局长汤银汉的房子里去。进了汤银汉的门,两人手握手互相问候两句,师玉洁坐下来,汤银汉问道:"手续办得怎么样了?"

汤银汉指的是村上的葫芦制品厂建设工程的审批手续。师玉洁笑笑,说:"正在办呢。大大小小几十项,亏了大部分集中在你这儿,要不跑断腿不知跑到何年何月才能办下来呢!"

汤银汉接茬儿说:"是呀,我们大体算了一下,一个有点规模的企业办下来,大项二十几项,小项八十多项甚至上百项,要是过去,分散在各个行政部门里,那个部门跑不到,就开不了工。"

"如果顺利也倒罢了,关键是不顺利。"师玉洁说,"有些部门有些办事人员，把行政权力私有化，从他那儿飞过一只鸟就要拔根毛。也就现在，我这脾气也磨成这样了，搁前几年，见着这些事儿就躁了，哪有那个耐心去跑呀！"

汤银汉呵呵呵地笑笑，说："所以，齐市长一上任，顶着来自方方面面的压力，硬是朝着行政审批权力砍了一刀，把能收的都收起来，集中在我们局，办事的群众不知少跑了多少路，少受了多少气。细细想来，功德无量哪！"

"谁说不是呢，"师玉洁嘴上这么说，心里想，行政审批权力集中起来，是方便了群众，但遇到梅能这样的办事人员，这样的方便就大打折扣了。想到这里他说，"什么制度都不是十全十美的，关键还得看办事的人。"

"说得也是。"汤银汉说，"制度是死的，人是活的，遇上那死皮赖脸的办事人员，再好的制度也能走样。"

"是这么个理儿。"师玉洁说。他俩就这样你来我往地闲聊了一阵子，师玉洁估计梅雪姐弟的话说得也差不多了，就起身对汤银汉说："不打搅了，我过去到梅科长那儿看看，需不需要补充什么资料。"

师玉洁重又进了梅能的房间，梅能还绷着个脸。师玉洁问梅雪："怎么样，资料全了没有？"

梅雪说着拿过厚厚的一本工程报批材料，翻给师玉洁看，说："我正和他说呢。他说我们的工程规划做得不够详细，环境评估、通风、防烟、防爆设计不符合标准。"她哗哗地翻着报批材料，继续说，"还有这消防、环保、人防等配套设施达不到相关部门的要求。"

师玉洁看看，抬起眼对梅能说："这些不是按照你上次提出的要求重新做的吗，怎么又不合格了？"他嘴里这么说，想起刚才和汤银汉一起说的话，想了想，给梅雪使了个眼色，梅雪心领神会，就出去了。师玉洁继续跟梅能交涉着，看他能不能把该办的办了，确实需要修改的、重做的，请他明说，也好再拿回去做进一步的修改完善。

不一会儿，梅雪进来了，他对师玉洁说："曾总说请汤局长他们一块儿坐坐，找个消闲一点的地方给他们汇报汇报。"

师玉洁望着梅能说："这就看梅科长给不给你这当姐的面子了！"

梅雪就对梅能开玩笑地说："听见了吧，我的梅大科长。"

梅能不禁咧嘴一笑，拿起电话拨了汤银汉的号码，接通后，他说："葫芦村的师书记，还有乙僧公司的曾总请你一块儿坐坐，意下如何呀？"

十四　机关病积重难返，齐思民临场督战

不知那边说着什么,这边是是是地应着。打完电话,他对师玉洁说:"我给汤局长转达了你的意思,他说可以。"

师玉洁说:"那好。"接着他掰着指头算道,"汤局长一个,你一个,看还有谁去,人员你定。"他又对梅雪说,"你赶快去订个地方,一会儿我们一块儿去。"

梅雪出去订餐厅,师玉洁呆在梅能的房间里,看着梅能一一通知了参加"坐坐"的人员。

过了一会儿,梅雪打来电话,说餐厅订好了,在乌酉大酒店。师玉洁对梅能说:"人都说好了?说好了就早点过去打两把牌吧!"

"行,"梅能说着站起身,与师玉洁一起,去叫汤银汉。

"你这是叫我为难,"汤银汉对师玉洁说,"眼下正在治理整顿机关作风,你这不是叫我顶风违纪嘛!"

"局长言重了,"师玉洁赶忙说,"我们的事没有少麻烦你们,一块儿吃个便饭,也就是找个轻松点的地方谈谈工作上的事,与顶风违纪沾不上边。"

"好了,要是不去,说我们不给师书记面子。有言在先,下不为例噢!"汤银汉半开玩笑半认真地说。之后,梅能逐个叫上请好的人,分头到乌酉大酒店。到了那儿,他们各自组合,上了牌桌,打麻将的打麻将,打纸牌的打纸牌。说说笑笑地玩上了。梅雪忙着点菜,挑选烟酒,师玉洁穿梭在各牌桌之间,指挥服务员端茶倒水,敬烟递火。

打了一阵子牌,服务员通报了一声,说凉菜上齐了。师玉洁就张罗着客人们上桌子。汤银汉自然居中,左右是他的副局长们、调研员们。科长们见领导坐稳当了,也依次上坐。师玉洁夹在科长们中间,梅雪坐在汤银汉对面。坐好后,汤银汉向师玉洁和梅雪介绍在座的各位。介绍完后,他问:"曾总怎么没来?"

梅雪回答道:"哦,曾总回总部了,他让我代他向各位领导问好,叮嘱我一定要把领导们陪好。"

"哦,行。"汤银汉看一眼他的部下们,对师玉洁和梅雪说,"这差不多就是我们局的领导班子和全体中层干部了。"然后对师玉洁说,"你们有什么事说到桌面上,现场就办。"

师玉洁忙说:"哪里哪里,大家好不容易坐一块儿轻松轻松,哪来那么多事儿呢。"说罢,忙站起来,端起酒杯。大家也站起身,端起酒杯。师玉洁说了几句客套话,和大家一一碰过,一饮而尽。大家都干了这杯,重新坐下来，宴席就算正式开始了。

说说笑笑间，少不了觥筹交错，推杯换盏。这时，师玉洁的手机响了起来。他一接，是村上打来的，那头说，齐市长到他们村视察项目建设进展情况，要他赶快回去。他接完电话，对汤银汉说："对不起大家了，村上有点急事，我得去处理一下。这里有梅经理陪着，请大家谅解。"接着他向梅雪叮咛道，"这里就交给你了，一定要让领导们尽兴。"梅雪答应后，师玉洁起身告辞了。

师玉洁赶到村上，齐思民和市上有关部门的头头脑脑都在村委会，和村干部们聊天呢。师玉洁进了门，要和大家握手，齐思民对他说："虚套子就免了，你先坐下来，说说你的那个项目，现在进展到什么程度了。"

师玉洁就把项目审批的情况说了说。齐思民问："在办理审批手续当中有没有需要我或者区上的领导出面解决的问题？"

师玉洁睁大眼看看齐思民，又看看大家，有点结巴地说："没，没，没有。"

齐思民笑笑，说："你喝酒了吧，说得这么勉强。"

师玉洁不好意思地笑笑，齐思民就问他："真的没有了？"接着他说，"这里有区上、乡上的领导，有市上有关部门的领导。这些天来，我们专程到各县区看了看项目建设情况，有什么问题，能解决的当场解决，解决不了的，限期解决。有没有问题，你可想好了，不然，过了这个村，就没有那个店了。"

师玉洁本想把行政事务管理局办事不怎么顺当的情况说一说，可反而一想，事情不是正在协调解决当中吗，当着这么多人的面说，不等于告人家的状吗！以后类似的事还多着呢，在市长面前告人家的状，眼前的事可能立即解决了，可以后呢？还怎么和人家打交道呢！这么一想，他说道："真的没有，就是有点儿小麻烦，我们自己解决。啥事都麻烦领导，领导哪能麻烦得过来！"

齐思民笑笑，对他说："玉洁什么时候也学得这么圆滑了。好，自己能解决最好。不过，"他对他带来的干部们说，"葫芦村的这个项目是个大项目，你们要从各个方面给予支持。"他对主管行政事务管理局的徐副市长说，"特别是行政审批这个环节，你亲自过问一下。不能拖，更不允许刁难。"

"好，我回去就落实。"徐副市长说。

"看大家还有什么要说的？"齐思民对大家说。于是，跟随齐思民来的干

十四　机关病积重难返，齐思民临场督战

部门向村干部提问了一些问题,村干部和乙僧公司的人就葫芦制品建设项目后期工程的打算和可能遇到的困难谈了谈。齐思民说道:"从这些天调查的情况看,我市的项目建设,总的情况是好的,但也存在不少问题,特别是在前期工程和办理行政审批手续这种涉及政府部门的事,存在拖拉现象。个别部门和办事人员甚至仍然存在吃拿卡要的恶劣作风。眼下正在治理整顿机关作风,我不想看到你们有谁撞到这个枪口上,被削肿减肥了。"接着他对相关部门提出了限期转变工作作风的要求。有关部门的领导当场表了态。齐思民就带着他的团队,赶往市区去了。

下午一上班,徐副市长就打了汤银汉的手机。此时,汤银汉刚刚下了饭桌,上了麻将桌,准备酣战一场。不料这个时候,接到了徐副市长的电话。他接完电话,对梅雪说:"没办法,我得回去了。徐市长找我,说不上还与你们的项目有关系呢!"

梅雪说了几名客气话,汤银汉就要带着他的人马撤走。梅雪给梅能使了个眼色,梅能会意,就向汤银汉请了一会儿假留了下来。

汤银汉走后,梅雪结了账,和梅能一起下了楼,打的回到梅能的家,两人在沙发上坐下来,梅雪对梅能说:"今天还行,没有喝醉。"

梅能讥讽道:"不是有你在监督吗,我能喝醉!"

梅雪说:"没有喝醉就好,"她话锋一转,问他:"你和红叶到底怎么回事儿?"

"她要离婚,你不是看过那份协议了吗!"梅能佯装不在乎地说。

"婚姻是儿戏呀,说离就离!"梅雪瞪一眼他说。

梅能冷笑一声,瞪着梅雪说:"废话,是人家提出要离的,又不是我先提出来的。"

"那说明你有问题。"梅雪脱口而出。

"你这是胳膊肘子往外拐,"梅能说,"人家把绿帽子都戴到你弟弟头上了,你还替人家说话!"

梅雪一时语塞。她想起在梅雨家里看到的情形和妹妹的倾诉,她真的不知道该向着弟弟呢,还是向着弟媳呢,让她左右为难。为难了一阵子,她说:"难道你就没有错?你天天喝得醉醺醺的,动不动就动手打人。你说,你昨天打人家了没有?"没等梅能回答,她以不容质疑的口吻冲着他说,"你敢说你昨天没有打人家!"

"我打了,"梅能说,"可你问问她,她做下的那叫什么事。"

"你也干净不到哪里去！"

"我是男人，最多叫生活不检点。她是女人，就该守妇道。"

"你这是什么话？"梅雪批评道，"如今都二十一世纪了，你还这么封建！"

"还有，"梅能说，"你没问问，她是跟谁呀？她跟我姐夫！"

梅雪又没有什么话说了，他俩僵持了片刻，梅雪冷静地说："离婚，最大的受害者是孩子。你姐我是离过婚的，我有切肤之痛。无论如何，我也不同意你们离婚。"

"这是由不得咱们的事，"梅能说，"只要他和那姓郜的断了，我可以考虑不离。"

"你说的是心里话？"

"嗯。"

怎么能让杨红叶和郜子达断了呢？梅雪陷入了沉思。理智地讲，这属于个人感情问题，聚也好，散也罢，旁人不宜插手，也不好插手。但具体到眼前的这个问题，就不仅是个人感情问题了。这涉及到两个家庭，一个是自己的弟弟家，另一个是自己的妹妹家。弟弟离婚了，弟媳杨红叶为了能和郜子达做长久夫妻，极有可能逼迫妹夫离婚，拆散妹妹家。这不造成两个家庭的悲剧吗？不宜插手也得插，不好插手也得插。这样想着，便想出一条妙计，她望着梅能，就把她的这条计谋向弟弟和盘端出，得意地问梅能："你觉得怎么样？"

十五　红叶大义化风险，父子议决上省城

"这纯粹是妇人之见。"梅能听罢，毫不客气地说，"我以为是什么锦囊妙计呢，原来不过如此。"原来，梅雪要梅能向纪检部门举报郜子达乱搞男女关系的问题，以恶制恶，斩断郜子达和杨红叶之间的联系。梅能哂笑着，对梅雪说，"我说姐呀，你又不是不知道，现在的男女关系根本就算不上什么问题。你反映上去，说不上人家理都不理。"

"不见得吧，"梅雪说，"你想呀，这郜子达不是正跑着升官吗，你一反映，郜子达又是个视官如命的人，只要这风刮到他耳朵里，他能不收敛收敛吗！杨红叶没有了念想，也就断了离婚的念头了。这叫釜底抽薪。"

梅能禁不住噗哧一笑，淡淡地说："你这不冷不热，不痛不痒的，什么釜底抽薪呀！"

"你想怎么着？拿这事逼他与杨红叶断了，逼迫她回心转意，和你好好过日子就行了。难道你想致他于死地呀？不管怎么说，那也是你姐夫！"梅雪说着走进恬恬的卧室里，拿出纸笔递给梅能，"就这样，说干就干，写好了明天送出去。"

"你说这是什么事！"梅能不情愿地从大姐手中接过纸笔。

梅雪看着梅能写完举报信，就回村上去了。梅能写完信，觉得一阵困乏，就把信放到电视柜上，倒头睡到沙发上。杨红叶接上恬恬回家，在打开电视机的时候,发现了那封信。她匆匆看了一眼,见是举报她和郜子达的,就装到自己的裤兜里,安顿好恬恬,出门去把这事电话通报给了郜子达。郜子达好像有预感似的,他听完杨红叶的通报,问她:"信在你手上?"

杨红叶做了肯定的回答后,郜子达说:"你现在出来,打个的,到怡香斋茶馆来。"

"好。"

不一会儿,两人先后到了怡香斋茶馆。服务生把他俩领进一个包间,他俩要了两杯茶,叮嘱服务生,不叫不要进来。服务生答应一声,出了包间,顺手关上包间的门。

杨红叶慌忙拿出那封信交给郜子达,郜子达看了一眼,显得异常镇静。

"亏了我发现的及时,不然那还了得。"杨红叶望着郜子达不动声色的样子,问道,"你说这要紧不要紧?"。

"说要紧也要紧,"郜子达说,"我记得《中国共产党纪律处分条例》里有一条规定,男男女女之间的这破事儿,如果造成不良影响,还是要处理的。"

"怎么个处理法?"杨红叶焦急地问,"不会坐牢吧?"

"去你的吧,我又没强奸你,坐的哪门子牢!"郜子达想想说,"要是造成不良影响,好像是警告,还是严重警告来着,我也记不大清楚了。影响比较大,情节比较严重,可能还要撤销党内职务,甚至给个留党察看什么的。总之是要处分的,只要有人告,就不会放过的。"

杨红叶望着郜子达,有点惊惧地问:"那什么情况下算'造成不良影响'呀,离婚算不算?"

"你说呢,"郜子达说,"把人家的家都拆散了,你说造没造成不良影响呀?"

杨红叶倒抽了一口冷气,望着郜子达,试探性地问:"你说的这是'要说有事',那要说没事呢?"

郜子达说:"要说没事?那就是没人告你。你想呀,这种破事儿,但凡是个有点出息的男人,哪个没有。你不告他,谁把这当回事呀!"

"哦,是这样,"杨红叶脸上露出一丝笑意,指着郜子达手中的信说:"它幸亏落到我手里了。"

郜子达笑笑:"小傻瓜,人家要是想告,不会再写呀!"

杨红叶在自己的额头上轻轻地拍了一下,为难地说:"对呀,他还可以

写呀,这可怎么办呢?"

"怎么办?"郜子达说,"这就要看你的了,看你能不能稳住他,不能让他胡闹,明白了吗?"

杨红叶眨巴眨巴眼睛,试探性地问:"那我先别急着离婚?"

"我的小乖乖,你真聪明。"郜子达说着,搂过杨红叶,在她的脸上亲了一下。她顺势倒在他的怀里,扬起头慢慢地闭上了眼,噘起她那性感的双唇,准备承接他的热吻。郜子达望着她微微泛红的脸颊,和那红润的双唇,不觉春心萌动,自然之物也急速地挺了起来。于是,他俩缠绵在沙发上,搂搂抱抱,哼哼哈哈地,把本来应该在晚上办的事,于这会儿给办了。

该说的说了,不该做的也做了,两人匆匆喝了几口茶,出来结了账,各自回家了。

回到家,杨红叶见梅能还睡着,就炒了两个菜,摆了些熟食和酒瓶酒盅,叫醒梅能,老公长老公短的叫着,叫得他就像吃了蜜似的,心里痒痒的,乖乖地坐到餐桌上,拿起筷子吃饭。杨红叶一边给他夹菜斟酒,一边说着一些知冷知热的话,直把梅能服侍得心旌摇曳,按捺不住心头的欲火。于是,饭后早早地睡了,乘着酒性,夫妻俩痛快了一场,昨日的不快早已烟消云散了,举报信的事也忘了个一干二净。

郜子达在惴惴不安中过了几日,不见有什么动静,就去找潘池。潘池说得闪烁其辞,他听得云遮雾罩,说没有希望吧,可话没有说死,给他留有足够想象的空间。说有点希望吧,可又看不出个头绪,不知这潘池的葫芦里到底卖得什么药。于是他又去讨教老爷子。

"情况就这样,"郜子达绘声绘色地汇报完他这些天跑的情况,对老爷子说,"我也不知道再怎么做了。"

"他在寻找机会,试探陈吉钟的口气呢。"老爷子说,"提拔一个县级干部,最终还得一把手点头。"

郜子达眨巴着眼睛,望着老爷子,若有所思地说:"我也想到这一层了,最怕的也是这个。你想呀,陈吉钟新官上任三把火,第一把火就是从治理整顿干部思想和机关作风烧起来的,眼下正在削肿减肥,分流机关富余人员。况且我任实职的时间又不长,在这种时候,他会答应吗?"

"小子,在政治上你还嫩点,"老爷子摆出前朝遗老的架式,"俗话说,水至清则无鱼,人至察则无徒。他陈吉钟就是有三头六臂,也不能一把手遮天,什么都由他一个人说了算的。宦海淳够独断专行的了吧,他把乌酉市搞得乌烟瘴气，如果不是那个暴力事件拔起萝卜带出泥，扯出那些破事来，他就是副省长，而不是死刑犯了。你知道这是为什么吗？"

"上面有人拉他，下面有一帮人抬他，是吧？"

"对了，小子。他超编制提拔了那么多的官员，难道都是他的亲友？"

"当然不全是。"

"对了。不管他是谁，如果只讲原则不讲人情世故，他最终会被排挤出去的，明白了吧！"

"明白了。可具体怎么办呢，总不能这样干等着吧？"

"当然不能，"老爷子说，"我给你写封信，你去省城找你的罗叔叔。"

郜子达咧嘴一笑，拍拍老爷子的大腿："谢谢老爷子了。"

"去，别跟我油嘴滑舌的了。"老爷子说着，进了卧室，一会儿，他拿着一封信出来，坐在郜子达的对面，把信装进信封里，递给郜子达，说："见了你罗叔叔，把这封信交给他，他会理会的。"

郜子达接过信封，看一眼老爷子，问道："光凭一封信，有多少胜算？"

"那你还要啥？"老爷子笑呵呵地问。

郜子达举起右手，大拇指跟其余四指攥到一起搓了搓，慢溜溜地说："这个。"

"臭小子，你这算不算啃老呀！"老爷子说着，又进了卧室，返回客厅时，手里拿着一个银行卡，递给郜子达，"到了省城自己看着花，可不能惹出什么乱子来。"

郜子达笑眯眯地接过银行卡，说："这我知道。"

他带着老爷子的信和银行卡前往省城去找罗叔叔。罗叔叔叫罗志，叫他罗叔叔，并不是因为他的年龄大郜子达一辈，而是因为老爷子在省上工作的那会子，他是老爷子手下的一个干事。因了老爷子的培养教育和提携，他才在仕途上步步高升，一步步爬到省委组织部副部长的位置。这样算起来，他和老爷子是同事，那时候郜子达还在上学，见了面就叔叔长叔叔短地叫，叫习惯了。这会儿见了面，当然就不好意思再叫罗叔叔了，而是亲切地叫人一声"罗部长。"

他把老爷子的信递给罗志，就规规矩矩地坐在罗志对面的沙发上。罗志接过信，问："老爷子还好吧？"

"托罗部长的福，还好。"郜子达回答。

罗志笑笑，开玩笑地说："也学得官腔官调的了。"说罢，就拆开信封，

看起信来。看完信,他抬头问郜子达,"给市委的领导谈过了?"

"嗯,"郜子达小心地回答,"给杨部长和潘书记都谈过。"

"他俩是什么态度?"

"不太明朗,"郜子达回答,"这事儿恐怕要陈书记点头才是。"

"那当然。"罗志说,"陈书记到乌酉不久,他现在又在整顿机关作风,这时候向他开口,怕是要碰钉子的呀!"接着他又说了一些摸棱两可的话,最后他说,"你先等两天,我先问问情况,你看怎样?"

郜子达看情形不像他如期的那样,看来老爷子的这位得意门生也不似他想像中的那么好使。毕竟,老爷子是过气的政客了,人走茶凉,天下同理,在这官场上,更是如此。这样想着,就问了一些家长里短的话,尽量和他昔日的叔叔套套近乎,就告辞了。

出了省委大院,歪着脑袋想了半天,拦了辆出租车,向奇石街奔去。在这里,他在琳琅满目的奇石店里,精挑细选了一块奇石,包装起来。用老爷子给他的那张银行卡结了账,走出奇石街,进了一家水果店,买了一箱乌酉产的人参果。回到宾馆,倒腾出一部分人参果,把奇石放进去,和人参果掺到一起,打好纸箱子,出去胡乱吃了点东西。等到华灯初放时候,打的来到省委家属区,敲开了罗志家的门。

给他开门的是罗志的夫人,过去他一直叫阿姨来着,他看着她冲她笑笑,改口叫了一声嫂子。罗夫人也认出了他,就说:"哦,是小郜呀,快进来吧!"

进了门,他把水果箱径直提留到客厅里,放到主人能够看得到的地方,罗志瞅了一眼水果箱,客气道:"来就来了,带什么东西!"

"就一点水果,不成敬意。"郜子达说着,把它放到沙发对面的矮柜前。罗夫人给他沏了杯茶,坐在他对面,寒暄了一会儿,就起身要走。临走时,他看着水果箱,对罗夫人说,"这是我们乌酉新产的人参果,刚刚上市,嫂子就尝个鲜吧!"

夫人不经意间望了一眼罗志,对郜子达说:"谢谢小郜。回去替我们问老爷子好。"郜子达答应着,离开了罗志的家。

十六　两冤家聚首人文院，三知己客座小餐馆

省城回来以后，郜子达在焦躁不安中终于等来了他要的结果。所不同的是，教育局副职的那个位子终就没有给他，给他的是人文学院的党委副书记。

走马上任那天，院办通知各位院领导和各处室负责人到会议室开会，欢迎新任院领导郜子达。接到通知，该来的人陆续到了，围坐在会议桌的下方，一边等一边聊。组织部通知的是九点钟，而十点钟了还没有来，有人就不耐烦了，说："这到底来不来呀，我们没事干，也不能就这么被晾啊！"

"领导就是领导，"另一位说，"来得比你早，那还算是领导吗！"

倪布然作为人类学研究室的负责人，也在欢迎队伍当中，他听着大伙的话，想着那个郜子达，心里总觉不是滋味。

十点多种，从窗户里观察动静的人说他们来了，庄院长便起身往外走，几个副院长也跟着出去，下楼去迎接。不一会儿，组织部的一位副部长带着郜子达，在庄院长和几位副院长的陪同下，上楼向会议室走来。他们进了会议室，大家七上八下地站起身，七零八落地拍了拍巴掌。庄院长带着他们走上主席台，按事先排好的位子坐下来，他向下面打个手势，示意大家安静。

大家就安静了下来，庄院长说明组织部的来意，那位副部长就开门见山地说："今天我们是来送郜书记的。"接着，他从他的随从手中接过一份文

件，念了起来。那是市委的一份任命书和郜子达同志的简历。任命书是格式化的，该同志任何职务，新的工资标准从何时起执行，简捷明了，没有一个多余的字。而就是这几十个字的通知，使郜子达从从一个科级干部一跃成为副县级干部，你说值钱不值钱？简历差不多也是程式化的，姓甚名谁，是男是女，何种民族，何年何月在何地参加工作，曾经在什么部门任过何种职务。这些介绍完了，接着介绍道："郜子达同志政治思想坚定，具有较高的理论水平和文化水平，工作能力强，经验丰富。"

倪布然听到这里，心中窃笑，说他什么都勉强说得过去，说他"具有较高的理论水平和文化水平"，就有点讽刺意味了。别人不说，不知他本人听了，作何感想。了解他的人，谁不知道他是膏粱子弟，不学无术之徒呢！如今官升大了，这学问也自然长高了。他无法预测今后会怎样面对这样一位顶头上司。

副部长表扬了一番，接着说道："希望郜子达同志和大家搞好团结，也希望在坐的各位支持郜子达同志的工作，共同把学院的工作做得更好。"

念完任命书和简历，庄院长致欢迎词，之后，郜子达做表态发言。他看了一眼下面的倪布然，倪布然也正在看他，四只眼睛两两相对，一双在台上，春风得意。一双在台下，感慨万千。郜子达翻开一个小小的笔记本，清了清嗓子，念了起来，他念得字正腔圆、声情并茂，喜悦之情，溢于言表。他不时地看一眼台下的倪布然，心想，这位昔日的老大哥，乌酉市一号人物的秘书，如今业已成为他的部属，不知这位才华横溢的学者，如何在他的麾下展示他的才华！

郜子达的表态发言结束后，整个欢迎仪式也就结束了。

之后，郜子达当他的副书记，倪布然做他的学问。倪布然本想就这样，谁做谁的事，井水不犯河水。可有天学院办公室薛主任和艾妮到他这里来。他俩坐下后，薛主任拿眼睛不停地打量着他的房间，好像其中有什么让他感兴趣的东西似的。

"倪主任和郜书记真有缘份，原来都是市委办公室的秀才，如今又到一起共事了，真是难得。"薛主任没话找话。

"哦，这可不一样，"倪布然回答道，"如今人家是我的领导了。"

"各有千秋，"薛主任说，"行政职务上你虽然是郜书记的下属，可你的学术研究成就斐然，在人类学研究领域算是知名学者了。"

倪布然敏锐地感觉到，薛主任是有什么事要给他说，而且可能与新来的这个党委副书记有点儿关联。于是他勉强笑笑，说："薛主任有什么指示就明示，用不着拐弯抹角的了。"

薛主任不自然地笑笑，给艾妮使了个眼色，艾妮也冲倪布然笑笑："有件事薛主任想和你商量商量，又觉得开不了口，这不，把我推到前头来做挡箭牌了，真是不好意思。"

"有啥不好意思的，说！"倪布然大度地说。

"是这样，"艾妮看一眼倪布然，平静地说，"你看郜书记过来以后，院里腾不出办公室来，院里的意思是，能不能从你门室里暂时让出一间，以后再慢慢地调整。"

倪布然看了一眼薛主任，心想，人类学研究室，除了一间大办公室，再就是他这间了。要让室里让出一间，实际上就是让他腾出这间来。他看看薛主任，又看看艾妮，他立刻明白了，说是商量，实际上，薛主任是来通知他院里的决定，还拉了个说客艾妮。他是同意得腾，不同意也得腾。他想了想，觉得这也有点儿欺人太甚，就有点儿不好气地问："我的隔壁不是有一间空的吗，你给他用不就行了吗，干吗非要学术研究室的房子不可呢！"

"你别多心，"薛主任赶忙说，"这也是权宜之计，权宜之计嘛！"

艾妮看着这样，圆场道："就像你说的，在你的隔壁有间空的，你这间再腾出来，好掏出一个套间来呀！"

"这当了领导，就非要套间不可呀！"倪布然有点忿忿然地说。

"院领导都是套间，"薛主任有点委曲地说，"谁少一间，都吃罪不起，倪主任还是体谅一下我们办公室的苦衷。今后一旦腾出来房子来，一定还给你，有你的老同学作证，我决不食言，你看如何？"

倪布然看他俩为难的样子，说道："我也就随便这么一问，没有要为难你俩的意思。"接着他说，"古人云，'室雅何须大，花香不在多'，对一个做学问人的来说，有一间陋室，一张桌子足矣！"他对薛主任说，"你说吧，什么时候腾？"

"当然是越快越好，如果你方便，这就找两个人来，帮你收拾，让他们给你搬。"薛主任有点喜出望外的样子。

"好吧，他们可以来了。"倪布然无可奈何地说。

倪布然把他的房间腾了出来，搬到研究室的大房间里，和他的同行挤在一起。他腾出来的那一间，第二天就开进了装潢公司的员工。他们将这间与隔壁之间打开一个门，就成为一个套间。之后，瓦工、木工、油漆工全副上

马,叮叮当当地全面装修起来。闹得隔壁的倪布然无法正常工作。于是,他下了楼,站在孔子的汉白玉雕像前,望着圣人充满智慧的面孔,心潮难平。这位中华文化的奠基人,他一生都追求真理,追求建立一个理想社会。他的思想和品德对中华民族的性格和气质产生了决定性的影响。也正是这位圣人,他所鼓吹的"三纲五常"和终其一生所推行的"礼制",为统治阶层所推崇,为官本位思想的形成提供了理论基础,并深深地扎根于中华大地,成为中华文化的一部分,渗透到中国人的骨髓里,成为历代统治者推行愚民政策的帮凶和工具。

他望着圣人,静静地站了一会儿,楼上叮叮咣咣的声音仍然不绝于耳。他想,如果孔子有灵,知道楼内所发生的事,不知作何感想?是为维护了他的三纲五常而高兴呢,还是为一个学者的被欺侮而沮丧呢?

他这样想着,弯下腰,向孔子雕像深深地鞠了一躬,便信步走出办公区,沿着石子小路来到校园的景观区内,顺着小溪一边走,一边欣赏着这里的花草树木。时下到了秋天,不时的有几片黄叶从树上掉下来,落在溪水中,摇摇晃晃地慢慢向前漂去。

这样走着,不觉已经到校园门口,出了校门,一辆出租车在他的身旁嘎然停下,车上下来一位女士,一看,是叶冰清,她向他微笑着,却把目光投向他的身后,随后问道:"你俩站在这儿干吗呢?"

倪布然不禁向后看去,却原来是艾妮,不知什么时候她也跟了出来。艾妮是受人之托陪薛主任去当他的说客的,过后有点儿内疚,总想找个机会跟他解释解释。这会儿见他闷闷不乐地下了楼,就跟着他出来了。倪布然冲她笑笑,转身对叶冰清说:"楼上闷得慌,下来走走。"

艾妮知道他这话一语双关,就说:"我也出来散散心,这么巧碰上了叶大记者。不妨找个地方坐坐,一块儿解解闷。"

"哦,原来你俩不是一块儿出来的呀,我以为你俩是约好了的呢。"叶冰清调侃道,"如果你们是约好的,我回避。如果都是不期而遇,我正好找倪大学者了解点情况,顺便再打点秋风什么的,何乐而不为呢!"

倪布然笑笑,抬手看看表,快到下班时候了。于是他给沈惠贞打了个电话,说他不回家吃饭了。之后,三人上了车,商定了一个地方,就去了。

他仨在郊区的一家小餐馆门口下了车,进去,找了个靠窗的地方坐下来,要了几个小菜和几听啤酒。倪布然打量了一下餐馆,它虽小,但还算洁净。他看了一眼桌子上的一个小牌子,不禁哑然失笑。她俩问他笑什么,他就把它拿给她俩看，她俩一看，也不禁笑出声来。原来那小牌子的上面写着四个大字：概不赊账。下面有两行小字：你来欠账我困难，我去要账你心烦；不如你来不欠账，我不困难你不烦。

"看来这家小店被欠账欠怕了。"艾妮说。

叶冰清说："是这样，有些小店都被欠关门了。"

"也真是，你不会不让他欠呀！"艾妮说。

"谁敢呀，"叶冰清说，"这是城乡结合部，开店的大多是附近的村民，欠账的多是乡村的干部，他要欠，你能让他不欠？"

"是吗？"艾妮说，"眼下不是搞治理整顿吗，他们还欠呀？"

"现在好多了，"叶冰清说，"这也是机关治理工作的一项成果。"

"我正要问你呢，"倪布然问，"我出市委也有些时日了，这机关治理工作进展得怎么样了？"

"我找你就是为了这个。"叶冰清说着，从她的包里掏出一份材料，递给倪布然，"这是我写的一篇通讯稿，其中写到了你，你看看合不合适。"

倪布然接过材料，看了看，材料里写到，机关治理工作开展以来，根据省编委下达给乌酉市的行政编制，重新核编了各部门的人员编制，对富余人员进行了适当的分流安置。通过削肿减肥和学习教育等各项活动，增强了干部的竞争意识，提高了工作积极性和工作效率，取得了较好的成绩。这是第一部分，第二部分写的是在分流安置富余人员工作中的先进典型，其中就写到了他，说他作为市委的干部，率先垂范，主动放弃优越的位置，到教学和学术研究机构去，为全市的机关治理工作做出了榜样，值得大家学习。最后写到了存在的问题和来自方方面面的阻力。结语为一句启发性的话：重振仕风，任重而道远。

倪布然把材料看完，菜也上来了。他把材料递给叶冰清，说："第一部分写得很好，第二部分就有点牵强附会了。说我主动调出市委是真，但动机却不是你写的那样。其中的缘故，"他向艾妮努努嘴，"你问问她就知道了，这点，她是最清楚的。来，吃菜，边吃边说。"于是大家就动筷子吃了起来。倪布然呷了口菜，继续说，"第三部分需要修改，问题呀，阻力呀，有其深层次的原因，不是一朝一夕就能解决的，正如你在结尾写的，任重而道远。有些问题，不是换一个好的领导人就能解决的。"

叶冰清歪着头想想，说："说得有道理，看来这稿子还是有改头的。"

"总体还可以，有些深层次的问题，你不便于写，写了也不会给你发。"

倪布然说。

"这点我还是能拿捏得住的。"

倪布然笑笑:"这点我深信不疑。我的故事你就删了吧,一旦发出来,知情人会笑话的。而且也把我以后重返机关的路给堵死了。"

"你想重返机关呀?"艾妮惊讶地问,"如果那样,何必当初呢!"

"情况在不断地变化嘛,以后的路谁知道会怎么走。"

"不管怎么走,但愿越走越好。来,喝酒!"叶冰清说着,端起酒杯,他俩也跟着端起酒杯,互相碰了碰,一饮而尽。

三人边喝着吃着,不知不觉,又到上班时间了。艾妮问倪布然上不上班去,倪布然想想那叮叮当当和吱吱吱的噪音,就说:"我去也没法工作,不去了吧。"

"那好,我要去上班了,"艾妮说,"那天我去让你腾房子,我也是受人之托,你千万不要往心里去。"

"哦,今天你来陪我,原来是负荆请罪来了呀?大可不必嘛!"

"好,你理解就好。"艾妮说着,起身去上班了。艾妮走后,叶冰清说这份稿子要得急,要到社里去修改稿子。问倪布然想去哪里。他想想,拿出手机,给师玉洁打了个电话,问他下午有没有事,没有的话,到他那儿,去诸葛大爷的茶馆坐坐。师玉洁说那就来吧。于是他俩结了账,叶冰清去报社,倪布然打的去了葫芦村。

十七　布然醉卧葫芦村，梅雪温情疗伤痛

进了村，倪布然直奔葫芦茶馆，茶馆里有几个城里来休闲的客人在喝茶。诸葛大爷热情地把他让到一个相对安静的地方，问他喝什么茶，倪布然说随便什么都行。诸葛大爷则认真地说："俗话说，'冬喝红，夏喝绿，四季喝乌龙'。红茶性暖，适合冬天喝，绿茶性凉，适合夏天喝，乌龙茶性平，介于红茶和绿茶之间，不寒不热，有润肤、益肺、生津、润喉的功效，最适合在金秋饮用。来壶乌龙吧？"

"那就听大爷的。来壶乌龙！"

诸葛大爷叮嘱服务生泡了一壶乌龙茶，和茶具一起端上来，放在小圆桌上。

"大爷没什么事吧？"倪布然问。

"没有，你有事？"诸葛大爷问。

"没事在这里坐一会儿，和你老喧一喧，行不？"

"是你一个人来的呀？"诸葛大爷问，"我以为你在这儿等人呢！"

"倒是跟师玉洁约好了的，他是个大忙人，不知他这会子有空没空。"

"恐怕没空，"诸葛大爷说，"一大早和齐市长一帮子人去那个科技经济园区，捣饬了一个早上，这会子还没有回来呢！"

"哦，那个葫芦制品厂建得怎么样了？"

"正在建呢,听说明年就可投产了。"

"这么快呀。手续都办好了?"

"差不多了吧,"诸葛大爷说,"齐市长盯得紧,谁都不敢怠慢。"

"哦。大爷,你这儿有没有白酒?"

"这孩子,怎么想起喝酒来了,是遇上啥破烦事了吧?"

倪布然冲诸葛大爷勉强一笑,说:"嗯,有点闹心。"

"啥闹心事,能不能给大爷说说?"诸葛大爷以长辈的口吻问道。

"说起来也没什么大不了的,可就是心里面有点堵,我也不知道怎么回事。大爷你还是拿瓶酒,爷俩边喝边聊好吗?"

"这孩子,"诸葛大爷说着,起身去把酒和酒具拿过来,倪布然打开酒瓶,斟上酒,和诸葛大爷喝着,就把给郤子达腾办公室的事原原本本地给诸葛大爷说了一遍。诸葛大爷笑眯眯地说:"我说什么事呢,原来是为这事。"

倪布然说:"我们研究室好几个人挤在一间办公室里,而他一个人却要占两间,我觉得太不公平了。"

诸葛大爷喝口茶,仍然笑眯眯地说,"孩子,常言说得好,'家有良田千顷,一日不过三餐;但有广厦万间,只睡卧榻三尺'。你是个做学问的,有个地方读书写字就行了,要那么多房子干啥呢!"

倪布然想起他跟薛主任说过的室雅何须大,花香不在多的话,与诸葛大爷说的俗语,异曲同工,何其妙也!这样想着,他说:"大爷,我何尝不是这么想的,但遇到具体情况,怎么就不能自已了呢?"

"孩子,大概还是道行没有修炼到家的缘故吧!"

倪布然喝杯酒,无奈地笑笑,说:"人都生活在社会中,修炼到'一箪食,一瓢饮,在陋巷,人不堪其忧,回也不改其乐'境地的人毕竟是凤毛麟角。我们凡夫俗子,能抗住名利诱惑的,能有几人?"他举起杯,和诸葛大爷碰了碰,望着诸葛大爷,"大爷你说,我当初从市委出来,是不是真的错了?"

诸葛大爷说:"这要看怎么说呢。要说当官呢,当然不要出来好。可是孩子,官位人人都想做,但谁想过,那东西也包涵着祸福。因着官位杀头的,坐牢的,妻离子散的,家破人亡的,你想想,从古到今不知又有多少!这么一想,不是也就不觉得啥了嘛!"

"大爷真会安慰人。"倪布然说着,又喝了一杯酒,话中带上了几份酒气,舌头也不那么灵便了。他话锋一转,"不过大爷,说不上有那么一天,我也弄它个官当当。真是的，谁不如谁呀！"

诸葛大爷笑呵呵地说："当初玉洁他们都劝你，你就是不听。现在怎么一下子又想弄个官当了。"他说着，给他斟杯酒，"世上的路千万条，哪条路不是人走出来的？你诸葛大爷也算是老牌子的大学生了，也曾在官场上混过。现在怎么样，不是也活得好好的嘛！"

倪布然举起杯，和诸葛大爷碰了一下："喝，大爷，为你这句话，干它几杯！"

诸葛大爷和他碰过杯，自己也觉得头有点大了，于是劝他："孩子，大爷我是不能陪你喝了，你也就此打住，喝多了伤身。"

"大爷，我再喝几杯，好久没有这样喝酒了。"倪布然央求道。

"再喝就喝醉了。"诸葛大爷疼爱地说。

"醉就醉一回吧！"倪布然坚持道。

诸葛大爷看他这样坚持，就没有再阻拦。此时恰有客人到茶馆里来，诸葛大爷叮嘱了倪布然一番，就去接待客人了。倪布然独自一人自斟自饮，一会儿便将一壶茶一瓶酒全都喝光了。他见诸葛大爷忙着招呼客人，便将酒茶钱放到茶桌上，悄悄地出了茶馆，往村委会那边走去。

外面刮着风，凉爽中透着一股肃煞，凉透心肺。这样走着走着，像喝了迷魂汤似的，头重脚轻，腿脚也不怎么听使唤。路过一个土坎儿，被它拌了一下，一时失足，跌到在地，就迷糊过去了。

当他醒来时，则在另一个地方了。他躺在一张单人床上，左右张望一番，见一女子站在床边，关切地看着他，温和地对他说："终于醒来了，这就好，这就好。"

他动了一下，发现自己只穿着内衣，便无意识地掖了一下被子，这才想起自己喝得不省人事，大概醉倒在什么地方，被梅雪弄到这里来了。

"谢谢你了，梅经理。"倪布然喃喃而语。

"不客气，"梅雪说，接着问他，"怎么喝成这样了，你看多危险呀！"

他本想回敬她一个笑脸，来报答她的救命之恩。可他动了动嘴，怎么也笑不出来。梅雪忙说："你先别动，醉成这样子，恐怕得慢慢恢复。"

"我吐了，是吧？"倪布然轻声问道，"大概是摔倒在什么地方了吧？"

"嗯，"梅雪说："下午送走齐市长，路过那里，发现路旁的树沟里爬着一个人，前去翻过身一看，吓了我一跳，怎么会是你呀！当时吐得一遍糊涂，满身满脸污秽不堪。我一人挪不动你，就前去叫了诸葛大爷，才知道你

是在他那儿喝的酒。我俩费了九牛二虎之力才把你弄到这里。你再不醒,我刚捉摸着把你送医院去呢。"

"谢谢了,"他说着又要起身。

梅雪劝说道:"别不好意思,衣服我给你洗上了,还没有干。你躺着,我这里有葛粉,特别能解酒,给你泡一杯,喝下去会好受点的。"说着她就泡了一杯葛粉,端过去坐在他的身旁,拿汤匙在碗里搅一搅,用嘴吹一吹。倪布然又要起身,梅雪又劝他躺下,自己尝了一口,觉得冷热适宜,就一勺一勺地喂他。见他有点难为情,就说,"没啥难为情的,朋友之间嘛,你就别客气了。"

一碗葛粉喝下,果然好了很多。梅雪叮嘱他好好休息着,自己动身出门走了。

大约过了半个小时,梅雪回来了,她后边跟着师玉洁,他的胳膊上搭着一套衣裤,走上前,说了些关心体贴的话,问他:"现在能不能起床?"

"这会儿好多了。"他一边说着话,一边坐起来,从师玉洁的手中接过衣裤,穿到身上。下了床,和师玉洁、梅雪坐到那边的椅子上去。

"这就好,"梅雪说,"你俩聊一会儿,我去做饭。"

"不麻烦了,"倪布然说,"再说这也有点早吧?"

梅雪微笑着说:"你以为你睡的时间还少呀!"

"让你下厨房,怪不好意思的。"倪布然说,"我稍歇一会儿,回家再吃。"

"这你就见外了。"梅雪说,"能给你亲手做顿饭,我真的感到很高兴。"梅雪说着,冲他莞尔一笑,出门走了。

梅雪出门后,师玉洁问:"有什么不如意的事,竟让你喝成这样?"

"也没什么,"倪布然说,"是我自己给自己找了些不自在。"于是他就把腾房子的那事,简单地给师玉洁说了说。最后他说,"你说我是不是自找不自在呀?"

"呵呵,"师玉洁说,"也不怪你。这大概就是人的本性。你是研究人的,就算是自我体验一下吧!"

倪布然笑笑说:"自我嘲弄一番罢了。哎,你的葫芦制品厂建得怎么样了?"

"正在建,明年秋天葫芦丰收的时刻,大概就能投产了。"提起这些,师玉洁无比兴奋,他接着说,"除了葫芦制品厂,还有几个重要项目,目前正在论证。有些已经进入前期规划设计阶段了。这些企业一旦建成,我的科技经济园区就初具规模了。"

"大手笔,"倪布然竖起大姆指夸赞道,"你没有辜负葫芦村村民对你的期望。你在创造历史。"

"过奖了,"师玉洁说,"人生一世总得做点什么,给社会、给后人留下点什么,不能为了活着而活着呀!"

"谁说不是呢!"他们兴致勃勃地谈论着,不知不觉间,梅雪的饭做好了,她和另外一个女子端着锅碗瓢盆,随着一股香喷喷的味儿,走了进来。她和那女子把这些东西放到另外一个桌子上,那女子放下东西,告辞走了。倪布然站起身,对她说,"太麻烦你了。"

"不客气,"梅雪一边整饬饭菜,一边说,"我说过,我能够给你亲手做饭,感到很荣幸。"

"这话我可消受不起,一个教书匠,那里受得起这份关爱。"倪布然说。

"我们的梅大经理可崇敬你了,用句时髦的话,她快成你的粉丝了。"师玉洁不失时机地插进一句。

这话叫倪布然和梅雪都有点不好意思。倪布然对师玉洁说:"人家那才算人物,物质财富的创造者。"

"哪里,"梅雪说着,把几样小菜端过来,摆到这面桌子上。盛了三碗面条,分别递给倪布然和师玉洁,然后自己也端上一碗,坐到倪布然的身旁说,"没啥好吃的,就点小菜吃碗面条,醒醒酒吧。"

"劳你大驾了,"倪布然说,"真让我受宠若惊呀!"

"你抬举我了,"梅雪说,"我充其量算个高级一点的打工仔,像你这样的,才是我们社会的脊梁。"

倪布然刚要说什么,师玉洁抢先说道:"你们一个是物质财富的创造者,一个是精神财富的创造者。都是我们社会的脊梁。所以你俩谁都不要客气了。"

听着这些话,倪布然的心中升起一股浓浓的令人陶醉的情愫。这段时间以来,不论是在市委办的同事为他饯行的宴会上,还是在潘池丈母娘的葬礼上;不论在学院办公室待遇的遭遇上,还是在日常生活和社会活动中,他一次又一次地受到身份歧视,使他对学术研究的热情遭到一次又一次的打击。自他离开市委办至今,他还是头一次听到如此温暖,如此鼓舞人心的话。于是他有点激动地说:"谢谢二位,今天这酒没有白喝,这一醉,醉得真有价

值。"

"难怪人说，人生难得几回醉，原来是这么个难得。"师玉洁开玩笑道。

他三人面面相觑，接着便相视一笑。这顿饭也就在这欢声笑语中结束了。倪布然不仅喝伤的身体得以痊愈，受伤的心灵也得到极大的抚慰。他们又聊了一会儿，天色将晚，倪布然谢绝师玉洁和梅雪的真心挽留，执意要回。

"那好，我送你去吧。"梅雪见留不住他，说道。

"如果方便的话让你的司机送一下就可以了，哪敢再劳你大驾！"倪布然推辞道。

"还是我去吧，这样我也放心些，"梅雪说，"再说，还可以到妹妹那儿去一下，一举两得。"

三人交换了一下眼神，梅雪开车送倪布然回家。到了倪布然的楼下，倪布然邀请道："上去家里坐会儿罢，真是过意不去。"

梅雪望着他微笑道："今天就不了，以后有机会再坐吧！"

"好吧，"倪布然说，"我们常联系。"说着，他递给她一张名片。梅雪看过后，她把自己的名片给了倪布然，倪布然和她握握手，站在那儿，向她行注目礼似的，看着她的车缓缓地离开这里。

十八　姐妹俩讽喻子达，忆身世对月伤感

送下倪布然，梅雪开车去梅雨家。

"郜子达哪去了？"到了妹妹家，见客厅里只有梅雨一人，梅雪问道。

"他呀？"梅雨说，"自当了这个副书记，天天和一些狐朋狗友凑在一起，今天你请，明天他请，越发没完没了啦。"

梅雪笑笑，讥讽道："人家现在算得上县太爷了，人家的生活是，白天你吃我，我吃你；晚上你搂我，我搂你。过得神仙似的，好不自在！"

"人家的腿长在人家的身上，"梅雨说，"想怎么吃就怎么吃，想搂谁就搂谁，你不是也没辙吗？"

姐妹俩正说着，郜子达醉醺醺地回来了。

他见梅雪也在，就热情地向她打了个招呼，坐到她的身旁。一副得意洋洋的样子。

"花天酒地的，看你这日子过的，多有滋味呀，这下如意了吧？"梅雪讥讽道。

"你气我，大姐？"郜子达得意地说，"哎，大姐，到人文学院，虽不怎么显赫，也是个县级干部。这要搁在旧社会，也算得上朝廷命官了。朋友们表达个意思，这也是人之常情，不为过吧，你说呢，大姐？"

"如此说来，哪天我也得请你一回，祝贺祝贺你这位朝廷命官？"梅雪调

侃道。

"谢谢你的美意。心意我领了,请客就免了吧!"他俩这样逗着,郜子达突然问道,"哎,大姐,这么长时间没来过了,今天什么风把你给刮来了呀?"

"不欢迎还是咋的?"

"看大姐说的。我这不是关心大姐么!"

于是梅雪就把送倪布然的事说了一遍。然后郑重其事地对郜子达说:"叫我说,那办公室就是个办公,有个地儿就行,干吗非得要个套间不可,把人家研究室的办公室挤兑过来。我听别人说,在学院里,你那个书记,——还是个副的,基本上就是个闲职,说不好听点,就是个吃干饭的角色。而人家研究室则是学院的中流砥柱。不说支持人家了,也不能挤兑人家呀!"

郜子达见梅雪说出这般话来,就有点不屑地看她一眼,有点气恼地说:"这就是你不懂了。人在社会上讲究的就是个名分地位。我再闲也是个县级干部,人文学院的领导。是院领导就要享受院领导的待遇,这很正常,不存在谁挤兑谁的问题。他要不服,他也弄个领导当当。要是他明天当了院领导,也少不了给他整个套间。万一整不出来,我的套间腾给他。"

"就算你说得有道理,可你也该不看僧面看佛面,看在老朋友倪布然的面子上,也不应该去挤他的办公室啊!"

郜子达不悦地说:"我只是享受我该享受的待遇,至于这办公室是从哪里调济来的,就不是我考虑的事了。所以不存在面子不面子的问题,也跟倪布然没有关系。"他盯着梅雪看了半天,恍然大悟似的,狡黠地一笑,怪声怪气地说,"哎,大姐,你怎么对倪布然这么上心,你俩之间不会有啥事吧?"

"哎,哎,哎,"梅雨听到这里,有点听不下去了。她不好气地对郜子达说,"你怎么跟姐说话呢!你怎么把谁都想得和你一样,一肚子的花花肠子呀!"

听梅雨说出这样的话,郜子达觉得在大姨姐面前一点面子也没有,就有点气恼,热血直往脑门上冲。他刚要发作,打了一个酒嗝,他捂了捂嘴,突然意识到,他有把柄捏在人家手里,这会儿发起火来,说不定就扯到自己与杨红叶的事上,岂不是引火烧身,让他在大姨姐面前下不了台!于是,他没心没肺地笑笑,对梅雨说:"和大姐开个玩笑,你认什么真呀!"

他看一眼梅雪,梅雪愣愣地坐在那里。郜子达刚才的话仿佛刺到了她的痛处，让她一时难以接受。梅雨见她的姐姐这样，以为她在生郜子达的气呢，于是就对梅雪说："他喝了点子酒，满嘴胡言乱语，姐，你不要和他一般见识。"

"谁和他一般见识了？"梅雪冷冷地说。她说的还真不是客套话，倒是多少有点迎风落泪、对月感伤的味道。她和倪布然之间的确没有"啥事"，要说一点都没有"上心"，似乎与事实不符。

还在少女时期的梅雪，就特别崇尚学问，敬重有学问和做学问的人。从情窦初开时起，她心中的白马王子就是理想中的作家、科学家、艺术家抑或建筑师与哲学家什么的。到谈婚论嫁的时候，却鬼使神差般地，她的芳心被一家大型国有企业的一位驻外销售人员俘获，结婚后随夫南下，在一座海滨城市安家落户。

他俩的女儿出生后不久，销售员凭着他多年经营的销售市场关系网，自己创办了一家公司，夫妻俩一头扎进商海，一门心思挣那人民的币去了。

这样打拼了几年，公司越做越大，经营机制也有家族式转为现代公司制，公司的经营活动全部由丈夫和公司管理机关负责运作，她赋闲在家，当起了全职太太。

从此，丈夫忙于公司事务，多在外少在家，夫妻也是聚少离多。有关丈夫在外面寻花问柳的花边新闻也不时传到她的耳朵里。而她呢？闲来无事，少女时代的梦便乘虚而至，曾经的白马王子不断出现在她的梦中，使她对自己的感情生活越来越感到不满。

终于有一天，丈夫的婚外情发展到像熟透了的桃子一般，掉落下来。而梅雪也不想再这样生活下去了。因此，他俩的婚姻自然地走到了尽头，在一个风和日丽的下午，他俩在一家小饭馆里吃了一顿饭，就好聚好散了。

离婚时她分到了一笔钱，她守着这笔钱，带着女儿过起了单身生活。后来，在一个偶然的场合，她与乙僧公司的老板曾乙僧邂逅相遇，闲聊中得知他是个吃斋念佛的人，而且在媒体上常常见到他资助社会公益事业和弱势群体的事迹。她了解佛教，佛教教人向善，不做损人利己的事。

和曾乙僧一来二往，曾乙僧了解到她学过工商管理专业，又有经营管理企业的实战经验，就把她吸纳进他的公司，她便成为乙僧公司的一员战将。

公司决定投资葫芦村葫芦制品产业而又缺少资金时，她毅然将她守了多年的那笔钱全数投到了这个项目上，并由她全权负责这个项目。

第一次见到倪布然，她感觉在哪里见过似的，感到那么亲切。后来，她

通过师玉洁看了一些倪布然的学术著作，对他的崇敬之情油然而生。

"大姐真的生我气了？"郜子达见她呆头呆脑的样子，真以为她生气了，柔声问道。

梅雪从沉思中回过神来，她冲郜子达友善地笑笑说："我说过，我不和你一般见识的。"

"那就好，那就好。"郜子达说着，起身道，"你姐俩聊着，我有点儿困了，到卧室里躺一会儿。"

"好吧，你去吧。"梅雪对他说，"要是腾出房子来，就赶快把人家研究室的还回去。以后做事，不要太过份了。"

"知道大姐，"郜子达有点不耐烦地说，"官场上的事，我比你清楚，你就不要操那份闲心了，还是多操操自己的好。"说着就朝卧室走去。

梅雪听见卧室门咔的一声关上了，就朝卧室那边努了努嘴，悄声问梅雨："最近和那位还有没有来往？"

梅雨说："孙猴子做了个弼马温，不知天有多高地有多厚。这不还在兴头上吗，可能把那事淡了。不知那新鲜劲儿过了，狗改得了吃屎。"

梅雪说："你多操点心，说不上这也是个机会，借这机会改了最好，改不了，能收敛到什么程度就算什么程度吧！"

"随他吧，"梅雨说，"收敛不收敛的，我也死心了，就这么着，能过就凑合着过，不能凑合就散伙。操那么多的心，活得太累了，大姐！"

"话说回来也是，"梅雪附和道，"感情这东西，就像跳舞，需要双方配合，双方配合好了，步伐才和谐，才不会相互踩到对方的脚。配合不好，要多别扭有多别扭。"她说着站起身，"一切都随缘吧！时间不早了，我也该回去了。"

梅雨说："好吧，我也不留你了。开着车呢，路上小心点。"

梅雪答应着，和梅雨告别，驾车回到葫芦村村委会她的住处。

忙了一天，梅雪深感疲惫，进了门，简单地洗漱了一下，倒头睡了。刚开始有点睡意，可迷糊了一会儿，就睡意全无。想起郜子达的那些话，她心潮难平，越睡大脑越清醒。于是，她披衣下床，打开电脑，两手支着脑袋，眯着眼沉思了片刻，手指触向键盘，敲出了一段文字：

乡村的夜晚，显得那么沉寂。望着天上的一轮明月，远处隐隐传来一首绵绵的夜曲，婉转悠扬，在我的耳边轻声曼语，滑过片片神伤。我聆听着忧伤的旋律，任思绪自由驰骋，而心如飘零的一抹落红，任其舞动、摇曳，蓦地生出缕缕柔情，合着窗外的秋月，晕染出丝丝青涩的忧伤。这幽凉的夜易生寂寥，也易释放惆怅。宁神之时，风乍起，夜曲被清风揉碎在午夜里，揉碎了落红，风中只有柔肠寸寸、心语片片。由谁解，料你一定会在身边。

敲到这里，她犹豫了一会儿，打开邮箱，拿出倪布然给她的名片，按上面记载的邮箱地址，毅然决然地给他发了过去。

第二天上班后，倪布然打开电脑，就看到了邮件提示信号。他点开邮箱，看到了梅雪的邮件。看完后，他歉意地笑笑。文章中描述的一个单身女子在寂静的夜晚所守的那份寂寞，由此而产生的那份柔情以及淡淡的忧伤，深深地刺激着他的中枢神经，让他不能自已。关了邮箱，他想着昨日之事，又懊悔又惭愧，更觉亏对梅雪。就想和她一快儿坐坐，感谢感谢她才对。这样想着，拿起电话就要打，不料他的手机响了，一看，是孔佰文的，互相寒暄了两句，孔佰文便邀他参加一个研讨会。他问："在什么地方。"那边回答说在祁连山森林公园。

"哦，这么远啊，"倪布然半开玩笑半认真地问，"要不要收费呀？"

"不收，"那边说，"一切费用都有人资助。"

"哦，这就好。"他想起要感谢梅雪的意思，便问道，"我带个朋友行不？"接着他又补充了一句，"是个女的。"

那边稍迟疑了一下，问道："你的这位女朋友我认识不？叫什么名？"

"梅雪。"他回答。

"哦，是她呀。"

他俩又确认了一下出发的时间、地点，就挂了电话。接着他就拨了梅雪的手机，说了邀她去森林公园的话。不想她不假思索地答应了。于是他告诉她出发的时间、地点，就提起昨天的事，他千恩万谢的，反倒使她不好意思起来。

十九　文人相聚祁连山林，效法自然物我两忘

　　研讨会定在一个双休日，星期六早上七时在广场旁的停车场集中，统一乘车。
　　不到七点，孔佰文就走出家门往广场上走。到了约定的地方，包下的中巴车已经停在那儿。司机小马拿着一块抹布，悠闲地在车上抹来抹去。孔佰文上前去和小马打了一声招呼，问了问准备的情况。小马就说："按照你的吩咐，都准备好了。"
　　"还是最好再检查一下，看有没有遗忘下什么。"
　　"好的。"小马说着上了车，孔佰文也跟了上去。研究会的秘书长钟华文在车上忙碌着呢。他是《乌酉晚报》中国文化栏目的编辑，他见孔佰文和司机上了车，就和他们一起翻腾着一个个纸箱子和包装袋。那里装得是一路吃的，喝的，用的。他们对照事先拉出的单子一一核实，看有没有拉下什么东西。检查完物品，被邀请的人就陆续到了，除了中国文化研究会的部分会员外，还有倪布然、师玉洁、叶冰清、梅雪和艾妮等人。上了车，大家自由组合坐了下来。叶冰清、梅雪和艾妮坐一块儿，倪布然和师玉洁坐在她们的后一排上。孔佰文招呼大家一一上车，点过人头后，他一声令下，车子开动了。
　　他们大多数是乌酉文化界有头有脸的人物，基本上互相认识，而且还很熟悉。个别不太熟悉的，赶中巴出了市区，上了去森林公园的高速公路，也就熟悉了。人一熟起来，话也渐渐地多起来了。

文化研究会嘛，因此，话题首先是从"文化"二字开始的，而且是从"文化"一词的源头开始的。大家七嘴八舌地议论这个词的起源和演化，孔佰文就说："最早将'文'与'化'联系起来使用的，是《周易·贲卦》，其中有两句话，可能大家都熟悉。这两句话就是'观乎天文，以察时变；观乎人文，以化成天下。'此后历朝历代，对'文化'一词多有阐释，但万变不离其宗，那就是以人类创造的'文'，去教育、感化人类自己。在这个意义上讲，这里的每一个人都是文化人，都是文化工作者。"

"也不尽然，"师玉洁说，"我们这里面，有作家，有编辑，有教师，有记者，有学者。除了我，都是文化人。"他诡异地一笑，大声地问道，"我们中间有谁是研究'性'文化的，给我们来点荤的。孔主席的话题太正经了点，活跃不起气氛来，同志们说好不好？"

大家齐声说"好"。于是，大家立刻把焦点转移到"性文化"方面，车内的气氛立马带上了浓浓的"性"味。你一言我一语，说了一些黄段子，感觉不过瘾，师玉洁就说新闻界的朋友走南闯北的，见闻肯定不少，于是大家的目光投向叶冰清和钟华文，钟华文就把《乌酉晚报》的黄副主编推荐给大家，推上了前台。黄副主编推辞不过，想了想，慢悠悠地讲道："一位编辑看过一位女作者的稿子，评价道：'上面两点太平，下面一点太涩，用不用的，日后再说吧。'"

钟华文赶忙接过黄副主编的话头说："那编辑这么说着，恰好主编走了进来，看看女作者，对那编辑说：'我倒认为，上面是人家的两个优点，要说下面一点，那还真是个漏洞，需要弥补一下。'"

黄副主编看看大家，神情严肃地说："主编说到这里，那个编辑忙说：'我倒有个长处，就由我来弥补这个漏洞得了！'"

钟华文也毫不相让，不假思索地说道："所以，那位主编只好说：'你弥补漏洞了，那我就只能欣赏欣赏两个优点了！'"

说到这里，大家屏息宁神，等待下文。黄副主编笑笑，对钟华文说："还是年轻人厉害。"大家才知故事已经讲完。想想黄副主编和钟华文你来我往的，巧妙地把对方嵌进故事中，互有攻防，天然成趣。大家都开怀大笑起来。

叶冰清见男人门被这些荤话冲昏了头脑，疯疯癫癫的，就转身对师玉洁和倪布然悄声说："你们这些臭男人，平日里道貌岸然的，一说到下半身，

十九　文人相聚祁连山林，效法自然物我两忘

各个都原形毕露。"

不料,她这话让她的邻座听见了,于是把这悄悄话大声公布给大家。大家正在寻找新的目标,创造新的兴奋点。这下可好,自己找上门来,成了一个新的焦点,把大家的目光都吸引过来了。

"别冰清玉洁似的,"钟华文说,"男人不臭,女人咋香。大家说是不是啊?"

车厢中爆发出狂热般的笑声。笑过之后,钟华文故作正经地问叶冰清,"哎,叶大记者,和咱师大哥也瓜熟蒂落了吧,什么时候喝你俩的喜酒呀?难道还想不开吗?"

另一个人说:"她不想开,可人家师书记想通了呀!"

这也是一则荤话,说男人结婚是想通了,女人结婚是想开了。大家心照不宣,听到这里便哄堂大笑。

叶冰清朝后看一眼师玉洁。见师玉洁也在笑,就隔着靠背在他的额头上戳了一下,嗔怪道:"别人欺负我,你还跟着笑!"

师玉洁拍一拍她的肩,安慰道:"也就两句家常话,你不在乎也就罢了。"

梅雪听到这话,噗哧一声笑了,对大家说:"尽管叶记者走南闯北,什么没见过,什么没听过。可人家毕竟是黄花闺女,你们说话也该讲个分寸。"

此话一出,男人的矛头立马对准了梅雪。有人就对她说:"那请问梅老板,离婚又是因为什么?"

她大方地回敬道:"男人知道深浅了,女人知道长短了呗!"

她的话音刚落,车箱里又笑作一团。梅雪是离过婚的人,话一出口,大家这么一笑,她不觉有点脸红。倪布然看她这样,就另外出了个题目,把主题引到别处。梅雪向他投去感激的一瞥,脸红红的,不再轻易出击了。

车离开市区越来越远,人也就越来越放纵,说起话来,也就没有那么多的规矩和礼数了。在欢声笑语中,不觉离开乌酉市已近二百多公里。中巴从此处下了高速公路,调头向南,驶上一条进入山区的公路,渐渐地进入大山深处,车厢里的气氛也随之一变,大家的注意力也从内向外,透过车窗欣赏公路两侧的美丽风光。此后,中巴穿过一个又一个山村,翻过一个又一个山岗,越过一道又一道沟壑,恰至中午,进入一条峡长而曲曲折折的山谷。山谷中的一条河,名曰大同河。河两岸奇峰突兀,林木繁茂。河中流水潺潺,浪花飞溅,其情其境,令人赏心悦目。

沿着峡谷走了一段时间，又要翻山了。中巴沿着"之"字型的盘山公路，盘绕着向上爬去。倪布然透过车窗向外望去，群峰巍峨，重峦叠嶂，云雾缭绕。漫山遍野，青松翠柏，一片翠绿。往下看去，沟壑纵横，千回百转。看着这些，他的心仿佛被融化进这样的奇情美景之中。他扫一眼车内的朋友们，车内鸦雀无声，显然，他们也被山光水色所迷醉，气氛顿觉肃然。

上了一个山头，视野更加开阔，风光美丽如画。这里有一个人工修建的观景台，孔佰文让车停下来，他们下了车，登上观景台举目瞭望，拍照留影。之后，中巴继续行驶在崇山峻岭之中，中午时分，到达森林公园入口。他们在公园宾馆办理了入住手续，在这里吃过午饭，稍事休息后，他们和其他游客合乘一辆专用环保大巴进入景区。上车后，这个团队的主动权就掌握在漂亮女导游的手中。他们除了偶尔和女导游逗几句嘴，开个半荤不素的玩笑外，就只有服从的分了。

进入景区，大家感到，就像进入了植物博览会、天然氧吧和动物王国。据导游介绍，整个公园内，有一千多种植物和近二百种野生动物。倪布然打开车窗，贪婪地呼吸着清新湿润的空气，感觉神清气爽，如痴如醉。他和大家一样，目光投向窗外，湍急的河流蜿蜒曲折，涛声轰鸣，浪花飞溅，动人心弦。两岸千峰叠翠，云雾缭绕，景色迷人，令人为之动容。

长话短说，游完美丽的森林公园，回到宾馆已经人困马乏，匆匆吃过晚饭，各自回到房间里，洗浴睡觉，一夜无话。

第二天一早，他们在宾馆餐厅吃完早餐，便收拾行囊，准备出发。倪布然从楼上下来，见梅雪在吧台那儿，就凑过去，原来她在这儿结账呢。他冲她笑笑，对她说："佰文先生说的那个赞助商，原来就是你呀，真看不出来，城府够深的嘛！"

梅雪也笑笑，谦虚道："我没有什么文化，可也好附庸风雅。咱大事做不了，小事又不会做，出这点小力，也不值得张扬，有什么城府不城府的。"

倪布然反驳道："谁说你没有文化，那篇短文就很精致。这些文人骚客未必能写得出来。"

梅雪知道他说的那篇短文就是她发给他的那邮件，不觉脸上微微泛红。她有点羞涩地说："一时兴起，胡言乱语罢了。你就不要再提它了。"

他俩这样说着话，大家陆续下了楼，集中在宾馆大厅里。说说笑笑，显得轻松愉快。孔佰文扫了大家一眼，问钟华文："都到齐了？"

钟华文回答："都到齐了，可以出发了。"

"那就出发吧！"孔佰文下达了出发的命令。

大家说笑着上了车，奔向下一个目的地。

中巴奔驰在祁连山脉腹地，一路翻山越岭，爬山涉水，他们饱览旖旎的自然风光，互相之间，神侃海吹，快乐无比。中午时分，他们已远离森林公园，至晚抵达一家民族风情园。风情园由几顶华丽的帐篷组成，它座落在一片一望无际的大草原上。

身着藏族服装的青年男女，手捧当地生产的青稞美酒，迎接他们的到来。一下车，青年们便围拢上来，唱歌敬酒，令他们感动不已。敬酒的程序走完之后，大家顾不上旅途的辛劳，走到碧绿的原野上，尽情地领略美丽的草原风光，拿出相机照个没完没了。

孔佰文、钟华文和梅雪进了帐篷，安排这里的活动。午饭是手抓羊肉、酥油奶茶。饭后，稍事休息，本次行程的主题活动——研讨会拉开了大幕。钟华文宣布会议开始，简短的开场白以后，他说："在研讨会进入正题之前，让我们以热烈的掌声请出本次研讨会的赞助商，梅雪女士。"说到这里，他向梅雪作了一个请的手势，提高嗓音道，"梅经理有请！"

梅雪在热烈的掌声中站起身，向大家深深地鞠了一躬，说了感谢之类的话，又将早晨对倪布然说过的话说了一遍。之后真诚地说："能为你们文化人的文化活动尽点绵薄之力，感到非常荣幸。各位如不嫌弃，今后有用得着姐们的地方，理当倾心相助，决不含糊。"说完又鞠个躬，坐回原位。她的话虽短，但情真意切，掷地有声，再次赢得热烈的掌声。

钟华文向孔佰文作个请的手势："下面请孔主席对会议的主旨和研讨的方式做说明。"

孔佰文欠一欠身子，扫了一眼大家，说："我们为什么选择这个地方，这种方式来开这个研讨会，就是要让大家置身于大自然，感受大自然的快乐，领悟大自然的美妙与神秘。从而增强大家崇尚自然，敬畏自然的意识。而崇尚自然，敬畏自然，正是中国传统文化的精髓。因此，今天研讨会的题目就叫'中国传统文化与自然'。形式嘛，不拘一格，想怎么说就怎么说，想说什么就说什么。因为我们的目的不在于取得什么理论研究成果，而是以娱乐为主，在娱乐中重温先哲们博大精深的思想，领会中国文化的精神实质与内涵。下面，就请大家自由发言。"

因为是漫谈，有人从崇尚自然、效法自然的角度，大谈老庄哲学在认识自然，利用自然方面的功利作用；有人则从构建和谐社会入手，论述如何传承与弘杨老庄自然哲学思想,从而实现人与自然和谐相处,人与人和谐相处,人类社会可持续发展;而倪布然则从人类学的角度,谈到人在自然界中的地位,以及人类与自然的互动关系及未来的发展趋势。如此等等,气氛热烈而秩序井然,三个小时后,研讨会取得园满成功。

晚饭后,天色渐黑。大家围拢到风情园的中心,举行此行的最后一项活动——篝火晚会。

这里架起了一堆木柴,主持活动的女青年简单致词后,便燃起篝火。来自都市的一帮文人,与土生土长的藏族青年男女,手牵着手,围绕着篝火,载歌载舞,直至精疲力竭,方进帐篷睡觉,一夜无话。翌日一早,他们起床后,简单地吃过早饭,恋恋不舍地告别这里的主人,便迎着朝霞,踏上了回家的路。

二十　学研成果饮誉神州，冷言冷语冷彻心头

上班以后，倪布然习惯地把办公室收拾了一遍，打开电脑，准备将自己在文化研讨会上的发言稿改写成一篇论文。这个时候，庄院长背着手走了进来，径直走到倪布然的对面，冲着倪布然微笑着，一副心花怒放的样子。

"有什么事你就说，别这样吓我！"倪布然半开玩笑地说。

庄院长从背后拿出一只手，伸向倪布然，握住他的手，连说了几个"恭喜"。他看倪布然一脸迷茫，就拿出另一只手，把手里的一个信封递给倪布然。

倪布然看一眼庄院长，拆开信封看了看，原来是他的一篇论文在全国人文科研论文评选中，荣获一等奖。他抬头看一眼庄院长，有点不以为然地说："原来是这事呀！"

庄院长说："这事还小呀！你准备一下，去北京参加这个表彰大会，回来以后，好好庆贺庆贺！"

倪布然笑笑，平静地说："我做的都是份内的事，有这么一点点成绩，那也是组织培养的结果，有啥好庆贺的呀！"

"这可不仅仅是你个人的荣誉，"庄院长一本正经地说，"这可是我们学院的荣誉，也是乌酉市的荣誉。"

倪布然呵呵一笑，说："这与院长的领导也是分不开的……"

庄院长摆摆手，截住倪布然的话，嗔怪道："阿谀奉承可不是你倪某的风格，你就别假惺惺的了。"接着他拍拍倪布然的肩，很豪迈地、满怀激情地说："我在学院的会议上，不止一次地说过，在一块肥沃的土地上播下优良的种子，必将长出茁壮的幼苗。再经智慧甘霖的浇灌，必将收获丰厚的果实。你本来就是一颗优良的种子，在这么快的时间里就开花结果，果实累累。这说明什么？这说明人文学院这块土地是肥沃的，是一块充满希望的田地。我这个当院长的高兴，高兴呀！"说着他又拍了拍倪布然的肩膀，喜悦之情，溢于言表。

"庄院长过奖了，"倪布然说，"我调到学院来，就是干这个事的。如果混上三年五载的，什么成果也没有，那不就辜负了院长您的希望，也辜负了艾妮的一片诚心嘛。你说是吧？"

"话虽这么说，"庄院长笑呵呵地说，"一分耕耘一分收获，你功夫没有白下。"庄院长稍稍收敛了一下内心的喜悦，语气也平静了许多，"你在这段时间里，是下了一番功夫的。我知道，你写了一些学术论文。没想到在这么短的时间里，密集地发表出来，还是在国内一些知名的刊物上发表的。这不，引起了有关专业机构和专家的高度关注。获得这么高的荣誉。这个表彰会，你是一定要去参加的。

"好吧，"倪布然说，"恭敬不如从命，我去开这个会就是了。"

"就这么定了，"庄院长说，"人类学研究室成立时间不长，取得这么好的成绩，喜出望外呀。这说明，当初把你调过来，这个决定是完全正确的。我还得感谢艾妮，是她把你推荐给我的呀！"

倪布然被庄院长的这番话说得有点不好意思起来，他笑笑，调侃道："我这人不禁夸，你这么夸我，我可要翘尾巴了。做了这么一点事就翘尾巴，不论是对我个人还是对学院，都不是什么好兆头，你说是吧？"

庄院长笑笑说："还不至于吧。你是做大事的人，哪能几句夸奖的话就让你翘尾巴的。"说到这里，他话锋一转说，"我知道，你正在谋划着一个研究计划，说吧，有什么设想，尽管提出来，学院会全力支持你的。"

倪布然正色道："那我说了。"接着，他说出了他下一步工作的目标。庄院长一听，这是一个宏大的研究课题，但需要一笔经费，能不能申请到这笔经费，庄院长心中无数。

"把你吓住了吧？"倪布然笑着说，"我也就这么一想，不一定有什么结果。"

"不，"庄院长说，"你的这个构想很好。要不这样，你们室里先做一个详细的计划，院里研究决定后，我想办法解决经费问题。这样如何？"

"好，有你这话，我就先计划着，有什么事，随时向你汇报。"

"好，就这么定了。"

他俩就这个话题聊了一会儿，有人找庄院长，庄院长就告辞走了。倪布然静了静心，改变了他改写发言稿的初衷，遵照庄院长的指示，召集人类学研究室的全体同仁，讨论制定下一个研究课题的计划。讨论会结束后，他就准备去北京参加表彰会的事了。

倪布然前往北京参加表彰大会，几天后，他捧着一个精制奖杯回到乌酉。那天，庄院长率领学院领导、人类学研究室以及院办的有关同志去火车站迎接他。

出了火车站，庄院长和他的欢迎队伍就迎了上去，艾妮接过他的行李，送到校车里去。一位女学生把一束鲜花送到他的手上，他接过鲜花，连说几声谢谢，一副受宠若惊的样子。

庄院长紧紧握住他的手，问候道："一路辛苦了！"

倪布然感激地说声谢谢，喉咙哽了一下。他用力攥了攥庄院长的手，之后就把手伸向郜子达。郜子达马马虎虎地握了一下手，言不由衷地说了句恭贺之类的话，满脸的不屑溢于言表。

倪布然和前来接他的同仁一一握过手，庄院长就招呼着上了校车，向学院方向驶去。

到学院，下了车直接进了会议室。会议室里坐满了人，倪布然看看，有教师代表、学生代表、各教研室的负责人以及新闻媒体的记者。大家见他进来，呼啦一下站起来，热烈鼓起掌来。倪布然不习惯也不希望这样，但此时的他身不由己。在掌声和闪光灯的闪烁中，他和庄院长、郜子达一行走到各自的桌牌后面，向大家鞠了个躬，庄院长便示意大家坐下来。大家落座后，他们也落座。庄院长讲道："同志们，让我们再次以热烈的掌声，欢迎载誉归来的布然同志。"

会议室里再次响起雷鸣般的掌声。倪布然站起身，再次向大家鞠躬致谢。掌声渐渐平息后，庄院长继续说："这是我院成立一来，在学术研究领域取得的又一辉煌成就。"庄院长简单地讲了讲获奖的背景和学术价值，说，"下面请布然同志谈谈他的感想。"

倪布然在掌声中站起身，有点羞赧地说："这样浪费大家的时间，我真的过意不去。这次获奖,如果算得上一点成绩,也应归功于学院的领导和全体教职员工,归功于我们研究室的全体同仁。我确实不敢贪天之功为已有。在此我深深地感谢你们!"说到这儿,他又一次给大家鞠躬致谢。会议室里又一次响起掌声。

接下来是座谈,有关人士发言,除了表达祝贺之意,围绕这个奖项发表了简单的看法,对人类学研究室和倪布然本人表达了他们的期望。最后,庄院长从这次获奖的意义,回顾了学院的发展历史特别是学术研究历史,再讲到学院的发展前景和光明的前途。整个欢迎仪式就算结束。之后,庄院长设宴为倪布然接风洗尘,这里不再赘述。

这事上了媒体,尽管寥寥数语,最起码引起了他亲友的注意。给他打电话的,发电子邮件的,发短信的。有人祝贺他,有人鼓励他,有人则仍然为他弃官从文而扼腕叹息。郜子达就持这样的态度。一天,他踅摸到倪布然的办公室,刚一落座就说:"再次祝贺你哟,老兄。"

"事情已经过去了,"倪布然说,一副不以为然的样子,"还提它干什么。"

"看来你没有沉浸在陶醉当中。"郜子达有点自我欣赏地说。

倪布然笑笑,看着他说:"那事儿高兴两天就好,有什么好陶醉的呢!"

"这就对了,"郜子达说,"说句不好听的话,在学术上获一次奖,真的没有什么了不起。即便是诺贝尔奖获得者,在某种意义上说,还不如一个小科长呢。"

倪布然确实没把这次获奖当回事,但郜子达的这话仍然让他不寒而栗。他知道郜子达从来不屑于搞学问的人,但他仍然没有想到,他对搞学问的人蔑视到了如此地步。他不知道,在我们这个社会上有多少人持有这种观点,如果这是主流意识,这可能就是中国至今没有诺贝尔奖获得者的原因之一吧!想到这里,他瞅一眼郜子达,觉得眼前的这个人怎么这么让他厌恶。

"所以,"郜子达以为倪布然接受了他的观点,就说,"我给你透个消息,学院有一个副院长要调走了,这可是个好机会,乘着这个热劲儿,叫庄院长给你跑一跑,机不可失,可不能让大好的机会从你的眼皮底下给溜了!"

"谢谢郜书记,"倪布然直白道,"如果我考虑在官场上混,就不会从市委调出来了,何必拐这个弯,拿一次学术成果当敲门砖呢。"

郜子达一听,觉得自己的热脸对了人家的冷屁股,脸上就有点挂不住,他有点不高兴地说:"我为你的才华感到惋惜,才给你透了这么个消息,至

于你怎么考虑，那就是你的事了。"说着站起来，边往门口走边说，"人这一辈子，不要太固执了！"说完拉开门出去，倪布然望着他的背影，心中掠过一阵冷风，让他不寒而栗。

屋漏偏遭连阴雨，倪布然无缘无故地受了一番冷嘲热讽，正闹心着呢，恰在此时，有人敲门。他一看，是个熟人，妇女保健单位的负责人。大概跟工作性质有关，说起话来，女性味十足。他俩聊了几句，那人说："听说又获奖了，还见了报。你就不怕再也出不了人文学院？"

倪布然听得一头雾水，瞪着眼睛看他。那人就说："你是怎么调出市委的，忘了？"

"什么意思？"倪布然还是一头雾水。

"听说当时你把你写的文章拿去给陈书记看，陈书记看了就说，'这人不是很能研究人类学吗，调到人文学院研究人类学得了。'如今还不吸取教训，张扬个啥呢！"

"喊，这哪跟哪呀！"倪布然闻言，哭笑不得。那人又说了几句，得意洋洋地走了。倪布然呆呆地坐在那儿，再也抑制不住内心的愤怒，拍了一下桌子，骂了一句很粗的话，"他妈的，老子做学问，关你们什么事？阿猫阿狗都来说三道四的，这是什么事嘛！"

二十一　朋友贺喜爽口斋，智者醉眼论大师

　　过去的已经成为历史，不管别人说什么，日子继续得过，文章也继续得写。倪布然把他在文化研讨会上的发言稿改写成了一篇论文。因为这与中国文化研究有关，他想最好让孔佰文看一看，听听他的意见，然后再行修改后发给杂志社。他看看表，离下班还有个把小时，就把稿子拷贝到U盘上，到打字室打印了一份，给孔佰文打了个电话，就去孔佰文那儿。

　　孔佰文的办公室空间很小，调研员嘛，对一个闲单位的闲职来说，可有可无。有间办公室，总比没有好。他的研究会没有任何经济来源，故尔没有自己的办公场所，他这个主席也就沾沾他这个调研员的光，挤在一起，凑合一下得了。

　　倪布然进去，屋子堆满了书报杂志。孔佰文把堆在地上的书报杂志挪了挪，给他挪出一个地方，搬了把椅子让他坐。他坐下来。把那份文稿拿出来，递到孔佰文的手上，说："你给看看，指点指点。"

　　孔佰文接过文稿随便翻了几页，笑笑说："出自老弟你的手，我就不好意思'指点'了。如果不急，倒是放下来，我好好拜读拜读。"

　　倪布然也笑笑，说："咱俩之间就不客气了吧。直来直去，有什么说什么。"

　　"谁说不是呢。"孔佰文说，"你看我这地儿也小，兄弟从北京回来，还

没有向你道贺呢,找个地方喝杯喜酒,如何?"

倪布然没来得及回答,他的手机响了,一看,是梅雪的。他看一眼孔佰文,摁下接听键,问了声"你好。"

"你好,"那边说,"这会儿干什么呢?"

"在佰文先生的这儿,请教先生呢!"倪布然调侃道。

"是吗?"那边说,"祁连山回来,一直想请你坐坐,总是被这事儿那事儿给搅了。怎么样,现在成名人了,肯不肯赏光,喝你一杯喜酒呀?"

倪布然笑笑,说:"你和佰文先生想到一块儿去了。好吧,你把师玉洁和叶冰清叫上,我这里再叫一个人,一起喝两杯。"

倪布然挂了梅雪的手机,之后问孔佰文:"你说到哪儿去?"

孔佰文想了想,说:"爽口斋怎么样?"

"行。"倪布然说,他接着给艾妮打了个电话,要她这会儿赶到爽口斋去。

就这样,他们相约在爽口斋。这是一家小饭馆,位于一个居民小区内的一块绿荫深处,因其经营的都是地方风味的家常便饭,价格又适合工薪阶层消费,而且环境幽雅,故而受到人们的青睐。

进了小饭馆,在向阳的一边挑了一个包间,包间不大,下半部由木板装饰而成,上半部是绿色的壁纸,其中的两面墙上各挂着两个小镜框,镜框里是两张漫画,看上去滑稽可笑。房中间一张不大的圆桌,圆桌上放着一束鲜花,感觉十分干净整洁。

倪布然和孔佰文坐下来,服务生给他俩倒了两杯茶,他俩和服务生一起点菜。点好菜,服务生问要什么酒,倪布然对孔佰文说:"白酒就不要了,都喝干红吧!"孔佰文点点头,表示同意,倪布然就报上一个干红酒的品牌名,服务生说声好,转身走了。

没一会儿,艾妮到了。紧接着,梅雪、师玉洁和叶冰清也到了。见面之后,少不了嘘寒问暖,再之后,就是给倪布然道喜。客套过后,叽叽喳喳了一阵子,服务生就端上了酒菜。他们之间不分老幼尊卑,随便坐下来,梅雪打开酒瓶,给各位斟上酒。站起身,俨然以东家的身份说道:"谢谢各位赏光,来,共同干一杯!"

大家站起身举起杯,共同干了一杯,复坐下来,梅雪就招呼着大家吃菜,大家就毫不客气地吃了起来。没吃几口,梅雪端起酒杯,举到倪布然的面里,说:"先敬我们的博士一杯,祝贺你荣获大奖,饮誉全国。"倪布然说声谢谢,和梅雪碰过杯,喝了一杯。

接着,梅雪给每人敬了一杯,之后,就推杯换盏,觥筹交错,你来我往地互相敬了起来。喝了几杯酒,大家的话也渐渐地多了起来。话题也大多集中在倪布然获奖一事上,除了表达祝贺之意,也少不了说上几句恭维的话。这都是人之常情,没有什么。可倪布然听着,呵呵一笑,开玩笑地说:"不管真心还是假意,听起来还是让人开心的嘛,来,我敬各位一杯!"

梅雪就说:"我们真心实意地敬你,你却怀疑人家,亵渎了大家的真诚,请自罚一杯!"说着给他的杯子里添了点酒,端起来递到他的手上。

倪布然接过酒杯,说:"好,这杯酒我喝了。"说着一饮而尽。接着又斟上酒,说:"这杯敬大家了,请务必给个面子。"

大家端起酒杯,叶冰清开他的玩笑道:"这么大的面子,谁敢不给!"

"是呀,我们都快成你的粉丝了,你就偷着乐吧!"艾妮附和道。

"呵呵,"师玉洁佯作酸溜溜状,"哎哟,这快成大众情人了嘛!"

"这是什么话,"叶冰清说,"这可是货真价实的全国性大奖,又不是买来的,你不服气也抱来一个让我们瞧瞧。"

"就是呀。"梅雪和艾妮附和道,"到那时,我们再来恭维你,你也可以做大众情人嘛!"

他们说说笑笑,喝了这杯酒。倪布然说:"行了,也就是我们这个圈子里自误自乐一番,要是在别处,又有多少人会认同你呢。"

"那是,"师玉洁说,"不要说在别处,即使在你们学院里,甚至在院领导中,说不定有人还要说几句风凉话,冷嘲热讽一番的。"

"真还让你说中了,"倪布然就说了郜子达和那位妇女保健工作者无故嘲讽他的事,最后他说,"有一位院领导他对我说,'即使诺贝尔奖获得者,在某种意义上讲,不如一个小科长呢。'"

此话一出,一座六人如闻惊雷,各个惊讶得目瞪口呆,面面相觑,一时不知说什么好。过了一会儿,孔佰文苦笑一声,冷静地说:"偶尔听上去,此话荒诞不经。但冷静地想一想,还是有它产生的土壤和存在的环境条件。因此,它不仅仅是个别人的观点,而差不多就是这个社会的主流意识之一。"

"说得有道理,"师玉洁说,"这种意识对每一个社会成员的价值取向都有巨大的影响。在这方面,我有切身的体会。"师玉洁越说越深沉,"你们都知道,我当过市委书记的秘书,乌酉市的'第一秘',可谓前程似锦。但我说辞就辞了,没有把那当回事,看上去多英雄呀!可后来呢?在村上干了

这么些年，怎么样？现在叫我辞这个村官，可能都有点舍不得了。我真不知道是这种思想影响了我，还是我的思想中生来就潜藏着这种意识？"

倪布然看一眼师玉洁，问大家："难道我从市委出来，选择学术这条路压根就错了？"稍停，他有点激动地说，"难道这个具有五千年历史的文明古国，从此不再需要文化，不再需要研究文化的人了？"

"别激动，"艾妮说，"如果真是这样，那我就是罪魁祸首。当时我不怂恿你从市委调出来，说不上这会儿也成什么书记、局长了。"

"怎么说着说着就不着调了，"叶冰清说，"人家梅经理请我们来，是向倪布然道贺的，怎么成了诉苦会了！"

梅雪笑笑，轻松地说："畅所欲言，畅所欲言吧，朋友到一起，就是图个畅快，心里有什么说出来，一吐为快，一吐为快。"说着举起酒杯，"来，通通快快地喝一个！"

说着，又七嘴八舌地胡乱喝了一阵子，大家的脸上都带上了红晕，看上去，有几份酒意了。倪布然端着酒杯，盯着梅雪问："你说，一个诺贝尔奖获得者，真的不如一个小科长吗？"

梅雪笑笑，说："这怎么可能。"

叶冰清接上梅雪的话头，说："我们之所以得不了诺贝尔奖，出不了大师，我看根源就在这里——你说呢，孔主席？"

"说到大师，"孔佰文若有所思地说，"有人专门写了一本书，这本书引经据典、旁征博引，从多方面多角度地阐述了我们这个时代出不了大师级人物的原因。在全国的'两会'上，人民代表和政协委员也曾呼吁要为文化大师的脱颖而出创造条件。这些年对这个问题的讨论，也不绝于耳，大家从社会的各个方面寻找原因。原因很多，有历史文化方面的，有社会机制方面的，有人文环境方面的，如此等等，不一而足。感谢这位倪书记，'一个诺贝尔奖，不如一个小科长'，他一语道破天机，言简意赅地揭示出这个问题的本质。"

"这个问题太大，"师玉洁调侃道，"也太沉重。生活本来就够沉重的了，再扯这些沉重的话题，还让人活不活了？"

"说得也是，"倪布然借着酒意，慨然道，"俗话说，苦海无边，回头是岸。既然社会就这样，当官的瞧不起这做学问的，乘现在还年轻，何不回过头来，重新规划自己的未来！"

"醉了，"梅雪也带点酒意，指着倪布然说，"倪主任醉了，说开醉话了，你要回过头来，你就不是倪布然了。大家说对不对呀！"

"未必是醉话，"师玉洁说，"是我们的理论家有意要回头了，"他醉眼朦胧地问倪布然，"你说实话，你想没想过，也许有一天，你会成为人类学大师？""我说实话，我有过，但现在没有了。"

"完了，"叶冰清也有点高了，她把指头从倪布然的头顶划过，比划了一个杀头的动作，调侃道，"又一个未来的大师，被你给扼杀了。"

"不说这些了，"倪布然摇晃了一下身子，有点醉态，他稳住身子，来了一句顺口溜，"人生就像一场戏，没有因缘不相聚。来，喝酒，喝他个一醉方休！"

大家举起杯互相碰着喝了一杯，师玉洁接口道："酒是粮食精，越喝越带劲。来，喝酒，喝他个人仰马翻。"

叶冰清也凑上一句："酒逢知己千杯少，能喝多少喝多少。来，喝酒，喝，喝，喝他个一佛出世，二佛涅槃。"

艾妮在梅雪耳旁嘀咕了几句，两人望着大家笑笑，齐声道："万水千山总是情，少喝一杯行不行？喝，喝，我俩实在喝不了啦！"

大家也笑笑，都把目光集中到孔佰文身上。他扫一眼大家，说道："你们都看我老头子干吗？"

"就剩你的了。"大家齐声说。

孔佰文想了想，说："喝得了就喝，喝不了就跑。——喝不了啦，快跑吧！"说罢站起来就要跑，被大伙儿拉住，七手八脚地摁在座位上，七嘴八舌地和他较上了劲。

这样闹了一阵子，大家都喝得迷三倒四的了。幸亏他们喝的是红酒，尽管迷三到四，还没有到烂醉如泥的地步。服务员进来开始收拾屋子，他们意识到，他们该回家了。

出了爽口斋，月色正明，酒意似乎也消去了不少。他们互相握手道别后，分别打了两辆车，逐个往家里送去。梅雪没有回葫芦村，她去了她妹妹家。

二十二 酒徒梅科长借酒挑事端,一粒老鼠屎害了一锅汤

到了妹妹家,梅雨给她泡了一杯菊花茶,她在沙发上静坐了一会儿。把那杯菊花茶喝下去,感觉酒意全无。她问梅雨:"东东呢?"梅雨说在卧室里写作业呢。她又问,"郜子达不在呀?"

梅雨一边往她的杯子里添水,一边回答道:"不在。"

"最近怎么样,表现?"

"还能怎么样。要不考虑伤害孩子的话,早就不想和他过了。"

梅雪叹口气,无奈地说:"能凑合就凑合着过吧,不到万不得已,谁愿意走这条路呀!"

"一旦走这条路,也是被他逼的,"梅雨说,"现在这男人怎么这样,见个像样些的,不管你是谁,都敢插一腿。"

梅雪苦笑一声,说:"不是现在的男人都这样,是咱们家的男人有问题了。你看看,我离了吧,谁是谁非,就不再说什么了。谁知这不争气的弟弟也不是省油的灯,十天里有九天就喝得醉醺醺的。喝点马尿也就罢了,在外面也是寻花问柳,夜不归宿,才给郜子达可乘之机。"

"都不是东西,"听到这里,梅雨气不打一处来,"就说这梅能夜不归宿,怎么别人没有插进去,自己的姐夫插进去了?哪里是人,简直就是畜生嘛!"

"算了,自个儿把自个儿气成这样,何苦呢!"梅雪说,"这下官当大了,也许会收敛一些。"

"哼,"梅雨气哼哼地说,"好像美国的哪位总统说过,权力是男人最好的春药。过去插的是舅老媳妇,这官升了,将来知道还会插什么人呢!"

梅雪听罢,禁不住扑哧笑出声来,她说:"你听谁说的,什么春药呀,插的,多难听呀!"

"你还笑,"梅雨不满地说,"我心都死了,你还笑!"

"那咋办呀?男人这样了,总不能笑都不能笑了呀!"稍停她说,"我说梅雨呀,以后多长个心眼子,有时候你吓唬吓唬他,最好让他们少来往,时间长了,也许就断了。"

"怎么吓唬呀,又不是三岁大两岁小的人,拿什么吓唬呀!"梅雨无奈地说。

"不瞒你说,"梅雪望着妹妹,谨慎地说,"前些时候,梅能和杨红叶闹着要离婚,我叫梅能写信向纪检部门反映情况,可不知怎么的,后来婚也不离了,纪检那边也没有听到什么风声,郜子达也像没事人似的,该提拔还是提拔了。——我这也是为你好,你别怪姐姐坏妹夫的好事哟!"

梅雨稍稍怔了一下,望着梅雪说:"这事你千万别叫郜子达知道了。你知道,这可是个视官如命的人,你要把他惹急了,他会跟你玩命的。"

梅雪笑笑,对妹妹说:"你言重了吧。我觉得他有所觉察,而且就是他给杨红叶出了什么主意,才使这事平息下去的。"

"嗯,"梅雨若有所思地说,"怪不得那些日子规矩了一些,大概觉察到什么事了。经你这么一说,大概就是听到梅能要告他的消息了吧!"

"很有可能,"梅雪说,"所以我说,有时你拿这些事吓唬吓唬,能拖多久就拖多久吧!"

"以后再看吧,"梅雨说,"过一天算一天吧。"

她俩这样说着,东东从卧室里出来,问了声大姨好,就对她妈说作业已经做完了。梅雨就说:"那就睡吧,"顿了一下,她对东东说,"你和妈睡一块儿,让姨妈睡你卧室里,好不?"东东点头答应了。梅雨就对梅雪说,"那就洗洗睡吧,看你有点累了。"

"东东睡你们卧室里,郜子达回来睡哪里呀?"梅雪问。

"让他睡沙发上吧,"梅雨不经意地说,"再说,他回来不回来还在两可之间呢!"

"好吧。"梅雪叹口气,站起身,走过去摸着东东的头亲热了一番,拉着东东的手,到洗浴间为东东洗了脸,洗了脚,送她到卧室里去。

"那我睡了啊。"梅雪对铺床的梅雨说。

"睡吧,"梅雨想起什么似地问,"哎姐,什么时候去接雯雯呀?"

"看工程的进展情况再说吧。"梅雪轻描淡写地说。

"工程工程,就知道工程,"梅雨埋怨道,"什么时候也该关心一下自己,考虑考虑自己的婚姻大事了!"

梅雪笑笑,进了东东的卧室。翻了一会儿书,就昏昏入睡了。

第二天起床后,她发现郜子达睡在客厅里的沙发上,也不知道他昨晚是什么时候回来的。他见大姨姐从东东的卧室里出来,便翻起身,长长地打了一个哈欠,一副疲倦的样子。他随便问了句客套的话。梅雪就进了卫生间。

梅雨侍候东东吃完早饭,送她去上学。她一开门,有一个人蜷缩着身子,软软地倒过来,东东惊叫了一声,慌忙退回门内。梅雨怔了一下,弯下身子一看,是梅能。他睁开像死鱼一样的眼睛,迟钝地看着自己的姐姐,脸上没有一点血色,一副可怜巴巴的样子。听到东东的叫声,梅雪和郜子达都拥到门口,看着梅能的样子,哭笑不得。梅雨揪起梅能的耳朵,骂骂咧咧地揪到门内,随手把门关上,指着梅能骂道:"你看你越来越出息了,像个要饭的似的,蜷缩在人家的门口,你好看呀你。你这没出息的!"说着又狠狠地揪住梅能的耳朵,把他揪到客厅里,像赖皮狗似地,撩倒在沙发上。

"你先别骂,"梅雪边说边推开梅雨,关切地问梅能,"这是咋回事,啊!"梅能咧着嘴,似笑非笑,不尴不尬的样子。梅雪骂道:"你还能笑得出来。你这到底是怎么回事儿?"

"还能怎么回事,"梅雨气哼哼地说,"问那婊子就知道了。"说着就给杨红叶打电话。那边一打就通,看来,那边也一直守着电话等人打进去呢。两人在电话中互相埋怨了几句,杨红叶就往这边赶。郜子达听说杨红叶要过来,就搭讪着寻找借口离开这里。梅雨就说,"怎么,想溜呀?为人不做亏心事,不怕半夜鬼敲门。你走得正,行得端,身正不怕影子歪,你心虚什么呢你!"

郜子达踱着步子,嘿嘿干笑了两声,对梅雨说:"我心虚?我心虚什么。常言道,清官难断家务事,我走了,你姐俩好断官司呀!"

他们就这么说着话,杨红叶到了。她披头散发,哭丧着脸,眼睛肿肿的。进了门,她好像憋了一肚子的气,需要一个出口,现在终于找到这个出口似的。她赴过来，不管三七二十一，指着梅能就破口大骂。梅雪姐俩就竭力劝阻着，终于把她的情绪稳定下来。"好好说，"梅雪把她扶到沙发上，安慰着她，"有话好好说，如果是梅能的不对，姐会收拾他的。"

"你看大姐，"杨红叶一下撕开自己的衣领，"这可不是第一次了，都成习惯了……"于是她哭哭啼啼地简单地叙述了昨晚发生的事。

昨天开会，研究梅能那个科室的业务。可左等没人，右等不来，打电话又不接，就研究别的事了。会开得差不多了，梅能打着酒嗝闯进了会议室。汤银汉批评了他几句，他不依不饶的，不仅闹散了会场，而且一直跟到汤银汉的办公室，骂个没完没了。下班以后，他还不饶，就跟到人家汤银汉的家里，在人家的家里闹。不得已，汤银汉的夫人给杨红叶打了个电话，杨红叶去汤银汉家，软拉硬拖，总算把他弄回家里。到了家里，他坐了一会儿，就嚷着要找汤银汉算账去。杨红叶说了他几句，他就对老婆不依不饶的了。

"我就说了他几句，他就像疯狗一样，扑过来把我压在沙发上，就往死里掐，看我只有出的气没有进的气，丢下我，一拍屁股就出去走了，一夜没回。他一夜没回，害得我一夜没睡。你说，大姐，这样的日子还怎么过！"

梅雪一看，杨红叶的脖子上青一块紫一块的，就有点心疼了。她抚摸着她的脸，自己的泪也止不住滚下来了。她抚慰着杨红叶，哽咽着骂梅能："你这手也够狠的，怎么掐成这样！"

梅雨冷眼看着杨红叶，见她狼狈不堪的样子，心里的气也消了大半。郜子达看着她被打成这样，是看在眼里，疼在心上，恨在牙齿上。他狠狠地对梅能说："你也是个科级干部，怎么会这样。你知不知道，你这是犯罪行为！"

梅能咧咧嘴，想说什么又没力气说似的。梅雪又把梅能数落了几句，安慰杨红叶道："他就这样子，狗改不了吃屎，也许年龄大点就会好点。你呢，惹不起还躲不起吗？以后他喝酒回来，你躲一躲，不要再被打成这样了。"

杨红叶抹一把泪，哀哀怨怨地说："大姐，我想没有以后了，再这样过下去，我这条小命就丧到这畜生的手里了。"

郜子达一听此言，又惊又喜，又高兴又怕。他偷眼看着杨红叶，杨红叶也时不时地瞅他一眼。梅雨看得仔细，又不好发作，就对郜子达说："你不是要出去吗，去呀，东东还等着让我送呢，你看这个样子，我能去送吗！"

郜子达搭讪着，拉起孩子就往外走。梅雪抚慰了一阵杨红叶，杨红叶的情绪渐渐稳定下来，就边帮她梳洗，边说一些宽慰的话。帮杨红叶梳洗完毕，回过头数落了一阵梅能，就送杨红叶回家去。

二十二　酒徒梅科长借酒挑事端，一粒老鼠屎害了一锅汤

送下杨红叶，看看已到上班时间，她觉得弟弟闯了这么大的祸，说什么也应该到他的单位上去，看看他闯得这个祸，会导致什么样的结果。于是，她打出租车到行政事务管理局，进了汤银汉的门。汤银汉见是梅能的姐姐，不冷不热地和她打了声招呼。梅雪就说："汤局长，我替我弟弟来给您赔罪来了。"说着，她给汤银汉深深地鞠了一躬，又说了一些赔礼道歉的话。汤银汉反倒不好意思起来，他让着梅雪坐下来，给她泡了杯茶，自己也坐下来，对她说：

"梅经理，既然你来了，我们把话说开。你这个弟弟，确实不适合在机关上呆。——有人说他连做人都不够，还当什么干部？——且不说够不够人，就说这喝酒，不论什么时间，不管什么场合，一喝就醉，醉了不是骂人就是惹事生非。就这，你还不能说，一说就跟你闹，闹起来就没个完。你说梅经理，不要说领导不领导的了，和这种人怎么一块儿共事呢？"

"我们教育他，您就大人不计小人过，原谅他这回吧！"梅雪恳切地说。

汤银汉笑笑，说："小梅呀，不原谅又能怎么样呢。他这都成习惯了，工作上没多少本事，傲气还不小。同事们，他谁都看不上眼，动不动就大发脾气，闹得单位上乌烟瘴气的。人说他就是一粒老鼠屎，害了我们一锅汤。就这，又有什么办法呢？你是知道的，现在的这体制，用人的无权管人，有权管人的又鞭长莫及。也不仅仅是我们单位的事，不少单位都有这号子人。倒是有部《公务员法》，但法不责众，没办法，谁叫你摊上他了呢！"

"您也够难的，"梅雪尴尬地笑笑，附和了几句，说道，"这么大个部门，事情本来就多，手下没有几个得力的帮手，怎么能行呢！"

汤银汉也笑笑，说："谢谢你的理解噢。"接着他说，"听说最近要在全国范围内公开选拔一批县级领导干部，我们单位也被列到公开选拔的行列里了，但愿选拔来一个能干的，我也好轻松轻松。"

梅雪想说句什么，她的手机响了，一看，是工程上的，她接起来，说了几句，就说她马上回村上去。接完电话，她又再三向汤银汉道歉，请他原谅。之后就匆匆离开行政事务管理局，乘出租车回葫芦村上去了。

二十三　师玉洁点拨官场通弊，郜子达沽名钓誉遭拒

回到村上，师玉洁以及其他村干部和她的部属们，都在村委会等她。她简单地听了一下下属的汇报，需要研究的问题，有些是她叮嘱的，有些是临时发现和动议的。针对这些问题，她和师玉洁碰了一下，就召集有关人员开会，进行研究部署。

工作上的事扯了整整一个上午，散会以后，师玉洁见梅雪心事重重的样子，就问她："昨晚在妹妹家，怕是碰上什么闹心的事了吧？"

梅雪看着师玉洁，叹了口气："唉，也没什么大不了的事，就是那不争气的弟弟，又惹祸了。你大概也知道一些情况，愁死人了。"

师玉洁说："哦，是你弟弟的事呀，没有出什么大事吧？"

"怎么说呢？"梅雪说，"要说大，好像也不是什么大事；要说小，还不能说成是鸡毛蒜皮的事。"她看着师玉洁，问他，"那毛病在机关上怎么说来着？"

"大错不犯，小错不断。"师玉洁回答道。

"对，对，对。"梅雪说，"就是这，就是这。"

"他到底又犯了什么小错呢？"

"喝了点酒，……"梅雪简单地把梅能喝酒闹领导的事说了说（没有说家里的事，怕一不小心把梅能在外面眠花宿柳的事露了出去）。又叹口气，

说,"你说,这样长期下去,怎么得了呀!"

师玉洁笑笑,对她说:"你不太了解机关上的情况了。你要说混,像你弟弟的这种情况,在党政机关并不少见。气死领导,难死组织,有的十年二十年不上一天班,不但工资照发,就连奖金福利,一分也不差。有的只要待遇,不干工作,老子天下第一。私下里,有人说是耗子屎,有人说是垃圾人。谁要是动他一根毫毛,轻则耍无赖,跟你闹,重则他跟你玩命。你说,他拿的是公家的钱,谁愿拿命去招惹这号子人呀!"

"你和汤局长说的一个意思,"梅雪说,"别人我也管不着,怎么自己的弟弟偏偏就是这号子人呢!"

"算了吧,"师玉洁说,"你气死,愁死你,也无济于事。谁是谁的命,何苦伤心劳神的。"

梅雪再次叹口气,无可奈何地说:"只能这样了,管他去。——哎,我在汤局长那儿听说,市上要公开选拔一批领导干部,你不打算试一试吗?"

师玉洁摇摇头说:"我没资格呀!哎,那天我们聊天,倪布然好像有意要回头似的。他可是有这个资格的,给他通通气,不知他有没有兴趣试试。"

梅雪笑笑:"这我就不知道了,——那天聊天,他也是受了别人的气,可能说得是气话,不一定真的要回头。——要不你给他说说,看他有没有这个意愿。"

师玉洁也笑笑,说:"还是等一等吧。"

"也罢,哎,该吃中午饭了,想吃啥,我做去。"

"多麻烦呀,还是在灶上吃吧!"

"这有什么麻烦的,"梅雪说,"有时候做做饭,干干家务,也是一种调节,对身心健康有好处。你说是吧!"

师玉洁说:"以后吧,你也够累的了。"

他俩这样说着,梅雪的手机响了,她接起来,是郜子达的……

那会儿,郜子达把东东送到学校里,满腹心事地去上班。他一边想心事,一边烧上水,把茶杯泡上,坐下来,两手支着下巴,两肘撑住脑袋,眼前老晃动着杨红叶狼狈不堪的面孔和梅能死鱼似的眼睛。这让他坐卧不安,心绪不宁。往后想一想,他觉得事情再这样发展下去,后果不堪设想。倘若梅能经常酒后这般蹂躏践踏杨红叶,杨红叶要么被他折磨而死,要么被逼离婚,要么在蹂躏与反蹂躏的战斗中一方失手杀死对方,或者双方同归于尽。不论发生哪种情况,都是他不愿意看到的,都可能对他的前途构成潜在的威胁。这样想着,不觉出了一身冷汗。他这样胡思乱想着,办公室来人通知他去会议室开会,于是他长出了一口气,稳定了一下自己的情绪,出门去开会。

会开了整整一个上午,会后,他急忙回到自己的办公室,想给杨红叶打个电话,但他一想,万一他们正在气头上,他这不是火上浇油吗?于是他稍稍犹豫了一下,拨打了梅雪的手机。电话接通后,他吞吞吐吐地问:"大姐,梅能这会子清楚了没有?"

梅雪回答道:"我这会儿在村上呢,不知道他清楚了没有。"

郜子达长长地"哦"了一声,一时无话,梅雪知道他醉翁之意不在酒,在乎红叶也。但她也假装不知,冷冷地对他说:"有什么事吗,没有我挂了?"

"哎别,"郜子达急忙道,"你回村上了,他们怎么样?"

梅雪知道,他是担心她离开他家,那三个人在一起,不知会发生什么事呢。因此他才如此担心。她顿了一下,带点揶揄的口吻说:"你放心吧,那位我送回家了。"

郜子达嘿嘿嘿地笑笑,说:"我就知道大姐会处理好的。"

"别夸我,"梅雪严肃地说,"我告诉你郜子达,别以为把杨红叶送回家就万事大吉了,那可是你的舅老媳妇。郜子达,什么事都适可而止,做过了头,有些话就不好说了。"

"大姐这是什么话,"郜子达听到这话显然有点不快,他说,"好像我有什么事似的。"

"好,但愿你们再也没有啥事。"她把重音放在"你们"两字上,而且拖长了"再"字。语意十分明确。说完这句,她就挂了电话。

郜子达怔了一下,鼻子里冷哼了一声,嘀咕道:"这鸟婆娘,管到老子头上来了。"嘴里这么嘀咕着,心里还是有那么一点点感激。至少从她嘴里得知,事态没有进一步发展,而且杨红叶也被她送到了家中,一场战事就这样被消弭。至于今后还会发生什么,就只有走一步看一步了。想到这里,他放下电话听筒,看看表,马上到下班时间了。他不想回家,回去少不了梅雨的冷嘲热讽,他不想这样。就出了自己的办公室,一转眼看到人类学研究室,见门开着,心想倪布然的老婆沈惠贞多在外少在家,倪布然中午经常在街上凑合一顿,这会儿说不上也在琢磨怎么去凑合午饭呢。这样想着,他敲了敲研究室的门,经主人允许,他走了进去。

"到点了,"郜子达见倪布然伏在电脑前工作着,便搭讪着说,"快到点了,还在用功呀!"

"嗯，"倪布然说，"你先坐，你先坐。还有几个字，我打完。"

郜子达坐下来，倪布然打完最后一个字，抬起头问："书记有事呀？"

"没事就不能聊一聊呀！"

倪布然憨厚地笑笑，一时无语。郜子达就说："又有什么大作收笔了，啥时拜读拜读。"

倪布然仍然笑着，他说："这都是学术著作，你不一定感兴趣。"

"看你说的，"郜子达有点不高兴，"我毕竟也是人文学院的……""领导"两个字刚到嘴边，又觉一妥，就拐了一下口，说成"人嘛！"

倪布然见郜子达认真了，也就认真地说："我最后再从文字上顺一遍，你一定要看，完了发给你，行不？"

"这还差不多，"郜子达应付着，心里却想，哼，给个棒槌还当针了，谁稀罕你那臭文章，好像我求你似的，竟敢藐视我！刚想说句硬话，转而一想，俗话说得好，到什么山打什么柴。到了这个知识分子成堆的地方，就得用学问装点一下门面，把自己也打扮成有学问的样子。怎么打扮呢？弄个教授什么的头衔呗。没有这样的头衔，不要说让教职工们瞧不起，就是将来再上个台阶，说不定因为没有职称而成为一个迈不过去的坎，从而失去竞争力。到那时，后悔就晚了。想到这里，他便和颜悦色地对倪布然说，"布然呀，现在你可成了文化名人了，谁不敬你三分呀！"

倪布然知道他这是恭维话，绝对不是发自内心的。就说道："哪里呀，还是你们当领导的好呀，动动嘴皮子，什么都有了。走到哪里，就像明星似的，都有人捧着。"

这话说到郜子达的心坎上了，他发自内心地笑笑，有了几份自豪。他以领导关心下属的语气对倪布然说："布然呀，你现在是要资格有资格，要学问有学问，要名声有名声。还愁弄不上个一官半职呀！"

倪布然笑笑，心想，这人呀，三句话不离本行。在他眼里，只有弄个一官半职，人活着才有意义，才是货真价实的人生。除此之外，不过苟且偷生罢了。这么一想，他说："谢谢你的关心。说实话，我不是没有想过这个问题。劝过我的人，也不止你一个。可我思来想去，觉得已经到了这一步，何苦再退回去呢！——如果打算在官场上混个一官半职，当初就不会从市委调出来了。既然选择了学术研究，就打算在这条路上走下去。"

"精神可嘉，"郜子达话锋一转道，"可是，生活在这个层面的人是以职务级别划分等级的，管你承认不承认，事实就放在那里。"

这话触动了倪布然的某根神经,捅到了他的痛处。想想他在社交场合的那些"遭遇",他有时真的想返回机关,弄个什么头衔,混到处级干部行列,吐一吐心中的那口闷气。他苦笑一声,说:"一旦真有那么个机会,也许我会考虑的。"说完,他自己都感到吃了一惊,接着他调侃道,"到时候,请书记你一定帮忙哟!"

"这是一定的,"郜子达说,"互相帮助嘛,我也有求你帮忙的时候呢。"

"我能帮你什么忙呢?"倪布然随口说着。

郜子达赶忙说:"我缺的,正是你擅长的。"

"我擅长的?"倪布然瞪着眼望着他,"学术研究?"

"成果。"郜子达补了一句,"学术研究成果。"他见倪布然一时回不过神来,便厚颜无耻地说,"明人不做暗事,明说了吧,能不能在你新作发表的时候,我们联合署名,沾沾你的光?"

"哦,你是说这个,"倪布然觉得又气又可笑。便婉转地拒绝道,"这又何必呢。你们当官的把官当好,我们做学问的把学问做好,各尽所能,各得其所,这样不是更好吗,干吗非要在学术领域插上一脚不可呢!"

"这你就不懂了吧,"郜子达有点自豪地说,"身在教学单位,自己没有学术研究成果,没有职称,这不外行领导内行嘛。你说,这怎么行?"

倪布然望着他,心想,他是想在他无知的躯壳上戴上一顶学者的帽子,为今后加官进爵增添一个冠冕堂皇的砝码,增加一道绚丽的光环。他无法想象,在一篇学术文章里,出现他和郜子达两人的署名,那简直是对自己人格的侮辱。于是他再次委婉地拒绝道:"你是我的领导,学院的各项研究成果都是在院领导的领导下完成的,我的就是你的,何必要那虚名呢!"

"你是不肯帮这个忙了?"郜子达一脸的不高兴。沮丧地说,"那好吧,就算我什么也没有说,好吗?"说着,他抬腿出了人类学研究室,下了楼,接送他的车还等在那里,于是他上了车,说了声回家,车子就开动了。

郜子达离开后,倪布然意识到,他把他的这个顶头上司给得罪了。许多学术研究需要院领导的支持,在今后的工作中,不知这位副书记,会给他穿什么样的小鞋呢!

二十四　逼夫参选惠贞苦口婆心，同学聚会尊严再遭重创

第二天早上，倪布然接到院办的电话通知，下午召开院务会议，研究人类学研究室提交的有关议题。让他做好准备，并参加会议，向会议做出有关说明。倪布然心想，这庄院长还是非常重视人类学研究的，他的报告提交上去没几天，这就开会研究了，够快的嘛。

下午一上班，倪布然提前几分钟进了会议室，薛主任和院办的小丁在分发会议材料。倪布然问薛主任："参加会议的都是些什么人？"

"照常——院领导，再就是你和你们室的有关人员。"薛主任说着，给他发了一份材料，他一看，正是人类学研究室提交的一份研究课题计划报告。他坐到自己的位置上，小丁给他泡杯茶，放到他的面前，他说声谢谢，就认真看那份材料。

参加会议的人员陆续都到了，庄院长看看表，宣布会议开始。接着他说："今天的议题只有一项，研究一份人类学研究课题计划。材料都发给大家了。下面请倪布然同志就这份报告的有关情况向大家做个说明。"

倪布然扫一眼大家，按照准备好的发言提纲，对这个计划的指导思想、目标任务、主要内容、方法步骤和保障措施等问题做了说明。庄院长就说："倪布然同志把有关的情况都说得很详细了，大家畅所欲言，展开讨论吧！"

分管人类学研究室的副院长首先发言，他充分肯定了这份报告所提出的研究课题的学术研究价值和可行性，之后对报告个别部分提出了补充意见和自己的看法。接着，其他副院长们都发表了个人意见，对报告的主体部分都持肯定的态度，并对它的创意提出了表扬。最后的焦点集中在了保障措施方面，特别是经费的投入方面。对此，大家众说纷纭，莫衷一是。郜子达听了大家的发言，慢条斯理地说：

"首先，我觉得，我们学院的主要职能是教学，学术研究处于从属地位，有没有必要搞这么大规模的研究课题，值得三思。"他瞅一眼倪布然，又看看庄院长，继续说，"其次，人类学研究在我国还是一门新兴的学科，作为一个独立院校，有没有能力研究这么大的课题，都得打个问号。再次，鉴于以上两点，我认为没有必要在这些领域投入大量的人力、物力和资金。"

倪布然看一眼郜子达，心想，这不是赤裸裸的报复吗？只因为他拒绝了他联合署名的无理要求，这会儿他就利用职务之便，公报私仇。这样想着，他把目光投向庄院长，庄院长看着他，就对他说："你有什么说的，就说吧，畅所欲言嘛。"

倪布然说："郜书记说得不错，人类学在我国是一门新兴的学科。但我们应该看到，人类进入二十一世纪，人类学的基本理念已成为现代世界上国民必备的基本素养之一。在现代人类学分支学科理论的指导下，教育、卫生、文化、贸易、外交与文化交流等方面越来越凸显出人类学的学科应用性魅力。我们的这份报告，凸显了寻求人类学应用的契机，这与人类学今后的发展方向是一致的，在这方面投入一点是值得的。"

倪布然的发言专业了一点，大家听完他的话，心里琢磨了一会儿，就又七嘴八舌地讨论开了。讨论了一阵子，除了郜子达极力反对外，其他人的意见趋于一致。最后，庄院长把大家的意见综合起来，肯定了报告的主体部分，对个别部分提出了修改意见。对棘手的经费问题，会议决定积极寻求财政支持。

倪布然知道，寻求财政支持，就是向财政要钱。给你钱，什么事都好办，没钱，今天通过的这个计划报告就是一纸空文。

散会后，他怀着这样的心情在他的研究室里呆呆地坐到下班时间。回到家里，沈惠贞正在做饭。见了他，就冲他笑笑，好像有什么开心事似的。倪布然见她这样，就换了拖鞋，到厨房里去给她打下手。

"今天我主厨，你坐着休息吧！"沈惠贞笑嘻嘻地说。

妻子按时下班，而且还先于他到家并主动下厨的情况是不多见的。因此，倪布然多少有点受宠若惊的感觉。他抬头看看窗外，半开玩笑地说："今天的太阳不是从西边出来的吧！"

"别逗了,今天没多少事,早回来了一会儿,也尽尽为妻之道。"沈惠贞一本正经地说。

"哎哟,"倪布然眨了眨眼,说,"你这一说,我反而觉得不踏实了。哎,你有什么指示,还是直说为好,免得我心里七上八下的。"

"别贫了,准备吃饭吧。"说着,她擦桌子抹碗的,就把饭菜端上桌来了。夫妻俩吃着饭,说一些家长里短的话,之后,沈惠贞郑重其事地对倪布然说,"最近,市上可能公开选拔一批县级领导干部,我想你还是参加一下。"

倪布然正把一口菜送到嘴里,他停止了咀嚼,望着她问:"你非得让我走仕途这条路不可?"

"你还是现实一些吧,"沈惠贞正色道,"不错,你是有才华,有水平,也小有一点名气,可那又有什么用?你仔细想想。别的不说,就拿你和郤子达来说,不论你进市委的时间,还是任正科的时间,都比他早,可现在呢?你想想,嗯,好好想想!"

他望着她,她的目光是坚毅的。想一想,她说的何尝不对。郤子达刚进学院,就可以挤掉研究室的一间办公室,就可以挖出一个套间,而且装修得富丽堂皇。就可以要求他在他辛辛苦苦写成的文章上白白地署名,就可以否决他的学术研究报告。为什么,人家有官位,而你没有。你只是一个普通的学者,学者的地位永远在官僚之下,这几乎成为铁律。老祖宗说过,浑身的武艺遮不了寒,满肚子的文章压不了饥。而如今,"一个诺贝尔奖不如一个小科长",就是对这一铁律最直接的诠释。

"你是可以更好地发展的,"沈惠贞语重心长地说,"我希望你不要埋没了自己。"

他理解她的所谓"发展"、"埋没",是针对官位而言的。没有官位,纵使你有浑身的武艺、满肚子的文章,也不可能"发展",而被这个社会所"埋没"。想到这里,他冷冷地问:"拿出来公选的都是些什么职位?"

沈惠贞喜出望外,她眨巴眨巴眼睛,微笑着回答:"这个还不太清楚。"她怕倪布然的思路再转过去,就有点献殷勤地说,"这个我可以再打听打听。"

"不用了,"他说,"这是这次机关治理工作一个重要的环节,按照原来的计划,早就该公选了。时间可以推迟,但这项工作一定会做的,市委定下来,会发通知的。"

沈惠贞赶忙说:"那是当然,那是当然。"她望着他试探性地问,"你决定参选了?"

"等通知下来再回答你,行不?"

"早决定，不就可以早复习嘛！"

"让我考虑考虑吧！"说着，他又陷入了沉思。沈惠贞见他不再那么固执，而且又那么认真地说考虑考虑，想必他会考虑再三，做出令她满意的决定的。这样想着，她没有再逼夫君马上表态。吃过饭，她主动地洗了锅碗，打开电视看电视，倪布然拿了一本书，躺到沙发上看起来。

几天后，倪布然从传阅文件夹中看到一份文件，正是关于公开选拔副县级领导干部的通知。看来，老婆的消息还是挺准的嘛！他正看着文件，艾妮走了进来，手里拿着一份请柬，她和倪布然说着话，把请柬递给他，顺手拿起他刚刚放到桌子上的文件，粗略地浏览了一遍，抬头望着他，问道："动心了？"

"有点，"倪布然犹豫了一下，说。

"早知今日，何必当初。"艾妮说，"是我把你撺掇出市委的，要不然，你可能早就升官了，何必在这里费心劳神的呢？"

"哎，这是什么话，"倪布然说，"此一时彼一时也，况且报不报考，我还没有决定呢！"

"定不定的，你仔细斟酌，"艾妮扫一眼他手中的请柬，问，"这同学聚会，你不会不参加吧？"

"没有特殊情况，一定参加。"

"别忘了把老婆孩子带上。"

"好的，"倪布然说，"你也一定要去呀，包括先生和儿子。"

"尽量努力。"艾妮说着，告辞走了。

艾妮出去后，倪布然又把那份文件拿起来看了看。面向全国公开选拔副县级领导干部，这在乌西历史上还是第一次（也是最后一次，这是后话），涉及十几个部门和单位，包括市行政事务管理局这样的部门。他看着文件，报考还是不考，在他心灵的天平上摇摆不定，难以决断。从内心讲，他不愿意放弃他的专业，再回到行政机关上混。这是由他的价值观决定的。但联想到他曾经遭遇的职业性歧视以及对他人格尊严的强烈冲击，他准备背叛自己的价值观，向世俗势力缴械投降。这样想着，他的脑袋有点隐隐做痛。于是他在文件的"传阅人"栏内签上自己的名字，放入文件夹，搁置到一旁，敲响键盘，撰写他的学术论文。

这样写到周末，第二日就是同学聚会的日子。这次聚会是由芜泯县的副县长麻佩锦发起筹办的。吃喝、烟酒、车辆等一切用度，都由他筹措操持。一大早，倪布然、沈惠贞（孩子在姥姥家，没带）和艾妮（因故未带老公和孩子），乘坐沈惠贞单位的车前往芜泯县。

　　到了县上,同学们及其家属都集中在指定地点。下车后,互相握手寒暄了一阵子,麻佩锦的坐驾驶过来,缓缓停在他们的面前。他下了车,倪布然把手伸过去,他也把手伸过来,倪布然万万没有想到,他的手和沈惠贞的手握在一起,而把他的手闪在空中。他怔怔地望着麻佩锦,伸出去的手吊在空中,半天收不回来。而他的心,却像被人戳了一刀,正在流血。麻佩锦和沈惠贞握过手,说了几句恭维的话,才和倪布然、艾妮握手。倪布然就像吃了蛆似的,怎么都不是滋味。他知道,麻佩锦撇下他而先握住他老婆的手,并不是麻佩锦好色,即使好色,也好不到他老婆的身上。——而是讲究门当户对,先和同样是副县级干部的沈惠贞握过手,再和他握手,显示他的身份和地位。这是官场上再自然不过的规矩。你倪布然该是什么滋味就什么滋味得了,有什么不服气的?不服气你也弄个县级干部当当!

　　"柳乡长,"麻佩锦喊了一声,另一位当乡长的同学柳絮屁颠屁颠地跑到麻佩锦的旁边,麻佩锦问他,"人都到齐了。"

　　柳絮掰着指头算了算,对麻佩锦说:"到齐了。"

　　"好,到齐就出发。"麻佩锦命令道。

　　随着麻佩锦的一声令下,大家分乘十四辆车,浩浩荡荡地向预定地点——碧云山进发。车队翻山越岭,后来沿着一条小河,来到峡谷中较为平坦的一个地方停了下来,这就是今天的目的地。他们停好车,这里已有前哨人马安营扎寨,搭好了帐篷,安好了炉子,堆好了柴火。他们停好车,负责打前站的刘福之就向麻佩锦一五一十地做了汇报。

　　大家都明白,今天,在场面上吆喝的是麻佩锦,出钱的无疑就是这个刘福之。刘福之向麻佩锦汇报完准备的情况后,麻佩锦向刘福之和柳絮交待了些什么,就按预定的方案进行活动。孩子们叽叽喳喳地奔跑在漫山遍野,捉蚂蚱、扑蝴蝶、采野花,天真无邪,快乐无比。

　　"县长玩什么呢?"在麻佩锦屁股后面跟来跟去的柳絮问道。

　　"打几把牌吧!"麻佩锦回答道。

　　"在帐篷里还是在外面?"

　　麻佩锦抬眼望了望天空,说:"天气这么好,放外面吧!"

　　"好。"柳絮叫了两个人,迅速地在一块平坦的草地上铺了一块篷布,大家就像众星捧月似的,把麻佩锦捧到上首。柳絮赶忙脱下衣服,三下五除二地折起来,塞在麻佩锦的屁股下面,给他当座垫。

　　他坐下以后,向沈惠贞、刘福之和柳絮招招手,说道:"来,你们几个过来!"于是,他们几个过来,陪麻佩锦打牌。其余人马,围拢在他们的四周,看热闹的看热闹,打牌的打牌,喝酒的喝酒。女人们帮灶的帮灶,平时不下厨或少下厨的，便三三两两聚到一起，或聊天，或漫步在山间河旁，捡捡蘑菇、散散心什么的。

明显的，倪布然被冷落了。艾妮看出倪布然有点窘态，就主动邀请他，一块儿到河边去，边欣赏山光水色，边聊一些同学当中的奇闻轶事。聊了一会儿，有人吆喝着吃肉了。他俩前去与大家一起吃了一阵子，就开始敬酒了。

麻佩锦无异是人群中的核心，就像一个猴群中的猴王。不管男女老少，首先给他敬酒。他酒量有限，不能谁的敬酒都喝。于是，端上别人敬来的酒，转给别人，他指定谁喝谁就乖乖地喝了。这领导的权威并不因为是同学而有丝毫的改变。沈惠贞是人群中的二号人物，她不是同学，但她有官衔，因此，也就成为大家敬酒的重点对像。她不胜酒力，就把别人的敬酒端给倪布然，这位饮誉全国的学者，就像她的跟班一样，强颜欢笑，勉强接过她的酒，喝了。刘福之跑前跑后的，一副开心的样子。倪布然感觉到，这人对待他，与他在市委时相比，判若两人。于是他想起刘福之劝他时说的他如果选择人文学院就断绝同学关系的话，并不完全是虚言。

这样敬来敬去，一会儿就喝得迷三倒四的了。大吃大喝罢，就又唱又跳，直至精疲力竭，方才罢休。回家的路上，沈惠贞酒喝多了，一副恹恹欲睡的样子，随着车身的摇晃，晃来晃去。倪布然默默无语，一副心事重重的样子。艾妮看他俩这样，有意活跃一下气氛，就说："想起来也真有意思。你说这个刘福之，在学校的时候，满腹经纶，意气风发。毕业至今，也不过十几年时间，看他跟在麻县长屁股后面屁颠屁颠的样子，哪有一点学生时期的影子！"

听到这话，沈惠贞立马坐起身，来了精神。她看一眼倪布然，意有所指地说："你还不知道，人家正跑着进市政协呢。"

"哦，"艾妮说，"这些有钱人，也看重这虚名呀！"

"那可不是虚名，"沈惠贞正色道，"那是社会地位的象征。"

倪布然当然晓得她意欲所指，借着几份酒意，有点酸溜溜地说："行了，沈惠贞。我这个没有官衔的男人给你丢脸了是不？不是我吹，我一不小心也给你弄一个，把欠你的风光还给你。这下合你的意了吧！"

沈惠贞顺势道："你有本事就考去，那才像个男人！"

"那你等着，谁还不如谁呀！"倪布然愤然道。

听他俩这么说着，艾妮就有点不好意思。她感觉到，倪布然能不能在人文学院坚持下去，已经有所动摇了。如果他真的放弃学术研究重回官场，走过的这段弯路，其中就有她的一份责任了。如果真是那样，她何以安心！这样想着，她闭了眼，不再说什么。车箱里一片寂静，只听得见车轮磨擦地面的唰唰声。

二十五　公选路口徘徊不定，经费无望痛下决心

上班后，倪布然心猿意马，精力怎么也集中不起来。他望着对面墙上的画像出神。他是学人类学的，人类学常识告诉他，人类社会是分层次的，而一个人在社会阶层体系中的地位通常是由他的财富、权力和声望来决定的。他从市委调出以后，这段时间里他遭遇的事，使他深深地感到，在他所依附的这个社会中，若想在社会上混出个名堂，受到人们的敬重，靠做学问，是不行的，做学问既不能获得声望，也不会获得财富，而且声望和财富本身也不能确定你的社会地位。那剩下的就只有一条路，那就是做官。只要有官职，什么荣誉、地位和财富都唾手可得，如同王母娘娘伸手——要风得风，要雨得雨。

这样想着，倪布然冒了一身冷汗。他本不该这样想，也不愿这样想。可他是人，人是生活在一定的社会当中的，你无力回天，就只能适应你所生存的环境。这样胡思乱想的，什么事也没有干成，就到下班时间了。回到家里，沈惠贞早就回家做饭，对他也百依百顺，真是太阳从西边出来了。

"怎样，想好了没有？离报名的最后期限还有三天了。"沈惠贞笑眯眯地问。

"我真有点动心，"倪布然说，"可我的专业是人类学，公选考试我未必能成。"

"这点你放心,只要下决心,离考试还有一段时间,凭你的功力,好好复习一下,我想一定会脱颖而出的。"

"你就这么乐观?"

"那当然,我老公的功底我还是了解的。"

"那……你让我再想想吧。"倪布然欲言又止。

"还想什么想?"沈惠贞不高兴地说,"过了这个村,就没有那个店了。机会稍纵即逝,抓不住这个机会,你将来会后悔的!"

"也许吧!"倪布然叹口气,自言自语道,"怎么能够这样?"接着他说了一句很哲学的话,"一个只有权力崇拜的民族,不知其希望在哪里?"

"天塌下来有高汉子顶呢。"沈惠贞说,"你只管好你个人的事,天下大事,就不用你费心劳神了。"

两人就这么说着,沈惠贞的饭熟了,她把饭菜端到餐桌上,一字一顿地说:"你先把名报上,努力考一下,如果考不上,我不再逼你走仕途这条路,行不?"

倪布然见老婆说得如此恳切,就说:"恭敬不如从命吧!"

"这才像我老公,"沈惠贞眉开眼笑,给他夹了一筷子菜,"来,多吃点。"

倪布然苦笑一声,默默地吃完饭,去睡午觉。

下午一上班,倪布然从那个文件夹中抽出那份关于公选的通知,看了又看,他心灵的天平仍然在不停地摇摆,报考还是不报考,难下最后的决心。他心潮起伏,心境难以平静。这时,电话铃响了,接起来,是庄院长的。

"有没有要紧的事呀?"庄院长问。

倪布然笑笑,说:"啥事,你说吧,你说的事就是要紧的事。"

那边笑笑:"啥时候也学会拍马了。"

"可能是天性吧,"倪布然开玩笑地说,"老祖宗遗留下来的,刻到骨头里了,一上年岁,可能就显现出来了。"

"小孩子家,什么上年岁不上年岁的。"庄院长说,"没啥急事,咱俩走趟财政局,争取一下科研经费。"

"好,我这就去你那儿。"

他放下电话,到庄院长那儿去,之后,两人下了楼,乘车去财政局,面见吴局长。进了吴局长的办公室,那里有许多人,他俩见没有说话的机会,就退出来,进了局长办公室对面的房间里坐下来,一边有一搭无一搭地翻着

报纸,一边张望着对门。对门的人进进出出,看上去不可能有消停的时候。这个房间的一位同志也说,他们的局长每天都这样,只要门一开,就有人进进出出,等是等不到没人的时候的,最好在局长的房间里候着,也许有说上话的时候。于是他俩又到局长办公室,这里的沙发、椅子之类能坐人的地方都坐下了人,他俩只好站在那儿耐心地等待。

好不容易挨到他俩说话,吴局长要出去了,他俩再三央求,吴局长就说:"那就快说吧,捞干的,拣要紧的说。"于是他俩递上科研项目经费报告。吴局长看都没有看,放到桌子上,说,"就这事呀?先送到局办公室吧!"说着就要走。

"先给你汇报一下吧,"庄院长拦住他,赶忙说,"这么大的研究项目……"

"不用了,"吴局长说,"送到办公室,按正常的程序走就可以了。"说着就要走。他俩只好出了局长的门,给局办公室送了一份报告,就有点失望地返回了院里。此行让他感慨万千,参不参选的天平向参选的一边倾斜。倪布然回到院里,径直走到学院办公室,开门见山地对薛主任说:"我想参加市上的公选。你给开张介绍信吧。"

薛主任望着他说:"你是学院的学术骨干,参加公选,恐怕要院领导点头的。"

倪布然苦笑一声:"什么骨干不骨干的,普通一学者,有没有都无关紧要。你还是给我开上,我去试试!"

薛主任认真地说:"那我请示一下庄院长吧。"说着拨了庄院长的电话,向他说明了倪布然的请求。放下电话,他说,"院长也是这话,你是学院的骨干,不能随便放人的。"

"那好吧,"倪布然说,"我去找庄院长。"说着出了院办的门,到院长办公室,直截了当地对庄院长说,"我想参加这次公选,希望你能理解。"庄院长望着他,一时没有合适的话来回答他。于是他恳切地说,"真的对不起,我想来的时候,你慷慨地接纳了我。稍有一点成绩,你给了我那么大鼓励。现在提出这样的要求,我自己也觉得不好意思。但你也清楚,现在就这样,但凡有点门道的,谁都往官场上挤。对于我来讲,这次公选也算个机会。机会稍纵即逝,请你原谅!"

"不是原谅不原谅的问题,"庄院长坦诚地说,"是我舍不得你走。真的。公开选拔一个副县级干部,有的是人。但要造就一个人类学家,就不那么容易了。希望你还是认真地考虑考虑!"

"考虑过了,"倪布然说,"你知道,我从市委往这儿调的时候,是决心要搞学问的。现在做出这样的选择,不是一时心血来潮,是经过深思熟虑的,庄院长。"

"既然这样,"庄院长说,"我和其他院领导碰个头,再给你个答复,好吗?"

"好的,我等你的答复。"倪布然说。

在涉及个人前途和命运的问题上,谁都不会故意设置障碍。特别是在人员调出这样的事情上,谁都不会为难谁的。因此,倪布然的请求在临时召开的院务会上获得通过。倪布然去院办开了介绍信,把身份证、毕业证以及一切要求验证的证件,统统收集齐全,就在他前去报名的刹那间,他又犹豫了,彷徨了。难道他的理想就这样轻易地放弃了?他的价值观就这样轻易地被改变了?他的人生道路就要因此而改变了?他这样自问着,把手头的这些东西放进抽屉里,思想陷入了深深的矛盾之中。

两天以后的一个中午,他在一家小饭馆里吃饭,碰上了孔佰文。两人各要了一碗面条,几个小菜,坐在临窗的一张小圆桌上边吃边聊了起来。

"最近忙什么呢?"孔佰文问。

"没忙什么,混日子呢。"

"怎么,有什么烦心的事了?"

"也没什么大不了的事。"倪布然就把参加不参加公选的事向他叙述了一遍,最后问他,"我是矮子骑大马——上下两难。今天碰到你,讨教了,万望不吝赐教。"

孔佰文笑笑,慢吞吞地说:"我也是没弦的琵琶——从哪儿弹(谈)起呢!"

倪布然哑然失笑,几乎将刚吃进嘴里的一口饭喷了出来,笑罢,他拍了一下孔佰文的手背,笑着说:"你老就案板上砍骨头——干干脆脆地来吧。"

孔佰文闻言,也笑个不止。他俩就这样贫了一阵子嘴。孔佰文见倪布然是认真的,就对他说:"社会上流行着一句民谣,叫做'位不在高,有官则名;学不在深,有权则灵。'官这玩艺儿,谁叼上就是谁的。如今给了你这么个机会,我说兄弟,能叼就叼吧,客气什么呢!"

倪布然听得出,这是调侃的话,也是心里的话,案板上砍骨头,倒也干脆。他望着孔佰文,在点无奈地问:"你真地这样想?"

"嗯,"孔佰文十分肯定地说,"我知道,你舍不得你的专业。我是从行政上出来的,行政上的副职没有多少事做,你若放不下你的专业,完全可以利用业余时间和空闲时间进行研究。既不影响本职工作,又可以搞学术研究,一举两得。不过,如果这样,你的官也就当到头了,就像我一样,耗上十几年,给你个闲职,到头了!所以我说,既然要叨,叨上了就一门心思做你的官,再不要动搞学术的念头,到头来就不会像我这样,不死不活,不文不武,上不沾天下不着地的。明白吗?"

"明白,"倪布然既无奈又觉释然,于是他带点调侃意味道,"听君一席言,如拨云见日,令我茅塞顿开。真是太感谢了。"

孔佰文笑笑,说:"你就不要给我戴高帽子了,我知道你心里是怎么想的。说实话,你也是骑在老虎背上,身不由己。今后一有机会,谁知你还会做出怎样的选择。好了,快吃菜吧,菜都凉了。"

"以后再说以后的事。不好意思,光顾说话,把吃饭给忘了。来,给你补上。"倪布然说着,给孔佰文夹了一筷子菜,放到他的碗里,之后自己夹起来,有点夸张地大口大口地吃起来,看上去那么开心,好像压根就不曾遇到什么烦恼一样。

第二天一早,他把报名所需要的那些证件从抽屉里取出来,翻来覆去地看了一番,怎么也懒得去报这个名。他打开电脑磨蹭了一会儿,庄院长电话叫他,他就到院长办公室去。

"名报了没有?"庄院长关切地问。

"还没有。"

"抓紧报上,不要过期了。"

倪布然才想起有个期限问题,就说:"谢谢院长提醒,"接着问,"院长叫我,一定有什么事吧?"

"也没什么大事,"庄院长神色凝重地说,"我跟财政局刚刚联系过,他们说像我们报告中所做的这种研究项目,属于基础性研究项目,与地方经济建设关系不大。因此,财政不予支持。"

"也就是说,学院通过的那份研究课题就是一纸空文了?"

庄院长叹口气说:"可以这么说吧。"

"这样也好,没有什么念想了。该干什么干什么吧!"倪布然说,"让你费心了。"说着告别院长室,回到自己的办公室。他从桌子上拿起有关的证件,下了楼,乘坐出租车,前往市委组织部去报名。

到了报名处，才知道今天是报名的最后一天，他可能就是此次公选最后一个报名的人了。倪布然在这儿碰上了一个熟人，他叫周斌，是政府某部门的一名科长。他已经报了名，刚要离开，见倪布然也来报名，就坐在沙发上，和另外一个人说话。倪布然报完名，他问："你报的是哪个职位呀？"

"行政事务管理局。你呢？"倪布然反问道。

"啊，"周斌惊讶地说，"早知你也报行政事务局，我就不报了。"

"你太谦虚了吧，"倪布然对他说，"出水才看两腿泥呢，这事儿，不到最后，难见分晓。我们这会儿，谁也不是算命先生，你就别谦虚了吧。"

"话虽这么说，"周斌半调侃半讥讽地说，"跟你竞争，这对手也太强大了吧！"

"呵呵，"倪布然笑笑，拿过报名册边翻边对他说，"这个你看了没有，你看看，全国各地报了多少高学位的哥们？有博士，有硕士，有教授，也有专家学者，这些人才是真正强大的对手。"

周斌从倪布然手中接过报名册，指着那些个专家学者的名字，带点调侃意味道："这些不足虑，我就怕你——老虎不吃人，名声在外头嘛！"

倪布然笑着说："那我们就在考场上见个分晓吧，到那里，谁赢谁输不就一清二楚了嘛！"

"说得也对。"周斌说。他俩说着，起身告辞，一起下了市委的楼，各自回各自的单位上去了。

二十六　倪布然瑞雪赶考，展才华一举夺魁

倪布然翻看着考试大纲，庄院长进了他的办公室。"名报了？"庄院长问。

"报了。正在看大纲呢，好家伙，这么多内容！"倪布然说着，哗哗地翻了一下大纲。

庄院长从倪布然手中接过大纲，翻看了一下，光从目录看，就涉及哲学、政治经济学、历史、法律（包括法学理论、主要的若干部法律文本和行政法律法规）、贸易（包括对外贸易和货币银行学）、行政管理和汉语言文学等诸多领域的十几门课程。看完目录他看着倪布然道："真还不少，"接着问他，"这些课程你都学过吧？"

"都有所涉猎，"倪布然回答，"有些比较熟悉，有些就不常接触了。"

"不管熟悉不熟悉，都过一遍吧！"

"我也是这么想的。"

"那时间就够紧张的了。"

"我尽量挤吧。"

"这样吧，"庄院长诚恳地说，"考试之前的这段时间，在院里觉得有干扰，就不用上班来了，在家安心复习吧！"

"谢谢院长了！"倪布然感激地说。

"你复习吧，我不打扰你了。"

他送走庄院长，倪布然按照考试大纲，把所涉及到的书籍和有关的资料都收集齐全，制定了一个复习计划，全心身投入复习之中。

这样复习着，笔试的日子不知不觉地来临了。这天早上，倪布然起得比平时晚一些。他走到窗前，拉开窗帘，天刚蒙蒙亮，大地一片白茫茫。倪布然深深地吸一口气，感受到一丝凉意。这是入冬以来的第一场雪。不料它下得这么巧。

倪布然梳洗完毕，沈惠贞就把早饭端了上来。他从容地吃过饭，带上考试用具，出了楼门。雪还在下着，飘飘扬扬的，把空气洗刷得干干净净，呼吸一口是那么的清新。他立住脚，稍稍犹豫了一下，就一脚踩进雪地里，咯吱咯吱地踏着瑞雪，满怀信心地走向考场。

进了考场，找到了他的座位，他的座位位于最前面中间的位置，不觉笑了笑，心想，不知这样的位子是怎么排出来的。他和熟悉的人打了个招呼，就在自己的位置上坐下来，没多久，监考人员发放了试卷，公选笔试就这样开始了。

笔试之后，倪布然平静地等待消息。一天，他接到周斌的电话，他的第一句话就是："恭喜你呀老兄，"之后他通报了笔试成绩，在该职位上，倪布然拔得头筹，取得该职位笔试第一名，周斌第二名。想一想觉得非常有意思。"怎么，不想请客吗？"周斌最后问，话语中难免带点儿酸溜溜的味儿。

"这才过了一关，以后的关一关比一关难过，如果最后胜出的是你，我不白请了？"倪布然回答道。

"如果我最后胜出，双倍还你，十倍也行。"周斌说。

他和周斌在电话中逗了一阵嘴，电话刚挂上，又响了起来。一看，是老婆的，一接，那头说："恭喜你呀老公！"喜悦之情溢于言表。听起来比倪布然本人还要高兴一万倍。

刚接完老婆的，下一个电话又来了，之后一个接一个，朋友的，亲戚的，同事的，刚刚认识的，甚至陌生的，打个没完没了。他从这热烈的恭喜声中感觉到一种前所未有的恐惧。这与他从市委调出时人们的反应形成强烈的反差。他没有想到，一个官员跟学者，在大家心目中的价值，其差距大得超出了他的想象。不知这样的民族心理是从什么时候开始形成的，什么时候才能瓦解？他不想再听什么恭喜之类的话。他关了手机，拔下了电话线，坐下来静了静，按他的计划进行面试复习。

面试的前一天上午,有人敲他的门,他喊了一声进,随声进来的,是郜子达。倪布然让着他坐,他走到办公室对面的沙发上坐下,望着倪布然,问道:"明天就要面试了,感觉怎么样呀?"

"抱个平常心,参加面试就行了,还能怎么样呀!"倪布然回答道。

"哦,说得也是,"郜子达说着,好像有什么心事似的,让他心神不宁。

倪布然看他这样,就对他说:"书记有什么指示明示就是了。"

郜子达说:"哪里那么多的指示,"接着他说,"晚上一块儿坐坐,肯不肯给个面子。"

倪布然感到非常突然,自打认识郜子达,他俩就没有互相请过对方的客。在此关头一块儿坐坐,不知其葫芦里卖的什么药呀。于是他推辞道:"书记的好意我领了,'坐'就免了吧。"

"这么说你是不给我这个面子了?"郜子达不高兴地说。

"真不好意思郜书记,你看我明天就要面试,去了不喝酒说不过去,喝得晕头晕脑的,怎么应付考试呀!"倪布然说得恳切,但语气坚决,没有留下任何讨价还价的余地。

郜子达见他这样,想了想,说:"那我就不好再勉为其难了。"接着他试探性地问:"听说你本不想参加这次公选,是吧?"

倪布然警觉道:"嗯——有过,不知这……"

"我知道,你压根儿喜欢学问,天生是个搞学问的料,即使考上了,当个芝麻大的官,也不是你倪布然想要的,因此……"郜子达吱吱唔唔的,边说边从衣袋里掏出一个鼓鼓囊囊的纸袋子,站起身,上前一步,放到倪布然的面前。

倪布然看一眼纸袋子,抬眼望着郜子达:"你这是……"

郜子达鼓起勇气,开门见山地说:"明人不说暗话,希望你放弃这次公选,好好搞你的学问。"他又将纸袋子往前推一推,"这是一万块钱,就算是对你学术研究的资助吧。"

倪布然不认识似地看着郜子达,半天才说:"这次公选,好像与你没有什么关系吧?"

"不瞒你说,我也是受人之托。"

倪布然眨巴眨巴眼睛,冷冷地问:"是谁?"

"明人不做暗事,周斌。"

"我明白了。"

"能不能考虑考虑?"

"不能,"倪布然把那个纸袋子推到郜子达的一边,愤慨地说,"郜书记,我的为人你是知道的。你说得不错,原来我真的不想在党政机关混,所以才调到人文学院的。如今,想通过公选再进党政机关,也不是我的初衷,是受各方面的压力才决定参加公选的。但既然我决定报考,就是认真的,不是逢场作戏,更不会拿它做任何交换。"他瞟一眼纸袋子,冷冷地说,"请你收起来吧,我见着它恶心!"

郜子达被呛得满脸通红,他收起钱袋子,慌忙装起来,语无伦次地说了一些找台阶下的话,就讪笑着退出了倪布然的办公室。

"真让人恶心,"倪布然愤愤然,参加公开选拔,就是图得个公公平平、坦坦荡荡,现在看来,没有这么简单。他们如此露骨地把工作做到竞争对手这儿来了,还有什么事是做不出来的呢!这样想着,他摇摇头,自言自语道,"由它去吧!"他深深吸口气,集中了一下注意力,继续复习,准备应对明天的面试。

第二天起来,他打了几个喷嚏,身上觉得冷冷的,嗓子也有点发痒。不好,感冒了。他想。洗漱完毕,沈惠贞已经给他做好了早饭,她见他吸溜着鼻子,便问:"感冒了?"

"有点吧。"

"这怎么行!"她说着把手搭到他的额头上摸了一把,惊讶地说,"我怎么感觉你有点发热。"

他把她的手推过去,说:"不要紧,哪有那么娇气。"

沈惠贞看看表说:"你抓紧时间吃饭,我去请个大夫,给你打上一针,再带点药。"说着就要下楼。

倪布然拦住她:"大早晨的,你干什么呢!这么点小毛病,吃点感冒药就行。"

"那不行,"沈惠贞说,"感冒药嗜睡,会影响答题的。唉,这可怎么办呀,真是急死人了!"她急得团团转,就像发生了什么大事似的。

倪布然吃过早饭,乘沈惠贞不注意,找了点感冒药吃上,看看时间差不多了,就要往外走。

"走,我陪你去,咱们打的去医院打针去。"

"不用,我吃感冒药了。"

"什么?你疯了,那可要影响答题的。"

"没那么严重，"倪布然说着，换上鞋拉开门走了出去。沈惠贞紧跟着也走了出去，她追上倪布然，一块儿走到街上，拦了辆出租车，上去就往面试地点赶。

考试地点设在乌酉宾馆的一栋小楼内的三个会议室里，一个大会议室用做主考场。另外两个小的，其中之一是候考室，另一个是考后的休息室。各职位笔试成绩前五名的同志参加面试，他们今天的统一身份叫做"考生"。考生报到以后都集中在候考室里，各个神情肃然，一副诚惶诚恐的样子。倪布然进去，和熟人打声招呼，见了周斌也宽容地笑了笑。因为刚吃过药，真有点嗜睡，而且头也有点昏，就在一个墙角里找了个座位坐下来，等待面试。

一会儿，主考官一行人进了候考室，大家肃然起敬，里面鸦雀无声。主考官宣布了面试的程序、纪律和注意事项。然后由考生们抽签决定每位考生面试的先后次序，工作人员按抽取的号码依次带往主考场。倪布然抽的是22号，他请工作人员给他概算了一下，他面试的时间大概在下午三点钟左右。也就是说，他要在这儿等候六、七个小时。他看一眼其他考生，有看书的，有闭着眼睛默诵的，也有趴在会议桌上抄抄写写的。他因为嗜睡，因为头昏，并且还有点发烧，于是就回到原来的地方，搬了三把椅子并在一起，睡上去，耐心地等待叫号。在第二名考生被带出候考室前往主考场的当儿，倪布然竟然安然入睡了。

当他被叫醒时已到午饭时刻。他朦胧地睁开眼睛，见工作人员给考生们发放方便面，他才知道，自己昏睡了将近四个小时。他揉揉眼，头脑发胀，嗓子发干发痒，好不难受。他领到一碗方便面，打开包装拿开水泡上，泡好以后，他吃了一口，因为舌头发木，一点味道也没有，而且没有一点食欲。于是，他放下方便面，吃了几片药，继续睡他的觉。

当他第二次被叫醒时，他该上考场了。他被两名工作人员带出去，上了趟卫生间，就进入主考场。主考场里坐满了人，他走到考生座位前，转身给评委们鞠了一躬，之后就坐到考生的座位上去。他扫了一眼评委，他大部分都认识，有市委、人大、政府、政协所属部门（专委）以及群众团体和有关单位的代表。评委的后面是旁听席，他往后一看，旁听席上座无虚席。他看到了师玉洁、梅雪、叶冰清以及庄院长、艾妮和沈惠贞等人。他的目光在这个部位停留了一下，他们就用手打出"V"字符号，以示鼓励。他向他们默默地点点头，主考官就宣布道："欢迎你参加今天的面试，"接着说明了面试的提问方式和答题要求，问他，"听明白没有。"他回答听明白以后，主考官就念了第一道题。他略一思索，轻轻地清了一下干涩的嗓子，开始答题。接着是第二道，第三道，最后一道。他越答思路越清，条理越清晰，逻辑性越强，回答得越干净利索。答完后评委就亮出了分数，在工作人员计分的当中，他看了一眼师玉洁他们，他们面带笑容，沈惠贞和她周围的人交头接耳，又一次向他示出一个"V"字。他从他们的这些肢体语言中感受到，他答得还是不错的。这样想着，主考官庄重地宣布了他的最后得分。他离开考生位，又一次向评委和旁听者鞠了一躬，向考场外走去。当他经过师玉洁他们身旁时，师玉洁轻声对他说："到目前为止，你的分数是最高的。"倪布然点点头，微笑着走出考场，进入考后休息室。

这里面都是考完的考生，有的在聊天，有的在打牌。有的兴高采烈，有的垂头丧气。见倪布然进来，他们静了一下来，问他的得分，他说了他的得分，大家都说他胜券在握，立马要他掏钱买烟。他看了一眼周斌，周斌呆在一个墙角里，安然伤神。他也不好意思安慰他，就说下面还有几道程序呢，鹿死谁手，还不一定。大家就七嘴八舌地说了一阵子，当下一个考生进来后，大家的注意力又都集中在这个考生身上。

他们在考后休息室，一呆又是好几个小时，直至晚上七点钟，最后一名考生才走出主考场。这时，所有考生都集中在主考场，市委副书记、公选领导小组组长潘池简单地总结了一下笔试和面试的情况，就由市纪委书记宣布考试的结果。倪布然获得本职位笔试、面试综合成绩第一名，周斌仍然居第二名，他俩和第三名一起，被列入考察对像，等待考察。主持人宣布面试结束后，倪布然在亲友们的簇拥下，离开了考场，乘坐出租车，向沈惠贞订好的一家餐厅走去。

二十七　公选路上横生枝节，竞争对手不甘落败

面试之后，紧跟着就是考察。考察一结束，倪布然便像没事人似的，该干什么干什么了。刚一上班，他就打开电脑，修改一篇学术论文，没打几个字，电话响了，一接，是汤银汉的。"告诉你一个好消息，"电话那头说，"三个人里面，你的考察情况最好。如果不出什么意外，行政事务管理局副局长的这把交椅就非你莫属了。"

"谢谢汤局长，"倪布然嘿嘿一笑，想说什么，又觉得没有什么可说的，于是，就又说了一句客气话，"谢谢汤局长的关心。"

"不用这么客气，"那头说，"就这么着，先给你报个喜，等你走马上任了，再当面祝贺！"

两人来回客气了一番，说了再见。此后几天，类似的消息从四面八方飞来，让他接应不暇。又过了几天，传来的消息与前几天大相径庭，有消息称，他们三个人中，周斌胜出的可能性最大。这天，沈惠贞风风火火地赶到人文学院，敲开了人类学研究室的门。她见房间里只有倪布然一人，就火急火燎地说："你听没听说，你这事儿被人给搅黄了。"

"不会吧，"倪布然嘴上这么说，心里想着，在干部提拔使用过程中，情况瞬息万变，难以预测，不到最后一刻，什么情况都有可能发生。想到这里，他问她："你是听谁说的？"

"说这话的人多了，就你被蒙在鼓里。"沈惠贞回答道，"我看这公选也只是个形式，该走的门子还得走，该拜的佛爷一定得拜。"

"这话我就不爱听，"倪布然说，"既然是公选，图得就是个公开公正，如果还要走门子，跑着要着，那不是脱裤子放屁吗，多办的手续吗？再说，既然有一套规定的程序，就让人家把程序走完。我是第一名，考察中又没有考察出什么问题，我没有理由怀疑自己啊！"

"你不怀疑不见得别人也不怀疑。"沈惠贞说，"依我看，等你把程序走完了，黄花菜也凉了。"

他俩这样说着，有人敲门，倪布然喊声进，进来一个人。见是师玉洁，倪布然夫妇俩都站起来，让着他坐下来。

"哎哟贵客。"倪布然走过来，忙给他泡了一杯茶，端到他的面前，在他身旁坐下来，望着他说，"什么风把你给吹来了！"

"不欢迎咋的？"师玉洁说，"我到行政事务局办了个事，局里的人都在议论你们公选的事呢。路过这里，顺便过来看看，随喜随喜。"

"随什么喜，"沈惠贞夸张地说，"大祸临头了，还随喜！"

"怎么，这不是铁板上钉钉的事嘛，难道有什么变故？"师玉洁有点惊讶地问。

"铁板上钉钉，哼，煮熟的鸭子也有飞掉的时候，何况……"

"到底怎么回事？"师玉洁见沈惠贞说的急切，打断她的话，问倪布然。

倪布然说："都是捕风捉影的事，她就当真了。"

"什么捕风捉影？"沈惠贞接上倪布然的话，嗔怪道。

师玉洁又一次截住沈惠贞的话，对她说："你让布然把话说完嘛！"

"不知哪里听来的闲言碎语，说我这事儿被人搅黄了，让我去烧香拜佛走门子，你说这是什么事嘛！"倪布然轻描淡写地说。

师玉洁听后，不以为然地说："哎，我说什么大事呢，原来是传言。沈处长，这就是你多虑了。叫我说，跑哪门子跑！你该干什么安心干你的事去。"接着他对倪布然说，"如果你真得被人搅黄了，到时候我替你跑趟北京，找党中央说理去。"

"我也是这么想的。"倪布然说。

看他俩说得这么坚决，沈惠贞软了下来，她无奈地说："但愿是我多虑了。"

他们就这个话题扯了一阵子，沈惠贞接了一个电话，说是有接待任务，

就回接待处去了。话题转到葫芦村，倪布然问："你的经济园区搞得怎么样了？听说经济园区要升格了，具体怎么个升法？"

"交给区政府，"师玉洁说，"区上决定成立个科技经济园区管理委员会，作为区政府的派出机构，正科级建制还是副县级建制，现在还没有定呢。打算在管委会正式成立之前，先组建一个筹建处。"

"哦，是这样，"倪布然问，"那你是怎么个安排法，有说道没有？"

"听说给个副主任，负责筹建处的日常工作。"师玉洁说着，不觉笑笑，自嘲似地说，"说起来真有意思，当初辞掉市委书记的秘书，本想离官场远远的，眼不见心不烦。没想到转了一大圈，又回到仕途上来了。不知是冥冥之中有种力量在作祟，还是人本该如此，走得本身就是一个圆圈呢！"

"谁说不是呢，"倪布然也不禁笑笑，"我那会儿从市委调出来，本意也是想弃官从文，搞一些学术研究。如今呢，眼看也要被逼回去了。想想真是太可怕了。"

"有什么办法，"师玉洁说，"既然走上了这条路，就只有在这条路上走下去了。"

"还能咋的，只能走一步看一步了！"倪布然附和道。

两人就这事闲聊着，师玉洁想起什么似地问："说是说，公选那事没有夫人说得那么严重吧？"

"我觉得她是过于敏感了。"

"不过，你也不要太大意，"师玉洁说，"沈处长成天跟领导们打交道，消息很灵通的。而且她对你的事又非常上心，一有风吹草动，她肯定会感觉到的。"

"我看不至于吧！"

"但愿如此。就这样吧，最近忙着筹备管委会的事，等忙过这阵子，咱们好好聚一聚。"师玉洁说着站起身，伸手和倪布然握了握，就告辞走了。

实际上，沈惠贞的忧虑并不是多余的，社会上的传言也不是空穴来风。周斌委托郜子达劝退倪布然未果，就把全部希望寄托在面试上。而面试的结果，他还是输给了倪布然。

出了公选考场，他饭也没有吃，就去找郜子达。他和郜子达是同乡，他从家乡调到乌酉市的时候，就是郜子达的老爷子给办的。他们之间的关系一直走得很近，有什么事，互相提携，当仁不让。

郜子达见他一副垂头丧气的样子，就劝他："你别急，这不还有考察这一关吗？不到最后时刻，千万不要放弃。"

周斌感激地望着他，试探着问："请老爷子出马吧，或许还有希望。"

"不行，"郜子达说。他正利用老爷子的关系，为自己办事呢。这时候，他不能因别人的事分散老爷子的力量。于是他借口说道，"没有正当理由，老爷子开不了这个口。"

"那就只有请令弟出马了。"周斌硬着头皮说。

郜子达搓了搓头，有点为难。他在中央国家机关工作的弟弟郜腾达，在乌酉市领导层中的确是有面子的。他曾为乌酉市进京争取资金、物资、项目或者办理私事的领导，穿过针引过线，疏通过关系，办过几件"大事"。投桃报李，他回家探亲时，市政府派专人专车伺候。所有开销，也由市财政支付。渐渐地，他的"名望"在乌酉市的党政机关传开了，进京找他的人也就多了起来。老爷子怕这样会影响儿子的前程，叮嘱过郜子达，也传话给郜腾达，不到万不得已，尽量不要出头露面。故而，连郜子达的事，都没有告诉郜腾达。这会儿让他请弟弟出马，他就有点心有余悸。

"老哥，到了万不得已的时候了！"周斌恳求道。

郜子达又搓了搓头，有点不情愿地说："我试试。"说着，他给郜腾达打了个电话，说明他的意思，最后说，"你若能给陈书记打个电话，也许管用。"

那头停了一下，有点为难地说："陈书记刚到乌酉，我也没怎么打交道，不好意思打扰。要不那样，我给潘书记说说，看他有没有办法。"

"也好，"郜子达说，"他是这次公选领导小组的组长，由他出面给陈书记谈，还是有份量的。"

打完电话，周斌的脸上就有了笑容。他们俩又说了会儿话，周斌就请郜子达去"宵夜"，郜子达假惺惺地推托着，周斌就压低声音对他说："潇湘馆新来了几个湘妹子，靓得很。"

郜子达就不以自己了，他笑嘻嘻地起身跟周斌去了潇湘馆，销魂了半夜，尽兴而回。

过了几天，郜腾达来了电话，他说他给潘池打过电话了，要周斌自己去找一下潘池。他到人文学院去请郜子达，要和他一块儿去。郜子达考虑到自己的事还麻烦着潘池呢，那有再替别人求情的理。就推托道："这种事，还是一个人去的好。有什么表示，别人在场也不方便的。你说是吧！"

周斌善解人意似的，说声"谢谢了老哥，事情成了，再重谢老哥。"说

着就告辞走了。出了人文学院,他从银行里取了点钱,顺手买了两套内带金币的纪念币,装到公文包里,去潘池那儿。坐下来,潘池问他:"郜腾达是你什么人?"

"老家里的一个亲戚,潘书记。"

"哦,"潘池说,"你看小潘,这事还真让我为难。现在考试的名单都见报了,没有充分的理由,不好拿掉人家第一名的。"

"这不是还有考察这一关呢吗,"周斌说着,站起身,走到潘池身边,把那个公文包放到他旁边的矮柜上。潘池佯推了一番,说着一些冠冕堂皇的话,顺手拿了张报纸,盖在它上面。周斌坐回到沙发上,他接着说,"我听别人说,这倪布然恃才傲物,从来不把领导放在眼里。搞学问可能是块好材料,搞行政事务工作未必能行。我还听人说,他和一个女老板走得很近,关系很不一般。"

潘池偏着头看了他一眼,说:"这样的话,我倒也听过一些。"这是他的实话。他不但听过一些,而且对倪布然本身就有点看法。就拿这次公选来说,考生里面,没有找过他的人,可能就是这个倪布然。这也太不把他这个市委副书记放到眼里了吧。经周斌这么说,他就越发对此人有点看法了。他心理的天平明显向周斌一边倾斜了过来。这样想着,他说,"这样吧,先按程序走着,等考察完了,我们再全面衡量,好吧!"

"好的。"周斌说,"这事就全靠书记您了。"

考察结束后,没有出现周斌想要的结果。倪布然那儿,除了郜子达说了一些此人不适宜担任行政部门领导之类的空话之外,考察结果倪布然明显优于周斌。但即便这样,在公选领导小组的会上,潘池还是倾向于周斌。他的意见从根本上影响了领导小组成员的意见,在提出的初步方案中,周斌占了上风。

这只是一个初步方案,但消息一经传出,就在社会上传得沸沸扬扬的。传到沈惠贞的耳朵里,就急急忙忙地去找了倪布然。

二十八　彰显公道市长陈情，村官升职水到渠成

沈惠贞从人文学院回到接待处，接待的是省上一个厅的厅长。官场上有个不成文的规定，凡是省上下来的厅级领导干部，要由市上的主要领导亲自接待。这个厅可能挺重要，或者他们下来要做的事挺重要，因此，齐思民参与了接待工作。

齐思民发现，沈惠贞在接待厅长的工作中不像平常那样干脆利索，有时甚至心不在焉，答非所问，一副心事重重的样子。

"小沈呀，怎么像丢了魂似的，遇上什么烦心的事了吧？"得空儿，齐思民关切地问她。

她不好意思地笑笑："也没什么大事。"本来，她满脑子都想着倪布然的事，想托齐思民关照一下，一直没有机会向他开口。这会儿见齐思民问她，她又一时不知怎么开口。

"有事就说嘛，有什么难以启齿的！"齐思民追问道。

旁边有人开她的玩笑："看来沈处长有难言之隐。不便在有人处说出来。那我们就回避一下。"说着起身和在场的其他人一起走了。

沈惠贞见只剩下她和齐市长两人，便正色道："谢谢齐市长的关心，是这么回事，"于是她就把她担心的事向他说了一遍，最后央求道："市长你是了解我们家布然的，这人什么都好，就是原则性太强，平时和领导们又不

常走动,领导对他了解得不多,有些地方还容易产生误会。要是平时也就罢了,在这节骨眼上,有什么误会不消除,可能就耽误大事了。齐市长您能不能给过问一下,帮布然说说话,让领导正面了解了解布然呀!"

"哦,是这样,"齐思民说,"这事我不太好插手,不过,既然有你说的这种情况,了解一下情况,介绍一下布然的情况,还是可以的。必要的时候,也可以给陈书记反映一下。"

"那我代表我们家的那位谢谢市长了。"说着,她向齐思民鞠了一个躬。

"就这事呀?"齐思民问。

"嗯,哪还有比这更大事呀!"沈惠贞说。

"再没啥事,你就别太上心啦。免得走神,把工作给耽误了。厅长走了以后,我就去找一下潘书记,你看好不好?"

"谢谢市长。"沈惠贞千恩万谢的,有人进来找齐思民,齐思民去了,她也去干她的事去了。

送走厅长,沈惠贞就焦急地等待齐思民的消息。齐思民一直记着这事呢,总想着找一找潘池问一问情况。可他一直忙于公务,一时难以兑现。过了几天,他抽时间去潘池那儿。进了潘池的门,落座后,两人客套了几句,齐思民就直言不讳地问起公选中行政事务管理局的人选情况。潘池眨巴了一下眼睛,稍稍思谋了一下说:"按说,倪布然笔试面试成绩都是第一名,考察中也没有反映出足以影响任职的问题,应该说没有多少悬念。"他话锋一转,"可最近有人反映,他和葫芦村招商引资引来的一个女老板不清不楚的,而且不大懂得机关工作规则,还有点傲气,不大适应机关工作。另外,他是个学者,学者的特质就是原则性太强,灵活性不够。当前正是招商引资、大搞经济建设的关键时期,行政事务管理局的工作与此息息相关,如果领导同志太原则了,怕影响招商引资工作。所以,公选领导小组碰了个头,大家还是倾向于周斌同志。"

齐思民认真地听完潘池的话,说道:"你是知道的,我在主持市委工作的那段时间内,倪布然同志在我身边工作过,我还是了解这个同志的。所谓的女老板,是乙僧公司的项目经理梅雪,她过去跟倪布然不认识,是通过师玉洁认识的。据说她关照过喝醉了酒的倪布然,说他俩不清不楚,完全是流言蜚语。至于你说的原则性强、不太懂机关工作规则,还有什么学者气质。依我看,这要从哪个角度来看了,若从建设法制政府、廉洁政府和学习型政府的角度看,从目前正在进行的机关治理工作看,你说的这些,就不但不是缺点，而且还是优点呢。潘书记，你说呢？"

"话虽这么说，"潘池有点不大高兴地说，"机关工作有机关工作的特点和规律，不是任何人都能干好的。而且，不瞒你说，省上有关部门的领导打过招呼了，考虑到全市工作的大局，不能一概都拒绝吧！"他没有说郜腾达打过招呼的话，因为齐思民对这类事很反感。

"嗯，恐怕这才是问题的实质吧！"齐思民不失时机地说，"省上有人也给我打过招呼。我都当场回绝了。既然是公选，就要做到公开、公平、公正，严格按照公选的程序和办法选人用人。只要我们晓之以理，我想，他们是会理解的。即便不理解，该得罪的人还是要得罪的。不得罪他们，就得得罪老百姓。孰轻孰重，想必咱们谁都清楚。"

"这也是领导小组其他同志的看法。"潘池没有接齐思民的茬，他说，"当然，行政事务管理局是政府的部门，配备领导班子，我们会尊重你的意见。我会把你的意见反映到领导小组会上，尽量说服小组成员，必要时重新考察一下也行。你看这样如何？"

"你别误会，"齐思民解释道，"我不是有意干预公选领导小组的工作，只是就我了解的情况给你反映一下，顺便说说我的看法。最后怎么定，我遵重市委常委会的决定。如对小组的方案有不同意见，我会在常委会上亮明我的观点的。"

"那是，那是，"潘池说，"最后还是要上常委会的嘛！"

"你知道，"齐思民说，"我这人直来直去，有什么说什么。有说错的地方，请原谅。这会子我到城关区去参加一个会，打扰你了。"他说着站起身，和潘池握一握手，告辞出去，乘车前往葫芦村召集一个联席会议。

送走齐思民，潘池叹口气，一副受了委曲的样子。平心而论，他也很难。类似周斌与倪布然这样的情况，在公选的各个职位上基本都存在。作为公选的当事人，只要有一分的希望，就会用百倍的信心去努力，去争取。市上的领导几乎都替某一个候选人给他打过招呼，省上有关厅局的领导甚至省领导中都有给他打过招呼的。这就使得本来简单的公选变得极为复杂，变得扑朔迷离，很难最后定案。

话分两头，齐思民到了葫芦村，直奔科技经济园区管委会筹建处。到了筹建处，他见市上有关部门和区、乡政府及其相关部门的领导、参与园区建设的投资方和建筑企业的代表，以及葫芦村的干部都集中到了这里。进了门，他就双手抱拳，对大家说："我来迟了，非常抱歉。"接着他扫一眼大

家,问,"该到的都到了吧?"

"都到了。"朱区长回答。

"那好,"他对朱区长说,"抓紧时间开会吧!"

于是朱区长宣布开会。这是市上有关部门和城关区政府的一个联席会议,主要讨论成立城关区科技经济园区工作中涉及到的土地、税收、环境保护、机构编制、干部选用以及工作人员调配等诸方面的问题。今天的会议就这些问题进行讨论,分清楚哪些是区上做的,哪些需要市上去做,哪些应该由市区联合办理。市、区相关部门领导和各方代表先后发言,进行了广泛而热烈的讨论,阐述了各自的观点和立场。大家都了解齐思民的风格和脾气,在这种各方很容易发生推诿扯皮的会上,都不敢推诿扯皮,而且主动承担责任。因此,需要解决的问题都分解到了市上的有关部门和城关区政府及其部门。会议达到了预期的目的。

散会后,齐思民和朱区长单独说了会儿话,最后他问:"筹建处的领导班子,你们是怎么考虑的?"

"区委区政府的意思是,让我挂个主任的名,让师玉洁担任常务副主任,主持筹建处的全面工作。班子其他成员,从区上有关部门选调。你看如何?"朱区长说。

"我看可以,"齐思民接着说,"一定要选配那些懂经济,会管理,作风扎实,勤政廉洁的干部。哎,你刚才说的那个师玉洁,到底怎么样呀!"

朱区长说:"你知道,他给宦海淳当过秘书,一气之下辞了职,到葫芦村当起了小学教师。他的这个村支书,是在'两委'海选中由村民和村里的党员选出来的,这几年做了不少事。说实话,这个科技经济园区,就是他和他的一班人马搞起来的。如今规模大了,才不得不交到区上,由区上来直接管理。将来管委会成立以后,这里的工作涉及区上的方方面面,我挂个名,就是为了协调各方面的关系,日常工作就只能由副职来做了。我们认为,这个副职,师玉洁是最适合的人选。"

"哦,"齐思民说,"我看你们考虑得还是比较周到的,我尊重你们的意见。管委会成立后,抓紧葫芦制品厂的建设,争取早日投产。工作中有什么困难,需要市政府出面解决的,请直接找我,这样来得便捷。"

"好,"朱区长喜形于色,"有市长这话,我们就有底气了。"

"那好,再没什么事,我就回了。"齐思民说着话,出了筹建处,大家都在外面等着送他,他向大家招招手,上车到别处去了。

送走齐思民，朱区长对师玉洁说："好了，这里的一切都交给你了，该怎么做，今天的会上已经讲得很清楚了。你捋一捋，照章办事就行。好了，我也要去忙了。"说着也上车走了。时过不久，师玉洁被任命为筹建处常务副主任。这是后话。

送走会议人员，师玉洁返身见梅雪站在他的身后，就开她的玩笑："他们走了，咱俩干点啥去呢？"

"你想干点啥？"她挑衅似的问。

"吃饭去吧，还能干点啥！"

"我以为有多能呢，原来是狗掀门帘——功夫全在嘴上。"

"乌龟笑王八——彼此彼此，谁也不要呛巴谁了。"

两人不禁笑了起来。他俩说笑着，离开筹建处，前去餐厅吃饭。说是餐厅，实际上是用砖头临时垒起来的简易工棚。他俩边走边聊，到了那里，工人们已从工地上回来，在这吃饭呢。他俩不时地和工人们打个招呼，开几句玩笑。进了餐厅，打了两份饭菜，回到筹建处，慢慢地吃起来。

吃过饭两人各自去休息了。午休起来，梅雪盘算着近日要做的工作，她突然意识到，学生快放寒假了。她该去接雯雯了。春节之后，雯雯该上初中了，得给她联系一所好一点的学校了吧！托谁去联系个学校呢？她想到了几个人，但都不好意思去麻烦人家。最后只好给倪布然打了个电话，说到他那儿去，找他有点事。打完电话，她把工作上的事安顿了一下，就开车去了人文学院。

二十九　梅雪坦然诉婚骗，布然求人碰钉子

"真是不好意思，金榜题名了，我还没有当面向你表示祝贺呢！"坐下来，梅雪说。

"谢谢。"倪布然笑笑，边给她泡茶，边说，"八字还没一撇呢，谁知道最后的结果是个什么样子。"他说着把茶杯放到梅雪前面的茶几上，坐到她对面的沙发上。

"你不是第一名吗，恐怕没有什么悬念吧？"梅雪不解地问。

"说来话长，不说也罢。哎，今天是什么风把你给吹过来了！"

"我是无事不登三宝殿呀，有事求你。"

"哎哟，什么事这么重大，还用得着一个'求'字。"

"那我就直说了。春节过后，孩子就要上中学了，我想你是教育系统的人，不知能不能给联系个好一点的学校？"

"这个……，"倪布然眯着眼在脑子里翻寻，看能不能翻寻出能够帮这个忙的朋友。

"如果有难处，就不勉强了。"梅雪见他犯难的样子，反而有点不好意思。

"不是，"倪布然忙说，"我忙忙的想不起个人来，不过，你要信得过我，就把这事交给我，我一定办好。"

梅雪笑笑，十分信任地说："有你这话，我还有什么信不过的。"

"好，就这几天，一有消息，我立刻通知你。"倪布然说，"孩子快放假了，你打算在哪儿过年呢？"

"就在乌酉过，过几天就把孩子接来。"

"哦，这样也好。以后你恐怕要在乌酉长期呆下去了吧？"

"目前看来可能就这样了。"

"在哪儿都是个生活，"倪布然说，"碰上合适的人，再建立个家庭，老来也有个伴儿。"

梅雪的脸刷地一下红了。她有点羞涩地看一眼倪布然，叹口气道："唉，这么大岁数了，已成昨日黄花，年老色衰了，谁还要呀！"

"谁说你已成昨日黄花，正处在第二青春期呢！"

"呵呵，不要逗了。"梅雪不以为然地说，"还是就这么过着，过一天算一天吧。"

"有点悲观了。我感觉这不是你应该有的人生态度。"

梅雪笑笑："那你觉得我应该有什么样的人生态度？"

倪布然望着她说："我一向认为你豁达乐观，积极进取。"

"是吗？没想到我给你的印象还挺美好的呀！"停了停，她说，"我倒是想乐观，可怎么乐观呢？不怕你笑话，我在网上征过婚，够积极了吧！"

倪布然稍稍有点愕然，他问："有结果了没有？"

梅雪轻松地说："你猜呢。"

倪布然想一想，微笑着说："十有八九受骗了吧！"

她没有正面回答他，而是拿出手机，给他念了几条短信，听起来情意绵绵，感人肺腑。"怎么样？"她调侃道，"有点意思哈！"

"没点意思怎么骗得了人哪！"倪布然不自然地笑笑。

"我真的被他骗了，骗到谈婚论嫁的地步了。"梅雪一改调侃的口吻，深沉地述说道，"你知道吗，那天，他'爸爸'和我通了电话，对我说的第一句话是'孩子，'我从来没有听到过一位长者用这样的语气和我说话。我抑制住了眼泪，可我抑制不了感情，我特别想坦白我的内心，可是我没有，因为我不知道这是真实的生活还是在做梦。我准备和他见一次面，如果他是真实的，而非虚拟的，我就和他结婚。那天我问自己，我到底爱过谁，我只知道，我真心对待我曾经的每一次，包括我的第一次婚姻。如果他像电话和网络上说得那么爱我，我就用我的未来真心地去爱他，可是……"说到这里，

二十九　梅雪坦然诉婚骗，布然求人碰钉子

她竟然抽泣起来,眼泪也刷地流了下来。

倪布然不知说些什么,他忙从茶几中间的隔板上拿了几块纸巾,递给她,安慰道:"过去的,就让它过去吧。"梅雪接过纸巾擦了一把眼泪。倪布然接着说道,"毕竟是在网上,他又没骗到你的色,何苦如此!"

听到这话,梅雪破涕为笑,又擦一把眼泪,自嘲似地说:"没什么。那些天,天天又是电话,又是短信,嘘寒问暖,情意绵绵的。就算我免费享受了一段时间的亲情热线吧!"

"哎,对了,你这么想,不就想通了嘛!"倪布然附和道。

梅雪想起那次研讨会的路上,他们讲的男人想通了,女人想开了的笑话,不禁一笑,说:"刚才有点失态,让你见笑了。"

"不不不,遇到这种破烦事儿,倾诉倾诉,心里就好受多了。"倪布然说着,又给她递过几张纸巾,正当她接手时,有人敲门,倪布然喊了声进,周斌推门而入。进了门,他佯装出冒然闯进而又惊慌退出的样子,倪布然就站起身,多少有点不自然地说,"哎哟,你可是稀客,快坐,快坐!"

周斌坐下来,看一眼梅雪,对倪布然说:"提前也没有给你打个电话,冒然造访,失礼了。"

"哪里的话,"倪布然说,"我给你们介绍一下,这位是乙僧公司的梅经理,这位是周科长,这次也竞选行政事务局的那个职位呢。"

"哦幸会,幸会。"周斌说着双手握拳,朝梅雪供拳道。接着他对倪布然说,"我也没什么事,路过这里,想起公选的事,就进来了,看能不能在他这儿打听点消息。"

倪布然笑笑:"我哪儿来的消息,你要有,就说出来分享分享。"他俩就这样互相逗了几句,周斌借故出去走了。

"好了,我也走了,"周斌走后,梅雪说,"那事儿也不要太为难你,万一有难处,就吭一声,不要硬撑着。"说着站起身。

"我想问题不大,你就不要太客气了。"他也站起身,两人下了楼,走到车旁,握了握手,倪布然望着她上了车,向她挥手作别。梅雪回眸一笑,开车驶出校园。回到研究室,他在脑海里搜寻着能够联系一所中学的事儿。这事要搁在过去,他给教育局长打个电话,最多亲自跑一趟,俗话说,打狗还要看主人呢,一般都能给他面子。即使不给他面子,他们也摸不着,这到底是他自己的事还是书记委托办的事,不论如何,最后都能解决。俗话说人走茶凉,如今人走了,不知这茶凉到何种程度?眼下既然答应了人家梅雪,不管凉到何种程度，都得去试一试呀！

乌酉市最好的初级中学，当然要数二中了。倪布然就去了二中。上了办公楼，这里乱混混的。他才想到，此时正值学生放假、办理新生入学事宜的时候，能不能找着校长，都是问题。这样想着，到了校长办公室所在那一层，楼道里到处是人，他挤到校长门口，敲了几下，没有动静，又敲了几下，还是没有动静。这时，蹲在门口的一位中年男子对他说："你就别敲了，我都等了两天了，没有见着校长的面。"

"那他上儿了？"倪布然问。

"谁也说不清。"那男子回答。

楼道里的人见他俩在这儿说话，都围拢过来，看个究竟。倪布然就到校办公室，校办主任认识他，他问主任肖校长的去处，主任说谁也说不清楚。倪布然请他给肖校长打个电话，主任摇摇头，说："没用，不信我给你打一下。"说着拨了肖校长的号码，电话里传出清晰的声音："你所拨打的电话暂时无人接听。"主任把电话听筒朝向倪布然："你听，没人接。"接着他介绍道，每年到这个时候，家长像疯了一样，校长就像逃债的一样，很难找他。

"哪咋办呢？"

"等呗，看啥时候他开机了，或者现身了，你再找他。"

"那好，"他对主任说，"你忙你的，我就在这里等他。"说着，他就拿起一份报纸，坐在那儿等。一直等到下班时间，楼道里的人都走了，他就要离去时，校长办公室的门开了，哦，原来校长是在自己的办公室里躲避那些家长呢。他赶忙放下报纸迎上去，握住肖校长的手，肖校长的眉头皱了一下，就把他让到办公室里，倪布然也没有客气，就把他的来意和盘托出。

肖校长沉吟了半天，喝了一口水，对他说："应该说，你倪主任也是教育系统的人，进个学生娃娃，这个要求不算过分。可是……"他就开始诉苦了。他的苦诉完了，说得都是事实，一句话，就是教育资源有限，进城打工的农民工逐年增加，学生家长都想让自己的孩子上个好一点学校。这样，农村的学生涌进城市，城市学校接纳学生的能力有限，僧多粥少，难以满足每个学生家长的要求。最后他说，"你就原谅一下吧，实在没有办法。"

"实在没办法，我再想其他办法吧！"倪布然悻悻离开二中，回到研究室想了半天，决心再到三中去试试。

下午他就去了三中，三中的情况与二中一模一样。楼道里站满了学生的家长，与二中稍稍不同的是，这里更多的是农民工。倪布然费了不少周折，

找到了校长。和肖校长一样,他给倪布然诉了半天苦,递给倪布然一个花名册,对他说:"你看看这个,一个班这么多人,连教室门都关不住了。要不这样,你去教室里看看,要是哪个教室还能挤进去一张课桌,我二话不说,就给你办了。"说到这里,他差不多要给倪布然求情下跪了,"倪主任,不是不答应,是实在没办法呀!"

校长把话都说到这个分上了,他还能说什么呢。只好告别三中,去了四中,四中的情况依然如此。看来,他这个人类学学者是没有办法办理这事了,必须得找一个有头有脸的人了。找谁呢,他想起一个人来,可谓远在天边,近在眼前呀。自己的老婆成天围着领导(当然包括各部门的领导)转,办这件事,想必不难。

这样想着,就回到家里。回家不久,沈惠贞也回来了。换了鞋,两人就下厨房一边做饭,一边聊天。

"你的事听没听到新的消息?"沈惠贞问。

"没有。"

"我托齐市长问过,事实证明,前一段时间社会上流传的那些传闻,还真有来头。"

"这些事你托什么人呀你!"倪布然有点不满地说。

"你看你,"沈惠贞嗔怪道,"为了你的事,我厚着脸皮求人家,不但得不着好,还落下个埋怨,我这是何苦呢!"

"公选、公选,公开选拔,这里托人,那里找门子,还叫什么公选?"倪布然几乎有点忿忿然的样子了。

沈惠贞望着他,不客气地反驳道:"公选、公选,一个公开选拔好像就包打天下了,不正之风就销声匿迹了。我告诉你,没有那回事。要不是我托人家齐市长过问这事,恐怕黄花菜早就凉了,你知道不!"

倪布然动了动嘴皮子,想说什么,又觉得底气不足,同时有事要求着她,就放低了身段,轻声说:"托就托了呗,也没什么大不了的。"

沈惠贞见他软了下来,也不再生气了。两人悄声干着手中的活,偶尔互相询问一句"再洗什么菜",或"这水够不够"之类的话,慢慢地气氛有所缓和。倪布然就问她:"教育局你说不说得上话?"

"啥事?"

"进个学生。"倪布然谨慎地说,"有个朋友的孩子要上初中了,你有门路给联系一所好一点的中学。"

沈惠贞瞅一眼他，慢条斯理地说："是个什么样的朋友呀？"

"这你就不用问了。"

沈惠贞冷笑一声："可笑，求人办事，还不让人家知道事主儿是谁。该不是有啥说不口的隐情吧！"

"也没什么不好说的，"倪布然鼓起勇气说，"就是葫芦村投资办厂的那个梅雪的女儿。"

沈惠贞望着他，讥笑道："我说呢，原来是她呀。"接着，她脸一沉，语气生硬地说，"我告诉你，在你公选的事上，有人就拿你和这个什么梅雪作文章，我劝你最好离她远点。"

"喊，"倪布然苦笑一声，接着，他突然想起周斌偶然去他办公室的事，那会儿他正和梅雪在一起呢。这个周斌，该不是跟踪梅雪跟到他办公室的吧。要是这样，那也太无耻，也太无聊了吧！这样想着，他又冷笑一声，不以为然地说，"欲加之罪，何患无辞。要找你的茬，既使没有梅雪，人家也会编出什么李雪王雪来，这你也信呀！"

沈惠贞哂笑道："难道你连'寡妇门前是非多'这样的话也没有听过？"

"这是什么话，这寡妇就不能与人交往了呀？"

"跟谁交往我管不了，反正你离她远点就是了。"

"简直就是强盗逻辑。"

"怎么，你和她还真有事呀，"她望着他，调侃道，"不然怎么这么难分难舍的呀！"

"好了，好了，我不求你了，行了吧？"

"怎么，不耐烦了？"沈惠贞得意地笑笑，"求人家办事，嘴还这么硬！"

倪布然无奈地笑笑，不想再和她说什么了。就又各自干各自的活，配合倒算默契，不一会儿，饭也做熟了，两人谁也不说话，埋头吃起饭来，吃着吃着，沈惠贞忍不住问："说，那学生叫什么名？"

倪布然抬头望着她，反问道："你答应了？"

"有什么办法，谁让你是我老公呢！"

"谢谢老婆了，"倪布然有点尴尬，就开玩笑地说，"说起来也算是落实招商引资政策，为投资者解决子女入学的问题吧！"

"别贫了，你还没说学生的名字呢。"

"哦，我差点把正事给忘了。她叫梅雯雯，"接着他补充了一句，"跟她母亲的姓。"

"我管她跟谁的姓，"沈惠贞一本正经地说，"这事我给你联系，但你得答应我一个条件。"

"什么条件？"

"你的事听我的。"

"只要合理，并且不违背我做人的原则，我都答应。"

"还有，办这事的整个过程中，你不要出面。"

"这不更好吗，我怕的就是求人办事，这你又不是不知道。"

"好，一言为定。"

"一言为定。"

就这样，他俩在冷嘲热讽和调侃玩笑中，就这个问题达成了一致意见，饭也吃完了。沈惠贞给他使个眼色，他乖乖地去刷锅了。

沈惠贞虽然答应了，但她不会不知道办这件事的难度。但既然已经答应人家了，再难也要去办。快到上班时间，她没有去接待处，而是直接去了市政府，到了市长办公室，齐思民也刚到。

"耽误您几分钟，"沈惠贞开门见山地说明了她的来意。最后补充了一句，"小孩的母亲是城关区科技经济园区的投资商。"说罢，她静静地望着齐思民。见齐思民沉默不语，就小心翼翼地说，"市长有难处，我让她另想办法吧！"

"你误解了，"齐思民正色道，"人家大老远的到咱们乌酉来投资，支持咱们的经济建设，他们的孩子上个学都成了问题，我这个市长愧对他们呀！"

沈惠贞见市长自责起来，反而有点不好意思，也不知道说什么好了。正当她不知所云时，齐思民拿起电话，拨打了一个号码。那面接起来，她才知道，这是打给教育局长的。他在电话中叮咛了梅雪孩子的事，还说了一些工作上的事，最后说道："如果在今后一两年中，还没有从根本上解决上学难的问题，我们上对不起祖先，下对不起子孙。我这个市长跑不掉，你这个教育局长也脱不了干系！就这样，你们在今年的人代会之前提出一个方案，交人代会议决。好了，方案拟好以后，向我汇报！"这个问题不是沈惠贞关心的问题，所以她也没有往心里去。等齐思民打完电话，叹了口气，像是自言自语道，又像是对沈惠贞说的，"这个问题年年提，年年解决，总是看不见明显的成效。"之后，他对沈惠贞说，"我和焦局长说好了，你去找他，有什么问题，直接给我打电话。"

"谢谢市长！"

"别'谢谢,谢谢'的了,我都羞死了。"

有市长的尚方宝剑,梅雪孩子上学的事立马就搞定了。沈惠贞回到接待处,就给倪布然挂了个电话:"都说好了,你让她去找二中的肖校长,先挂个号,登个记,开学的时候带着孩子去上就行了。"

"我替梅雪谢谢你了。"倪布然在电话中说。

"这话怎么听着这么肉麻!"沈惠贞冷冷地说,"好像你俩是一家人似的。"

倪布然嘿嘿一笑,说:"那就不客气了,再见。"跟沈惠贞说完再见,就拨打了梅雪的手机,把这一消息告诉了她。

她在电话中说:"你替我谢谢你夫人。"

倪布然开玩笑道:"我替你谢过了,可她说'好像你俩是一家人似的。'你瞧,我白谢了不是。"

"你夫人吃醋了,"梅雪说,"说明她非常爱你。那是你的福,你可别身在福中不知福呀!"

"得了吧,"倪布然说,"她是什么人我还不知道呀!"

"不论如何我得谢谢人家。"梅雪正经道,"要不这样,我托你把你夫人和肖校长约上,抽空一块儿坐坐。"

"俗套就免了吧。"

"这也是人之常情嘛,怎么能说是俗套呢。"梅雪语重心长地说,"以后到了行政事务局上班,多少注意一下这方面的事。俗话说,水至清则无鱼,人至察则无徒。说句专业术语,这也是一种社交礼仪。你夫人是搞接待的,她是礼仪专家,你可不要我在她面前失礼呀!"

"哎哟我的梅总,"倪布然调侃道,"你别忘了,人类学是我的专业,社交礼仪也在人类学研究的范围之内,要说专家,我才是。"

"谁是谁不是,都是你们家里的事,我就不评断了。"梅雪开玩笑地说,"说正经的,俗套也好,礼仪也罢,你把人给我请下,时间定下来,下面的事就交给我好了。行不!"

"好吧,恭敬不如从命。"

放下电话,倪布然又把电话打给沈惠贞,向她表达了梅雪的意思,沈惠贞稍做推辞,就答应了。

三十 "人民公社"怀旧话今,母女相戏天然成趣

一个星期五的下午,倪布然约了肖校长和沈惠贞,梅雪约了师玉洁和梅雨。他们相约在葫芦村的民俗一条街上。这条街的中间是一条水泥大道,大道两边是一个个农家院落,院落是按"前店中院后园"的布局建造的:沿街是门面,用于经营各种生意,门店后面是一个种植园,种植园后,就是房主人的居室了。梅雪选择了一家名叫"人民公社"的农家院落。

她到了院里,进了一间客厅,服务小姐随后跟着她进来。她坐下来,服务小组就给她泡了杯水,放在她的面前,然后,她俩就点菜。点了菜,坐着等她的客人。

服务小姐出去以后,梅雪把目光投向客厅对面的墙壁,那里挂着一个大车轮子,是二十世纪前半叶农村里常见的那种车轮。它是由木头和铁钉制成的,厚厚的轮毂,密密地栽着宽宽的辐条,辐条的另一端连着一道钉满大铁钉的轮圈,显得笨拙而苍老。她把目光移向左边,墙上挂着一把镰刀和一顶草帽。侧身向左望去,另一边的墙上则挂着一个稻草人和一把夯。它们仿佛向她诉说着一段历史。把它们安放在现代化气息浓烈的城郊,不知是为了怀旧还是对那个时代的嘲讽,只有仁者见仁,智者见智了。

看到这里,梅雪不禁笑笑,心想,管它是怀旧还是嘲讽,里面倒也淡雅清静,粗而不俗,别具一格。而且有一股淡淡的羊肉味儿,能够勾起人的食欲。她这样想着，师玉洁和梅雨来了，三人坐下喝着茶，聊着天，沈惠贞、肖校长以及他的随员们都陆续到了。互相客气、寒暄一阵子，接着就把注意力集中到具有人民公社特色的装饰上来了。他们中有六十年代出生的人，他们生长在那个年代，对那个年代虽没有刻骨铭心的感受，但也有过切身的体会。因此，他们或睹物生情，发怀古之幽情；或借古讽今，指点江山，抒发激情；或把这些特定历史时期的生产工具当作文物，观赏评品一番。

对人民公社评头论足，并不是他们的大餐，而是大餐前的开胃菜。就像给这个农家院落取名叫人民公社，并不是让你真的吃大食堂，忍受饥饿折磨，而是凸显它的文化内涵，显示它的与众不同一样。他们闹腾了一阵子，梅雪招呼着上桌子。她让肖校长坐主宾位，肖校长便向沈惠贞谦让道："你是政府官员，理应坐上座。"

"这就不对了，"沈惠贞说，"今天梅总专门请你，我怎么敢喧宾夺主！"她说着，连让带推，把肖校长推上了主宾位。

主东是梅雪，但她怎么都挨不着坐主东位。让谁坐呢？梅雪把目光投向沈惠贞，说："今天这场面，非沈处长来撑不可了。"

"那怎么成，"沈惠贞说着，坐到肖校长的下手，"我的位置找准了，就在这儿。"

"你这不是撑我吗，你坐这儿，我哪敢坐这位子呀！"肖校长说着站起来，拉住沈惠贞就往主东席上拉。她也就半推半就的，坐到了主东席上。这两个主位坐定，其他人就好坐了。

他们按宾主坐下。肖校长介绍了他带来的几个客人，不是他的副校长，就是这个或那个教研室的主任，总之都是带衔的，没有"白身"。接着沈惠贞替梅雪介绍了梅雨、师玉洁。介绍到倪布然，她带点夸张的意味说道："这是我们当家的。"

肖校长站起身，再次和倪布然握一握手，两人多少都有点尴尬。毕竟，倪布然在他那里碰过钉子，他把话说得那么死，市长一出面，他什么困难也没有了。倪布然在心里感叹道，怪不得人人都向往着官场，拼了命也要捞个一官半职，这有权跟无权，原本就差着十万八千里呢！肖校长心想，这也是由不得他自己的事，尽管如此，就这事坐一块儿，倪布然显然失了面子，于是肖校长对他说："我有我的难处，还请你谅解。"

"我完全理解，"倪布然说，"一个上学难，一个看病贵，好像成了顽疾了，总也解决不了。"

"谁说不是呢,"肖校长感慨道,"这是每年'两会'代表、委员热议的话题,建议、提案每年都提,至今没有多大改变,不知为什么。"

"投入不足,"有一副校长插话说,"据全国人大常委会的官员透露,中国党政官员每年用于公款吃喝、公费出国和公车享用的费用高达九千多亿元。如果从这些糜烂型支出中拿出一小部分投向教育,不知解决多少家庭上学难的问题呀!"

沈惠贞望着这位副校长点点头,附和道:"这个数字过于保守了。"她是搞接待工作的,她有切身的体会,全国的情况她当然不知道,但她大概知道乌酉的情况,从乌酉推及全国,应该说能够大体推导出一个比较接近事实的数字来。

"沈处长,菜上来了。"梅雪见菜上来了,提醒沈惠贞。沈惠贞于是站起身,端上酒杯,道了开场白,喝了开席酒,大家就在一片让菜声中,说说笑笑地吃起来了。紧随其后的就是敬酒,沈惠贞起头,接着是梅雪姐妹,此后是倪布然和师玉洁。紧跟着就是其他客人,按职务大小,一一敬酒。一圈子敬完,已经酒酣耳热,人也熟了,话也多了起来。

"沈处长,"肖校长端起酒杯,倾了倾身子,对她说,"诚心诚意给你敬一杯。"

沈惠贞推辞道:"酒量有限,酒量有限,容我歇歇。"

"哪里的话,"肖校长有点醉态了,他的手在空中晃了一下,就要去搂沈惠贞的肩,沈惠贞往后趔了一下,没让他搂住,他便摇头晃脑地劝道,"酒是粮食精,越喝越年轻;酒是长江水,越喝越貌美。你怕什么,来,喝!"

沈惠贞实在不想再喝,就拿眼剜了一眼倪布然,倪布然心领神会,他知道这是社会上流行的一段民谣,急中生智,就对他说:"那我给你出个上联,你能对上,我替她喝了这杯酒。对不上,你喝,怎么样?"

"行,"肖校长转身对他说,"我知道你是才子,但我也不是吃素的。好,你说!"

倪布然说道:"假名假姓假夫妻"。

肖校长眯着眼睛想了想,想起在网上看过类似的对联,于是对道:"骗吃骗喝骗感情。怎么样,喝!"。

倪布然只好喝了一杯。他斟满酒杯,回敬过去。肖校长接过酒杯,一扬脖子一饮而尽,然后哈哈笑道:"酒是敌敌畏,你不醉来我不醉,乌酉的马路谁来睡。来,再来!"

他俩一来二去，推杯换盏的，笑得大家前仰后合。这样互相斗了会子酒，宴席渐至尾声。除了几个斗狠的还在那儿不屈不挠地斗，大部分人已经醉意朦胧到语无伦次的地步了。沈惠贞叫了主食，大家也没怎么吃，就陆续往家送。

送走客人，梅雪和师玉洁返回葫芦村，各自回到住处，一夜无话。

第二日一早，梅雪开车去火车站接女儿。雯雯出了车站，梅雪就迎上去。母女俩互相拥抱了一下，梅雪提起雯雯的行李，放到后备箱里去。母女俩上了车，就往回开。两人少不了说一些亲亲热热的话，诉一诉离情别绪。

"我的雯雯又长高了。"梅雪回头看一眼雯雯说。

雯雯笑笑说："我妈妈更加年轻了。"

"傻孩子，妈妈知道你在哄我，可妈还是高兴，谁不愿意青春永驻呀！"

"嗯，"雯雯偏着头想了想，"那我以后在别人面前就不叫你妈妈了。"

"又说傻话了，"梅雪笑着说，"妈妈永远是妈妈，不叫妈妈叫什么呀！"

"叫你大姐如何？"雯雯俏皮地说。

梅雪一惊，之后就笑嘻嘻地说："行，小美女，你能叫出口就随便叫吧！"

"好，那我就这样叫了啊！"

说着话，到了葫芦村。梅雪提留着女儿的行李，带着雯雯进了她的宿舍。雯雯打量着房间，用大人的口吻对梅雪说："大妹子，你就住在这么豪华的地方呀？"

梅雪本来心里挺不是滋味，听女儿一声"大妹子"，忍不住哧地一声笑出了声，随后开玩笑道："又降级了呀，从妈降到'大姐'，我以为你喊不口呢。不想更玄乎，又降到'大妹子'了。你可真行！"说着她搂住女儿，深情地说，"我的乖女儿，真成妈妈的开心果了。"

"只要妈妈开心，我也高兴呀！"

母女俩说笑着，梅雨的电话来了，她问雯雯接回来没有，梅雪说接回来了。梅雨就说，大家都凑一块儿了，就等雯雯呢。梅雪合上手机，对雯雯说："你小姨他们在等你呢，赶快洗一洗，我们到你小姨家去。"说着她打来水，拿过新预备下的洗漱用具，让雯雯去洗漱。洗漱完，母女俩开车去梅雨家。

进了家门，梅雨、郜子达、梅能以及恬恬和东东都恭候在那里，等着她母女的光临。梅雪一看，没有杨红叶，感觉似乎不妥，但又不好说什么，也

就没有冒然造次。骨肉亲情，久别重逢，格外热情。亲热了一阵子，三个孩子到东东的卧室里去玩了。四个大人围坐在沙发上，聊起天来。

"雯雯的学校说好了吧？"郜子达问梅雪。

"说好了，二中。"梅雪回答。

梅雨白他一眼，嘲讽道："别马后炮了，呆在教育系统，自己家的孩子上个学还要求人，你还好意思问！"

"大姐又没有告诉我，我哪里知道雯雯要在乌酉上学！"郜子达辩解道。

"好了，好了，"梅雪阻拦道，"不管是谁，联系好就行。再说谁家不求人呀！"接着她对梅雨说，"我看炉子上搭着锅呢，你去看看，好了没有。"

梅雨起身去厨房里看锅里炖的鸡烂了没有。梅雪轻声问梅能："你媳妇怎么没来？"

梅能瞟一眼郜子达，郜子达转过头看着别处，有意回避了梅能的目光。梅能就说："她晚上还要开歌厅，这会子休息呢！"

"开歌厅也得吃饭，"梅雪对梅能说，"打个电话叫来，就说雯雯想她了，嚷着要舅妈呢。"

他们这样说着，梅雨从厨房里出来，梅能也就没有给杨红叶打电话。梅雨对梅雪说："姐，鸡炖好了，这会儿吃吧！"

"好吧，客随主便。"梅雪说。他们都起身，和孩子们一起进了餐厅，热热闹闹地吃起饭来。

三十一　除夕夜布然出走，冰雪天险遇不测

　　日子一天天地过去了，不觉到了旧历年关。沈惠贞拾掇了几份礼物，又包了几个红包，放到倪布然的面里，柔声说道："该去还得去，这不过年了吗，给人家去拜个年，也不是什么原则问题。"

　　"我不去。"倪布然说得很干脆，"我从来没有这么做过，以后也不会这么做。"

　　"你可答应过我，"沈惠贞和风细雨地说，"这会儿怎么又吃了枪药似的！"

　　倪布然瞪大眼望着她，不解地问："我什么时候答应你的？"

　　沈惠贞笑笑："真个儿没心没肺，没肝没脾的，求人办事那会儿怎么嘴不硬了！"

　　倪布然这才想起来，在求她为梅雪女儿联系学校时曾经答应过她，事情一旦办成，他公选的事，一切行动听她的指挥。但一细想，好像也不是无条件地答应她的，那当时提的条件是什么呢？他嘴里哼哼着，心里在想，就想起来了，他说："我是答应过你，但我还有一句话，'只要合理，而且不违背我做人的原则。'现在你的要求不仅不合理，而且违背了我做人的原则。"

　　"咱们不贫了，哦，"沈惠贞像哄小孩似的，而且一本正经地说，"考试考察过去都这么长时间了，你这事一直定不下来，肯定是有原因的。俗话说

夜长梦多，时间一长，什么事都是会发生的。所以，你也不要老抱着老黄历，认为你是第一名，就高枕无忧了。"她看倪布然洗耳恭听的样子，就接着说，"我听说，周斌为这事跑过几趟省城，听说还跑过北京，人家是卯足了劲，摆出了一副势在必得的架式。你连拜个年都懒得动，我看这个年一过，什么都变了。"

"别人怎么做我不管，我的脸皮没有那么厚，所以你也不要逼我。"倪布然也正尔巴经地说。

"真拿你没办法。"沈惠贞无奈地说。

她的无奈是一时的，她并没有放弃她的努力。在此后的几天里，她或直截了当，或旁敲侧击，或迂回包抄，凡能使的招数她都使了，可就是没有打动倪布然的心。反而使他的逆反心理日益强烈。这样的说服与反说服战一直进行到年三十下午，倪布然最终受不了妻子的软磨硬缠，愤怒地对她说："你这是成心不让我过这个年。那好，我走！"说完便愤然离开家门。

出了门，天上飘着雪花，地上铺上了一层薄薄的雪。拐过几栋楼，只见人行道上，楼与楼之间的空地上，人们摆上祭品，点燃纸钱，虔诚地祭奠已故的亲人。与此同时，远远近近传来噼里啪啦的鞭炮声，偶尔也有冲天炮拖着长长的尾巴，带着嘘嘘的呼哨声划过天空。倪布然感觉道，年味扑面而来，而自己不呆在家里过年，这是往哪里去？

他毫无目的地往前走着。就有短信提示音响起，打开一看，是梅雪的：风雨送春归，飞雪迎春到。已是短信满天飞，唯有我的俏。俏也不争宠，以免群芳妒。摇荡春风媚春日，愿你天天笑。接着缀了一句：祝你全家春节快乐！

看罢，倪布然不禁会心地一笑。难得她费心劳神，将毛主席的诗词改得妙趣横生，初看有点滑稽，细想却也韵味无穷。于是他回了一则短信，问她在哪里。她马上回过来，说她在村上，反问他在哪里。他回说他在大街上溜达呢。短信刚刚发去，电话响了。"真的在大街上呀？"那头问。

"真的。"他平静地回答。

"嫂夫人不在家？"

"要是不在就好了，我还能安静会儿。"

"怎么，吵架了？"

"也没有。"

"那是……"

"别问了，真烦。"

"外面雪这么大,快回家去,大过年的,别冻感冒了。"

倪布然长叹了一口气。那面急切地问:"你在哪儿,要不我接你去。"

倪布然犹豫了半天,又叹了口气,那面追问他在哪里,他说:"你也别来接我了,如果没有什么不方便,我去你那儿呆会儿,行不?"

"我这儿没什么不行的,只怕嫂夫人……"梅雪吞吞吐吐的地说。

"算了吧,"倪布然反悔道,"大年三十的,不合适。"

两人一时无话,电话中只有轻微的呼吸声,大概两人都在脑子里翻腾着要用的词。毕竟,他们是异性,而且在除夕,而且一方是有妇之夫,一方是年轻的寡妇,即使他俩的关系纯洁到冰清玉洁的程度,在此时凑到一起,也会激发出人们无限的想象,演绎出一些情意绵绵的情爱故事来的。两人沉默了一会儿,还是倪布然先打破了沉默,他问:"你那儿还有谁?"

"就我娘俩呀!"

他犹豫了一下,果断地说:"哦,那我过去吧!"

"你在哪儿,我去接你。"

"不了,我打的过去。"

他好不容易等了一辆车,一上车,师傅大哥先小人后君子,有言在先,收费是平时的三倍。年三十的,开出租车的也需要过年呀!三倍就三倍吧。他说了要去的地方,车便向葫芦村驶去。

进了梅雪的门,看样子母女俩正在包饺子。雯雯见有生人来,站起身望着这位不速之客,梅雪对雯雯说:"这是你倪叔叔。"

雯雯很有礼貌地问了声叔叔好。倪布然摸了摸她的头,望着她说:"好漂亮哟,小公主。"

"谢谢叔叔夸奖。"

"不用客气啦,小公主!"

"坐吧,"梅雪赶忙收拾出一把椅子,脸上红扑扑的,多少有点尴尬,"大雪天的,没冻着吧?"

"没有,"倪布然打开水龙头洗把手,拉过椅子围坐在案板旁,"来,我们一块儿包。"

"不用,不用,"梅雪阻拦道,"哪敢劳你大驾。"

"闲着也是闲着。"倪布然说着话,就拿起皮儿,和雯雯一起包起饺子来。正包着,短信提示音一个接着一个的响起来,这会儿都是拜年的短信,他看一看,差不多千篇一律。

在他一旁的梅雪就说:"洗洗手专心地回短信吧!"

他望着她笑笑,站起身,边洗手边说:"真烦。"

"也是人之常情嘛。"梅雪说。

他准备编一个短信,给朋友们群发过去,回复大家的一片好意。短信还没编好,手机响了,一看,是沈惠贞的,没接,继续编他的短信。编着编着,又响起来了,又没接。梅雪见状,就说:"这就是你的不对了。大年三十的,你'离家出走',本来就不对,不接人家电话,就错上加错了。"她说着,从他的手中接过手机,回拨过去,把手机贴到他的耳朵上。

那面说:"不去就不去了,大不了继续做你的学问。年三十的,让人说是我把你赶出家门了。这会儿你在哪里呀,这么冷的天。"

听着妻子软绵绵的话语,他竟不知道怎么回答她。梅雪给他挤个眼,做了个在路上走的手势。他看一眼,生硬地回答道:"我在车上呢。"

"在什么车上呢?"

"去芜泯的车上。"

合上电话,梅雪说:"我让你回答你在马路上溜达呢,谁让你说在去芜泯的车上呀,你这不是睁着眼睛说瞎话嘛!"

倪布然无奈地笑笑,说:"那我非去一趟芜泯不可了?"

"真的去呀?"

"真的,"倪布然回答道,"这会儿她一定给芜泯打电话呢,而且过一会儿还要打。你说,我不去能行吗?并且孩子在芜泯他姥姥家,我本来就主张去芜泯看看孩子和他姥姥的,她非要坚持呆在家里,说这个年非常关键,年前年后的活动她都安排好了,哪里都不能去。你说这是什么事嘛!"

梅雪笑笑:"她也是为你好。好吧,咱们吃饭,吃罢了我开车送你去芜泯。"

"这不行,大雪天的!"

"别客气,谁让我们是朋友呢!"

"那这样,你把我送到汽车站,饭我也不吃了,不然太晚了。"

梅雪坚持要送,倪布然坚持坐长途汽车。最后她拗不过他,就开车送他去汽车站,乘最后一班车去了芜泯县城沈惠贞她娘家。

他在这儿呆到正月初二,沈惠贞打来电话,让他赶快回家,说她给某个领导拜年时听到风声,说他的事儿黄了。

"你别捕风捉影的好不好?家里不让人过年,我到哪儿你打电话追到哪儿。我就是那孙猴子,怎么也逃不出你这如来的手掌心。我求你了,让我在这儿安安静静过个年行吗?"倪布然几乎哀求道。

"怎么能是捕风捉影?"沈惠贞急切地说,"年一过罢,黄花菜真的就凉了,我的先生呀!"倪布然还想分辩几句,沈惠贞不容给他说话的机会,紧接着说,"我把事情的利害都告诉你了,来不来的,你看着办吧!"说罢就挂了电话。

合上电话,倪布然冷静地想了想,他的老丈人、丈母娘以及在家的亲威朋友都劝他,让他回去看看。说辛辛苦苦考了一趟,考个第一名也不容易的,万一被人撬了,多冤枉呀!

他说:"实际上啥事都没有,都是他神经过敏,听了一些道听途说,就犯神经了。哪有那么多的事呀!"大家还是劝他回去,不怕一万就怕万一。你要不去,万一有事,误了你的前程,那还不后悔一辈子呀!他经不住人家的劝,出门叫了辆出租车,奉老婆之命往乌西赶去。

雪虽然停了,但天还没有放晴,路面上的雪经车轮辗压,变得瓷实光滑。车走在上面,尽管小心翼翼,遇到不平处,还是有点滑动的感觉。车不紧不慢地往前赶,赶到一个拐弯处,迎面驶来一辆大卡车,倪布然看着司机往右打了一把方向盘,车忽地向侧面滑动了一下。他坐直身子,伸手抓住车门上方的把手,紧张地盯着前方。车继续滑动着,眼看就要钻到卡车轮子下面去,倪布然的心都提到嗓子眼了。随着一声刹车声,车便失去了控制,侧着身子向路边上滑动。刹那间,车像喝醉了酒似的打了个趔趄,向路基下面翻滚而下。倪布然惊恐的叫了一声,便什么也不知道了。

当他苏醒过来的时候,他躺在医院的病房里。他睁开眼,看了一眼周围,头边摆放着各种医疗设备,身上插着各种管子。他动了动身子,感到浑身都疼痛难忍。

"你终于醒了。"沈惠贞两眼红肿红肿的,看着他,露出一个欣慰的笑。

他也笑笑,开玩笑道:"阎王爷不收,说我的公选大业还没有完成呢。"

他的这话,把周围看他的人和医生护士都给逗乐了。他的主治大夫笑着对他说:"脑部受了点伤,问题不大。其他部位都是皮外伤,不影响你的公选大业,好好休息几天,就可以出院了。"

"那就好。"

正如主治大夫说的,在医院里躺了一个多星期,他出院了。回到家里,他说:"你这是干什么,我本来是做学问的,你们把我逼上公选的考场,这也就罢了,不说什么了。可这公选公选,你让人家选得了。你们又逼我'跑',你这是要不了我这条命不罢休呀!"

沈惠贞说:"也怪你,你要不去芜泯,哪有这场子事!"

"你知道雪大路滑,又是大正月里,什么鸡毛大事,非要我立即赶回来,险些丢了性命呢!"

"我去给一个领导拜年,无意间听到他和另一个领导的谈话,说你学者气息太浓,不适合担任领导职务。我一听就急了,就给你打电话了。"

"我说你长的猪脑子呀,你也不想一想,这又不是'文化大革命',把专家学者当成专政对象。谁说学者就不能担任领导职务了?那齐市长不也是学者嘛,市长当得比谁都好。"

"话虽这么说,"沈惠贞说,"但实际情况并非如此。比如那个孔佰文,学问很大吧,名声也不小,怎么着?年纪轻轻的,还不是被吊起来了。"她所谓的"吊",是"调"的谐音,一个领导人员被贬为调研员,官场上就说他被吊起来了。

"那是两会事,"倪布然问她,"还有呢?"

"听说那个姓周的,考完试后,一直没有闲着,上窜下跳的,动静大得很。过年前后,我就亲眼见他往市委领导的家里跑。"

"哦,八成是瞎子点灯白费蜡,还有呢?"

"风言风语多了去了,我一时也不好给你汇报。"

倪布然听到这话,不禁哑然失笑道:"你听没听说我有什么违法乱纪的问题?"

"这倒没有。"

"那你担心什么。"倪布然说,"如果没有违法乱纪的问题,你就安心地等着。一天像热锅上的蚂蚁一样。真是皇帝不急,急死太监。"

"你这是自信,还是轻率?"沈惠贞直截了当地问他。

"自信。"

"说说你的理由。"

"天机不可泄露。"他自信地说,"你们不是口口声声说我学者气息浓烈吗?那我告诉你,这就是学问。不信你走着瞧,到那个时候,我再给你讲这个道理。"

沈惠贞半信半疑的,望着他,自言自语道:"没想到你还真能沉得住气。"

他俩这样说着,倪布然的手机响了。他一看,是学院办公室的,接起一听,薛主任嘘寒问暖了几句,就通知他,说学院有事,让他过去一趟。他接完电话,出门向学院走去。

三十二　鸡蛋里头挑刺无中生有，公道自在人心尘埃落定

到了学院里，他先到院办薛主任那儿。

"怎么样，恢复的？"薛主任问。

"基本好了，正准备上班呢，你的电话就来了。"之后，他开门见山地问，"招我来有什么事吗？"

"是这样，组织部来了两位同志，说是核实一些问题。该找的人都谈过话了，人家最后要和你谈谈。这会儿人在庄院长那儿，你去看看吧。"

"好吧。"他说着，出门去院长室。

进了门，见是孙科长和小胡两人，都是熟人，握手互致问候以后，庄院长说了说他俩的来意。就出去回避了。之后孙科长就说："我们是熟人，也就不拐弯抹角的了，有什么说什么吧，希望你也实话实说，把问题搞清楚就行。"

倪布然点点头："这没问题。"

"腊月三十日下午，也就是你去芜泯县之前，是不是在葫芦村梅雪那儿？"

"是的。"

"大年三十的，跑到一个寡妇那儿有什么贵干？"孙科长半开玩笑半认真地问。

这话倪布然听上去是那么刺耳，很想反唇相讥，也回敬他两句。但他一

想人家这是公事公办,代表组织向他核实问题。人家开句玩笑,那是工作方法,如果你也开玩笑,回敬人家,就是态度问题了。这样想着,他回答道:"和老婆拌了几句嘴,心情不好,出来在马路上溜达,收到了梅雪的短信。之后在电话里说了几句话,就去她那儿了。到她那儿,梅雪正和她女儿在包饺子,我包了几个饺子,就去芜泯县了。这就是我去梅雪那儿的全部经过。"

孙科长和小胡交头接耳了一番,孙科长说:"这和梅雪谈的基本一致。"

小胡插话道:"她的女儿也证实了这一点。"

"你们找过梅雪了?"倪布然问。

孙科长点点头。

"有什么责任,我一个人兜着,这事与她无关,我希望最好不要去找她。"倪布然冷冷地说。

"这也是为了把问题搞清楚嘛!"孙科长说。

"这也不应该牵扯个无辜的人进来。"倪布然埋怨道。

"实话告诉你,"孙科长不大满意地说,"有人抓住这事不放,说你和这女人这了那了的。最近又说你和她的工程有瓜葛,怀疑你有经济问题。这些,我们不得不调查清楚,这也是对你负责嘛,希望你理解。"

倪布然点点头,认真地说:"你们需要我怎么配合,我一定配合。"稍停,他有点激动地说,"这事儿是秃头上的虱子明摆着的,有人迫不急待地要抢这个位子,就千方百计地扳倒竞争对手,于是就故意找茬子,鸡蛋里挑骨头,捕风捉影,甚至无中生有,造谣中伤。公选,公选,公平竞争嘛,看来有人就是不让你公平!"

"好了,这事儿说清楚就行了。"孙科长说,"还有一个问题,你这次受伤对今后的工作有什么影响?"

"完全没有影响。"倪布然说,"脑部轻度受伤,其他部位都是皮外伤,目前基本痊愈了。"说到这儿,他笑笑,对孙科长开玩笑道,"需不需要验伤?"

孙科长也笑笑,说:"别逗了,这事,我们在医院里已经了解过了。"

倪布然苦笑道:"有些人也太不厚道了,拿人家的车祸作起文章来了,这求官的心就这么迫切吗!"

"这是人家的权利,"孙科长紧跟了一句,"我们也是例行公事嘛。"

"你们做组织工作的,什么样的官场人物都经过见过,"倪布然正经道,"也就见怪不怪了,是吧?"

"你理解就好。"孙科长说。他又举出几个问题,都是一些鸡毛蒜皮的事，向倪布然一一核实后，就告辞走了。

送走孙科长，庄院长和倪布然返回院长办公室，又问了问倪布然身体恢复的情况。提起刚才的事，庄院长叹口气，问倪布然："你说，这官场到底有多大的魅力，有人为了追求它，连脸皮都不要了。"

倪布然正色道："俗话说，无利不起早嘛。有人说中国的官员是世界上最好的职业，不仅旱涝保收，而且快乐无比。这样的诱惑就足以让人利令智昏的了。"

庄院长点点头，说："夜长梦多呀，这事定不下来，不知还会出现什么离奇古怪的事呢。"

"谁知道呢，"倪布然说，"不过我还是那句话，公选公选，公平竞争，相信组织会处理好这件事的。"

"我想时间也不会太久了。"庄院长补充道。

庄院长的预言还是很准的。节后不久，陈吉钟便催促公选领导小组尽快提出意见提交市委常委会议讨论。对有人反映的问题（类似针对倪布然这样的问题），也甄别核实了，潘池就没有理由再拖下去了。于是提出了公选领导小组的意见，在上常委会之前，最后一次向书记办公会议汇报。

会上，杨部长汇报了公选的总体情况、各公选职位的候任人选以及这些人选的基本情况。汇报到行政事务管理局的人选时，杨部长说："在这个职位上，第一名是倪布然，领导小组之所以把周斌也提出来一起研究，主要有这么几点考虑。"说到这里，他看一眼潘池，这位潘副书记一副不以为然的样子，正翻着笔记本准备记点什么。杨部长把目光扫过齐思民，投向陈吉钟，陈吉钟在等他的下文。于是他接着说，"主要是考虑到倪布然这人学者气息太浓，为人处事过于死板，不大适合担任行政部门的领导。周斌正好相反，做事比较灵活，善于应变，对行政工作规则也比较熟悉。两人相比，各有长短，这里提出来，大家再议。"

陈吉钟就对潘池说："潘书记的意见呢？"

"刚才杨部长汇报的，就是公选领导小组的意见，我没有什么要补充的。"

"那你对行政事务管理局两个人选，倾向于哪个？"陈吉钟问潘池。

潘池看一眼与会人员，说："杨部长已经汇报了，两人各有长短。需要说明的是，之所以把第二名也提出来放在这里讨论，就是省上有些部门的领导打过招呼，领导小组感到有点压力。至于最后定谁，还是大家说吧！"

"你的意见呢?"陈吉钟问齐思民。

齐思民说:"我同意倪布然。理由有二,其一,他的成绩是第一名,考察当中也没有发现什么问题,因此,最好按成绩取人。其二,说他学者气息太浓,为人处事过于死板。换另外一种说法就是,有知识,讲原则,遵纪守法,按规矩办事。我看非但不是短处,而且是他的长处。"他扫了在座的各位一眼,最后说,"你们知道,这人临时给我当过一段时间的秘书,我就内举不避亲了。至于胡斌,我也接到过省上有些部门领导的电话,我都当场回绝了。我觉得就不要过分考虑这些了吧!"接着他补充道,"每次遇到干部选拔使用的问题,总有那么一些人,到处托关系走门子,有人就把关系走到省上了,甚至捅到北京了。如果考虑那么多,哪方面的关系都要顾及到,那就不是公选,而是分赃了。那些没有门子,或者不愿意拉关系走门子的老实人就永远得不到提拔。在这一点上,中央一再强调,不要让老实人吃亏。怎么才能不让老实人吃亏,这公开选拔就是一个比较好的办法。所以,我的意见是,按公选的程序走,考察没有问题,按成绩取人,这是最公平的。"

陈吉钟征求另外一位副书记的意见,他同意齐思民的意见。于是他对杨部长说:"我觉得,你们提出的这个意见是值得商榷的,"他看一眼潘池,因为他这话明着是对杨部长说的,实则是针对潘池的,"比如,什么叫过于死板,什么叫善于应变,正如思民同志说的,这要从什么角度看了。不溜须拍马,坚持原则,不跑不送,就是过于死板?老于事故,看风使舵,阿谀奉承,见人人话见鬼鬼话,就是善于应变?从这次机关治理工作中我们发现,在干部队伍中就存在着小团体,小圈子。在干部的使用中,呼朋引类,党同伐异,拉帮结派,不是一个圈子里的人不用,万不得已用了,要么拉进这个圈子,拉不进来,就想方设法挤到边缘位置。同志们,这样下去,怎么得了?这个问题如果不能得到扭转,我们治理整顿还治理个啥,整顿个什么?"说到这里,他停了停,说,"对不起,我刚才有点激动。这个问题不是今天这个会议的议题,所以我就不多说了。至于上面提出的人选,我不发表具体的意见,书记办公会也不决定这样的事。下去以后,你们充分采纳今天会议提出的意见,形成成熟的意见后,直接上常委会,你们看如何?"

与会人员说没有意见,这个问题就讨论到这里了。

散会以后,潘池踅摸到陈吉钟那儿,坐下来,他对陈吉钟说:"陈书记,有些话我不便于在书记办公会上讲。拟任名单之所以迟迟定不下来,是有原因的呀!"

"来自上面的压力?"陈吉钟说,"说到压力,我比你大,你还可以推到我这里来,我推给谁去?所以老潘,在干部使用问题上,想做到谁都不得罪,几乎办不到。"

"这我理解,"潘池并不想放弃他的主张,他恳切地说,"上面的关系一点也不考虑,我觉得还是有点问题的。你来乌酉不久,有些情况不太了解。比如这个周斌,他托得是谁?是郜腾达。你大概也听说过,这些年来,乌酉这边进京跑个项目什么,都是找他张罗的。所以,我们不能因小失大,为了一个倪布然,断了这个关系。书记您还是考虑考虑吧!"

陈吉钟望着潘池,叹了口气:"如果这样照顾来照顾去的,这公选还有什么意义呢?唉,我也作难呀!"

"要不这样,"潘池说,"给周斌另外安排个岗位,方方面面都说得过去。"

陈吉钟沉默了一会儿,极不情愿地说:"好吧,就这样吧。"之后他说,"公选的事,你们赶快拿出一个意见来,不能再这样拖下去了。"

"好的。"潘池说,"周斌也一并提到常委会上吧,你看行不?"

"好吧,你和组织部碰个头,该走的程序一定要走到。上常委会之前,征求一下其他几位副书记的意见。"

"好的。"

几天以后,领导小组很快拿出了一个意见,提交常委会议讨论通过,本次公选最后的结果,终于出炉了。那个周斌,还有和周斌类似的人,也得到了相应职位。该照顾的,还是照顾了。现实就这样,不管是陈吉钟还是李吉钟,没有人逃得出这坚固的城堡。

那天下班回家后,沈惠贞异常兴奋,倪布然就知道,公选的事有结果了,否则,没有什么事比这更让她兴奋不已的了。即使这样,倪布然还是问了问:"什么事让你这么高兴?"

"你猜呢。"

"还用猜吗,公选有结果了,是吧!"

"还挺自信的哟!"沈惠贞话锋一转道,"不过也挺悬的,领导小组原来提出的人选方案,是倾向于周斌的。上常委会之前,齐市长力主公道,坚持按成绩取人。陈书记也发火了,否定了原来的方案。你是重新考虑后才被提上人选方案的。你说悬不悬哪!"

倪布然望着她,就像不认识似的,问道:"这些你是怎么知道的?"

"这有什么奇怪的，"沈惠贞不以为然地说，"领导层的那些事儿，只要稍稍留意一下，谁不是一清二楚的。"

倪布然想一想，轻轻地点点头："说的也是。"就不再说什么了。

"说了半天，好像与你没有关系似的，不冷不热的。"沈惠贞显然对倪布然的冷淡不以为意。她说，"这下子，你们倪家的祖坟上可冒了青烟了，不知几辈子修下的德，倪家门上也出了县太爷啦。不知你的那位堂哥知道了，该有多高兴呀！"沈惠贞说得眉飞色舞，有点忘乎所以了。

倪布然看着老婆的得意劲儿，怎么看怎么不顺眼。什么叫祖坟上冒青烟了？这得往远里说。中国古代有个传说，得道成仙的人死后，身体会化作一阵轻烟直登仙界，称为羽化。祖坟上冒青烟就是指祖上有人成为神仙。几千年来，封建皇帝自命为真龙天子，为了让人们相信君权神授的神话，就说他们的祖先埋葬在龙脉上，羽化为仙。仙进一步引申为天，祖先为天，子孙为天子，就再自然不过了。然而天只有一个，因此，一般人家的祖坟冒出的青烟，就代表这家有人求得一官半职，就可以封妻荫子，光宗耀祖了。官为百业之首，现代称之为官本位主义，多少有识之士对此进行过无情的讨伐，但它仍然成为我们这个社会的基本价值取向，这究竟是为什么呢？

"好了，好了，好像城府有多深似的。"沈惠贞说，走，找个地方好好庆贺一下。她边说边拉上倪布然就往外走。

三十三　依依惜别倪布然，上任即遭下马威

　　没几天，《乌酉日报》、电视台等市内媒体刊登和播出了公选结果，倪布然列在其中。此后不久的一天早晨，倪布然接到通知，要他到市委组织部去接受谈话。这是新任领导干部任职前的一个必经程序。他按时去了市委组织部，在会议室，他见到了周斌。周斌热情地和他握手致意。之后两人坐下来，周斌便嘘寒问暖，古道热肠，当然也有几分得意洋洋的神色。倪布然觉得有几分滑稽。想当初，坐在他身边的这个人，曾厚颜无耻地委托郜子达给他送钱，劝他退出公选。还跟踪过到他办公室里的梅雪。此后的风言风语，传说他这了那了的，组织部还核实过一些所谓的问题。他知道，所有这些，无不与这个周斌有关。此时的他俩之间，好像什么事也没有发生过。想起这些，倪布然淡然一笑，什么大不了的事就都过去了。

　　会议室里洋溢着欢乐的气氛，说说笑笑的，陈吉钟、杨部长一行就到了。会议室里顿时鸦雀无声，所有的目光都齐刷刷地聚焦在他俩的身上。

　　坐定后，杨部长通报了此次公选的基本情况，接下来请陈吉钟讲话。"同志们，"陈吉钟讲道，"你们在本次公选活动中脱颖而出，即将到新的岗位担任领导职务。在此，我向大家表示祝贺。"讲到这里，会议室里响起热烈的掌声。"客套话我就不说了，下面我提几点要求和希望，"他就提出了他的要求和希望，最后他说，"同志们，希望你们以新的姿态，新的精神状态走上新的

工作岗位,给新的部门和单位带来新的气象和新的面貌。希望你们在新的岗位上,认真践行全心全意为人民服务的宗旨,为彻底转变机关作风,推动乌酉经济社会的全面发展做出你们应有贡献!"陈吉钟的谈话在一片掌声中结束。

杨部长总结了一下谈话的内容。最后说:"从明天开始,我们将把大家陆续送到新的单位。大家没有什么事就在原单位呆着,不要外出,等待组织部的通知。"

谈话之后不久,人文学院接到组织部的电话通知,说下午三点钟,送倪布然到行政事务管理局上任。接到通知后,庄院长站起身,在办公室里踱来踱去的,一副心神不宁的样子。他就这样踱着步,有人敲门,开门一看,正是倪布然。两人相对一笑,庄院长让他坐到沙发上,一边说话,一边给他泡了杯茶,放到他前面的茶几上,然后坐在他身旁,对他说了下午要送他的事。

"我知道了。"倪布然说,之后调侃道,"我家有个消息灵通人士。"

庄院长不禁笑笑,说:"这两天我还想着,怎么给你送行的,通知就这么快的来了。"

"院长的心意我领了,"倪布然说,"这么快就离开人文学院,是我始料不及的,请你原谅。"

"哪里的话。俗话说得好,水往低处流,人往高处走。你升职了,也算是人文学院走出去的一个人才嘛!"

倪布然听得出来,庄院长说得非常勉强,自己觉得对不起他似的,感伤地说:"刚来学院那会儿,我想我会做一辈子学问的。参加这次公选,也不是我的本意。"

"我知道,布然。我没有怪罪你的意思,只是觉得怪可惜的。你到我们学院来,在这么短的时间里,取得了这么大的成绩,给我们学院争得了这么大的荣誉。说句掏心窝子的话,我真舍不得你走。"庄院长说着,握住倪布然的手,声音也有点颤抖。

倪布然心里一热,眼睛一下子湿润了。想说的话也被哽在喉头,说不出口了。半天,他说道:"谢谢你,有你这句话,比什么都强。"

"到那边,不要把专业丢了。我们这里有人类学方面的研究课题,有请教你的地方,我会和你通气的。也希望你有空了过来看看,和我们的研究人员交流交流,传传经送送宝什么的,也算在人文学院没白呆一场。"

倪布然不自然地笑笑,说:"会的,一定常来讨教。"

"中午一快儿坐坐吧!"

"免了吧!"倪布然说,"中午喝点酒,下午去到那边去,脸上不好看。"

"也是,"庄院长想想说,"以后抽时间再坐。"

"好的。"倪布然说,"你忙着,我过去看看艾妮。"

"好吧。"两人同时站起身,出了门,庄院长说,"下午我送你过去。"

"谢谢。"和庄院长作别,就到了艾妮的房间里去。

坐下来,两人客气了一番,就说到他下午去行政事务局上班的事。艾妮说:"这一天终于来了。"

"我没有在人文学院干下去,请你原谅。"倪布然有点愧疚地说。

艾妮惨然一笑,叹口气说:"是我害了你,不然,你在郜子达之前就提起来了,何苦劳神费力地参加这公选呢!"

倪布然知道她话里有话,而且带着刺儿。想想她也没有什么恶意,充其量有点儿恨铁不成钢的意思。就不自然地笑笑说:"不管你怎么想,我在学院呆得时间不长,但受益匪浅。这也是人生一段不寻常的经历。我还是非常感激你的,真的。"

"什么都不用说了,"艾妮有点儿感伤地说,"原想你会成为一名出色的人类学家,不过,现在回到仕途上,也是前途无量。不管怎么说,都值得庆贺。"

"谢谢理解。你忙吧,我去跟其他同事们打声招呼。"他说着就要走。

艾妮站起来,对他说:"就这么走呀?"

倪布然一惊,望着她说:"还有事呀!"

"当然。"艾妮走过去,伸开双臂对他说,"不想拥抱一下吗?"

"哦,"倪布然笑笑,向前去和她抱在一起,拍拍她的背说,"一切都在不言之中。"

下午,庄院长去送倪布然,艾妮和其他的同事一起,把他送到楼下。经过孔子像前,他站下来,神情肃然地仰望着这位思想文化巨匠,久久不忍离去。良久,他毕恭毕敬地向孔子像鞠了一躬,缓缓地离开这里,深情地回望一眼学院大楼,和同事们握手告别,和庄院长一起上了车,一块儿到行政事务局。

他俩从会议室门口经过,见局里的干部职工已经候在会议室里。此时,组织部的领导还没有到,他俩就在汤银汉的办公室坐了会儿,汤银汉一副很热情的样子,让着他俩坐下,泡了杯茶,放到他俩面前。

庄院长说:"我把人给你送来了,这可是我们的骨干哪!"

"感谢你给我们培养了一位人才。"汤银汉应酬道。

庄院长苦笑一声,调侃道:"如果说培养,那我就培养错了。我应该把他培养成一名人类学家,而不是一个副局长。汤局长,你说这,是不有点讽

刺意味呀!"

汤银汉哈哈一笑,说:"说的也是,"接着他对倪布然说:"我们一直在等着你呢,你来了,业务这摊子就全靠你了,我给你当当后勤部长就可以了。"

倪布然笑笑,他知道这是官场语言,不是心里话,也没有实质内容,完全不必当真。试想,哪个部门的一把手把权力拱手让给副职,自己却当什么"后勤部长"?要是这样,费那么大劲当这个一把手干什么!当然啦,这样的话也没有什么恶意,完全是一种善意的废话,让你听着舒服罢了。因此,他说:"哪里的话,我来能给你跑跑龙套,打打边鼓,拾遗补阙就不错了。有不到的地方,还望你多多指教呢!"

他俩就这样说着"善意的废话",组织部的黄副部长和孙科长来了。黄副部长和汤银汉、庄院长、倪布然握手寒暄几句,庄院长就回学院了。黄副部长就和他们一块儿进了会议室,在主席台上就座。汤银汉简单地说了说会议的议程,黄副部长看一眼大家,说道:"同志们,大家知道,前不久,我市举行了一次面向全国公开选拔县级领导干部的活动。经过发布公告、报名与资格审查、统一考试、组织考察、研究提出人选方案、市委常委讨论决定以及市政府常务会议讨论任职等规定程序,倪布然同志脱颖而出,被任命为市行政事务管理局副局长。"他稍停了一下,宣读了市委、市政府的任命决定,介绍了倪布然的简历,之后,他代表市委组织部,对行政事务局新的领导班子提出了要求和希望,他的任务就基本完成了。接着,汤银汉做了简单的表态发言,就挨着倪布然发言了。

"同志们,有幸和在坐的大家一起……"

"倪、倪、倪,你不饶、饶、饶,到底饶不饶?"倪布然刚说了一句,会场上发出这个奇怪的声音。全会场向那个声音望去,一片哂笑。倪布然和黄副部长他们一看,会议室的一角,梅能瞪着一双醉眼,在那儿胡言乱语。

黄副部长被这突如其来的怪声惊呆了。他回过神来,拿眼瞪着汤银汉,问道:"这是怎么会事?"

汤银汉叹口气:"经常这样,我也没有办法。不理他还行,你越理他,他闹得越凶。"

"你们在、在、在交头接耳个鸟呀!"梅能又喊了一声。

这显然是对着黄副部长和汤银汉说的。黄副部长走到哪儿都受到人们的尊崇和恭维,哪受得了这号子鸟气。于是他"啪"地拍了一下桌子,指着梅能大声说:"你是什么人,上班时间喝得红头黛脸,你还有没有一点组织纪律观念?"

梅能咿咿哇哇,满嘴的醉话。汤银汉劝着黄副部长,让黄副部长"大人不见小人过",就叫了两个人的名字,让他们把梅能强制送出会议室。倪布然见状,对汤银汉说:"我来处理吧!"说着,他在人群中挤到梅能那儿,搀着梅能,和小柳与小汪两个人,强行把他拉出会议室,劝下楼,架到局里的一辆车上,让小柳和小汪送他回家了。

倪布然上到楼上,会议已经结束。他到汤银汉的办公室,黄副部长坐在那儿,脸色都变了。

"送走了?"汤银汉问。

"送走了。"倪布然回答道。

"我知道行政机关有一些让人头痛的人,但没想到会是这样?"黄副部长气哼哼地说。

"你消消气吧,"汤银汉说,"如果和这些人生气,我早就死过好几遍了。"

"机关治理工作开展这么长时间了,机关上还有这样的干部,真是不可思议!"黄副部长说。

"像这类事,是没有办法在机关治理工作中解决的。"汤银汉无奈地说。

"难道就一点治都没有?"黄副部长望着汤银汉问。

"基本没有,"汤银汉诉苦道,"部门领导只有使用权,没有任免权。像什么批评教育呀,治理整顿呀,只对要脸的人起作用,对这些不要脸的,甚至不要命的,那是一点作用都不起。你看见了,刚才那位就个既不要脸也不要命的,你能把他怎么样?"

"他还无天无法的了?"黄副部长气哼哼地说,"《公务员法》有规定,该怎么处理就怎么处理,怎么就没办法了呢?"

"那是只管老实人的,对这些无赖,没有用。"汤银汉说。"按照《公务员法》的规定,这样的人早该清除出公务员队伍了。可你真要动一动他,那你试试,他不给你动刀子才怪了呢!所以,一般情况下,得过且过,能混就让人家混去,何苦惹人家动刀子呢!"

"唉,不知这些人是怎么混进政府机关的?"黄副部长哀怨道。

"宦海淳当书记那会儿,在党政机关大量超编制进人,进的人都有背景,与当时的主要领导有关,泥沙俱下,良莠不齐,混进不少这样的人,这你又不是不知道。"汤银汉回答道。

黄副部长摇摇头,长长地叹口气说:"也不光是这个原因。冷静地想一想,机关上这样的人还真不少,你拿他也真没有什么办法。这样吧,你们多费点心管一管吧,能管到什么程度算什么程度吧!"说罢,站起身,就和孙科长一起离开了行政事务管理局。

三十四　汤银汉陈情伤心事，倪布然警觉通天桥

梅能被小柳和小汪送到他家的楼下，下了车，睁眼一看，转动着那对无神的眼珠子看看小柳，又看看小汪，咬着牙关问他俩："你们要干啥？谁让你们把我弄到这儿的，这是哪儿呀？"

"梅哥别闹了，到你家了，快上楼吧，外面天凉，别感冒了。"小柳说着，挟着他就要往楼上搀，他一甩胳膊，手打在小柳的眼睛上，小柳眼冒金星，便放开梅能，捂着眼睛蹲在地上。小汪过来关照他，他说："没事，没事。你上去看看，梅哥的老婆在不，在的话让她下来一下。"小汪答应着，就上楼去了。

不一会儿，小汪和杨红叶下来了，她见梅能喝成这样，一抬手就给了他一个嘴巴。梅能又一次睁开眼，摸摸自己的脸，刚要发作，见是自己的老婆，咧开嘴，做出一副嘻皮笑脸的样子，说："你这婆娘想干什么，当着兄弟们的面稀罕我？"

"快上楼，像个赖皮狗似的，别人看见，你不丢人，我还丢不起这号子人。"杨红叶说着，在他屁股上踢了一脚，他扶着楼梯乖乖上楼去。杨红叶跟在梅能的后面，像赶驴一样，一拳接着一拳地打着他往楼上走。小柳和小汪互相使个眼色，也跟了上去。

到了家里，杨红叶怕梅能缓过劲来，像过去那样再反扑过来掐她的脖子。于是，乘他不注意，一把把他推到卧室里，拿钥匙转了两圈，向圈牲口似的把他圈在卧室里，任他在里面怎么叫骂，她再也不理他了。小柳和小汪见梅能被关，和杨红叶道别，去向汤银汉交差。

到了单位上，会已经散了。他俩到汤银汉的办公室，里面只有汤银汉和倪布然，倪布然问："送到家了？"

"送到了。"小柳说。

"还闹不闹了？"汤银汉问

"被他老婆关起来了。"小柳回答道。

"好了，没你们的事了，忙你们的事去吧！"汤银汉对他俩说。小柳和小汪走后，汤银汉对倪布然说，"你也看到了，队伍就这么一支队伍，人员就这么良莠不齐。像梅能之流，工作没有本事，可总觉得自己有多么了不起，老子天下第一，老虎屁股摸不得。唉，以后慢慢你就知道了。"

"这到底是什么原因呢？"倪布然问，一副心事重重的样子。

"一言难尽哪，"汤银汉说，"除了我在前面说的进人的时候进了一些乌七八糟的人以外，再也找不出什么特别的原因。有人说这个部门成立的时候，人员是从各部门抽调的，都是本部门的一些闲人，大事干不了，小事又不干。这次治理整顿，下得功夫也不小，可成效一直不佳，想调整一下人员，可谁要像梅能这样的人呀！你问我什么原因，我只能说这些。至于还有什么深层次的问题，我也说不上。你是研究人类学的，好好研究一番。思想政治和职工教育这一块你管上，看能不能改变一下这种积习。"

倪布然深沉地说："我们共同努力吧！"

他俩就别的话题说了一阵子，就到下班时间了。

第二天是星期六。吃过早饭，他和沈惠贞出了门，在广场上溜达了一会儿，倪布然问沈惠贞："再到哪里去呢？"

"你说呢，夫唱妇随嘛！"

倪布然笑笑，那我带你去个地方。于是他俩来到大街上，拦了辆出租车，上去，倪布然说了一个地方，车就一直开到葫芦村，绕过一片池塘，来到目的地。他俩下了车，沈惠贞望了他一眼，不解地问："一座闲桥，有什么好玩的呀！"

"你知不知道这座桥的来历？"倪布然深沉地问。

"怎么不知道呀，这不是原市委书记宦海淳的瑶池环保工程吗？"沈惠贞不以为然地说。

"谁说不是呢。"

不光他俩知道,只要是乌酉市的人,没有不知道这个工程,以及它的来历的。夫妻俩来到桥头,站在"乌酉市党风廉政建设教育基地"的石碑旁,互相对望了一眼,倪布然长长地叹了口气。沈惠贞则语带讥讽地说:"你是带我接受廉政教育来了?"

"哪敢,"倪布然也须眉不让巾帼,"我见证过这座桥的修建过程,亲历过它的创造者从辉煌到毁灭的全过程,所以感受特深,因此特意过来瞧瞧。"

沈惠贞笑笑说:"你呀,你!刚当了这么个芝麻大的官,还挺警觉的呀!"

"千里长堤,溃于蚁穴。"倪布然严肃地说,"那些腐败分子,哪个不是从小事贪起的,不是从较低的职位开始腐败的呀!从披露的腐败案例看,有些巨贪的职务并不很高。因此,腐败可不讲你职务大还是职务小。"

"嗯,我理解,"沈惠贞说,"你是自己给自己打预防针呢。这样也好,将来抗得住诱惑,免得腐败。"他俩就这样边说边往回走,不知不觉就走到民俗一条街上,看见葫芦茶馆,就自然地走了进去。

"唉呀,是什么风把你俩给吹过来了!"诸葛大爷见他俩进来,就笑逐颜开,和颜悦色地把他俩迎进一个包间,嘱咐小姑娘泡茶,而自己却和倪布然夫妇坐到一起,热情地聊起来了。

"上任了吧?"诸葛大爷笑眯眯地问。

"算是吧。"倪布然回答道。

"是就是,怎么能'算是吧'!"诸葛大爷说,"要搁过去,都县太爷了,哪有我老汉跟你说话的份。"

倪布然笑笑说:"你老人家说笑话了。现在的县级干部比麻雀还多,有什么可稀罕的。"

诸葛大爷乐呵呵地说:"人类学家倒是比麻雀少,可没人问津,一个劲地往比麻雀多的地方扎堆。你是研究人类学的,这算怎么回事呀?"

"我明白。诸葛大爷是在批评我。大爷,你批评得好呀!"

"不是,孩子,大爷绝对没有那个意思。"诸葛大爷说着话,姑娘将茶壶和茶具端了进来,每人沏了一杯,倪布然和沈惠贞说了谢谢,姑娘退出后,诸葛大爷端起茶杯说,"不管怎么说,都是值得庆贺的。我就以茶代酒,恭喜你了。"

倪布然和沈惠贞急忙站起身,端起茶杯,和诸葛大爷碰碰,抿了一口,不约而同地说:"谢谢大爷。"

"不客气。"诸葛大爷说,"想喝酒,我这里有。只是我不胜酒力,要不给玉洁打个电话,让他来,你俩唠唠嗑?"

倪布然和沈惠贞互相交换了个眼神,倪布然说:"也行,不知他能不能抽出空来,他可是个大忙人哪。"他说着拿出手机,拨打了师玉洁的号码。两人在电话中寒暄了几句,倪布然开玩笑地说,"诸葛大爷想犒劳一下父母官,不知能不能赏脸。"

那头笑笑说:"我算哪门子父母官呀,连芝麻都算不上。要搁到过去,连见你这县太爷的资格都没有。"

"唉,位不在高,有权则灵嘛!"倪布然调侃道。

"看来你角色转换得好快嘛,一下就从一个学者转换成一个十足的官僚了呀!"

"呵呵,不贫了,有空你就快来吧!"

"也罢,那我就恭敬不如从命啦。"

不一会儿,师玉洁来了,和他一块儿来的,还有梅雪。他俩上前依次和倪布然握握手,向他道了贺,互相客气了几句,师玉洁就和沈惠贞握手致礼,顺口开了句玩笑,就在倪布然的身旁坐了下来。梅雪和沈惠贞点头致意,她俩的脸上都掠过一丝尴尬的微笑。梅雪犹豫了一下,坐在了诸葛大爷的身边。诸葛大爷就给他俩沏了茶,喊了一声那姑娘的名字,那姑娘就进来了。诸葛大爷吩咐她去拿酒,她问拿什么酒,诸葛大爷说了一个牌子,她就出去拿酒了。不一会儿,她提着两瓶酒进来,放到诸葛大爷的前面。又从旁边的小柜里拿出酒具,用开水涮一涮,摆放在圆桌上,出去走了。诸葛大爷打开酒瓶,倒了五杯,问倪布然:"你说,怎么个喝法?"

倪布然说:"你老说咋喝就咋喝。"

诸葛大爷笑笑:"我不能倚老卖老,还是大家说吧!"

于是大家面面相觑,稍后,师玉洁说:"不管怎么喝,少不了给倪局长敬酒的。来,我敬你一杯,恭喜你加官进爵。"说着端起一杯酒伸向倪布然,倪布然说声谢谢,和师玉洁咣地碰了一下,一扬脖子一饮而尽。师玉洁斟满酒,对沈惠贞说,"来,敬夫人一杯,你教夫有方,倪局长才有今天。"

沈惠贞站起身,对大家说:"你们听,这是什么话,都说相夫教子,你来了个教夫有方,先罚酒一杯再说。"说着上前,一手搂住他的脖子,一手就往他的嘴里灌酒,他半推半就,半洒半喝,干掉了她手中的酒,抹一把

嘴,嗔怪道:"就这还相夫教子呢,简直就是一母夜叉嘛!"

沈惠贞回敬道:"等你结婚以后,我倒要看看,叶大记者是怎么相夫教子的。"说到这里,她突然想起什么似地问道,"哎,师书记,如果不介意,我冒昧地问一句,你们这恋爱谈得也够长的了,你可千万别把人家叶记者的青春给耽误了呀!"

"是呀,是呀,你俩可都老大不小的了,我们可都等着喝你俩的喜酒呢!"倪布然附和道。

大家的目光都集中在师玉洁身上,异口同声地问着同样的问题。师玉洁看看大家,带点调侃的口吻说:"谢谢各位的关怀,我负责任地告诉大家,今年内,一定不辜负各位的期望,完成我和叶女士的婚姻大业。也请大家放心,绝对耽误不了叶大记者的青春。"

"严肃点,"沈惠贞说,"婚姻大事,别这么油嘴滑舌的。"

"婚姻大事岂可儿戏。"师玉洁说,"不瞒各位,我俩的婚期都定过好几次了。可不是她忙,就是我忙,一次又一次地给耽误了。"

"真的那么忙吗?"沈惠贞问。

"真的。"师玉洁认真地说,"我一直忙着科技经济园区的事。冰清一天到晚到处跑,不知都忙啥了。"

"瞎忙呗,还能忙什么。"一个声音传过来,大家齐刷刷地望过去,叶冰清就笑眯眯地走过来了。大家站起身,和她握手寒暄几句,她就顺手搬了把椅子,坐在师玉洁的身旁。

"人说记者是无冕之王,怎么能说是瞎忙呢!"沈惠贞望着她说道。

叶冰清笑笑,说"不管人怎么说,自己千万不能把自己当成那么回事。你不见网络上流行着一个顺口流吗,说什么'投身新闻英勇无畏,采访报道貌似高贵,走乡串巷终日疲惫。一年到头加班受罪,身心憔悴暗自流泪。逢年过节家人难会,分分秒秒不敢离位。抛家舍业愧对长辈,身在其中方知其味。'你听,这哪里是无冕之王,活脱脱一流浪汉嘛。哪像你们坐机关的,上班聊天斗地主,下班喝酒泡小姐。不但安逸,而且社会地位又高,简直就是活神仙嘛。"

"记者就是记者,你看这张嘴,就像刀子一样,谁碰上谁倒霉。"沈惠贞开玩笑道,之后问她,"不说这些了,你俩的婚礼定到什么时候了?"

"你问他。"叶冰清向师玉洁努了努嘴。

沈惠贞把头转向师玉洁,师玉洁说:"科技经济园区成立以后,我向大家保证，不管发生什么，我一定把这婚事给办了。"师玉洁回答。

"到时候可不要再让我们失望哟。"沈惠贞说。

师玉洁和叶冰清互相看一眼，异口同声地说："绝不辜负大家的一片心意。"说到这里，大家又都给他俩敬酒，祝愿他俩的婚期能够如愿以偿。他俩也就客客气气地端上酒杯，干了几杯。之后，叶冰清对倪布然说，"我是跟踪你来的，请先接受我的祝贺再说。"说着给倪布然敬了一杯酒。她接着说，"领导交给一项任务，要我就这次公选活动，写一篇综合性的报道。你是这次公选的佼佼者，又是我们的朋友，我想就先从你这里入手吧。"

"恭敬不如从命，要我做什么，吭一声就行。"倪布然说。

"那就先从上任后的第二天就来党风廉政建设教育基地进行自我教育说起吧。"叶冰清说。

"真会捕风捉影，"倪布然说，"我也就随便走走，你不要随意拔高主题，不然你的新闻稿子一定会失真的。"

"还挺谦虚的嘛，"叶冰清说，"记得陈书记刚到乌酉那会儿，也曾乘出租车造访过通天大桥。你这是上行下效，给自己敲警钟呢。怎么就随意拔高主题了？"

"叶记者，"沈惠贞说，"你这是将天比地，怎么拿他与陈书记比呢！"

"不亏是接待处长，什么事都把职务等级分得那么清，"叶冰清玩笑道，"这个问题留待以后再说。现在，我们进行第二个话题，"叶冰清说，"说说你参加这次公选的动机好不好。"

"这怎么说呢！"倪布然抬起头，看着窗外，若有所思地说，"应该说，我这是被逼上梁山的。"

"是谁逼你的？"叶冰清追问道。

倪布然略一思索，便脱口而出："幽灵，对，一个幽灵。它看不见摸不着，却无处不在，无时不在。管你愿不愿意，它时刻跟随着你，引诱着你，强迫你就范，把你纳入到它设计的轨道，按它的逻辑走完你的人生。它就像宇宙中的黑洞，只要你靠近它，就一定被它俘获，你不会逃脱被它所吞噬的厄运。"

"谁把你逼上梁山了？"沈惠贞误认为倪布然在影射她，把她比作幽灵，将丈夫逼上梁山的。就有点不高兴地说，"有说的就好好给人家记者说，没说的，就说没说的。何必含沙射影，指桑骂槐的呢！"

倪布然扫了大家一眼，对沈惠贞说："什么指桑骂槐，你也不嫌丢人。"

"我丢人?"沈惠贞真有点生气的样子,"这局长的板凳还没坐热呢,就嫌我丢人了!"

"沈处长多心了,"叶冰清解释道,"如果我没有理解错的话,布然这是即兴套用了一下《共产党宣言》开卷的两句话。不过这里所说的幽灵,不是共产主义,而是官本位主义。这个幽灵在中国的大地上到处游荡,不知把我们多少潜在的学术大师逼上了官场。"她问倪布然,"是这样吗?"

倪布然点点头:"知我者,冰清也。"

沈惠贞的脸上就有点挂不住,她刚想说什么,师玉洁笑笑,对叶冰清说:"好啦,我的叶大记者,工作上的事,等他上了班再去采访他,再去争论你们的'主义'。这会儿还是痛痛快快地喝酒为好,你们说呢?"说着,他举起杯,"来,干!"

"好,好。喝酒,让幽灵们见鬼去吧!"倪布然也举起杯,自我解嘲道。

"哈哈哈,痛快!"大家举起杯,开怀畅饮了起来。

三十五　梅雪困倦入春梦，梅能酒疯遭祸殃

送走倪布然他们，梅雪从葫芦茶馆返回她的住处。雯雯接过来以后，她租了一个农家院落里的一个套间，前厅后室，外带一个卫生间，足够她母女俩容身的了。梅雪进了门，雯雯在写作业。她和孩子打声招呼，就斜躺在沙发上。雯雯问道："妈妈喝酒了？"

"喝了几杯。"梅雪望着雯雯，笑眯眯地说，"怎么不叫'大妹子'了？"

雯雯笑了笑，玩笑道："大妹子也是随便叫得呀！"

"好了，不贫了，"梅雪轻声道，"妈妈稍歇一会儿，再给你做饭。"

"不用了妈妈，我吃过了。"

"哦，你怎么吃的。"

"方便面呀！"

"这可不行，那东西妈妈凑合一顿两顿的，解解燃眉之急还行。小孩子家，正是长身体的时候，怎么可以随便凑合呢？"

"妈妈，女儿没有那么金贵，你就别在意了。倒是你，这么忙，还经常应酬。以后少喝点酒，多吃点菜。"

梅雪点点头。女儿的话使她倍感欣慰，一股热浪涌上心头，眼窝一热，热泪模糊了她的两眼。她背过雯雯擦了一把泪，脸上露出一丝微笑。闭了眼，本想假寐一会儿，不料躺着躺着竟然睡着了。雯雯见她睡着了，就拿了

一块毯子，走过去，轻轻地盖在她的身上。转身向外走去。

她朦朦胧胧地到了一个地方，这里云遮雾罩的，虚无飘渺，神秘莫测。她游荡在一片树林中，飘渺中，她隐隐看见一条小河，水面上也浓雾蒙蒙。她深深地吸了口气，感觉一股雾气浸入心脾，有种如醉如痴的感觉。恍恍惚惚中，有一个人飘然而至，飘飘渺渺地向她走来。她心头一惊，定睛一看，此人音容笑貌颇似倪布然，她的心为之一震，有点儿不知所措。不知不觉间，那人走近了她，向着她微笑着，当她确定这就是倪布然时，她迎上前，展开双臂向他扑了过去。倪布然顺势把她搂在怀里，热切地吻着她，一股热流流进她心间，就像喝醉了酒一样，不自觉地向后倒去。倪布然轻轻地抱起她，抱到一间小屋里，两人就翻云覆雨起来。她觉得浑身像通了电似的，下身也湿津津的，顿时觉得畅美无比，张开喉咙，呻吟着，呻吟着，浑身扭动着，颤抖着。突然间就醒了过来。原来却是"枕上片时春梦中，行尽江南数千里"。

她转身看一眼房间，雯雯已经不在屋里，大概做完作业出去玩了。她想想梦中的情境，下身也冰凉冰凉的，而且可能还叫出了声，不觉脸上泛起一层红晕。心想，多亏雯雯不在，要不，还不把人羞死！

她起身进了卫生间洗了洗，之后到卧室里换了内裤。她本想到工地上去，想想也没有什么重要事情，就撒了个懒，到客厅里，打开电脑，看了看自己的邮箱、QQ和博客什么的，没有什么信息。她向后一扬，把头靠在椅背上，一副慵懒的样子。她曾听见男人们说过做爱不如做梦的话，不想自己真的做了这样的梦，她才深切体会到，此话不虚。这梦让她畅快淋漓的同时，也让她心身疲惫。她意识到，她已经有好长一段时间没有接触过异性了，难道真的如饥似渴到以梦充饥的份上了吗？梦中的他怎么偏偏又是这个倪布然呢？这么想着，一股淡淡的情思滑过心头，对这个男人的爱意愈加浓烈。

她就这样慵懒呆板地坐了一会儿，打开自己的博客，写下了一段抒情文字，把这种情感流向指尖，敲进电脑里，也敲进自己的灵魂深处。她点下这段文字的句号，手机响了起来，接起来，是妹妹梅雨的。

"什么事？"她懒懒地问。

"你到市医院来一下！"那头声音急切，有点哽咽。

"你说清楚，到底怎么回事？"梅雪噌地站起身，高声问道。

"梅能出事了，在市医院急救中心，你快来吧！"那头边哭边说。

梅雪一怔，拿着手机呆呆地站在那儿，心发怵，舌头发麻，半天说不出话来。那头在催,她猛然回过神来,急忙说了一声:"我马上过去。"就开着车匆匆赶往医院。

进了急救中心大楼,梅雨、杨红叶、郜子达、倪布然和小柳、小汪焦急地等候在大厅里,梅雨见了梅雪,急忙走过来,拉着她走到急救室前。梅雪透过门上玻璃,看见梅能赤身躺在抢救床上,身上插着各种各样的管子,几个医务人员忙来忙去地忙碌着,各种仪器仪表发出各种声响,其荧光屏上显示着各种数据、曲线和符号,看着都让人心惊。

不一会儿,走出两个医生,其中一个老一点的问她俩:"你们谁是家属?"梅雪过来把失魂落魄的杨红叶拉过来,回答道:"这是病人的妻子。"

"你跟我来。"那个医生简单地对杨红叶说。杨红叶拿眼睛看着梅雪,梅雪就挽着她,和梅雨、郜子达一起,跟两个医生进入医生办公室。年轻医生坐下来,翻开一个文件夹,埋头写了起来。老一点的让他们坐下来,眼睛盯着杨红叶说,"初步诊断,是脑溢血,需要及时手术,不能耽搁。"

杨红叶望着梅雪,一副六神无主的样子。于是,梅雪问道:"是要在脑袋上动刀,是吧?"

"对,开颅。"医生简单而毫不含糊地说。

"没有其他选择?"她小心地问。

"最好选择手术。"医生简单地给她讲了讲为什么要手术的理由。

他们面面相觑,商量以后,梅雪说:"那就做吧!"

年轻医生把刚刚写完的文件递给杨红叶,说:"这是手术协议书,你看看,如果没有什么问题,请签字吧。"

杨红叶看都没看,就递给梅雪,梅雪接过来,粗粗地看了一遍,就把手术可能产生的后果简单地给杨红叶讲了讲。当她听到手术有可能造成死亡、脑瘫、偏瘫、丧失生活能力以及改变性格等后果,杨红叶哇地一声哭了,接着跑出医生办公室。梅雪和梅雨交换了一个眼神,梅雪说:"我是病人的姐姐,我来签字吧。"说着,她从年轻医生手中接过笔,在协议书上签上自己的名字。

梅能被推进了手术室,家属和倪布然以及行政事务局的人静候在休息室和外面的走廊里。梅雪把梅雨拉到一个墙角里,问她:"这到底是怎么回事?"

"怎么回事,我也不太清楚……"

事情是这样的,梅能被杨红叶关到卧室以后,一头扑到床上,迷迷糊糊地睡着了。晚上杨红叶从歌舞厅回来,怕挨他的打,就在恬恬的卧室里和恬

三十五 梅雪困倦入春梦,梅能酒疯遭祸殃

恬睡了一夜。第二天一早,带着恬恬去少年艺术学校学绘画。

梅能昏昏沉沉地睡了一夜,第二天中午才慢慢醒了过来。他去开门,门从外面锁着。踢了两脚,没有动静。这时他看到衣柜旁边放着半瓶酒,他大喜过望,拿起酒瓶对着嘴就喝了起来,一会儿就把那半瓶酒喝了个精光。过了一会儿,他听有人进了客厅,知道杨红叶回来了。喊了两声,没有应答,于是,他发出野兽一般的怒吼,疯狂地踢门。杨红叶怕门被踢坏,又怕放他出来自己遭到他的暴力侵害,于是,悄悄地把锁子打开,轻轻地出了家门,像躲避瘟神一样躲到外面去了。

梅能"获释"后,骂骂咧咧地甩门而出。来到大街上,眯缝着那对红红的眼睛,喷着酒气,东摇西摆地走着,连路上的行人和车辆都躲避着他。这样走了一段路,见旁边有家酒吧,他便踅了进去,在大厅的一个桌子上坐下来,向吧台喊道:"上酒!"

服务小姐应着声,给他上了一瓶啤酒。

"上白酒!"他喊道。

"我们这儿没有白酒。"小姐见他酒气冲天,忙陪着笑脸说。

梅能望着小姐,无耻地笑笑,说:"我就要喝白酒。"

小姐说:"真没白酒。"

"叫你们老板来!"他高声叫道。

那小姐战战兢兢地退回去,不一会儿,老板出来了。老板陪着笑脸说,本店不供应白酒。于是他就耍起了酒疯,大吵大闹,揪住老板就要打人,把酒吧里喝酒的客人都吓跑了。他越闹越凶,酒吧里的几个青年人上来挡架,纠缠在一起,不可开交。在你推我搡的过程中,不知怎么的,梅能摔到在地,脑袋瓜子磕在大厅正中的楼梯上。当时就瘫软过去,扶都扶不起来,老板打了120急救电话,赶救护车来,他已经昏迷过去,不省人事了。

事情的经过就是这样。当时在场的人都是这么说的。

"万一有个好歹,可怎么办呢!"梅雪忧心忡忡地说。

"有什么办法,"梅雨说,"大人怎么都好办,可怜这恬恬了。"

"恬恬好办,万一她妈忙不过来,大不了我养她。最让我担心的是……"说到这儿,梅雪看看妹妹,把到嘴边的话咽了下去。

"你最担心的是什么呢?"梅雨听她姐姐话中有话,问道。

"没什么,"梅雪说,"看手术的情况再说吧。"

姐妹俩说着话,杨红叶踅摸着过来了。她坐在梅雪的身旁,鼻涕一把泪一把的。梅雨嗔怪道："行了，别哭哭啼啼的了，当时你不出门，他也不至于出去闯这么大的祸。"

杨红叶不客气地说："你也是站着说话腰不痛，当时我不出去，躺在医院里的就不是他，而是我了。"接着她狠狠地说，"也怪我，当时不出去，就让他打，打死我，谁也干净了。"

梅雪见她俩斗嘴，劝道："别斗了，都什么时候了！"

杨红叶抹一把泪，哀哀怨怨地说："话说回来，像他那性子，躲得了初一，躲不了十五。天天喝得醉醺醺的，见谁都想骂。一不顺心动手就打。即使我什么都不要干，专门看着他，又能看到哪里去！"

"好了，不说这些了。"梅雪说，"这就看他的造化，如果手术做好了，我们谁也操点心，该劝的时候劝一劝，该管的时候管一管。人说吃一堑长一智，鬼门关上转一圈的人了，看能不能转变过来。"

"俗话说，天河难移，秉性难改。我看难哪！"杨红叶叹息道。

"唉，"梅雨也叹道，"你说，这一个爹妈生的，怎么就不像我俩呢！"

"说这些有什么用，"梅雪想起什么似的，她对杨红叶说，"不怕你多心，这手术万一没做成，你也该有个准备。"

"谁还想到这些。"杨红叶说。

梅雪见杨红叶也不是太多心，就从包里拿出一叠钱，交到梅雨的手上，对她说："你去准备一下老衣，以防万一。"

梅雨接过钱，出去准备后事去了。倪布然、郜子达，都陆续走过来，和梅雪说着话。梅雪想起先前做的那个梦，看一眼倪布然，心猛然揪了一下，脸上也泛起些微的红晕。她镇定了一下情绪，对倪布然说："真是对不起，你上任第一天，他就给你下不了台，惹出这么大的麻烦。"

"什么都不要紧，只要人能救过来，比什么都好。"倪布然说。他们就这么说着，不知不觉间，几个小时过去了，手术室的门咣啷一下开了，大家立马走过去，两名医务人员推着躺在手术车上的梅能出来了。梅雪、郜子达，还有小柳和小汪接过手术车，推进电梯，离开手术室，推进特护病房，七手八脚地抬到病床上。医生和护士就忙着插气管，扎吊针，上氧气，上各种检测仪器仪表，进行手术后的治疗。梅能双眼紧闭，脸色苍白，梅雪看着他，心想他还能不能再次睁开眼睛呢！这样想着，自己的眼睛一酸，大颗大颗的泪珠滚落下来。

三十六 履新职布然献计献策,望前程子达得陇望蜀

几周过去了,梅能的眼睛还没有睁开。最终能不能睁开,连医生都不敢断言。他躺在医院里,每天都需要有人护理。几天下来,杨红叶不耐烦了,梅雪姐妹各有各的工作。行政事务局不得不雇了两个护工,专门护理梅能。

梅雪把恬恬接过来,和雯雯在一起学习和生活。她再请了一个保姆,那是个活泼机灵诚实的姑娘,由她来照料两个孩子的日常生活,梅雪感到放心。

倪布然很快进入新的角色,承担起自己新的职责。这天刚一上班,汤银汉叫他过去一下,他就到局长办公室去。他俩坐下来寒暄了两句,汤银汉就说:"梅能到现在还没醒来,什么时候醒来,谁也说不准。不管怎么着,审批科的工作得有人负责。你是分管领导,你是怎么考虑的?"

倪布然说:"要么配科长,要么指定个临时负责人。到底怎么办,还是你定夺。"

汤银汉笑笑:"我想听听你的意见,你又把球踢过来了。"

倪布然也笑笑:"既然如此,那我就说了。我的意见是,不管梅能将来恢复得如何,审批科的科长一定要换。而且我想,乘着这个机会,其他科室的负责人,该换的换一下,该交流的交流交流。这样做,不仅有利于调动干部工作的积极性、主动性,而且还可以使我们的干部在不同的岗位上得到锻炼，对提高他们的工作能力和水平都有好处。"

汤银汉想一想，望着倪布然说："我也这么考虑过，但局里的情况你也知道，各科的职责、权限、业务量和难易程度都不一样。这样就有了所谓的肥缺、瘦缺的说法。有些岗位抢着去，有些岗位无人问津。局里的人员情况你也了解一二，像梅能那样的，谁动得了？弄得不好，不仅达不到预期的目的，还很有可能把局里搅个一塌糊涂，弄得一发不可收拾。要做到既能达到预期的目的，又能使大家心服口服，难哪！"

倪布然说："只要做到公平公正，我看大多数人还是可以理解的。"

"话虽这么说，"汤银汉说："可怎么才能做到公平公正呢？"

"公选，"倪布然不假思索地说，"就是竞争上岗。机关治理工作开始不久，在个别部门搞过试点。我们可以借鉴试点的经验，加以完善，力争做到公开、公平、公正，这样就可以达到预期的目的。"

"我看可以，也符合机关治理工作精神。"汤银汉说，"你是从公选场上杀过来的，有这方面的经验。要不这样，由你负责拿一个意见出来，提交局务会议讨论决定，怎么样？"

"我到局里时间不长，由我来拿这个意见似有不妥。"倪布然说。

汤银汉笑笑："我看没有什么不妥的，你就不要有什么顾虑了。"

"好吧，我就恭敬不如从命了，"倪布然说，"另外，我建议你出面给组织部汇报一下，征求一下他们的意见，争取他们的支持，这样比较稳妥一些。"

"好，就这么定了。"

倪布然回到自己的办公室，望着电脑思索了几分钟，对局里各科室的职责和主要业务梳理了一下，开始在键盘上敲打。不一会儿就敲出了局里中层干部竞争上岗的意见，包括指导思想、竞争的职位、各职位的任职条件、竞争上岗的程序和措施等等。打完后，他看了一遍，该改的地方改了一下，发到打字室的邮箱里，过去给打字员说了一下，让她印出一份，准备提交局务会议议定。他重新回到自己的办公室，坐下来准备干点别的事儿，电话响了，他接起来，是医院打来的，说梅能醒了，给汤银汉打电话，没人接听，就给他打来了。他简单地问了一下情况，说："好，我马上过去。"

放下电话，他叫上司机就往医院里赶。到了梅能的病房里，这里除了医护人员和单位请的护工，还有梅雪、梅雨和杨红叶。倪布然和他们打个招呼，走到病床前，主治大夫叫了一声梅能的名字，对他说："倪局长看你来

了。"梅能睁开眼,傻乎乎地瞪着屋顶。倪布然轻轻地叫了一声,他才循着声音,缓缓地转过头来,失去光泽的眼睛看着倪布然,脸上的肌肉轻微地动了一下,眼中挂上了泪花。

倪布然附下身子,轻声安慰了几句,梅能嘴皮动了动,谁也不知他说的是什么。倪布然就对他说:"你好好休息着,有什么要求,让你的爱人或者姐姐告诉我们一声,我们能做到的,尽量做到。"梅能听了倪布然这话,脸上的肌肉又动了动,眼中挂着的泪水溢出眼眶,顺着两个眼角,滚落到枕头上。

倪布然回头安慰了杨红叶几句,就跟着大夫到医生办公室去。他们聊了几句,倪布然问:"像这种情况,将来到底能恢复到什么程度?"

"现在还很难说,"大夫说,"在我们这里做过开颅手术的病人,据我们了解,个体差异很大。最好的恢复到生活能够自理,最差的丧失意识活动,变成所谓的植物人。从这个病人的体征和初步恢复的情况看,如果不发生突变,将来不会是太差的,也不是太好的。"

"具体说来⋯⋯"

"不会丧失意识活动,但大脑部分功能区受损严重,性格可能发生很大的变化,比如变得易怒、暴躁、富于攻击性。"

"这人的性格本来就暴躁,"倪布然有点忧虑地说:"如果再富有攻击性,那谁敢和他生活在一起呢!"

大夫不经意地笑笑,说:"富有攻击性不一定就有攻击能力。像他这样的,将来能够把大小便送到厕所里,就是最理想的了,哪有能力攻击别人呢。"

"哦,我明白了。"他俩又说了一会儿治疗上的事,倪布然告别大夫,又到病房里去。进了病房,发现郤子达也在,就和他握握手,寒暄了几句,对他说:"我和大夫聊了一会儿,现在的情况还是比较好的。在医院里还要住上一段时间,这段时间里,你们就辛苦一下吧,我回去把病人的情况向汤局长汇报一下。有什么事,随时联系。"说完,和大家招招手,出门走了。

送走倪布然,郤子达例行公事般地叫了叫梅能,对梅雪梅雨杨红叶说了一些宽慰的话,就告辞了。

出了医院的门,思谋着到哪儿去蹭顿饭呢。想一想,就去老爷子那儿了。进了门,爷俩寒暄了几句,话题就转到梅能的事上来了。

"外面风言风语的,说你和梅能的媳妇不清不楚的,那可是你舅老媳妇,你可不能由着性子胡来!"老爷子毫不避讳地说。

"你这是从哪里听说的,"郜子达说,"纯粹是造谣。"

"我郑重地警告你,"老爷子说是郑重,实际上在调侃,"天底下的女人多的是,你臭小子动谁的心思都行,就是不能动杨红叶的。要是被她缠上了,有你臭小子的好果子吃。"

"老爷子你正经点好不好!"郜子达不满地说,"我和杨红叶本来没事,让你这么一说,还真的像有什么事似的。"

"你们这爷俩,"老太太端着饭出来了,她把饭菜放到餐桌上,边摆碗筷边说,"老子不像老子,儿子不像儿子,到一块儿,没有一句正经话——好了,过来吃饭吧!"

爷俩就到餐厅里,坐下来,边吃饭边聊了起来。老爷子扒拉了一口饭,说:"你说我不正经,那好,我问你个正经事,你打算在人文学院当一辈子副书记呀?"

"这话你问到点子上了,我正要找你说这事呢!"

"你说,臭小子。"

"最近我正琢磨这事呢——我想动一动,换个地方。"

"你想往哪换呀?"

"你说呢?"

"嘿,这臭小子,本事没长,学会踢球了。"

郜子达嘿嘿一笑:"你明知故问。"接着他正经说道,"你明明知道,呆在学院里,我又没有职称,没有什么学术特长,这一辈子可能就这样了。你不想让我就这么混下去,希望在仕途上有所发展,那就非得把我捣腾到强势部门不可。"

老爷子听到这里,一脸的严肃。他点点头,平静地问:"想好了没有,往哪儿捣腾?"

"县区或者回市委。"郜子达回答。

老爷子若有所思:"而现在提出来好像有点早,不过,工作可以往这方面做了。"

"我也是这么想的。"郜子达说,"在学院混的时间长了,岁数一大,就不好捣腾了。"

"好吧,臭小子,该怎么做,就怎么做吧!"

"还得借重你老爷子的威望。"

老爷子想了想:"你先找一找他们,就算报个到吧,看他们怎么说,再说以后的事,你说呢?"

"好吧,"郜子达说,"我先找一找看吧!"父子俩这么说着,饭也吃完了。郜子达回到家,梅雪梅雨杨红叶,以及三个孩子,都在家吃饭呢,他礼节性地和她们打声招呼,就进卧室去睡午觉了。

下午一上班,他先给组织部的孙科长打了个电话,问他杨部长在不在,孙科长说在呢。他就去杨部长那儿。进了门,他边问候边给杨部长递上根烟,给他点上,就在对面的沙发上坐下来。

"部长日理万机,我就长话短说了。"他说。

杨部长笑笑:"没关系,你说。"

他说:"我知道我不应该说,可不说又不行。"

"嘴里说是长话短说,又绕来绕去的了。"杨部长笑着说。

"您知道,"郜子达说,"我以前是学技术的,转到党政机关,学的是党校的政治理论,而且一直在党政机关工作,没有专业特长。您知道,在学院里工作是讲究专业的,没有专业职称,不好开展工作。"

杨部长说:"你是做党务工作的,与有无专业职称没有直接的关系吧!你统计一下,市县区的领导,各部门的领导,哪个是按他的专业职称任职的呀!"

"这倒也是,不过,"郜子达说,"学院毕竟不是党政机关,那里的学术气氛很浓,学者们往往不买院领导的账。"

"不会吧,"杨部长正色道,"中国的学者是最守规矩、最顺从的了。真正的学者,他们除了在学术上开展争论外,在社会生活中,几乎是百依百顺,惟命是从。不存在不买领导账的问题。"

郜子达看来这个理由很难说服杨部长,于是搓搓头,不好意思地笑笑说:"您看部长,您也知道,人文学院的副书记也就是个闲职,一天没有多少事可干的。我还年轻,在这个闲职上就这么呆着,也是人力资源的一种浪费,是不是?趁着年轻,我还想多做点工作,为人民多做点儿贡献呢!"

杨部长完全理解他所说的话,郜子达在目前的位置上,发展空间确实有限。就这样混上几年,大不了把那个"副"字去掉,给个书记当当。即使这样,在业务性很强的人文学院,还是个闲职,没有多大的出息。再往上走恐怕就难了。

按照当下不成文的规矩,在比麻雀还多的县级干部中,有可能走上市级领导岗位或享受市级干部待遇的,大都出自出自县、区委书记,和市上个别强势部门的一把手。他完全明白,郜子达要求换个岗位,绝不是因为他没有专业职称不适合学院工作,而是要尽早进入强势部门,为今后加官进爵铺平道路。他看着郜子达,佯作思考状,之后说:"我理解你的心情,你的要求我记下,以后有机会,我们再考虑,这样好不好?"

"好,只要部长记着部下就好。"他稍停了一下,轻声问道,"部长晚上没啥事吧?"

"暂时没有。"

"找个地方换换脑子吧!"

"免了吧。"

就这样,他俩你来我往地客气了一番,杨部长说:"我答应你,以后有机会,一定考虑你的要求。"

郜子达还要坚持,有人敲门,他就只有前客让后客了。他起身向杨部长告别,开了门,原来敲门的是周斌。两人一见,相视一笑,什么话也没说。郜子达一侧身,周斌就挤了进去。郜子达出门想了想,转身向潘池的办公室走去。

三十七　尽职责布局竞岗，顶压力一举成功

到了潘池那儿，郜子达把他在杨部长那儿说过的话，又演绎了一遍。潘池的回答闪烁其词，模棱两可，给他留下了无限想象的空间。他知道，在跑官要官这种事上，就这样两个肩膀抬个头，跑上一趟两趟的，不可能有什么实质性的成果。今天来的目的，本来就是见见领导，吹吹风，用官场上流行的话说，就是在领导那儿先挂个号，一旦条件成熟，就可以顺着杆儿往上爬了。这样想着，说了一些客套话，就从潘池房间里退了出来。

下楼时，他碰上了倪布然。两人握握手，寒暄两句，郜子达问："俗话说新官上任三把火，刚一到任，就拿中层干部开刀，很有魄力嘛！不过我提醒你，当心引火烧身。"

倪布然笑笑，自信地说："天塌下来有高汉子顶呢。我是个副职，至多算个帮手，引火烧身也烧不到我的头上。"

郜子达拍拍他的肩，诡异地一笑，说："机关治理工作开展已经这么长时间了，行政事务局也没见调整干部。你一上任就来个竞争上岗，要不是你的主意，鬼都不信！"

倪布然看一眼他，调侃道："郜书记真是眼观六路，耳听八方。身在人文学院，对行政事务局的事却了如指掌，不知你这消息是从哪里来的！"

郜子达得意地一笑："怎么，不服！"他指着倪布然的包说，"里面装的八成是竞争上岗的材料,我没说错吧!"

倪布然竖起大姆指回了一句:"神通广大,服你了。"他俩这样说着,就到了楼下,各自乘自的车分道扬镳了。

回到局里,倪布然把组织部的批文、本局竞争上岗的方案以及试点单位的经验材料交给汤银汉,对他说:"手续都齐了,你看看。"

汤银汉接过材料,翻看了一下。对倪布然说:"方案的起草、与有关部门的联系协调等等,这些工作都是你负责做的。自己又是参加过公选的人,这事就以你为主,大胆地做吧!"

"还是按方案设计的程序走吧,"倪布然说,"全程严格按照程序办,最后的结果就会被大多数同志接受。"

"好吧,那就先成立个竞争上岗领导小组,我挂个组长的名,你任副组长。具体工作你来做,有什么责任我来负,如何?"

"恭敬不如从命。"倪布然说。接着,他俩就竞争上岗工作的具体事项提出了详细的计划,定下了时间表,就到下班时间了。

没有重大的接待任务,沈惠贞就按时回家了。夫君的人生道路如愿回归到了她所希望轨道上,除去了她心头的一大病患。所以心情也就格外畅快。吃过晚饭,夫妻俩看着电视就聊开了,没聊几句,话题就扯到竞争上岗这事上来了。说到这事,沈惠贞就说:"你们那里人员非常复杂,你又新去,汤局长把这事交给你,明摆着,他让你唱黑脸,他唱红脸。你可要小心,别让人给算计了。"

"你怎么把什么事都往坏处想,"倪布然不满地说,"公平竞争,公开选拔,你走得正行得端,谁去算计你呀!"

"还是书生意气,"沈惠贞笑吟吟地说,"你想过没有,大家都在行政机关上混,行政机关的职位是金字塔型的,越往上走越难。科长们混到现在这个位置,眼巴巴地瞅着上一个位置呢。你来个竞争上岗,就算你走得正,行得端,做得公平公正,可这毕竟涉及到人家的个人利益,选上了,当然好。选不上,那还不得跟你急呀!"

"你说的这些,不是没有考虑到,"倪布然说,"既然是竞争,就有优劣,既然是选拔,就只能是优胜劣汰。"

他俩就样说着,有人敲门,沈惠贞开了门,进来的是局里的小柳。他手里提着一个兜,放到客厅的一角,尽力掩饰着他的不安和尴尬。倪布然站起身,两人客气了几句,小柳便见茶几旁边有个小凳子,顺手拿过来,坐到倪布然的对面。倪布然就往沙发上让他,他俩推让了一番,小柳还是坚持坐在

小凳子上，就和沈惠贞搭起话来。她一边和小柳说话，一边给他沏杯茶放到他的面前，他说声谢谢，就寒暄了起来。

"您可能也了解过，"扯到局里的事情时，小柳说，"三十好几的人了，副科长也有些年头了，这次是个机会，倪局长能照顾就照顾一下。"

倪布然正色道："你的情况我了解一点，工作还是很不借的。正如你说的，这次还真是个机会，不过，能不能竞争上科长的职位，谁说了都不算，你的成绩说了算。"

小柳点点头，诚恳地说："不瞒您说，自从听到这事儿，这心里总觉得没着没落的，一点底都没有。"

"这可以理解，"倪布然笑笑，说，"不过你放心，这次活动的全过程全部公开着呢，而且全程都由组织部、市纪委和人事局派人参加，以保证它的公正性。你要信得过我，就把心思放到正道上，好好准备一下，参加竞选。不要成天跑来跑去的，搞这些没名堂的事。"

"我信得过。"小柳说着站起身就要走。

倪布然也站起来，走过去提起小柳放在那儿的兜，往小柳的手里塞。小柳说啥都不接。两人推来推去的，倪布然就有点不耐烦了。他没好气地对小柳说："我真得烦这个，推推搡搡的，我也没有力气和你争。你执意要放，就先放着。我明天让办公室来取，直接送到纪委去，你看呢？"

小柳见倪布然真的生气了，就从他手中接过提兜，脸红红的，不知所措。倪布然见他这样，和气地说："你还说信得过我，就这样信得过呀！"

小柳一笑，说了两句客气话，出门走了。

回到沙发上，倪布然摇摇头，叹了口气。沈惠贞就说："我们这些当公务员的，想想也真够可怜的。"

"这话不知从何说起，"倪布然望着她说，"每年有上百万人参加公务员考试，有些所谓的'热门'职位，竟然到了四五千人竞争一个职位的地步，这么激烈的竞争，世所罕见，故被世人称之为'国考'。你说公务员可怜，那你又如何解释这'国考'热？"

"这是两码事，"沈惠贞正要辩解，又有人敲门。门一开，又是局里的一位科长。从进门到离去，情形和小柳差不多。少不了寒暄，少不了苦口婆心，少不了推让一番。那科长走后，倪布然静了静，他叮嘱沈惠贞："再有局里的人来，就说我不在。"说罢进卧室去看书了。

第二天一上班，倪布然收拾了一下办公室，就到汤银汉的办公室去。

"准备得怎么样了？"汤银汉问。

"可以做了，"倪布然回答道，"这事儿夜长梦多，宜早不宜迟。"他说着，就把局里有人走动的事委婉地说了说。

汤银汉听罢笑笑，说："不瞒你说，昨晚有几个人就到我家里去了。"他收了笑容，"更让人为难的是，市上的个别领导，还有其他部门的几个领导，给我打电话，为我们的某些人说情，让我照顾一下谁谁谁。这样折腾你几天，谁受到了呀！"

"没想到局里干部的动作这么快，"倪布然带点调侃意味地说，"在这么短的时间内，就动员了局内外、甚至市内外各方面的力量，真有点出人意料。"

汤银汉苦笑一声："现在的机关干部，哪个没有人际关系？一个局里就这么些人，你动一个人，谁知道会扯上哪个关系，触动哪个人物的神经，得罪他的多少'兄弟'。所以呀，倪局长，你说得没错，夜长梦多，时间拖得越长，来自方方面面的压力就越大。你如果准备得差不多了，下午就召开动员会，把这事向大家讲清楚，让他们不要再跑了！"

"好，"倪布然说。接着，他俩把会议的议程商议了一下，他便去准备动员会的有关材料。刚到他的办公室，就有电话打了进来。他一接，是个熟人。寒暄两句，就说到竞争上岗的话题上来了。一说这个话题，就要他照顾一下某某某。他不得不费好多口舌解释一番。刚放下话筒，电话铃又响了……就这样，此类电话不断地打进来，打电话的有本局的干部，也有他的熟人、朋友、甚至领导。扰得他无法工作。他只好关了手机，拔了电话线，关闭门户，调整了一下情绪，做他应该做的事。

汤银汉也关了手机，分别去了组织部、人事局和市纪委。就笔试、面试和考察等事宜进行了协调、沟通，并寻求得他们的支持和帮助。这事是机关治理工作的一部分，也是组织人事工作的一部分，是这些部门份内的事。因此，这些部门都非常支持他，乐于帮助他。要人给人，要政策给政策。没费多大的口舌，就确定了所有参与这次行动的人员、方式和程序。

一切准备就绪，下午的动员会便如期召开了。会上，倪布然宣读了竞争上岗工作方案，汤银汉作了动员讲话，取得了预期的效果。接下来，便进入实战阶段。

第二天一上班，倪布然就和组织部、人事局及市纪委抽调的人员秘密入住一家宾馆出题。在此无须赘述。

下午四点钟，笔试试卷按时送进考场，分发给考生。考生们在预定的时间

内交了卷,他们于晚七点钟带着卷子,秘密转移到另一家宾馆紧张地阅卷。

次日上午九点钟,用抽签的方式确定了面试考官,由他们组成了评委会。九点半,面试开始。至晚七时,面试结束,由市纪委派出的人员当场宣读了各岗位决出的人选。之后,正式报市委组织部,按程序进行考察、任命。这次竞争上岗工作圆满结束。由于全程都有组织部和人事局的人员参加,市纪委派员监督,加之计划周密,安排妥当。整个过程严谨、缜密,滴水不漏,完全做到了公平公正。因此,局里的干部职工心服口服。就这样,各岗位人员到位以后,按照各自的职责正常运转起来。

不久后的一天,汤银汉到倪布然的办公室里。他坐下来,说:"这段时间你辛苦了。"

"没事,"倪布然说,"干这么点儿事,算不了什么。"

"嗯,你可不要小瞧了这次竞岗活动。"汤银汉由衷地说,"各科室的人员到位以后,对自己的岗位基本上还是满意的。这样一调整,全局干部职工的气顺了,干劲足了,工作效率也大大地提高了。这是我在以前万万没有想到的呀!"

倪布然笑笑:"中国有个传统,不患贫而患不公。只要我们走得正,行得端,做事公平公正,大家就会服你,就会对你心悦诚服。只要大家心正气顺,一心一意干工作,就没有做不好工作。你说是吧?"

"是这样的,"汤银汉说,"不瞒你说,通过这次活动,大家对你也是刮目相看。都说你什么呢?说新来的这位副局长呀,不但能说会写,而且公道正派,能文能武,还挺会办事的。"说到这里,他往前凑了凑,轻声说道,"我对你也是寄予厚望的呀!"

"汤局长过奖了。"倪布然真诚地说,"有什么事,你尽管吩咐,我会尽力而为的。"

"手头还真有一件难缠的事,你看看这个。"汤银汉说着,把一份材料递到他的手上。倪布然接过来一看,是本局检查科的一份汇报材料。说的是芜泯县某部门违规收费的处理情况。他看完后问汤银汉:"这事过去处理过?"

"处理过,但一直处理不下去。"

"为什么呢?"

"一言难尽哪。"

"那你的意思是……"

"我是想让你接手处理这事儿,"汤银汉说,"难为你了,这件事过去一直由另一位副局长负责，处理了几次，受到的阻力很大，最终都无果而返。你刚到局里，就让你接手这种棘手的工作，真是不好意思。"

倪布然笑笑说："你多虑了，汤局长。工作上的事，你该怎么安排就怎么安排，不存在好不好意思的问题。"

"那好，"汤银汉直截了当地说，"你先了解一下情况，认真地考虑一下，拿出个处理意见来。过两天我们再商量，看采取什么措施比较妥当。"

"好的。"倪布然回答道。

他俩就样说着，汤银汉的手机响了。汤银汉接完电话，对倪布然说："梅能的病情恶化了。"

"怎么回事？不是已经醒过来了吗？"倪布然惊讶地问。

"不知怎么回事。我们还是过去看一下吧！"汤银汉说着，给司机打了个电话，让他把车开到楼下，起身往楼下走，顺便叫上新任办公室主任小柳，以及梅能任过科长的审批科的新任科长小汪，一块儿到医院去。

三十八　红叶丧夫前路茫茫，布然铁面再破难题

他们赶到医院里，梅能正在抢救，别人都在抢救室门外候着，在那儿干着急。梅雪、梅雨和杨红叶流眼抹泪的，气氛非常紧张。郜子达见他们来了，就上前去打招呼。

"情况怎么样？"汤银汉问郜子达。

"深度昏迷，呼吸都困难了。"郜子达回答。

汤银汉他们隔着门上的小窗口看了一下，梅能身上插满了各种各样的管子，戴着呼吸机，身旁围着几个医护人员，进行紧急抢救。看到这里，汤银汉问郜子达："大夫是怎么说的？"

"凶多吉少。"郜子达回答。

"情况到了这一步，我也就有什么说什么了，"汤银汉说，"大夫在救人，别人也帮不上什么忙，该准备个啥准备一下吧。"

"做手术的那天，就有所准备了。"郜子达回答道。

这么说着，倪布然把梅雪她们劝到走廊里的椅子上，和她们坐在一块儿，说一些宽心的话，安定一下她们的情绪。过了一会儿，医护人员陆续从抢救室出来，家属被告知，病人已经停止了呼吸。

就在这一刻，杨红叶成了寡妇。同时，她在这个家庭中所受的一切凌辱和暴力也从此结束了。这个噩耗在她的预料之中，她听了以后，显得异常冷静。梅氏姐妹扑进抢救室，号啕大哭。杨红叶白一眼郜子达，郜子达便跟着她进了抢救室，其他人也都跟了进去。她擦一把泪，看着躺在抢救台上的梅能，足足看了一分钟。她拉一把梅雪，平静地对她说："大姐，该办后事了！"

梅雪擦把眼泪，拉一把梅雨，姐妹俩停止了哭泣。梅雪扫一眼大家，对站在一旁的郜子达说："你给殡仪公司打个电话，让他们来两个人吧！"接着对杨红叶说，"你把准备下的东西拿出来。"郜子达和杨红叶按她的吩咐去做了。她对一旁的汤银汉和倪布然说，"谢谢二位局长了。这里的事有我们呢，你们都是大忙人，先回去忙吧。有局里出面的事，再和你们联系。"

"这样吧，"汤银汉对梅雪说，"汪科长留在这儿，和你们一块儿办眼前的事。我们先回去，有什么事，随时和你们商量。"

汤银汉他们走后，殡仪公司的人就来了，他们收敛了梅能的遗体。梅雪便指挥着家人移师杨红叶家，把办理丧事的指挥所设在这里，指挥办理梅能丧事。他们在自家的楼下搭起了一个帐篷，设下了灵堂，供前来吊丧的亲友凭悼。接着便发送讣告，开追悼会。最后送往殡仪馆火化，至此梅能的人生永远地落下了帷幕。这里不再细述。

逝者已矣，生者还要生活下去。办完梅能的葬礼，亲属都聚集到杨红叶的家里，商量杨红叶家以后的生活。

"如果想开歌厅，就先开着，"梅雪拉着杨红叶的手说，"如果不想开，就到我的公司来帮帮我，随便干点什么，日子就过去了。"

"大姐说得对，"梅雨劝说红叶道，"一个人开歌厅也不是个事，还是到大姐那儿，一来帮帮大姐，二来图个消停。"

杨红叶听着两个大姑子的话，却把目光投向郜子达。郜子达看她一眼，又看看梅雨，有意避开杨红叶的目光，没有说什么。她见他这样，说道："大姐二姐的心我领了。我想着，我还是开我的歌厅，能开几天算几天。哪天开不下去了，再去找大姐，这样行吗？"

"我看够呛，"梅雨说，"经营歌厅那是晚上干的个营生，你没早没晚的，谁来照管恬恬？恬恬还小，正是需要你照管的时候。"

梅雪看看妹妹，她知道妹妹的意图，是想让杨红叶远离郜子达，防止他俩再粘乎到一起。但这事还是要尊重杨红叶自己的意愿为好，不能太强求。于是对梅雨说："红叶想继续开歌厅，还是随她的愿好了。"她转身对杨红叶说，"至于恬恬，就由我来照管，你专心开你的歌厅。哪天不想开了，你

再告诉我,这样可以吧?"

杨红叶瞅一眼梅雨和郜子达,对梅雪说:"可以,大姐。"

接着,又扯了一些家务事,随后,各干各的事去了。杨红叶到行政事务局去办理善后事宜。什么丧葬费呀,抚恤金呀之类的,都少不了局里填表,签字盖章。到了局里,正碰上倪布然,两人客气了几句,就到他的办公室去。她坐下来,倪布然叫来小柳,把她办手续的事交待给他。对他说:"该办的什么手续,一次性办好,不要让人家三番五次地跑。"

小柳正色道:"嫂子你放心,有啥跑腿的事尽管吩咐。"

"谢谢你了。"杨红叶说着,就把有关的证件、发票什么的交给了小柳,小柳接过来,看了看,就告辞走了。

"家里都安顿好了?"倪布然问。

"也没啥安顿的,"杨红叶说,"谢谢你了倪局长,梅能这事,你没少操心。你刚上任,他就给你惹了那么大的麻烦。这不,还没来得及给你道歉,他就这样匆匆地走了。只有我替他向你赔个不是,还望你大人不见小人过,不要往心里去!"

倪布然说:"这话过了,一块儿共事,谁没个碟儿大碗儿小的。可惜的是,还没怎么共事,他却早早地走了。"

"迟早的事,"杨红叶说,"说句对亡人不恭的话,他造得孽太重,天理难容呀!"

"过去的事就让它过去吧,"倪布然换了话题说,"以后有什么打算,歌厅还开不开了?"

"先开着再说吧,"杨红叶说,"你这儿有应酬的事,能去就去捧个场。"

"没问题,"倪布然说,"有什么需要局里帮忙的,尽管说。"

"好的。"她说着站起身,"我走了,不打搅了。"倪布然也站起来,把她送到楼梯口,道声再见,望着她一步步走下楼去,直到看不见她了,才叹口气,转身返回他的办公室。

倪布然处理了几份文件,给检查科打了个电话,让他们的科长魏明过来一下。放下电话,他从一个文件夹里抽出芜泥县违规收费案的相关材料,翻了翻,魏明就敲门进来了。

"芜泥县的那个案子核实得怎么样了?"魏明刚一坐下来,倪布然就问他。

"按你的要求,我们又核实了一遍。科里也讨论过几次,我们认为这个案子证据确凿，事实清楚。他们对他们的违规行为也供认不讳。"魏明说道。

"那为什么这么长时间处理不下去？"

魏明不自然地笑笑，没有正面回答。他望着倪布然，叹口气说："行政执法难，本来就是一个普遍存在的问题，也不光只有我们行政事务局有。"

"那你们过去采取过什么措施没有？"

"发过退款通知书。"魏明回答道，"按照有关法规，违规收费的收入，能退的首先要退。无法清退的，才予以没收，并视情节轻重处以一定数额的罚款。"

"哦，"倪布然沉吟道，"退款通知发下去以后，他们无动于衷，是吧？"

魏明点点头："是的。"

"那你认为症结在哪儿？"

魏明笑笑，欲言又止。倪布然也笑笑，对他说："有什么就说什么，有什么不好说的！"

"你也知道，"魏明回答道，"什么事都离不开领导的支持，县里的主管领导不支持，甚至姑息纵容，案子就很难处理下去。"

"县上谁分管这项工作？"

"麻县长。"

"哦，是麻佩锦。"倪布然问，"下一步怎么做，科里有什么意见？"

"局里怎么定，我们照局里的意见办。"

倪布然冲他笑笑，说："跟我也耍滑头呀！"接着他说，"什么事都等局里定好了再办，还要你们这些科长干什么！"

魏明尴尬地笑笑，恳切地说："真的，倪局长。这事关键要看局里的决心，只要局里下了决心，再难的案子也办得下去。"

"照你这么说，过去局里没有下过决心？"倪布然不满地问。

"也不是。"魏明说，"有些事是说不太清楚的。"

"好，说不清楚就不说了。我们说今后的事，"倪布然正色道，"你准备一下，最近几天，我们去一趟芜泯。"

"好的。"

魏明出去以后，倪布然把这个案子的材料又看了一遍，半闭着眼沉思了一会儿，起身到汤银汉的办公室去。两人客套了几句，倪布然说："芜泯的这个案子，该有个了断了。"

"嗯，"汤银汉说，"想必你考虑成熟了。"

"算不上成熟，"倪布然说，"我想我俩去一趟芜泯，先礼后兵。先做做县里主管领导的工作，求得他的支持。如果能做通，当然最好，按程序该怎么结就怎么结。如果做不通，就只能走司法程序，申请法院强制执行了。你说呢？"

"最好不要动司法，"汤银汉有点忧虑地说，"弄不好会闹僵和县上的关系，说不上还会得罪一大片人。"

"只要我们处以公心，依法行事，我想大家还是可以理解的。即使不理解，那为了老百姓的利益，就是得罪一些人，我觉得也是值得的。"

"这个理谁都懂，"汤银汉说，"可涉及到具体问题，就没那么简单了。"他停了一下，说，"要不你先去和他们接触一下，再探探他们的底线，然后再说。行吗？"

"这样也好，"倪布然说，"咱俩去，如果达不到预期的效果，那可就没有退路了。我和科里的同志先去，有什么难处，后边不是还有你嘛。"

汤银汉笑笑，说："你就别给自己留后路了，你带着科里的同志冲锋陷阵，我给你们撑腰。如果需要市上的领导支持，由我出面协调。但具体工作，主要靠你。"

"那好吧，"倪布然说，"我先走一趟吧。"

第二天，倪布然带着魏明和小秦前往芜泯县。他们到达电话约定的地点——芜泯宾馆。县机关事务局的吴局长和他的几个部属，以及涉案部门的范主任和他的人马都在这里候着。宾主客套了一番，吴局长就要带倪布然他们到预订的房间里休息。

"我看就不休息了吧，"倪布然看看表，"在哪里谈，直接到那儿去，节省点时间，也节省几个住宿费。"

"这也有点太紧张了，倪局，"吴局长说，"麻县长这会儿有点事，可能要等一等的。"

"没关系，我们先谈，边谈边等他。"倪布然执拗道。

吴局长和范主任他们又说了一些车马劳顿的话，劝了一阵子还是劝不过倪布然，吴局长就说："那就恭敬不如从命了，直接上会议室吧。"说着，带他们上了楼，到会议室里去。会议桌上摆放着水果、香烟和茶水，他们边吃边喝边聊。魏明和小秦就材料上的一些问题与范主任他们闲扯着，因为麻佩锦没到，不算正式会谈，双方就显得随意一些，你来我往，讨价还价。这样闲扯着，时间不知不觉过去了两个小时，还不见麻佩锦的人影，打电话给他，他说正忙着呢，一会儿就到。又过了一会儿，倪布然就有点着急。他半开玩笑半认真地说："这麻县长的架子可够大的。我看等是等不来了，还是我们登门拜访他去。"

吴局长他们就有点尴尬。说了一些客气话，也就随了倪布然的意，去县政府找麻佩锦。

到了县政府，敲开麻佩锦的门，他正坐在他的宝座上泡电脑呢。他没想到倪布然会来找他，多少有点不好意思。他站起身，和倪布然他们握手让座。倪布然开玩笑道："麻县长好大的架子，见一面比见皇帝老儿还难呀！"

"真是不好意思，"麻佩锦笑笑说，"老兄你也知道，县上的破事儿多，不像市级机关消闲。这不，刚打发走了一拨人，正准备到宾馆去向你汇报呢，你就来了。"

"恐怕是你这县太爷不愿见我这个老同学吧！"倪布然半开玩笑地说。

"哪里的话。"麻佩锦说着，问吴局长，"晚饭安排到哪里了？"吴局长说安排在芜泯宾馆呢。他就对倪布然说，"这样吧，时间不早了，我们到宾馆里去，打两把牌，叙叙旧，轻松轻松。工作上的事，明天再说，如何？"

"时间还早，还是先说工作上的事吧！"倪布然正色道。

麻佩锦没想到，倪布然居然跟他扛上了，就语带讥讽地说："倪局长是新官上任三把火，非要在我这儿烧一把不可。那好，我就成全了你吧！"听那口气，只差说出孙猴子做了个弼马温，不知天高地厚之类的话了。

谈话就这样开始了。魏明把检查的情况和局里的处理意见说了一遍。范主任一方是被查单位，当然不会轻易就范，接受处理。于是，找了一些牵强附会的"理由"，又摆了一大堆困难，请求倪布然高抬贵手，放他们一马。吴局长一方虽然也是行政执法部门，但在涉及到县上利益，当然就站到范主任一方了。他们也找了些理由，帮着被查单位说了许多要求宽恕的话。最后麻佩锦说："我们一直承认，市上检查的情况属实。而范主任他们说的也都是实情。如果要退，一是涉及面广，几乎不可能做到。二是时间跨度长，所收的钱都花掉了，县上又拿不出这么多的钱退。请倪局长重新考虑一下，还是从轻处理为宜。"

"这就是最轻的了。"倪布然说，"按照规定，除了退款，还可处以违法所得五倍以下的罚款。正因为考虑到你们的困难，没有考虑罚款。因此，退款是我们的底线，不能再轻了。"

麻佩锦见倪布然话虽说得柔软，但态度却是不容置疑的。于是他没好气

地说:"如果退不出来怎么办?"

"申请法院强制执行,而且在新闻媒体上曝光。"倪布然以不容置疑的口吻回答道。

这句话打在麻佩锦的软肋上。为了这件事,如果真的对簿公堂,再在新闻媒体上张扬出去,这将严重损害他的形象,从而影响他的前途。这比要他的命还要让他感到恐怖。他盯着倪布然看了一会儿,态度有所缓和地说:"老同学这点面子也不给?"

"麻县长,这不是面子的问题。我们是在谈工作,不是叙同学情谊。"倪布然不客气地回答道。

麻佩锦被逼到了墙角里。他知道他这位同学的脾气,在原则问题上说一不二,说到做到,不是吓唬他的。但在下属面里,他又不能就这样丢了面子,于是他给倪布然出了一道难题:"好,我们退。不过我有一个条件,我们把钱给你,由你们去退,行不?"

倪布然望着他的这位同学,心想,这显然给他为难,这件案子涉及千家万户,如果由局里来退,工作的难度可想而知。但为了群众的利益,再难他也在所不辞。于是他说:"谢谢麻县长,只要你把钱退出来,其他的事就由我们来办好了!"

"好,"麻佩锦对吴局长和范主任说:"你们把账算好,很快退给倪局长。"

"不是退给我倪某人,"倪布然较真道,"是咱们错收了谁的钱就退给谁。"之后,他恳切地说,"得罪了,老同学。还望你能理解。"

麻佩锦冷笑道:"理解得很,怎么能够不理解呢。好了,我还有事,失陪了。"说着他站起身,往外走去。倪布然摇摇头,和吴局长他们一起返回宾馆。稍事休息,双方人员就商议怎么算账,怎么办手续这样的事了。

三十九　倪布然甘做"二傻子"，拒采访得罪无冕王

倪布然他们在芜泯县住了两天，把违规收取的钱如数退到市行政事务局的账上。回到局里，他向汤银汉做了汇报。汤银汉听完汇报，开心地笑笑，由衷地赞许道："这块难啃的骨头，终于被你给啃下来了。"

倪布然也笑笑："这事儿，其实没有多难，关键是坚持。"他深有感触地说，"我在参加公选的过程中，有人在领导那里反映说，我原则性太强，灵活性不够，不适宜担任领导职务，恐怕指得就是这个。我就想不明白，有些事，法律法规规定的清清楚楚明明白白，按照规定该怎么做就怎么做，干脆利落，又省事又有效率。但在实际工作中，做起来为什么就那么复杂，那么难呢！"

汤银汉叹口气："说起这些来，那就不是一两句话就能说得清的了。像芜泯县的这件事，要说依法办事，处理得算是轻的了。即使这样，也还是免不了得罪一批人。好了，得罪就得罪吧，钱退回来了，你打算怎么退给群众呢？"

"我考虑由我们直接退到群众手中。"

"嗯，"汤银汉若有所思地说，"这事涉及千家万户，直接退到农户，那工作量可就大了。退到各乡镇，由乡镇负责退到农户，你看这样行不行？"

"还是一步到位的好，"倪布然说，"免得个别乡镇居中截留。"

"好吧，一步到位就一步到位。怎么个退法，想必你考虑成熟了。"

"我想这样，从各科室和芜泯县局抽调一部分人，组成几个工作组，进驻芜泯县，分片包干，逐村退还。你看行不？"

汤银汉考虑了一下，表态道："行，就这么定了。"

两人议定后，倪布然便调兵遣将，率部前往芜泯县。他将人马分成四组，分东西南北四个片，分赴各乡镇，深入各村和各相关单位，每到一村或一单位，设立退款点，通知群众领取退款，把钱直接发放到群众手中。在各村党支部和村委会以及相关单位的大力配合下，他们在一周多的时间内，将非法收取群众的钱如数退还给了群众，在群众的一片赞扬声中凯旋。

回到家里，倪布然一屁股坐落在沙发上，长长地出了一口气。

"回来了？"沈惠贞看着他疲惫不堪的样子，语带讥讽地问。

他抬眼望着她，慵懒地回答道："嗯。"接着问道，"你怎么没有去上班呀？"

"中午喝了几杯酒，头有点痛，给处里打了个招呼，就没有去。"说到这里，沈惠贞皱着眉头吸了几下鼻子，揪着他的衣服就往起来拉他，"快起来，起来。你闻闻你身上这味儿，还不脱下来，去把澡洗了！"

"神经病呀你，"倪布然不好气地说，"人家累成这样，一点也不知道心痛自家的男人！"

"我心痛你？你以为你立功了呀！"沈惠贞一屁股坐在他的旁边，正色道，"孙猴子做了个弼马温，不知天高地厚了。在机关上，哪有你这么工作的。人家都说多栽花少栽刺，你倒好，人家都不愿意啃的骨头让你给啃了，不愿意得罪的人让你给得罪了。你又不是不知道，那麻佩锦和市上的领导是什么关系，那是你能得罪的起的呀！我问你，你还要不要进步了？是不是打算在行政事务局当一辈子副职呀！"

倪布然一轱辘翻起身，不认识似地看着她，没好气地说："你这是什么话？这是我的工作，我在这个位子上工作一天，就要负责一天。我只不过做了我应该做的事，怎么就得罪这得罪那了？即使得罪了，又有什么了不起！我告诉你，我宁愿不要什么'进步'，宁可在行政事务局的位子上呆一辈子，也不会随波逐流，庸庸碌碌，无所事事。那不是我的风格！"

沈惠贞冷笑一声："哼，什么叫风格？这叫迂腐。怪不得人家把你们这些公选出来的干部叫'一次性干部'。脑子里一根筋，一条道走到黑，在官场中扎不下根，始终像片浮萍一样漂在水面上，怎么可能不是'一次性'

的！再说了，麻佩锦不是你的同学吗，你的那些个同学怎么看你，你往后还怎么和他们交往？真不知道你这脑子是怎么长的！"

"行了，行了。我脑子进水了，我是笨蛋，我是二傻子行了吧！"

"知道自己是二傻子就行，以后学着点。"

"学什么？学怎么溜须拍马，学怎么趋炎附势，学怎么投机取巧？老实说，我做不到！"

沈惠贞冷笑一声，讥讽道："那你就继续当你的二傻子吧！"

倪布然赌气道："只要人民需要，社会需要，这二傻子就得当下去！"

"好吧，那你就当吧！"沈惠贞说着，站起身，气呼呼地向卧室里走去。

"不就洗个澡吗，也至于这样吗？"倪布然也站起身，走进卫生间去洗澡。

沈惠贞从卧室里出来，收起他脱下的衣服，塞进洗衣机，自言自语道："唉，真是江山易改，秉性难移。这样下去，怎么得了呀！"正说着，倪布然的手机响了。沈惠贞向卫生间喊道："你的电话。"

卫生间传出声来："你帮我接一下。"

沈惠贞拿起手机，不经意间看了一眼屏幕，上面显示着一个熟悉的名字。她稍稍犹豫了一下，还是摁下了接听键，那头便急急火火地喊了一声"布然，你在哪儿？"

沈惠贞没好气地回敬道："他在洗澡，请问有什么可以代劳的吗？"

半天，那头才回答："哦，是沈处长呀，有点小事，我找一下倪局长。"

"他在洗澡，要不要给你叫出来？"

"不用，不用，过一会儿我再联系。谢谢你了，再见。"

"再见。"沈惠贞说着，关了手机，扔在茶几上，打开电视机看了起来。

倪布然洗完澡，出来边穿衣服边问："刚才谁的电话？"

"你自己看。"沈惠贞没好气地说。

倪布然刚想说句什么，又没有说。他看一眼沈惠贞，拿起电话翻拣了一番，就摁下了回拨键。"喂，梅经理呀，你有事？"

"有点小事，想找你说说。"

"你在哪儿？"

"在你们局里。"

"那好，我马上过去。"

"不用，不用。你刚从乡下回来，不好意思劳你大驾。"

三十九 倪布然甘做"二傻子"，拒采访得罪无冕王

"没关系。你稍等,我这就过去。"倪布然放下手机,穿好衣服,对沈惠贞说,"梅经理有点事找我,我去一下。"

沈惠贞讥讽道:"这会儿不累了?也不养养精神了再去,免得让人家失望。"

"你这是什么话,人家急着找你,肯定是工作上的事,动不动就往歪里想,你阳光一点好不好。"

"哼,'布然',你听听,多阳光呀!"

"喊,不可理喻。"倪布然说着,就出了门,拦了辆出租车,赶到局里去。

到了局里,梅雪在局办公室等他。他俩到倪布然的房间里,寒暄了几句,倪布然问:"找我怕是有什么急事吧?"

"也没什么急事,"梅雪说,"这几天不见杨红叶,怎么也联系不上。我这心里七上八下的,就想找个人说说。别处办了点事,路过这里,才知道你刚从乡下回来,就给你打了个电话,碰巧你又洗澡,嫂夫人不会有想法了吧!"

倪布然笑笑,说:"没事。"接着问道,"你是说杨红叶不见了?"

"是呀。这几天恬恬想她了,一直联系不上。不会是出什么事了吧!"

"你们最后一次联系是什么时候?"

"前几天给我来过一个短信。我问梅雨,她说她也收到过她的短信,此后就没有联系过。这种情况以前从未发生过。"

"哦,你的意思是……"

"我想,如果没什么不方便,请你找找郜子达,看他知不知道红叶的行踪。"

"你们没找过他?"

"找过。他说他也不知道,但我有种感觉,觉得他和红叶之间发生了什么。前几天有人看见,他和杨红叶接触比较频繁,好像还发生过什么不愉快的事。"接着她补充道,"我们女人家,有些话不好说。你们一直是同事,也许说起来会方便一点。"

"好吧,你觉得有这必要,我找他聊聊。看能不能看出点什么蛛丝马迹来。"倪布然说,接着转了话题劝她道,"你也不要有什么心理负担,也许是你多虑了。"

"但愿是我多虑了。"

他俩这样说着，叶冰清敲响了他的门，她笑眯眯地看着他俩，开口道："梅经理也在这儿呀，那我就不进去了。"

"没事，没事，进来吧！"倪布然让道。

"如果不打搅，我就进去了。"叶冰清说着进了门，坐在梅雪的旁边。

梅雪起身说："我的事儿说完了，旧客让新客，我走了。"

叶冰清开玩笑道："你看我来得多不是时候！"

梅雪没有心思开玩笑，她说："你们聊吧，我还有点事。"说着跟倪布然和叶冰清招招手，就往外走。

他俩起身把她送到门外，倪布然对她说："我抓紧时间过去一下，一有消息就和你联系。"

"谢谢你了。"

送走梅雪，他俩回到屋里，叶冰清问："你要出去呀？"

"不急。"倪布然说，"就是有什么急事，也得给叶大记者让路。"

"别虚情假意的了，"叶冰清说，"长话短说，从电视里看到你们给群众退款的事，我们总编非常重视。说这是机关治理工作开展以来最具典型性的一件事，要我们组织一篇长篇通讯，在《乌酉日报》发表的同时，组织力量向外宣传，争取在省报甚至中央级的报刊上发表。这个任务落在我的身上了，你可要配合一下哟！"

"喊，这是哪跟哪呀，风马牛不相及，还典型呢。"

"这么说你是不配合了？"

"不是不配合，是这事跟机关治理工作无关。这是我们的正常业务工作，我们做了我们该做的事，没有什么可宣传的。更不应该跟机关治理扯一块儿，来沽名钓誉。"

"这就是你的不对了。"叶冰清正色道，"也许在主观上，你觉得这是你的正常业务，但它正好发生在机关治理工作的关键时期。宣传这样的典型，对推动全市的治理工作是有示范作用的。你想想，是不是这么个理呀！"

"你要这么理解，我也无可奈何。"倪布然说，"但你要我昧着自己的良心去'配合'你，恐怕要让你失望了。"

"这没关系，只要你把这次退款的过程和基本情况告诉我，其他事情就不用你劳心了。"

倪布然望着她，不认识似的。"小叶，忠实于事实，是新闻记者必须遵守的职业道德。我一直认为，你是个称职的记者呢！"

"我知道倪局长,"叶冰清说,"我保证在记述这件事时,绝对忠于事实。"

"这点我不怀疑,"倪布然说,"可你在主观上一定会把它和机关治理工作扯到一起。而事实上这两者之间没有关系。"

"这你就有点迂腐了吧!"

"你也这样说我?"倪布然想起刚才沈惠贞也说过他迂腐的话,就脱口而出。

"对不起,我失言了。"叶冰清说,"并请你理解,我这也是为了工作。"

倪布然半闭着眼想了想,对她点点头,说:"我提个要求,你在报道这件事时,不要提我的名字。"

"可以。"叶冰清答应道。

"那好,请我们检查科的魏科长给你聊聊,他参与过这事的全过程,而且他还熟悉这事的来龙去脉。"倪布然说着,就给魏明拨了个电话,不一会儿他就来了。倪布然就把这事交待给魏明,叶冰清不大情愿地跟着魏明出去走了。

送走叶冰清,他正要给郗子达打电话,汤银汉进来了。两人寒暄了几句,倪布然就把叶冰清采访退款工作的事说了说,汤银汉就说:"这事已经得罪了不少人,我看还是不要大张旗鼓地宣传为好。"

"宣传部门列为机关治理工作的典型,要不要宣传,就不是你我能够左右得了啦!"倪布然说。

汤银汉叹口气:"随它去吧。"接着他说,"这段时间你辛苦了。好好休息几天,我想让你把医疗卫生体制改革方案中我局承担的那个分项目接过来。这事儿时间长了,拿过几个方案,上了几次政府常务会,都没有通过,也是块难啃的骨头。都说鞭打快牛,我只好打你了!"

倪布然笑笑:"再难的事,都得人去做,你就不用客气了。"

"好吧,到点了,没事就回家吧。"汤银汉说。倪布然看看表,到下班的时间了,也就放弃了给郗子达打电话的念头,心想,只有等明天再说了。

四十　痴心女求夫望家心切，负心汉失手险伤人命

第二天一上班，倪布然处理了几份文件，就到人文学院去找郜子达。进了他的门，见郜子达瞪大了眼睛，痴痴地望着他。倪布然怔了一下，向他打声招呼，伸出手，上前和他握。他才如梦初醒般地站起身，边握手边开玩笑道："哎哟，什么风把你给刮来了。"

"到附近单位办了件事，路过学院门口，就情不自禁地进来了。"倪布说罢，为自己脱口而出的谎话而脸红。

"想必是来看女同学的吧！"郜子达用怀疑的目光看着他，这样调侃道，"这不先看你来了嘛？"

"那好，那好。坐坐坐，坐下来好好聊聊。"倪布然坐下来，郜子达朝外面喊了一声，就有人进来，给倪布然泡了杯茶，放在他的面前。倪布然说声谢谢，那人说不用谢，就出去走了。郜子达坐回到自己的座位上，故做镇静地说，"到那边去以后，干得有声有色的，前途无量呀老兄！"

"承蒙夸奖，"倪布然敷衍道。他这会儿正想着说点儿什么，才能引出杨红叶这个话题，没有心情与他闲聊。于是说道，"行政部门都是一些琐碎事儿，梅能去世以后，在局里还有一些手续没办，和他的爱人杨红叶一直联系不上，今天来了，顺便问问，你这儿有没有她其他的联系方式？"

听到这话，郜子达本能地睁大了眼睛。他的脸上掠过一丝惊恐的神色，

便神情呆板地盯着倪布然看。过了几秒钟，他像从遥远的过去回到现实中似的，答非所问。之后，就有点语无伦次，接着便胡言乱语了。倪布然看得出来，这个郜子达呀，一提到杨红叶，就像拨动了他某根敏感的神经，点到了他某个痛楚的穴位。使他神色慌张，甚至有点惊惶失措。倪布然想，他是有意掩饰着什么，还是他内心隐藏着什么不可告人的隐私。这样想着，倪布然站起身，走过去和郜子达握握手，他明显地感觉到，郜子达的手在发颤，目光也尽量避免与他的目光正面接触，这让倪布然更加不安。"好了，我走了，以后有空再聊。"

郜子达送走倪布然，额头上渗出了汗珠，心也咚咚地跳个不止。他坐到沙发上，前几天发生的那一幕，便恶梦般地浮显在他的脑海里。

那天，他刚从省城回来，向老爷子汇报情况。

"见到你罗叔叔了？"老爷子问。

"我说老爷子，"郜子达不满地说，"你再别罗叔叔、罗叔叔的了。那都是过去的事了，现在还这么叫，多肉麻呀！"

"那你叫人家什么呢？"

"人家有官衔，罗部长。"郜子达说。

"好吧，罗部长就罗部长吧，"老爷子一本正经地说，"事儿到底怎么说的？"

"情况还可以，"郜子达回答道，"给市里的主要领导都打过招呼了，市里的领导基本上答应了。"

"如果罗志是认真的，市里的领导不会不答应。"老爷子有点得意地说。随后叮咛道，"在这段时间里，你小子老实呆着，可别惹出什么事来。"

"你怎么老想着我会惹出什么事来，"郜子达嗔怪道，"哪有那么多的事！"话音未落，他的手机响了起来。一看，是杨红叶的，不觉笑了笑，对老爷子说，"是一朋友的电话。"边说边走到阳台上，摁下了接听键，没好气地问："嗯，什么事？"

那边就半嗔半娇地问了一声："你回来了呀，回来也不吱一声，你这没良心的！"

郜子达悄声回道："我这会儿在老爷子这里呢，过一会儿给你打过去。"说罢就挂了机，回到客厅里，对老爷子说，"我出去有点事，我的事你老就多费点心吧！"说着就往外走。

出了门，他回拨了杨红叶的手机，接通后，他说："嗯，我这会儿出来了，你有啥事你说。"

"没事就不能打个电话呀，"那头说，"到我这里来吧，晚饭我都准备好了。"

郜子达看看表，快到晚饭时候了，就答应了她。挂了机，打的去了杨红叶家。开门进去，见客厅里没人，就喊了一声"红叶"。卧室里传出杨红叶娇滴滴的、令人心醉的一声"哎"。郜子达便蹑手蹑脚地踅摸到卧室里去。到了卧室门口，向里望去，窗帘拉得严严实实的，透着纷红色的光。郜子达的目光落到床上，杨红叶穿着一套真丝睡衣，靠着床头，斜躺在那儿，冲着郜子达微笑着。杨红叶天生丽质，此刻的睡姿与眉眼，看上去性感动人，勾人魂魄。郜子达靠在门框上，色迷迷地看着红叶，一股热浪涌上脑门，便有了一种眩晕的感觉。

"过来呀！"杨红叶扭动了一下身子，柔声说道。郜子达急忙走过去，弯腰在她的额头上亲了一下，一股女人特有的气息沁入他的心脾，让他不能自已。他顺势压上去，一边狂热地吻她，一边动手动脚，宽衣解带。当他剥尽自己，摸索着进入她身体的一刹那，杨红叶猛地一下翻起身，迅速脱开他，从另一边下了床，妩媚地看着他，仍然冲他微笑着。郜子达胸中的火焰燃得正旺，并没有因杨红叶的一盆凉水而熄灭，而且被她戏弄得更加狂操不已。他稍微怔了怔，便讪笑着从床脚处绕过去，就往她的身上扑。她一闪身躲过他，向门口跑过来，斜依在门框上，仍然向他搔首弄姿。

"这是何苦呢！"郜子达强忍着心中的煎熬，红着脸说道。

"你有本事过来呀！"杨红叶打个手势，勾引着他。他慢慢地走过来，靠近她，轻轻地抱住她，一边心肝宝贝地叫着，一边在她的脸上乱吻。杨红叶突然收敛了笑容，木桩似地站在那儿，任他抱着搂着缠着，在她身上摩挲着，哼哼哧哧地就泄火了。

他慢慢地放开她，她看着他那狼狈像，一脸正经地问道："郜子达，你说我们这是干什么呢！"

郜子达看着她，没好气地说："你说呢？"

杨红叶瞪着他，字正腔圆地对他说："我告诉你郜子达，我虽然是个寡妇，但我要的绝不仅仅是一时之快。"

"那你想要什么？"郜子达马上警觉起来，试探性地问。

"你听好了，"杨红叶看着他，大声说道，"我要的是丈夫，我要的是一个家。"

郜子达怔怔地看着她,他料到杨红叶迟早会提出这个问题,但没料到她在这个时候,用这样的方式提出来,弄了他个措手不及。

"没听明白?"杨红叶调侃道,"那我说得直白一点,我要和你结婚,这下明白了吧!"

郜子达点点头,轻声问道:"我说过要和你结婚的话吗?"

"什么?"杨红叶厉声道,"你想耍赖?"

郜子达想一想,他隐约记得,在他俩缠绵悱恻的时候,他说过要和梅雨离婚和她结婚的话。但那是在迷醉状态下的疯言痴语,就像醉话一样,跟放屁差不了多少,完全不必当真。但他可以不当一回事,而杨红叶却不会不当一回事。"对不起,"他说,"过去可能说过一些过头的话,实在对不起。"

"哦,原来你一直在耍我?"杨红叶愤怒道,"多少年来,那些甜言蜜语都是骗我的呀!"

郜子达见她怒气冲冲的样子,柔声道:"话也不能这么说。红叶,你给我一点时间,让我想想,好吗?"

"还想什么,这么些年来,还没有想清楚呀!"

"你看,"他用哀求的口吻说,"最近我正在跑着调工作呢,你想想,离婚这事本来就麻烦,传到社会上,影响多不好。你再等等,等我的工作调好了,再处理咱们的事,这样好吗?"

"哼,"杨红叶瞪着他说,"工作调好了,又要跑着升官了。我还不知道,你把升官看得比命还重要,哪里还顾得上处理'咱们'的事!"

"好了,红叶,"郜子达上前拍了拍杨红叶的肩,"这会儿有点事,我先走了,咱俩的事,过几天再说,好吗?"说完,他就迈开步子,准备溜之大吉。

"你要溜?"杨红叶一把拉住他,"你不把话说清楚,就别想从这里走出去!"

"我真的有急事,"郜子达说着,甩开她,就往外走。杨红叶也黑下脸来,拉住他,非要他说个清楚道个明白不行。两人就这样纠缠在一起,你推我拉,谁都不依不饶的,从卧室纠缠到了客厅里。郜子达站在那儿,脸上表现出吓人的神情,他盯着杨红叶,厉声问道:"你放开我,放不放?"说着用力一甩,嗵的一声,杨红叶重重地倒下去,仰面倒在大理石地面上。

郜子达怔了一下,便上前一步,蹲到她身边,见她眼睛睁得大大的,一动也不动。他轻轻地拍了一下她的脸,急忙喊道:"你起来,你别吓人,你起来，你别吓人！"他见她没有动静，就把手搭在她的鼻子下面，似乎还有微弱的呼吸。于是他抖擞着手从兜里摸出手机，按上了急救中心的号码。在他即将按下发送键的一刹那，他问自己，"这是干什么？也该想想这是什么时候！"随着这一声问答，他的手指离开了发送键，合上手机。他为自己刚才的举动出了一把冷汗，他要是拨了急救电话，在救杨红叶的同时，不是也把她俩的关系也公之于众了吗？在这关键时刻，这不是要他的命吗？他想想都有点后怕。他看着躺在地上的她，又问自己，"难道就这样看着她死吗？"这样一想着，他又叫了两声红叶，见她仍然没有动静，就又把手搭在她的鼻子下面试探了一下，感觉她已经没有呼吸。他大吃一惊，本能地缩回手，倒吸了一口冷气，惊恐地啊了一声，张开的口半天合不拢来。他呆呆地望着她，蹲在那里，不知所措。

　　他就这样呆了几分钟，从惊恐不已中缓过神来，清醒地意识到眼下发生了什么，意味着什么。他站起来身，慢慢地退坐到沙发上，谋划下一步的行动。报警吧，这当然是他的选择之一。可他一想报警后所遇到的一系列质疑，甚至陷入可怕的刑事诉讼案中，不要说他工作调动的事化为泡影，是不是由此而坐牢都未可知。想到这里，他长长地叹口气，坚决地摇了摇头。

　　还有什么选择呢？丢下她而逃之夭夭？他与她的关系已经处于半公开状态，而且他在她身上和在这个屋子里留下了太多的痕迹，他不大可能逃脱法律的制裁。

　　不能就这样毁了自己苦心经营的一切，自己年富力强，风华正茂，前程似锦，怎么可能被一次意外的失手而给毁了呢！想来想去，无计可施。他双手抱着头，痛苦地摇一摇。

四十一　倪布然访友释疑心，新受命欣然履天职

倪布然回到局里，想起郜子达的一举一动，总觉得有什么地方不大正常。于是他拨通了梅雪的电话，简单地说了说他和郜子达见面的情况和他的疑虑。梅雪警觉地问道："你觉得会不会出事？"

倪布然犹豫了一下，回答道："不好说。"他顿了顿，安慰道，"我想不会有什么事吧！"

稍许沉默，梅雪问他："你这会儿有没有空？"

"有事你说，我这会儿就在局里。"

"我想和你当面聊聊。"

"行"，倪布然说，"那就过来吧！"

"我老去你那儿，会不会影响你什么。你公选那会儿，有人可是拿我作过你的文章的！"

倪布然笑笑："身正不怕影子斜。况且我这儿是政府机关，这门就是为大家开的，不论是谁，随时都可以来，你怕什么！"

那头说："如果方便，你还是出来一下，找个地儿聊聊，这样消停一些。"

"也好，"他说，"地方就不找了，还是我到你那儿去吧！"说罢，倪布然把手头上急办的几份文件处理了一下，向办公室打了个招呼，打的向葫芦村奔去。

到了梅雪的住处，倪布然坐下来，对梅雪说："这事你还真上心了。"

"怎么能不上心呢，"梅雪面有忧郁之色，"红叶联系不上，生不见人死不见尸，恬恬马上就要上学了。唉，遇上这么些不争气的东西，搁谁头上，谁能安生得了！"

"恐怕是你想得有点多了，"倪布然安慰道，"人联系不上，也许另有原因，哪有那么容易出事的。"

"女人家，也许生性多疑。"梅雪说，"这些天，我从网上看到那些官员杀死情妇消尸匿迹的事，就心惊肉跳。"

倪布然笑笑："网上披露的那些事，都是一些极端的个案，属于个别现象。杀人匿尸，哪有那么随便的。还是你过于敏感了吧！"

"但愿如此，"梅雪话锋一转问道，"你说实话，郜子达那儿到底是个什么情况？"

细想郜子达的言行举止，还真够让人回味的。当时他提到杨红叶，郜子达的确有点反常。这会儿听了梅雪说的杀人匿尸的话，他寻思，说不上这个郜子达，还真做出什么"惊世骇俗"的事来。倪布然怕加重梅雪的心理负担，他犹豫了一下，回答道："说实话，我也感觉他有点不大对劲，但我想他不会做出那种极端的事吧！"

梅雪长长地出了一口气，感叹道："你说我可怎么办呢！"

"等等看吧，"倪布然说，"你说恬恬就要上学了，学校联系好了没？"

"还没有？"

"这事我来办，联系好了我通知你。"

"这多不好意思呀，"梅雪说，"雯雯上学的事就没少麻烦你，这恬恬的事哪能再麻烦你。"

"这你就见外了，"倪布然说，"况且恬恬是我局干部的子女，又是新生入学，和雯雯那会儿的情况不同。我想不会有啥问题，也麻烦不到哪里去。"

梅雪笑笑，玩笑道："还有一点，如今你是政府官员，说话比人类学家当然要管用。"

"虽然是玩笑，"倪布然说，"倒也有点道理。这样不就更方便了吗！"

"既如此，我就恭敬不如从命了。梅雪说，"一客不烦二主，还有个事一并麻烦一下你得了。雯雯在城里上学，来回这么接送，本来就挺麻烦的了。恬恬一上学，接来接去的，就更不方便。我想在城里租套房子，干脆搬到城里算了。这样照顾两个孩子也方便一些。"

"恬恬你也打算长期照顾呀？"

"不照顾怎么办？杨红叶不知死活，就是她没出啥事，孩子放到她手上，

我还有点不放心呢！"

"需要多大的？"

"一般家庭用的就行。"

"好，我回去以后就给你办这事儿。"

"多谢了。"

"咱俩就不用这么客气了。"倪布然顺口问道，"你那工程进展还顺利吧？"

"还可以，"梅雪说，"厂子已经建起来了，设备也安装得差不多了，下个月准备试生产。如果试生产顺利的话，计划搞一个开工仪式，之后就可转入正常生产了。"她这样说着，手机响了，她看一眼倪布然，摁下接听键。接完电话，她对倪布然说，"是师玉洁的，他让我过去一下。"

"哦，是他。"倪布然若有所思地说，"自从他当了筹建处的那个副主任，我还没有见过他的面。听说将来的管委会为副处级建制，看来这老兄正好赶上这个趟。为了这个经济园区，他可花了不少心思，吃了不少苦，不知他有没有这个命呀！"

"你们官场上的事我不懂。"梅雪说，"既然你好长时间没见他的面，我们一块儿过去一下吧？"

倪布然笑笑："你们忙工作，我去不合适吧！"

"有什么不合适的。去见个面，叙叙旧啥的。"

"那我就恭敬不如从命了。"

他俩说着，出了门，边聊边向筹建处走去。到了管委会筹建处，师玉洁几个人，围着图纸说着什么。见倪布然进来，大伙都抬起头，互相打个招呼，握手致意。师玉洁握握手，打趣道："什么风把倪大局长刮到这里来了。"

"什么时候你也变得这么俗气。"倪布然回敬道。

"早就这样了，你又不是不知道。"师玉洁调侃道，"我想你也君子不到哪里去了，不信走着瞧。"

"也许是吧，近朱者赤，近墨者黑嘛！"

"谁是朱谁是墨，出水才看两腿泥呢。好了，不和你逗了，大老远的来，总得做点什么吧！"不容倪布然回答，他转身问梅雪，"梅总说，做点什么好呢？"

梅雪笑笑，调侃道："你们男人的花花肠子，女人们搞不懂，你们想干什么就干什么好了。"

"看你说的，"师玉洁说，"男人有什么花花肠子，那也得看女人愿不愿意。"

梅雪羞赧地笑笑，在师玉洁的肩膀上捣了一拳，带点夸张意味地说："一天尽想着裤带以下的那点事，多没出息！"

"我可不是那个意思，是你想到裤带以下的噢。"师玉洁坏笑着说。

大家听到这话，不禁笑了起来。梅雪自知失言，脸上泛起一片红晕。她抿着嘴，自我嘲讽般地笑笑："别贫了，说正经的。叫我来有啥事？"

师玉洁也笑笑："好像我不正经似的。"接着他正色道，"早上齐市长带着区上和市上有关部门的领导到工地上转了一圈，要求我们加快工程进度。按照目前的进度，开园仪式就放在下个月，时间已经很紧了，叫你来就是商量这事。"

倪布然听说他们要商量工作，对师玉洁说："你们要谈工作上的事，还问我想干点什么！你就不要虚情假意的了，我还是回去的好。"

"你别，"师玉洁说，"好不容易来一趟，这么走了，我于心何忍！"

"你的心意我领了，局里有点事，我真得要回了。"倪布然说着，就和他们一一握手道别。师玉洁叫了司机，开车把倪布然送回城里。

刚进办公室，汤银汉就前脚跟着后脚进来了。"正准备给你打电话呢，你就来了。"

"有事儿？"

"医疗卫生体制改革那事儿，进展到什么程度了？"汤银汉问。

"我正琢磨这事儿呢。"倪布然说，"我在想，原来搞的那个方案每次都通不过去，症结到底在哪儿呢？"

"这事涉及到老百姓的切身利益，事关医疗卫生事业的持续发展。"汤银汉正色道，"在研究这个方案时，齐市长强调说，这就好比一个挑子，一头是老百的利益，一头是医疗卫生事业。现在这副挑子放在我们的肩上了，我们就要选择一个支点，让这个挑子不偏不倚，保持平衡。如果向哪一头倾斜，都会伤害到另一头的利益。最终受伤害的，还是老百姓。这个方案数次讨论没有通过，说明我们的这个支点没有选好。"

"齐市长说得再明白不过了，"倪布然点点头说，"这就是症结所在。看来我们得另起炉灶，重新找出这个支点。是这样吗？"

汤银汉笑笑："你打算怎么找法？"

"老办法，调查研究，问计于民。"倪布然说，"我想和主管科室的同志一起下去，听听群众的意见，再对比算账，重新制定方案。"

"很好，"汤银汉赞赏道，"如果主管科室人手不够，可以考虑从其他科室抽调力量，集中一段时间，把它搞出来。"

"好，我这就去安排。"倪布然说着站起身，就要去安排工作。

"先别急，"汤银汉向倪布然做了一个坐下的手势，说，"还有一件事。"倪布然只好坐不来，两眼望着汤银汉，等待他的下文。"芜泯县违规收费处理了以后，社会反响很大。治理办要我们整理一份材料，作为机关治理工作

的典型事例进行宣传。刚才来电话,点名要你过去一下。要不你去一下吧!"

倪布然面有难色:"《鸟酉日报》的叶记者也找过我,我对她说,我们只是依法办事,做了我们应该做的事。就是没有机关治理这档子事,我们也会这么做的,治理办怎么又要拿它说事!"

"我也是这么想的,"汤银汉说,"况且这事我们本来就得罪了人,原想就不要张扬了,免得无事生非,再生出什么事来。治理办要你过去,你能推就推掉,不能推就按他们的要求整理一个材料,里面不要涉及具体的人,就事论事,能模糊的地方尽量模糊一下,多栽花少栽刺为原则吧!"

"好吧。"倪布然苦笑一下,得罪不得罪人,他倒无所顾忌。把一件很正常的工作"上升"为机关治理的典型,他实在不想要这份意外的"收获"。

到了机关治理工作办公室,办公室的同志说,是兼任治理办副主任的黄副部长找他,于是,他去了黄副部长的办公室。两人寒暄了几句,他向黄副部长陈述了他的观点,坚持说处理芜泯县违规收费一事,是机关事务局份内的工作,与典型事例无关。

"这就是你有点迂腐了,"黄副部长不客气地说,"说句套话,这次机关治理工作的核心,就是强化各级干部的公仆意识、服务意识和法制观念,多为老百姓做好事,办实事。你们在芜泯做的事,不正好体现了这一点嘛,怎么能说与治理工作无关呢?退一步讲,即便你说的是大实话,我们把它当成治理工作中涌现出的典型事例广为宣传,对目前进行的机关治理工作具有推动作用,有百利而无一害,你何必那么较真,那么固执呢?"

"这个我确实没有想过。这个可能就是说我不够灵活的地方吧!"倪布然说,"既然你把话说到这个份上了,我就恭敬不如从命了。有什么要求,你说,我按你的意思整理一份材料就是了。"

"这还差不多。"接着黄副部长就把他的要求给倪布然说了说,倪布然就与他告辞了。

出了市委大院,他看看表,已经到点了,就直接回家了。回到家里,沈惠贞也到了,他想起答应梅雪给恬恬联系学校的事,就想再央求一下老婆,把这事给办了。但他转而一想,恬恬的户口在本地,她父亲又是市直机关干部,正好到上学年龄,联系一所学校,大概不成问题。央求沈惠贞,一听与梅雪有关,不知她又要说出什么难听的话来。这样想着,就改口道:"吃啥呢?"

"随便啥都行。"

"那就做面条吧。"

"行。"

夫妻俩说着进了厨房,洗菜做饭。

四十二　只争朝夕布新局，姐俩拜佛遇红叶

　　下午一上班，倪布然就把他与黄副部长见面的情况向汤银汉通了个气。他俩简单地交换了一下意见，就由倪布然去安排部署了。

　　他把办公室柳主任、审批科汪科长和检查科长魏明叫到他的办公室。"长话短说，"他对他们说，"有两件事，需要你们几位来做：一件是按照治理办的要求，把处理芜泯县违规收费的那事，作为机关治理工作的先进事迹整理成一份典型材料。这事由办公室负责，检查科配合。本周内拿出初稿，交汤局长审阅以后，报治理办。"

　　"这事儿跟机关治理工作似乎关系不大，而且办公室也没有参与这项工作，"柳主任试探性地问，"是不是由魏科长牵头，办公室配合？"

　　倪布然回答道："这事办公室是没有参与，可局里的机关治理工作是办公室负责的，这份材料的着眼点就是机关治理。"说到这里，倪布然望着小柳，"你说得没错，这事本来是我们局里的一项业务工作，与机关治理工作关系不大。原来我也是这么认为的，可治理办把它定为机关治理工作的典型事例，就只能按机关治理工作的成果去整理材料了。正因为这样，如果让检查科搞，可能就搞成一份业务工作汇报了，这不符合治理办的意图。所以，还是以办公室为主，检查科提供资料。明白了吧？"

　　"明白了，"柳主任说，"有什么具体要求？"

"第一,按典型材料的格式写,从机关治理的角度切入,把侧重点放到机关治理工作方面。第二,突出退还群众款项的事,也就是说,对退还群众款项的过程要展开写,写充分,写具体,写细。而对违规收费的错误做法,点到为止,不要展开。第三,对事不对人,尽量不要提及个人。不论是市县行政事务局的人,还是被查单位的人,都不要点名。第四,注意把握好分寸,格调尽量放低,不要随意拔高。清楚了吧?"

"清楚了。"柳主任回答道。

"好,我说第二件事,"倪布然说,"在座的各位都知道,医疗卫生体制改革方案中,涉及到我们的那一部分,政府常务会议讨论过几次,都没有通过。影响了整个医改的进度,齐市长很不满意。因此,局里决定,撇开原来搞的那个方案,重新搞。怎么搞呢?"他看一眼三位科长,稍停了一下,说,"没有什么灵丹妙药,也没有什么捷径可走,还是老办法,深入群众,调查研究。这项工作以审批科为主,没有什么急事的话,科里的其他工作暂时停下来,全科人员参加。办公室和检查科各抽调一名人员,参与这项工作。你们看,有没有不同的意见?"

三位科长面面相觑,没有吭声。倪布然接着说:"人员到齐以后,分赴全市各医疗卫生单位,进行测算,对比算账,倾听群众意见。"他看着汪科长说,"汪科长,给你两天时间,设计一套调查测算的表格什么的,拿出一个计划和具体的办法。把准备工作做充分,两天之后,由我带队,下去调查。在调查研究的基础上,拿出一个切合乌酉实际的方案,提交市政府讨论。你们看,这样做行不?"

"行。"

"好,那就这样,分头行动吧!"

三位科长出去后,倪布然处理了几份文件,拿起他这些天正在看的关于医疗体制改革的文件资料看了起来,一直看到下班时间。在回家的路上,他意外地看到路边的一个广告牌,突然想起答应梅雪租房的事,就走过去看。果然看到出租房屋的几则广告。他从这些广告中挑了几则适合梅雪需要的两则,记下了联系人和联系电话,就回家了。

下午一上班,他直接去了区教育局,去给恬恬联系学校。事情出人意外的顺利,教育局长当场打了区一校的电话,几句话就把这事给敲定了。倪布然道了谢,带着区一校校长的联系方式,就离开这里,去上他的班。

想起前段时间给梅雪的孩子雯雯联系学校时的那个艰难,倪布然感慨万千。那时他一介书生,自然人微言轻,没人理他的茬。同样的他,如今是市政府部门的领导，说话的分量与过去就不可同日而语了。这就是身份的转变给他带来的社会效益，怪不得那么多的人对他弃官从教的举动不可思议。就连那么桀骜不驯、特立独行的师玉洁，在当了几年村支书之后，也变得有点圆滑世故，关心起自己的仕途来了。想想自己，他的学者气质还能保持多久，他的人类学还有没有机会再去研究？这样想着，他从手机中翻出梅雪的电话，把出租房屋的信息和联系学校的情况说了说。就问她："杨红叶有没有消息呀？"

"还没有。"

"那怎么办呢？"

"我在妹妹这里，正商量这事呢。"

"哦，你们商量一下，再没办法，我看报警算了。"

"万一没招，也只能这样了。"

接完电话，梅雪对梅雨说："恬恬的学校联系好了，房子一租下，我就搬过来。"

"是那个倪布然帮你办的？"梅雨问，接着她带点调侃的口吻说，"这可是个好男人，你们相处得怎么样了？"

"你胡说什么呢，"梅雪嗔怪道，"人家可是正经男人，没那么多花花肠子。"此话一出，倒让她想起男人们在一起时说过的一个荤段子。说的是改革开放初期，一个村支书的儿子要外出打工，支书不同意。儿子问其理由，支书说："我听说大城市里尽是些乱七八糟的事，怕你染上脏病。你想呀，你染上那种病，不就传染给你媳妇了吗，传染给你媳妇，不就传染给我了吗，传染给我，不就传染给你妈了吗，传染给你妈，不就传染给全村的人了吗？孩子，咱们可是正经人家，不能干这缺德事呀！"想到这里，梅雪不禁抿着嘴笑出了声。

"你还笑？"梅雨感到莫名其妙，就说，"在这世上，哪有不吃腥的猫，尤其是那些有点社会地位，有两个钱的男人，巴不得把天下的女人让他全占了，还说什么正经不正经呢。"

"你说得有点绝对了吧，不要把所有的男人都想象成我们家的男人。"梅雪话一出口，又觉重了，就又说道，"好了，不说这些了，还是说说咱们家的事吧。"于是姐妹俩又把话题接到接电话之前的茬上，"杨红叶的事，我觉得一定与郜子达有关，你仔细问问，或许能问出个眉目的。"

"我连他的面都见不着，上哪里去问他，"梅雨一提这事，就带上了情绪，"一对狗男女，死了倒也干净。"

"你冷静点好不好，"梅雪说，"这个郜子达，一天不着家，到底在干什么呢？"

四十二　只争朝夕布新局，姐俩拜佛遇红叶

"还能干什么,说是调动工作,谁知道他干什么呢!"

"工作好好的,调动什么呀!"

"说是在现在的位子上不大容易升官呗!唉,这男人呀,把官位看得比命都重要,你说姐,这是何苦呢!"

"几千年了,都是这么延续下来的,不是一朝一夕就能改变得了的。况且他又出生在官宦人家,对官位有一种天然的迷恋。所以把官位看得比什么都重要。"梅雪说,"好了,不说这些了。目前找人要紧。我是向你讨主意来的,怎么又扯出这么些乱七八糟的话呢!"

"我能有什么主意,"梅雨沉默了一会儿,望着梅雪说,"要不去一趟碧云山,找找太虚宫的玄空真人算上一卦,说不定会算出个眉目来。"

梅雪望着妹妹,半天才问道:"就是给你们的前任市委书记宦海淳算过命的那个什么真人?"

"正是他。"梅雨回答道,"听说算得可灵验了,许多当官的都找他算前程呢。大半都很准的。要不去试试?"

"算了吧,"梅雪不禁笑笑,说,"我听人说,这个真人曾预言,宦海淳可官至副总理。还出主意让他修建一座通天大桥。桥是修起来了,可结果呢?通天桥没有通到天上,反倒把他送进了地狱。可见,这个真人也是个假的。"

"那你说还有什么招数?"梅雨说"不管真的假的,信则有,不信则无,去一去也没有什么大碍。"

梅雪想想,说:"好吧,既然这么说,那就去一趟吧。"

姐妹俩准备了一下,于第二天开着车去碧云山。到了太虚宫,宫中的人说,玄空真人外出云游去了,不知云游到了何方,也不知何时才能回来。她俩嘀咕了几句,决定去附近的碧云寺拜拜佛,抽支签碰碰运气。

沿着弯弯曲曲的盘山公路,汽车缓慢地驶入奇峰峡谷之间,越往前走,山势越加陡峭险峻,梅雪屏息凝神,心生恐惧之感。坐在副驾驶位的梅雨向车窗外望去,下面是湍急的碧云河,冲击着河两岸奇形怪状的巨石,发出沉闷的声音,回荡在层峦叠嶂之间。在一个急转弯处,她轻轻地惊叫了一声。梅雪就对她说:"你要害怕你就坐后面去,千万不要一惊一乍的,影响我驾车。"梅雨看姐姐一眼,一声不吭,闭了眼,手紧握着车门上方的把手,头靠在靠背上,憨态可掬。

到了碧云寺,姐妹俩下了车,环顾左右,庙宇房舍依山而就,座落在苍松翠柏中。此时云雾缭绕,庙宇半隐半现,层层叠叠,错落有致,显出几分神秘。

"真美!"梅雪由衷地赞叹道。

梅雨看一眼姐姐，没有吭声。梅雪扭了一下头，她俩就踏上光滑的石阶，拾级而上。进了寺院，见此处香烟缭绕，木鱼诵经声犹如天籁之音，听起来那么赏心悦耳。她俩稍许犹豫了一下，就跨进了正面的大殿，仰望着佛像，肃然起敬。她俩互相看一眼，不约而同地跪倒在佛像前，一边磕头，一边念念有词，许下了她们的心头之愿。磕毕，站起身，作了三个揖，转到旁边的功德箱旁边，两人各从包里摸出一张纸币，塞进功德箱。梅雪顺手从签筒里抽了一支签，看了起来，梅雨凑过来看，她俩谁也看不懂，恰在此时，一位老僧走了过来，他双手合在一起，问道："二位施主有何见教？"

梅雪忙合上双手，向老僧人作了一个揖，就把手中的签递上去，恳求道："请师傅给看看，这签上说的是什么？"

老僧看了眼签，看着她俩问道："二位施主是要找人吧？"

姐俩互相看看，赶忙回答道："师傅说得对，我们找一个人。"

"二位施主，随老纳来吧！"

姐妹俩喜出望外，惊异地看一眼老僧，就跟着他走出大殿，穿过两道圆形门，拾级而上，拐了几拐，来到一个小院里。院里十分清静，从正面一间房里传出木鱼声。老僧对她俩说："请进吧！"

她俩走进房间，看见一个精制的佛龛前面，盘腿坐着一位尼姑，正敲着木鱼，口中念念有声。姐俩互相看一眼，被眼前的这位尼姑弄得六神无主。她俩呆头呆脑地看着她，突然，梅雨一个箭步冲到尼姑的前面，弯腰看一眼尼姑，惊叫道："杨红叶，你怎么在这里？"

杨红叶抬眼朝梅雨看了一眼，口中念道："阿弥陀佛，罪过，罪过。"

"什么罪过不罪过的，起来，跟我们走！"说着就要拉杨红叶。

梅雪上前拦住她："佛家圣地，不可鲁莽！"

"有话慢慢说，"老僧也劝阻道，"我昔所造诸恶业，皆由无始贪嗔痴。施主千万不可动怒。"

杨红叶一听是老僧的声音，赶忙站起身，转身向老僧合掌道："阿弥陀佛，"并向梅雪姐妹俩介绍道，"这是祥云大师。"

"哦，原来是大名鼎鼎的祥云大师，失敬，失敬！"梅雪合掌向祥云大师鞠了一躬。

"施主不必客气。"祥云大师说，"你们聊吧，老纳告辞了。"

祥云大师走后，梅雪姐妹就问杨红叶，是什么原因使她动了佛心，不辞而别，遁入空门的。杨红叶叹口气，向她俩诉说起事情的原委。

四十二　只争朝夕布新局，姐俩拜佛遇红叶

四十三　濒死生还遁入空门，悔悟人生责己修心

"大姐，我是死过一回的人了，说出来，你们可能都不敢相信。"杨红叶就哀哀怨怨地诉说起发生在前不久的那段不堪回首的往事。

那天，她被郜子达摔倒在地，脑袋嗡的一声，脑子里便一片空白。接着眼前一片漆黑，什么也看不见了。接着，她感觉自己像一片浮云一样，向上飘去，浮在空中，向下一看，看见自己僵硬地躺在地板上。而郜子达却坐在沙发上，一根接一根地抽烟，一副心事重重的样子。

这样看了一会儿，一阵轻风徐徐吹来，她被轻风吹动，穿过玻璃窗，向空中飞去，越飞越快，越飞越高，飞向虚无缥缈的太空。不一会儿，她眼前一黑，周围漆黑一片。不久，她在遥远的地方看到一点亮光，她极力向着那个亮光飞速而去，她越飞越快，那个亮光也越来越明亮，越来越大，最终变成一团强烈无比的光球。

"这时，我的内心充满了喜悦，"说到这里，杨红叶的脸上掠过一丝微笑。她看一眼梅雪，又看一眼梅雨，轻柔地说，"感觉一切烦恼、一切欲望和所有的追求都烟消云散了，一种从未有过的幸福感袭上我的心头。大姐、二姐，有生以来，我从来没有这样平静过、安祥过、快乐过，没有这样身心愉悦过。"杨红叶沉浸在无以言表的幸福中，望着梅家姐俩，仿佛置身于一个美妙的境地，让她无比幸福。

"后来呢？"梅雨见她这样，迫不急待地问道。

"后来我回来了，仍然躺在冰冷的地板上。"杨红叶像从幸福的天堂掉到了苦难的地狱一样，痛苦地回答道，"郜子达就蹲在我的旁边，我动了动，试图爬起来。郜子达见我这样，像触了电似地跳了起来，躲开我，瞪着一双惊恐的眼睛，直勾勾地看着我。显然，他以为我死了，如今死而复生，把他吓了个半死。"

"哎哟，太吓人了。"梅雨望着杨红叶，就像她刚刚死而复生似的。稍停她问道，"郜子达怎么会在你那儿呢？"

杨红叶没有正面回答她的问题，三言两语也不可能说得清楚。那天，杨红叶倒下后，郜子达以为她死了。他在极度的恐惧、懊恼、绝望和饥渴中度过了一个夜晚。这一夜，他想了许多、许多。投案自首？不行，他不想失去他所得到的一切。况且，他正在努力奔波调动工作，为他今后的升迁创造有利的条件呢。消尸匿迹？就像网络上披露的那些官员杀死情人后消尸匿迹那样，把她肢解后沉入湖中或埋在人迹罕见的荒山野岭，让她在人间蒸发掉？可他想想这些都心惊肉跳，浑身发抖。他深深地吸了口气，看着面前的红叶，心想无论如何，在天亮之前，把她处理掉。即使处理不掉，也至少把她挪到一个隐蔽的地方，不致让人发现。

这样想着，他壮了壮胆，走到她的身边。当他弯下腰正要挪动她的时候，她的手轻轻地动了一下，他便触电似地抽回了手，猛地站了起来。见她又动了一下手，接着便轻轻叹息了一声。他的心一惊，脑子里嗡的一声，便慢慢地蹲下来，瘫到在她的身边，昏厥过去。

等他醒来的时候，她已经睁开了眼。郜子达惊恐地看了她一眼，战战兢兢地向后退去。杨红叶费力地看他一眼，流下了眼泪。他看着她，试探着凑近她，用手试了试她的鼻息，她确实有呼吸。当他确认她真的还活着时，就抖抖擞擞地把她扶起来，拖到卧室里去。他费了九牛二虎之力，才把她弄到床上去。这时他已经感到精疲力竭了。他搬了把椅子，坐到床边，对杨红叶说："对不起，我不是故意的。"杨红叶闭着眼，她的眼皮动了动，把头微微向一边侧了侧。

这时，窗户透进一片微明，黎明驱散了黑暗。郜子达感到非常疲惫，他把头无力地靠在椅子背上，闭了眼，脑子昏昏沉沉的，眨眼的工夫就迷糊过去了。

在迷迷糊糊中，他看见杨红叶披头散发地站在他的面前，瞪着一双流血

的眼睛,伸开双手,向他逼过来。他尽量往后退缩,可他的身子怎么也不听使唤。无可奈何间,杨红叶细长的手指掐住他的脖子,锋利的指甲掐进他的脖子里,令他喘不过气来。他拼命地挣扎,从迷糊状态中清醒过来,原来是一个噩梦。郜子达擦了一把额头上细细的汗珠,盯着杨红叶看了半天,轻轻地叫了一声红叶。杨红叶慢慢地眼开眼睛,厌恶地看了他一眼,十分吃力地把脸往一侧动了动。

    郜子达看到她痛苦不堪的样子,突然意识到,应该把她送到医院去。他拿出手机拨打急救电话,就在他摁下发射键的一刹那,他意识到,在他拨出急救电话的同时,也把他的隐私公之于众。在调整工作岗位的关键时候,这不等于要他的命吗?想到这里,他本能地缩回手,摁下了返回键。他回头看一眼一脸痛苦的杨红叶,心想,不送医院,说不上又要死过去。如果再死过去,能不能再活过来,就难以预测了。如果是这样,他不就成了杀人犯了!这样思来想去的,便想出来一个万全之策,那就是把她送到外地救治,既能救人,又不至于闹得满城风雨,影响他的前程。于是,他下了楼,拦了辆出租车,神不知鬼不觉地把杨红叶送到省城一家医院。

    "你伤得严重不严重,好了没有?"梅雪关切地问。

    杨红叶看着她,平静地回答:"其实我没有伤到哪里去,医生说是脑震荡,当时有点脑功能障碍,就昏死过去了。医院里住了几天,差不多就好了。"

    "真的好了?没有留下后遗症?那你不回家,怎么跑到寺庙里来了?"梅雨连株炮似地问。

    "是呀,你到底怎么回事呀?"梅雪也迫不急待地跟了一句。

    杨红叶看着她俩焦急的样子,就说:"郜子达送下我,看我问题不大,就忙着跑他的事去了。把我一个人扔到医院里。你说大姐,我多伤心呀!"

    "你不会给我们打电话呀!"梅雪埋怨道。

    "郜子达不让别人知道这事,怕影响他的前途。再说这也不是什么光彩的事,不好意思张扬出去。"杨红叶说,"去的时候手机也没带,不方便和你们联系,就没有告诉你们。请你俩原谅。"

    "说了半天,还是没有说清楚,你怎么跑到寺院里来了?"梅雨追问道。

    "住院的那些天,"杨红叶说,"我想呀想,想了许多许多的事儿。有天,寂寞难耐,一个人跑出去散心,神不知鬼不觉地就跑了到白塔寺。寺里的那钟声呀,木鱼声呀,念佛声呀,听起来那么入耳,那么熨贴。我走进大佛殿拜完佛,久久地跪在那里,心想就这样一直跪到地老天荒该多好呀!这

样想着，有个老和尚走到我的身边，他问我'女施主，有什么解不开的疙瘩，消不完的业呀？看把你难过成这样。'

"我看他慈眉善目的样子，就把我心中的积怨一古脑儿诉说给了他。之后问他：'我的命怎么这么苦呀，请师傅指点迷津。'

"他说：'孩子，这不能怨命，你的苦恼源自你自身的贪心、嗔心和痴心。我们佛家把贪嗔痴喻为三毒。三毒不除，苦恼无尽。'

"我听不懂他说的这些，但我隐隐觉得，他说到我的心坎上了，说出了我想说又不知道怎么说的话。我就问他：'怎么才能除去这三毒呢？'

"他说：'按佛陀的教导去做，勤修戒定慧，息灭贪嗔痴。'

"我问他：'就是潜心修炼，是吧？'

"他说：'孩子，你与佛有缘。'说完他转身走了。就这样，我出院以后，到白塔寺找到了那个老和尚，他把我介绍到碧云山，我就皈依佛门了。"

"胡闹！"梅雨嗔怪道。

"二姐，我对不起你。"杨红叶真诚地说，"我罔顾人伦，和我丈夫的姐夫私通，而且心生恶念，企图拆散你的家庭，把你的男人据为己有。我开了这么些年的歌舞厅，藏污纳垢，招风引蝶，为了几个臭钱，不惜伤风败俗。现在想想，真是罪孽深重，我造得业太重了。"

"红叶，"梅雨的眼圈湿润了，她说，"二姐不怪你，都是我们的人不好。梅能贪图酒色，脾气又不好，让你受了那么多的苦。郜子达也不是什么好东西，是他勾引了你，玩弄了你的感情。要说有什么恶业，也是他们造的。你就不要自责了，收拾东西，跟我们走吧！"

"梅雨说得有道理，"梅雪抹了一把泪，"红叶，有什么委曲你就对我姐俩说，有什么苦水你就向我姐俩倒。你不看僧面看佛面，看在恬恬的份上，跟我们回去吧！"

"大姐，我心意已决，二位姐姐就别再劝了，"杨红叶平静地说，"你们回去吧，回去以后，那个歌厅，你们能顾上处理就处理一下，顾不上，就让它自生自灭好了。恬恬是你们梅家的骨肉，大姐又心地善良，也喜欢孩子。家里没有什么财产，不多的一点钱，都在存折上，存折在写字台的抽屉里。房子我也用不着了，要留要卖，你随便。"说着她掏出一串钥匙，交给梅雪，"这是家里所有的钥匙，恬恬和这个家，我就托付给你了，希望大姐不要推托，在这里，我替恬恬先谢谢你了。"说着，她给梅雪磕了一个头。之后她说，"回去告诉郜子达，我不怪他，他被官位迷了心，也由不得他自己。高

官厚禄,身外之物,生不带来,死不带去,让他好自为之,不要再跑了。"

梅雪接过钥匙,哽咽着说:"你执意要这样,我先替你保管着,你哪天回心转意了,我来接你。"

"不用了大姐。你们回吧,我还要作功课呢。"说罢,杨红叶便双手合掌,微闭双眼,嘴里念念有词。姐妹俩看她这样,便告别碧云寺,开车向市里驶去。

回到梅雨家里,姐妹俩为杨红叶的事感慨了一番。梅雪叹息道:"没办法的事,暂时也只能这样了。"

梅雨附和道:"不这样,还能咋的。"她想起什么似地说,"哎姐,我听说有过濒死体验的人,都变得厌世消沉。杨红叶是不是就是这样呀?"

梅雪苦笑道:"也许是吧,"接着她说,"还有一种说法,有人天生具有宗教情结,你看红叶那执着劲,进了寺院,就像换了个人似的。好了,不说这些了,我得联系租房子的事了。"说着就要打电话。

"哎姐,"梅雨说,"就住梅能那房子得了,还租什么租呀!"

梅雪想一想:"你说得也是,我先住着,不要把房子搁冷了。哪天红叶回心转意了,也好接她回来住。要不先去看看?"

"行。"

姐妹俩到杨红叶的家里去,家里冷冷清清的。睹物思人,不禁想起她们死去的弟弟梅能,"要是梅能还在,这红叶也未必出家!"梅雪感伤道。

"唉,过去的就让它过去吧,"梅雨附和道,"我们的这个弟弟,生性暴躁,暴殄天物,怎么能够长久!"

"算了,不说了。"说着,姐妹俩打开写字台抽屉,整理了一下里面贵重的东西。梅雪把存折、银行卡什么的交给妹妹,对她说:"这些你保管着吧,红叶如果还俗,你还给他。如果她决意陪伴青灯古刹一生,将来交给恬恬。"

"姐姐还是你收着吧!"梅雨把姐姐递过来的东西挡过去。

"你收着吧,"梅雪坚持说,"你那里安稳一些。"

梅雨推拖不过去了,就从姐姐手中接过东西,说:"好吧,我暂且先收着。"接着她问,"房子旧了,装修一下吧!"

"不了,"梅雪说,"这样恬恬住着习惯一些。"

"也好。"梅雨说,"收拾一下,最近就搬过来吧!"

"好。"说着,她俩就动手收拾房子。

收拾完房子，姐妹俩回到梅雨家，郜子达正好在家。见了梅雨姐俩呵呵地笑个不停。梅雨见他这样，气不打一处来："郜子达，你还有脸笑。你说，你把杨红叶弄哪里去了？"

"杨红叶？"郜子达望着梅雨痴痴地傻笑着，"哪个杨红叶？"

梅雨心中窜起一股无名之火，她伸手给了郜子达一个响亮的耳光："你的情人，你的心肝宝贝，还有哪个杨红叶！"

"别……"梅雪上前挡住妹妹，把她拉到一边说，"你看他那样子，我怎么觉得他有点不大对劲。"

梅雨两眼盯着郜子达，郜子达捂着脸，自言自语道："你敢打我，我是市长。你敢打我，我是市长。"

梅雨转头对姐姐说："他疯了，想官想疯了。"

梅雪把妹妹拉到她的身后，走过去坐在郜子达身边，和颜悦色地问道："子达，你是不是哪里不舒服？"

郜子达不认识似地望着梅雪，嘿嘿地傻笑着，说了一些不着边际的话。梅雪叹口气，轻轻地摇了摇头。梅雨上前揪住郜子达的衣领，怒吼道："郜子达，你胡言乱语些什么？"

"别这样，"梅雪掰开她的手，"你不看他有病了嘛！"梅雨一下子瘫坐在地板上，放声大哭。梅雪把她扶到沙发上，劝道，"哭也没用，赶紧给老爷子打电话吧！"

梅雨回过神来，拨通了老爷子的电话。

四十三 濒死生还遁入空门，悔悟人生责己修心

四十四　郜子达罹患精神病，两搭档磋商选举事

老爷子接到梅雨的电话，风风火火地赶到儿子家。见郜子达这样，向梅雨姐俩打问情况。梅雪就把这段时间以来，发生在郜子达和杨红叶之间的故事一五一十地说给他听。

老爷子听完后，转身捆了郜子达一个嘴巴，骂道："你这个畜生。我早就警告过你，你就是不听。以至于走到今天，你还有什么说的？"

郜子达捂着脸，对老爷子傻笑着。老爷子劝了梅雨几句，然后对她说："事情已经这样了，你收拾一下，咱们赶紧上省城吧。"说着，他给省城的一个朋友打了个电话，让他联系一家精神病院。接着，他给人文学院打了个电话，替郜子达请了个假。并叮嘱梅雨姐俩，"这事谁都不要告诉，明白吗！"

姐妹俩点头答应后，老爷子就回家去了。

梅雨哭哭啼啼地准备去省城的东西。梅雪一边抚慰郜子达，一边问他："你到底怎么回事？"

还能怎么回事？那天，就在他把他认为死了的杨红叶拖到卧室里去的一刹那，不料杨红叶自己动了起来。他脑子里嗡的一下，七魂六魄从七窍飞出，脑子里一片空白。杨红叶住院的那天晚上，他住在医院附近的一家宾馆里，惊吓、焦虑和服侍病人，已使他筋疲力尽，随便吃了点东西，便躺到床上，闭了眼迷糊过去了。在迷迷糊糊中，他又看见他曾见过的那个女子，眼睛里喷着殷红的血,吐着长长的舌头,披头散发对他怒目而视。接着便向他猛扑过来,掐着他的脖子,让他喘不过气来。他挣扎着,呼喊着,清醒过来,便气喘吁吁,汗流浃背了。

从省城回来的那些天里,只要他一闭上眼睛,眼前就出现各种各样令人恐怖的景象。特别是夜晚,彻夜难眠,一打盹儿,便四肢抽搐,惊悚不已。他怕梅雨发现他的异常,就找种种借口不回家睡觉,睡在他的办公室里。失眠、恐惧使他异常憔悴,精神也渐渐失常了。

"你工作调动的事跑得怎么样了?"梅雪问他。

听到这话,郜子达眨了眨眼,他像从睡梦中刚刚醒来,又仿佛想起了什么似的。他看了一眼梅雪,反问道:"怎么样了,大姐你听到什么风声了?"

梅雪大吃一惊,她不知道他是真的病了还是装聋卖傻。一提到这工作调动的事,他怎么一下子就明白过来了。于是她又问:"刚才老爷子来过了,你知道吗?"

郜子达惊讶地看着梅雪,有点兴奋地问:"是吗,他来干什么来了?工作调动的事是不是有眉目了?"

他俩这样说着,梅雨收拾好东西,从卧室里出来,眼里还挂着泪花。她看了一眼郜子达,冷冷地说:"走吧!"

"干什么去?"

"看病去呀!"

"笑话,看什么病呀!"

梅雨见他与先前判若两人,就愣在那里,她看看郜子达,又看看梅雪,脸上泛起一脸的疑云。梅雪见她这样,赶忙对郜子达说:"是这样,你工作调动的事有眉目了,老爷子想和你去趟省城,跑你那事去。"

"真的?"郜子达迫不及待地问。

"真的。"他们这样说着话,老爷子的电话来了。梅雨向梅雪交待了一下家里的事,就和郜子达一块儿出去走了。

梅雪叹息了一阵子,看看表,快到学生放学的时间了。她去学校接上东东和雯雯,就往葫芦村开去,给三个孩子做饭。此后两天,她把杨红叶的房子简单地收拾了一下,就把家搬到了城里。三个孩子交给保姆照料,就全心身投入工作之中了。

科技经济园区和乙僧葫芦食品有限责任公司开园(开工)仪式在即。筹建处一下子比平时忙了许多。筹建处的干部和所有参与园区建设的单位都集

中起来，筹备开园仪式，忙得不亦乐乎。

"梅总，家里的事都安排好了？"师玉洁问梅雪。

"都安排好了。谢谢关心。"

"不客气，"师玉洁说，"你是园区里的大户，又是这个仪式上主角之一。最近几天，可能就没有时间照顾家里了。"

"家里有保姆呢，你放心好了。"

"曾总怎么联系，他能来吧？"

"他说他一定来，飞机票一旦订下，总部那边会通知我们的。"

"好，到时候我们一起去接机。"

"好的。"

"开园仪式的方案你看过了，有没有意见？"

"看过了，各方面考虑得都很周到，我没有什么意见。"

"还有几个细节问题，"师玉洁对在场的人说，"来，大家看看。"他说着，把开园仪式流程图摊开在案子上，指指点点地和大家商量起来。他们这样商量着，齐思民悄无声息走了进来，默默地站在大家的身后，一边看那个流程图，一边听着大家的议论。

"我看就不要搞得这么繁琐了，"大家不约而同地转过身，见是市长，就退到两边去，看着齐思民。在场的人都知道，齐思民一直保持着勤跑基层的习惯，各县区、各部门和基层单位，特别是一些在建项目的建设工地，谁都说不上，他在什么时候会突然出现在你的面前，提出一些出人意料的问题，弄得不好，会让你下不了台的。因此，齐思民突然出现在这里，即在意料之外，又在情理之中。齐思民走到案子旁，指着流程图说道，"按你的这个方案，光参加仪式的人，几乎囊括了市、区两级四大班子和主要部门的领导。且不说他们有没有时间参加，就这个阵容而言，有点太铺张了吧！你们说呢？"

师玉洁有点不好意思，他搓着头，尴尬地笑笑，辩解道："我们考虑到，这个园区的开工投产，对城关区乃至全市的经济建设具有举足轻重的作用，在全省也是很有影响的。仪式搞得热闹一点，也有利于招商引资。"

"是吗？"齐思民看着师玉洁批评道，"你什么时候也变得这么世故了。过去你可最烦这一套了，现在怎么也热衷于搞这些花里胡哨的名堂。"他扫一眼大家，严肃地说，"形式可以适当地搞一下，但形式毕竟是形式，最重要的还是搞好园区建设。你们的主要精力还是要放在提高园区的技术水平与经济效益上，放在科学管理上。过分注重形式，做表面文章，容易养成官僚主义恶习，你们说是不！"

"市长批评得好，"师玉洁又搓了搓头，"我们一定接受批评。"

齐思民接着说："我给区上的领导说过，搞开园仪式我没意见，但一定要节俭，不要动不动就把市区的领导，各部门的领导都请来，搞得就像官员的聚会似的，老百姓一看就烦，你说有什么意思嘛！"

大家点头称是，师玉洁附和道："市长说得好，"他对大家说，"欢迎市长做指示。"

齐思民白了一眼师玉洁："不要动不动就指示指示的，没有那么多的指示。你们要我说，我就三句话。一要喜庆，二要节俭，三要让园区内的企业和当地群众参与。具体怎么搞，你们琢磨一下，拿出个意见来，让区上定。"

"好，"师玉洁说，"我们重新搞一个方案，报到区上审批。"

齐思民又问了问园区建设中的其他事儿，手机响了，一看，是陈吉钟的。他接电话说了几句，就和师玉洁他们告别，出了筹建处，坐车向城里驶去。在车上，他不禁想起这个师玉洁。他了解一点师玉洁的情况，他给宦海淳当秘书那阵子，极富个性，疾恶如仇，十分厌恶官场恶习，言谈举止超凡脱俗，甚至有点离经叛道。当了几年村支书，严格讲，算不上什么官。当这个筹建处副主任也没多久，成绩是不小，但这官气也染了不少。唉，这官场怎么就像一个大染缸，不管你多么超凡脱俗，只要进去，就难逃被熏染啊！这样想着，车到了市委大院。齐思民下了车，上楼进了陈吉钟的办公室。两人寒暄了几句，就扯到了正题上。

"城关区科技经济园区管委会，省上批下来了，副县级建制。这事你可能知道了吧。"陈吉钟问道。

齐思民点点头："我见到文件了，还没来得急细看呢。"

"对管委会领导班子的配备问题，你考虑过没有？"陈吉钟问。

"还没有考虑这事。"齐思民说，"不过我想，是否让城关区先提出一个方案，再按干部任用程序考察任命？"

"既然是副县级建制，园区的一把手就是市委管理的干部，既然是市管干部，还是按市管干部的程序走吧。"陈吉钟说。

齐思民点点头："也是。"接着他说，"他们最近要搞一个开园仪式，在此之前，是否考虑把园区的班子给配上？"

陈吉钟想想，问道："眼下有没有合适的人选？"

"园区筹建处临时负责人师玉洁,是个人才。品质、能力、水平都是不错的。工作积极肯干,点子也多。在招商引资和园区筹建中,是出了力,流了汗的,可以说立下了汗马功劳。"

"这人我不太熟悉,但还是有所了解,总体上不错。你认为可以胜任这个职位,就向市委常委会推荐一下嘛。"

"市委不是打算再搞一次公开选拔县级领导干部活动吗,我想还是把这个职位列入公选范围,在全市范围内公开选拔为好。"

"也行。"陈吉钟想想说,"不过,这次公选初步安排到市县区领导班子换届选举之后,这样影响不影响园区的工作?"

"我想影响不大,筹建处原班人马暂时代理一下管委会的工作。他们轻车熟路,过度一下也好。"

"好吧,我让组织部和区上沟通一下,他们没有意见的话,这也不失为一个办法。"说到这里,陈吉钟关切地问,"你职务变动的事,知道了吧?"

齐思民笑笑:"也是道听途说,没有正式的消息。"

"接到省委组织部的电话通知,省上的考察组很快就下来了,你有所心理准备吧!"陈吉钟笑呵呵地说。

"具体什么岗位,能透露一下吗?"齐思民试探性地问。

"孜胥市的市委书记。"陈吉钟不相信似地问,"你真的一点都不知道吗?"

"真的不知道。"齐思民说着,补充了一句,"说给人,人都不信。"

"呵呵,也是。你看,连我都有点不信。"陈吉钟说着,随意问道,"怎么,这么安排还满意吗?"

"这不是我满意不满意的事,不过,"齐思民若有所思,"依我的性格,我还是适合于市长这个岗位。再说你到乌酉以后,咱俩配合得非常默契。真要让我离开乌酉,还真有点恋恋不舍。"

"天下没有不散的宴席,"陈吉钟半开玩笑地说,"按过去的说法,虽算不上什么封疆大吏,也算是地方大员,统驭一方了。总归是个好事,可喜可贺。"

"在干部使用问题上,我只有服从的份,"齐思民说,"省委这么安排了,我有这个思想准备就是了。"

"那好,我们不说这些了,说说换届选举的事吧!"陈吉钟正色道,"对这次换届选举,中央和省委都提出了严格的要求,中组部的领导甚至用'战斗'一词防止换届选举中的不正之风。我市怎么搞,我看我们得拿出一个办法来,提交市委常委会议讨论通过后,严格执行,保证换届选举风清气正。"接着,陈吉钟提出了自己的设想,两人就这个问题进行了开诚布公的磋商,达成了共识,齐思民就告辞了。

齐思民刚走,潘池紧跟着就进来了。

"来得正好,"陈吉钟说,"我正要找你呢。"于是,他俩就工作上的事聊了聊,话题就转到换届选举工作上来了。陈吉钟把他和齐思民商议过的一些设想告诉他,和他交换意见。潘池说了一些恭维的话,拐弯抹角地把话题扯到市长候选人的事情上来了。

陈吉钟感觉到,潘池觊觎市长的位子已经很久了。他察觉到,最近一段时间,潘池频繁地往省上跑,司马昭之心,路人皆知。这会儿提到市长候选人,显然是想从他的口中探听一些风声,好有的放矢,有针对性地做这方面的工作。他看着潘池,语重心长地说:"中央和省委对这次换届选举工作做了明确的规定,划定了'高压线',每个党员干部,特别是领导干部都必须遵守。既然是高压线,就不能碰,碰了就要出事。所以我希望,我们领导干部不仅要带头遵守中央和省委的规定,而且要教育和引导基层干部严格遵守这些规定。千万不能因为违反这些规定而受到纪委处分呀!"

潘池频频点头,一副洗耳恭听的样子。陈吉钟接着说:"我刚才和齐市长说过了,要针对我们市里的具体情况,制定一个办法。我看这事就由你负责,责成组织部去做。稿子出来以后,上常委会研究。你看有没有问题?"

"没有。"潘池说,"我这就去落实。"

"好,那就这样吧!"

四十四 郜子达罹患精神病,两搭档磋商选举事

四十五　主仆俩谋权暗交易，曾乙僧行善献爱心

潘池从书记办公室出来，回到自己的办公室。他原来是想去书记那儿打听一些市长候选人的消息，结果不仅没有打听到，还让书记旁敲侧击了一番，心中不快，就坐在转椅上晃荡着，闷闷不乐地想心事，就有人敲门了。他懒洋洋地喊了声进，麻佩锦应声而入。两人寒暄了一阵子，就把话题转入市上领导班子的调整方面了。

"听说齐市长要走了，是真的呀？"麻佩锦小心地问道。

"市委刚刚接到省委的电话，你就嗅出味道了，看来你的消息还挺灵的嘛！"潘池调侃道。

"您是知道的，人事变动方面的消息，小道消息往往比正规渠道来得还快。"

"而且还蛮准确的，是不是呀？"潘池看他一眼，跟了一句，"怎么，坐不住了？"

麻佩锦笑笑，心想，你就别装了，谁不知道你三天两头往省上跑，去争那个市长候选人呀！心里这样想着，嘴上却说道："我是说，这也是个机会，齐市长一走，书记您该轮也轮上了，挨也挨上了吧！"

一听这话，潘池沉下了脸，他叹口气说："这是组织上的事，就不是你我能够左右得了的呀！"

麻佩锦往前凑了凑，有点神秘地说："您难道忘了，现任市长就是从票箱里跳出来的。"

潘池当然忘不了，那时候，时任市委副书记的宦海淳是唯一的市长候选人。当初，宦海淳在官场上气势正盛，可在中层干部和老百姓中的口碑却很差。相反，时任市委常委、芜泯县委书记的齐思民因亲民爱民，工作勤奋，政绩卓著而被人大代表自发地联名推荐为市长候选人，而且以高票当选，用官场上的话说，这个齐市长就是从票箱里跳出来。潘池很清楚，齐思民当初并未想到自己能当市长，而是代表们根据选举法，以合法的方式和程序把他推上了市长的宝座。他心里明白，他在乌酉市民心中的分量不可与齐思民相提并论。想再从票箱里跳出一个潘市长来，没有这种可能。这样想着，他叹口气，对麻佩锦说："此一时彼一时也！"

"俗话说，成事在天，谋事不得在人嘛！"麻佩锦再往前凑凑，悄声说，"只要您点个头，下面的事，我们来做。"

"这次选举，中央和省委有严格的规定，你可不能胡来哟。"潘池嘴里这样说，心里乐滋滋的。如果真像麻佩锦说的，从票箱里再跳出一个潘市长来，当然最好。如果有什么麻烦，他可以把一切责任都推到麻佩锦的身上。这样，麻佩锦当然会担一定的风险。于是他投桃报李，对麻佩锦说，"芜泯县的领导班子人选还没有敲定，最近一段时间，你要谨言慎行，不要让你的竞争对手抓到什么把柄。"

麻佩锦点点头，问道："县长人选大概还没有确定吧？"

"我想，你就不要在县长人选上打主意了，"潘池直截了当地说，"你资历还不够，不要着急，还是一步一步来吧，这样稳妥一些。"

麻佩锦心领神会，他当然知道潘池所说的一步一步是什么意思。在他目前的这个位置上，要么调整到县委当副书记，为竞争下一届县长铺好路，布好局，打好基础。要么调整到市直重要部门任职，即使当不了部门一把手，也要为今后的升迁创造足够的空间。不论哪种情况，留得青山在，不怕没柴烧。只要潘池在位，他就有靠头。如果潘池再上个台阶，自然会水涨船高，水涨了，船自然会高。这样一想，他说："我听书记的。"

"这样就好，"潘池说，"县上的班子最好按顺序往上走，你的期望值也不要太高。总有你合适的位子的，这点你放心好了。"

"谢谢潘书记，"麻佩锦诚恳地说，"那我回去了，该怎么做，我心中有数，也请您放心。"

"我一直对你放心着呢,这点你又不是不了解。好了,你回去吧,时间不早了。"

"好的,"麻佩锦听出了潘池的弦外之音,最后那句,听起来说的是快到下班时间了,但此刻从潘池的嘴里说出来,就另有一种深意了。他说着站起身,说,"时间不早了,我会抓紧的。"

潘池点点头,起身送走了麻佩锦。就这样,一桩交易就在这种云遮雾罩,而又心领神会的谈笑间成交了。

城关区科技经济园区开园仪式在即。梅雪接上刚下飞机的曾乙僧,正在赶往葫芦村的路上。提起开园仪式,梅雪递给他一个单子,曾乙僧接过来,看了看,赞道:"嗯,不错,挺有创意的。"接着问道,"是师玉洁的主意吧?"

"嗯,是他主持做的,"接着她补充了一句,"不过,整个活动是在齐市长的指导下安排的。"

"哦,"曾乙僧感叹道,"我们的这个项目,齐市长可是给了大力支持的,我们可不能忘了人家呀!"

"那是当然。"

他俩就这样聊着,车子驶近开园仪式现场。曾乙僧下了车,就有一位女童走上前来,将一朵鲜花戴在他的胸前。师玉洁他们迎上来,与曾乙僧一一握手致意,随后,在一片鼓乐声中一起走入开园仪式现场。曾乙僧和师玉洁简单寒暄了几句,就让他们忙别的事去了。

他站在园区办公大楼一侧的电子屏幕前,饶有兴趣地看上去。屏幕上映着几行红色的大字:城关区科技经济园区开园暨乙僧葫芦制品公司揭牌仪式。大字滚过以后,便滚动播放介绍园区的场景,有声有色,图文并茂,一目了然。当他看到园区内乙僧葫芦制品公司的画面时,对站在他身边的梅雪说:"这是乙僧集团在乌酉打响的第一炮,你功不可没。"

"曾总过奖了。"梅雪说,"曾总,时间快到了,请到这边来吧!"

"好,"曾乙僧说。两人往前走了几步,就被工作人员请入嘉宾行列特定的位置上。稍后,司仪宣布仪式开始。话音刚落,鼓乐队奏响了迎宾曲,身着旗袍的礼仪小姐们手持红绸,端着盛有剪刀的盘子,鱼贯而入,在嘉宾前面站定。嘉宾们从盘中拿起剪子,将那红绸剪成几段。随着一声炮响,数百只气球腾空而起,带着五颜六色的彩带,把天空妆扮得五彩斑斓。围观的群众则欢声雷动,群情激昂。

紧接着，司仪宣布由城关区朱区长致辞。朱区长简单地回顾了园区的建设历程、发展前景，以及对城关区乃至乌酉市经济社会发展的重大影响。言简意赅，三五分钟，致辞完毕。司仪便宣布，请大家欣赏葫芦民俗文艺队自编自演的文艺节目，省去了一切繁文缛节和沉闷而冗长的领导讲话。嘉宾们落座后，便响起了震天动地的锣鼓声，葫芦民俗文艺队开进了场地。走在最前头的，是一面四人抬着的大鼓，大鼓两边，一边是锣，一边是镲。紧随其后的是花束队，数十名队员穿红挂绿，挥舞鲜花彩带，载歌载舞。花束队后面，紧跟着一条巨龙，它龙腾虎跃，引人注目。接着便是器乐队，他们吹着唢呐，唱着民间小调，欢呼雀跃。文艺演出就此拉开了序幕。

"真不简单，"曾乙僧由衷地赞道，"乌酉人民的精神面貌可见一斑哪！"

坐在他两旁的师玉洁和梅雪相视一笑，梅雪就说："这是师主任竞选村支部书记时向村民许下的诺言，他不仅要把葫芦村建设成远近闻名的富余村，而且要打造成文化村，文明村，幸福村。这支文艺队伍，就是他亲手组建起来的。"

"是吗，"曾乙僧转身握住师玉洁的手说，"当初选择在葫芦村投资，看来没有选错。"

师玉洁笑笑，自信地说："借用一句伟人的话，'这只是万里长征走完了第一步，如果这一步也值得骄傲，那是比较渺小的。'更值得骄傲的还在后头。再过三五年你再来看看，到那时，葫芦村乃至乌酉市，可能又是另一番天地了。"

"好，到那时，我一定会来。"曾乙僧饶有兴致地说。

他们这样说着话，文艺节目正在有条不紊地进行着。民间小调、传统秧歌、现代歌舞、曲艺杂耍竞相演出。两个多小时后，这场别开生面的开园仪式在一片掌声和欢呼声中宣告结束。

城关区科技经济园区管理委员会也同时宣告成立。

此时，成立后的第一次委员会议正在园区管委会的会议室里举行。朱区长宣读完有关文件之后说道："在领导班子正式配备前，由筹备处原班人马代行园区管理委员会的职权，师玉洁同志临时负责管委会的全面工作。"他稍停了一下，"至于管委会的领导班子，市委决定面向全市公开选拔。在座的各位，只要具备公选条件，都可以积极报名参加。"

听着朱区长的话，人们有意无意间把目光投向师玉洁，师玉洁避开人们的目光，低了头，一副认真记笔记的样子。朱区长也看一眼师玉洁，说道：

"这些年来,师玉洁同志和筹备处的同志们,为了园区的筹建和招商引资工作,吃了不少苦,出了不少力。取得今天这样的成就,与你们的艰苦努力是分不开的。特别是师玉洁同志,在园区建设中所表现出来的敬业精神和工作能力,受到各级政府和老百姓的肯定,取得的成绩也是有目共睹的。管委会成立之后,大家都对他寄以厚望。"说到这里,他扫一眼大家,话锋一转说,"大家知道,公开选拔领导干部,是干部人事制度改革的一项重大举措,市委这样定了,就要按市委的决定执行。希望师玉洁同志积极参与,并预祝你竞选成功!"

"谢谢区长的鼓励。"师玉洁说。接着,他以管委会临时负责人的身份,对管委会最近要做的工作进行了安排部署,就散会了。

"乙僧集团曾总的行程是怎么安排的?"会后朱区长问师玉洁。

"今天他们也有个会,"师玉洁回答道,"看他有什么打算,我们再安排他的行程。"

"好的,一定要安排好。我还有个会,先走了。"说着,他上车走了。师玉洁便打电话给梅雪。

葫芦制品公司的会议室里,正在召开中层以上干部会议。曾乙僧宣布了乙僧集团的一份文件,任命梅雪为该公司经理,接着任命了她的副手和主要中层干部。梅雪在一片掌声中接受了集团的任命,她站起身,表达完对集团和曾总的谢意后,简单地回顾了葫芦制品公司的筹建情况,并对今后一个时期的工作重点向会议做了汇报。然后,对公司近期的工作做了全面的安排。

会议正式的议程结束后,曾乙僧说:"再占用大家的一点时间,我说点工作以外的话。"他欠了欠身,情真意切地说,"我们投资乌酉市,乌酉就是我们的第二故乡,我们就要热爱这片土地,为生活在这片土地上的芸芸众生献上一片爱心。"说到这里,他指了指放在会议桌一端的几摞书,"这次来,我带来了一本书,大家可能看过,它叫《弟子规》。这是一本教导我们怎样做人的书,是中国传统文化中的精华。下去以后,一部分发给我们的职工,另一部分送到葫芦村小学,发给学校的师生。还有,"他从公文包里掏出一张支票,"这是一百万,一半捐给村里小学,一半捐给葫芦民俗文艺队。以后葫芦制品赢利了,每年要拿出一定的资金捐助当地的公益事业和文化事业,回馈社会,回报第二故乡。"

曾乙僧讲到这里,会议室里响起了热烈的掌声。在这掌声中,梅雪的手机也急促地震动起来。她看一眼,是师玉洁的。她接起来,轻轻地出了会议室，那头问她："你们的会议结束了没有？"

她说快了。师玉洁就说："那我马上过去。"

"好吧。"接完电话，她回到会议室里，曾乙僧的话刚刚讲完。她就对他说了师玉洁要过来的话。他点点头，大声问大家还有没有事，大家说没事，他就宣布散会了。

出了会议室，师玉洁就来了。他们到公司办公楼上，师玉洁说朱区长开会走了，"他要我们安排好你的行程，陪你在乌酉多走走，多看看，轻松轻松。"

曾乙僧笑笑："谢谢朱区长的好意。你们都很忙，我们就不给你们添麻烦了。"

"看你说的，"师玉洁说，"你看你有什么计划，尽管告诉我。告诉梅总也行，我们尽量按你的计划安排你的行程？"

"打算去一趟碧云寺，之后就回去。我来的时候，返程票都买好了。"曾乙僧说，"由梅雪陪着就行，你们都是忙人，忙你们的去吧。"

"那好，还是我和梅雪一块儿陪你去。"师玉洁说。

"你的心意我领了，"曾乙僧说，"园区刚刚起步，那么多的工作等着你去做呢，哪有时间陪我去闲逛。我听说你要参加公选，有点空闲时间，还是抓紧复习复习，我们还希望你竞选成功，主政园区管委会，继续和你合作呢！"

"谢谢曾总的理解，"师玉洁真诚地说，"到时间了，饭总得吃吧！"

"到点了？"曾乙僧问梅雪，梅雪点点头说到了。他说，"就在职工食堂简单地吃一点吧！"

"哪能呢，"师玉洁说，"我们早有准备。"

"我是个素食主义者，"曾乙僧半开玩笑地说，"你又不是不知道。"

"我知道，"师玉洁说，"所以给你安排到村上的民俗一条街，以葫芦为主，就请你尝尝葫芦村的葫芦宴吧！"

"哦，这倒是个好主意。那就走吧！"曾乙僧说着站起身，一起向民俗一条街走去。

四十六　僧俗悟人生殊途同归，红叶出三界淡然若定

　　吃过葫芦宴，师玉洁去上班，梅雪和曾乙僧在村子里散散步，经过葫芦茶馆，梅雪说："进去喝杯茶吧？"

　　"行。"两人说着就进去了。

　　在这里他俩碰上了孔佰文，他和诸葛大爷正喝茶下棋呢。见他俩进来，两人站起身，互相客气了一番，四个人一起坐下来，沏茶的姑娘便前来给他们沏茶。沏好茶，梅雪对孔佰文说："孔主席好兴致呀！"

　　"一个大闲人，聊以度日罢了。"孔佰文调侃道，"不似二位，都忙着给社会创造财富呢！"

　　曾乙僧笑笑说："孔先生谦虚了，曾某不才，但素来仰慕文化人。来，我以茶代酒，敬孔先生一杯。说着，两人端起茶杯，互相碰了碰，喝了一口。

　　"说来惭愧，"孔佰文说，"你们知道，过去忙惯了，后来得了个闲职，又不甘心就此赋闲，就联系了几个文化人，注册了个研究机构。还得到过贵公司的赞助，我在这里谢谢曾总了。"

　　曾乙僧说："做得很不够，以后有用得着的地方，尽管说。"说着他叮嘱梅雪，"以后孔先生有什么要求，尽量提供帮助。"

　　"谢谢你的好意，"孔佰文说，"以后用不着了，这个研究会我已经注消了。"

"为什么？"梅雪紧忙问。

孔佰文叹口气，多少带点感伤的口吻说："在人生这个舞台上，没有永远的角色，每个人都要离开这个舞台。只不过有人早些，有人迟些，但最终是要离开的。想开了也就这样，有什么可留恋的！"

"说得也是，"曾乙僧说，"佛说'人生只在呼吸之间。'人要时时更新自我，不眷恋旧我，不追悔往昔。如果先生感觉有点清闲，不妨帮帮老弟。"

孔佰文笑笑说："我能帮你什么忙呢？"

"先生做了这么多年的行政工作，管理工作经验丰富，这可是及其宝贵的财富。况且先生又有深厚的文化造诣，如今仍然年富力强。当官的嫌你有文化，我却不嫌。如能屈尊鄙公司，领军公司的文化建设，老弟就近请教，那该多好。"

"好主意，"梅雪拍案叫绝，"这就叫人尽其才，才尽其用。"她对孔佰文说，"曾总是真诚的，不是客套话，你也就不要客气了吧！"

诸葛大爷听到这里，插话道："千里路上做官，为得是吃穿。说白了，帮帮曾总他们的忙，人也忙不到哪里去，又解了闲愁烦闷，还能额外挣一份工资，一举三得，何乐而不为呢！"

接着，就这个话题，曾乙僧、梅雪和诸葛大爷七嘴八舌地议论了一阵子，孔佰文终于答应作乙僧公司的行政文化顾问，双方商定，孔佰文暂时留在乌酉市，协助梅雪料理葫芦制品公司的事务。以后或留乌酉，或去乙僧总部，全由他自己做主。这事定下后，大家便欢欢喜喜地喝茶聊天，兴尽而归。

第二天一早，梅雪和孔佰文陪曾乙僧去碧云寺。早有祥云大师在门外接了，到大师的客厅里略做休息，就由大师陪着，来到大殿里，烧过香拜过佛，梅雪就从包里掏出一张支票，塞到功德箱里。对祥云大师说："闲了叫徒弟门取出来，到附近的银行里支取。"

祥云大师就合掌道："阿弥陀佛。"随后对曾乙僧说："昨日梅女士打电话时说，你给村里刚刚捐了一笔款和一批《弟子规》，功德无量，功德无量呀。先生行色匆匆，供养山门，老衲惭愧得很哪！

"大师不必客气。以后葫芦产业顺当了，当尽绵薄之力，给圣寺添点香火。"曾乙僧说。

"多谢了。"大师合掌道。僧俗几人说着话，来到祥云大师的客厅里，早

有年轻僧人泡了茶等在这里。他们坐下来,那年轻僧人沏上茶,就边喝茶。边聊了起来。聊了一会儿,梅雪提起杨红叶来,说她想去看看红叶。曾乙僧说:"那就一块儿去看看吧!"于是,他和梅雪、孔佰文一道,来到杨红叶的住处。宾主客气了几句,坐了下来,红叶便给他俩泡茶端水。看那样子,她还是心静如止水,跳出三界之外了。

他们说着话,梅雪便说起梅恬恬来,杨红叶低了头,半晌她说:"那也是你们梅家的骨肉,大姐你就抚养成人,做雯雯的亲妹妹好了。"

梅雪沉吟了半晌,话题扯到郜子达上来了。"我来之前和梅雨通过电话,"梅雪说,"梅雨告诉我,郜子达因受惊吓过度,那个时候,他又忙着自己工作调转和职务升迁上的事,忧虑过重。你住院期间,他又劳累,又担惊受怕。他扛不住,患了间歇性精神病。在省城住院期间,时好时坏。好时,就像好人一样,嚷嚷着与老爷子去跑他的事。坏时,就不住地叫嚷'我是市长,我是市长'。令人啼笑皆非。"说到这里,她试探着劝杨红叶,"红叶,得空去省城看看,也许他会好了,也未可知。"

"大姐,我和他的缘份已尽,没有什么情义了。"杨红叶断然拒绝。

见她这样,曾乙僧就劝梅雪:"凡事皆有缘,缘合则生,缘散则灭。还是随缘吧!"

梅雪见她这样,又听曾乙僧的缘合缘散说,只好作罢。他们说了些各自保重之类的话,就作别杨红叶。前去伙房简单地吃过午饭,就告别祥云大师,开车下山去,直奔飞机场。

梅雪取了登机牌,递到曾乙僧的手里。他看了一下登机时间。对梅雪说:"乌酉的这摊子就交给你了,你会做得很好的。"

"谢谢您的信任。"梅雪说着,上前轻轻地和他拥抱了一下。

曾乙僧转身握住孔佰文的手说:"我把梅雪交给你了,她有什么不周到的地方,还望你不吝赐教为盼。"

"哪里,哪里。有用得着的地方,一定尽力。"孔佰文说着,拍了拍他的手背,"你放心走吧,有难于决断的事,我们会向你请教的。"

"那好,我走了。"说着,他和梅雪、孔佰文招招手,向安检门走去。

飞机起飞后,梅雪把孔佰文送回家,突然想起恬恬上学的事来。虽说这事倪布然已经联系好了,但她还是不敢大意,就给倪布然打了个电话。

那头接起来,梅雪问:"好久不见了,你在哪呀?"

那头回答:"刚从外面回来,这会儿在局里呢。"

"有空吗？"梅雪问。

"你有事呀？"

"没事就不能看看你呀！"

"那就来吧！"

梅雪赶到他那里，倪布然正和他的几名科长说事儿呢。他们和她打了个招呼，倪布然让着她坐下，对她说："你先坐会儿，我马上就完。"便有一名科长给她倒杯水，放到茶几上。她说声谢谢，顺手拿起茶几上的报纸翻看着。

不一会儿，他们的事儿说完了，科长们出去以后，倪布然问她道："这阵子忙坏了吧？"

"还行，"梅雪喝口水说，"哪有你忙呀，你看你，人瘦了一圈，眼圈也黑了，熬夜熬得吧？"

倪布然揉揉眼，微笑着说："医改上的事，是个细活，工作量大，基础工作大多又在基层。政府又要求在人代会之前必须拿出成熟的方案，不熬夜怕来不急的。"

"工作固然重要，身体也很重要呀！"接着她问，"做好了吧？"

"好了，已经上过医改领导小组的会了。正等着上政府常务会呢。"

"哦，"梅雪如释重负似的，"你也该松一口气了。"

倪布然笑笑，拿起一摞文件掂一掂说："这里有这么多的工作等着呢！"说到这里他问，"家里的事安顿好了吧？"

梅雪点点头："家搬进城了，一切都很顺利。"

"哦，"倪布然说，"这段时间我一直在跑基层，也没有顾上问，杨红叶有音讯没有？"

"人找到了。"梅雪叹口气，"唉，还是不说这些了吧！"

"怎么？"倪布然急切地问，"真的出事了？"

"事倒是没出，"梅雪叹口气，就叙说了杨红叶出家的前后经过和她与梅雨、孔佰文、曾乙僧先后两次劝说未果的过程，想起曾总说的缘合缘散之说，就说道："可能也是一种缘分，随她好了。"

听完梅雪的叙说，倪布然安慰道："人各有志，天各一方，出家为尼，也是一种活法，就尊重人家的选择吧！"

就这个话题，两人拉拉杂杂说了一会儿，就说到恬恬上学的事，倪布然就顺手给区小学的校长打了个电话。因为这事前些日子就说好了的，这会儿三头对面把这事敲定，梅雪便十分地放心了。他俩这样说着，有人敲门，倪

布然喊了一声进,叶冰清随声而入。她见梅雪也在,就开了句玩笑,三人说笑了几句,梅雪说:"旧客让新客,我走了。"说着站起身,向二位告别而去。

"好久没见了,在哪疯呢?"倪布然开玩笑道。

"这是什么话,"叶冰清说,"嘴里说的好久未见了,见了面也不说句亲热的话,还热嘲冷讽的,什么人嘛!"

"你也不怎么友好,咱俩算扯平了。"两人风言风语了几句,倪布然正色道,"你俩可是说好了的,园区开园仪式忙完了,就该吃你俩的喜酒了。说吧,什么时候办事儿?"

"开园仪式是完了,可人家又忙着参加公选。"叶冰清报怨道,"白天忙园区的事,晚上挑灯夜战,复习功课呢。"

"婚姻大事,总不能就这样无限期地拖下去吧!"

"我们说好了,"叶冰清说,"他参加完公选,我们就结婚,无论结果如何。"

"是吗?"倪布然笑道,"你们这马拉松式的恋爱,终于可以画句号了。"

叶冰清笑笑:"哪有你这样恭维人的。难道这一结婚,恋爱就到头了呀!"

"我这不是高兴嘛,一高兴,把词儿就忘了。"倪布然说,"说吧,什么事儿,总不会是到我这儿扯闲淡来的吧!"

"齐市长要走了,这事你知道吧?"叶冰清问。

"听到过一些风声,"倪布然说,"没有证实过。"

"是真的,省委都考察完了。"叶冰清说,"玉洁想让你请一下齐市长,找几个朋友一块儿坐坐。"

倪布然沉默了半天,他说:"这倒也是,不过,齐市长一向最烦迎来送往这一套,不一定能请得动他。"

"所以他要我来托你,你毕竟给他当过几天秘书,这点面子,也许他会给你。"

倪布然想想说:"那我试试?"说着就要打电话,拿起话筒,他又犹豫了。于是便放下话筒,"我还是过去一趟吧。"

"好吧,我等你的电话。"

四十七　市长临别话官场善言相赠，潘池违纪获处罚咎由自取

倪布然就去了齐思民那儿，坐下来，倪布然拐弯抹角地说了师玉洁要请他吃饭的事。齐思民就问他："那他自己怎么不来呀？"

这话把倪布然给难住了。说他忙，还能比市长忙呀！说他有其他什么事，一时又找不到合适的词儿，于是就望着齐思民傻笑着，半天才说："可能是觉得我面子比他大呗。"

"是呀，你比他面子大，"齐思民调侃道，"在我身边工作过，又是政府部门的领导，怎么也算个七品官嘛，是吧？"倪布然尴尬地笑笑，刚想说什么，齐思民接着说，"小倪呀，对你我就不多说什么了。你是研究人类学的，工作之余研究研究你身边的朋友，你会发现许多有趣的现象的。比如这个师玉洁，就很有意思。你比我了解他，听你说，他过去从市委书记秘书的岗位上愤然离去，选择在葫芦小学任教，从世俗的眼光看，是多么离经叛道，慷慨激昂。可当了几年的芝麻官，我看也快流于世俗，官瘾恐怕也不小了，所以要请我'坐坐'。"说到这里，齐思民正色道，"你告诉他，我理解他，人在江湖，身不由己。他的心意我领了，'坐坐'实在没有兴趣，还请他多原谅！"

倪布然听他这么一说，觉得他的造访有点冒昧，就多少有点后悔。于是就替师玉洁辩解道："齐市长，他没有别的意思，就是觉得这些年你在园区

建设中操了那么多的心,办了那么多的事。如今园区建起来了,你又要离开乌酉。一块儿坐坐,就算是提前为你饯个行,聊表心意罢了。"

"你也学会拍马屁了,"齐思民调侃道,"是不是正在由一名学者向一个官僚转变,最后完全变成一个十足的官僚?"

倪布然望着齐思民,他理解齐思民,他的话里包含着一种坚持,一种忧虑,一种无奈,还有某种希望。没等他回答齐思民的问题,齐思民笑笑,语气缓和了许多,"其实我也一样。你看看,从你进门到现在,我一直以市长的口吻跟你说话,指责你和你的朋友。你看看,无意之间,这官僚气习就带出来了,还请你谅解。"

倪布然笑笑,说:"市长批评得好。这也是为了我们好嘛!"

"就不要再给我戴高帽子了,"齐思民自我解嘲似地说,"这高帽子也戴得够多的了。这么多年来,逢会必讲,开口必是'重要讲话'。下属和你说话,不是'汇报',就是'请示'。要你表态,言必称'指示',跑一跑基层,为老百姓做几件实事,不过尽了一个市长应尽的职责,一定被冠上'亲自'二字。久而久之,习惯成自然了。想想都可怕。你说是不是这样呀?"

倪布然见齐思民说得恳切,就呵呵呵地笑着,言不由衷地说:"也可以理解为对领导的尊重嘛!"

"是吗?我知道你小子就会这么说。"齐思民说,"我在上中学的时候学过一篇古文,叫《邹忌讽齐王纳谏》,文中说,齐国有个叫邹忌的人,大高个子,容貌光艳美丽。一天早晨,他穿戴好衣帽,照着镜子,问他的妻子:'我与城北徐公比,谁更漂亮?'他妻子说:'您漂亮极了,徐公哪能比得上您呢?'城北的徐公,是个美男子。邹忌不相信自己会比徐公漂亮,就又问他的妾:'我与徐公谁更漂亮?'妾说:'徐公怎么能比得上您呀?'第二天,他的家里来了一个客人,他又问客人:'我和徐公谁漂亮?'客人说:'徐公不如您漂亮。'又过了一天,他见到了徐公,照镜子看看自己,觉得远不如徐公漂亮。晚上躺在床上后反复想这事,终于想明白了,原来'吾妻之美我者,私我也;妾之美我者,畏我也;客之美我者,欲有求于我也。'第二天他拜见齐威王,说了这件事,之后对齐威王说:'如今齐国方圆千里,您的嫔妃没有不偏爱您的,大臣们没有不害怕您的,全国的老百姓没有不有求于您的。由此看来,大王您受蒙蔽太深啦!'齐威王听了邹忌的话,下令奖赏批评国王过错和失误的人,几年之后,齐国便国富民安,称霸于诸侯。现在想想,这邹忌真不简单。不简单就不简单在,他非常有自知之明,没有被别人的誉美之词所蒙蔽，而且还把他的想法上升到政治层面，变成国策。我们是不是应该向古人学习学习，就不要再说什么'对领导的尊重'了吧！"

"明白了，齐市长。"倪布然诚恳地说。

"你转告师玉洁，谢谢他的好意。你们还年轻，把心思用在工作上。园区管委会成立后，不知有多少人在觊觎那个职位。既然市委决定采取公开选拔的方式进行选拔，他就好好复习，争取成功。我相信他的水平，也相信他能做好园区的工作。选拔不上，也不要灰心，以后的路还长着呢。还有你，"齐思民语重心长地说，"你们既然选择了行政这条路，这里面有许多潜规则，有些东西是你想绕都绕不过去的，很难独善其身。但不管怎样，最起码要守住做人的道德底线，该坚持的还是要坚持，不要随波逐流。"

"好的，我一定转告师玉洁，我们会记住你的话的。"倪布然说，"不过市长，你哪天走，我们来给你送送行总是可以的吧！"

"不用了。孜胥市离这儿不远，工作变动了一下而已，也不是什么大不了的事。实在没那个必要。"

"那就恭敬不如从命吧。"倪布然说，"以后有请教的地方，一定前去讨教。"

"非常欢迎。"齐思民想起一件事，就说，"哦，医改方案，包括你们的那部分，政府常务会议通过了。这可能是我主持政府工作以来最后的一次常务会了。你回去和你们汤局长好好研究一下，拿出个实施细则来，一定要把这件事做好，这可是一项重大的民生工程呀！"

"好的，我们一定做好。"倪布然说。他俩又说了一会儿其他方面的事，倪布然就告辞回家了。

回到家里，沈惠贞不在，他就给她打了个电话，问她回不回家。沈惠贞回答他，她正在忙着准备人代会的会务呢，这几天就不回家吃饭了。这时他才想起来，人代会和政协会马上就要召开了，不同于以往，这次人代会是要换届的，谁都不敢马虎。作为接待处副处长的她，做好会议的服务工作就是她工作的重中之重。"两会"期间不回家，实属正常，没有什么可责怪的。这样想着，倪布然打开冰箱取出一些熟食、蔬菜，胡乱做了一下，将就着吃了一顿，这一天的日子就算打发过去了。

第二天一上班，倪布然处理了几份紧急公文。就打电话给叶冰清，想把她委托的那事儿给她说一说。手机无人接听。他刚放下电话，电话便响了起来。一看，是叶冰清的，就接了起来。那头说："刚才忙着呢，赶接起来，

四十七　市长临别话官场善言相赠，潘池违纪获处罚咎由自取

你却挂机了。"

"哦,齐市长那儿我去过了,啥时候去给你复命呀?"

"嗯,这会儿我采访两会呢。我得空给你打电话,再聊,好吗?"

"哦,你在两会上呢,我把这茬儿给忘了。"倪布然说,"那你先忙,我不打搅了。"

"谢谢理解。"叶冰清合上手机,去"捕捉"她的新闻事件和人物去了。

一年一度的人民代表大会和政协会,通称"两会"。叶冰清进驻乌酉宾馆,报到以后就开始寻访齐思民。她想,他应该还是这届人代会的主角,等新的市长选出之后,他才能卸下乌酉市长的这副担子。但她和这里所有期待见到齐思民的人一样,从进驻乌酉宾馆到现在,没有见到齐思民的影子。

这也难怪,在两天前,齐思民就接到省委的任职通知。他向乌酉市人代会递交了辞呈,就去了陈吉钟那儿。陈吉钟正和省委通电话,说他的这事呢。打完电话,他对齐思民说:"我原来想,让你参加完这次人代会,我们再送你。这不,刚刚请示过省委,省委的意思,还是让你尽快去孜胥市履新,主持那里的工作。"

齐思民笑笑说:"好了,我在乌酉的工作就算是到站了。我已经向人代会递交了辞呈,打算给四大班子的领导们打声招呼,就去孜胥市上班。"

"哎,我们还是要送一送的。你在乌酉人民心中的位置还是很高的嘛。"陈吉钟半开玩笑,半认真地说,"你悄无声息地走了,乌酉人民向我要人,我怎么给他们交待呢。"

"没有那么严重,"齐思民微笑着说,"一次正常的工作调动,就不惊动大家了。"

"你就这么走了,我这心里怎么过意得去?"陈吉钟说,"那我安排一下,就咱们几个小范围坐坐。再说怎么也得准备个纪念品,表示一下吧!"说着,他拿起电话就要打。

齐思民上前摁住他的手,说:"您的心意我领了,您什么也不用准备,坐坐也免了吧。人代会就要召开了,大家都很忙,不要因为我,分散了大家的精力。就这样陈书记,我去跟四大班子的领导们打声招呼,就去孜胥市上班了。等你忙过这阵子,我再来看您。"

"好吧,恭敬不如从命。忙完这阵子,我专门去看您。"

就这样,齐思民告别陈吉钟,前往人大、政府和政协以及军分区机关,与这些机关的主要领导一一话别,再没有向任何人打招呼,便悄然离开乌酉，只身去孜胥市履行市委书记的职责。

乌酉市的两会如期召开，会议进行到选举之日，叶冰清得到一条爆炸性的新闻。在会议期间，不少代表收到疑似干扰换届选举的短信，就向大会秘书处反映了这一情况。秘书处向陈吉钟做了汇报。经研究，认为这一行为违反了中央和省委有关换届选举的规定，责成市纪委展开调查，并向省纪委做了报告。

调查发现，麻佩锦在两会之前就向人大代表打电话、发短信，还走访并宴请过与他关系密切的代表，而且还给某些代表送过礼品。他或公开表示，或暗示这些代表，要他们联名提名潘池为市长候选人。纪检部门认定，这属于干扰本次选举的违纪行为，按照中央和省委的规定，对潘池和麻佩锦做出了停职检查的处理。

人代会虽然受到干扰，但因处理及时，没有造成不良后果。会议完成了所有议程，选出了新的市长，圆满落下了帷幕。叶冰清也完成了她的采访任务，该认真地考虑一下自己的婚事了。

四十七 市长临别话官场善言相赠，潘池违纪获处罚咎由自取

四十八　公选夺魁冰清玉洁终结缘，布然受邀赴港研讨人类学

叶冰清交了稿，就给师玉洁打了个电话，问他："这会儿在哪儿呢？"

"在倪局长这儿呢，有何指示，请讲！"师玉洁开玩笑道。

"别贫了，"叶冰清说，"你先别走，我也到布然那儿去一下。"

"好吧，我等着你。"

叶冰清挂了机，就去行政事务局。进了倪布然的办公室，他俩正说着工作上的事，就坐下来等。谈完工作，倪布然拿叶冰清和师玉洁的婚事逗了几句，开玩笑道："你安排的事我都认真地给你办了，没有请出齐市长，不是我无能，是齐市长太清廉了，你不会怪罪我吧！"

"她怎么能怪你呢，是我当时欠考虑，"师玉洁说，"我不是没有想到齐市长讨厌迎来送往这一套。可我想，齐市长为园区建设操了那么多的心，现在人家要走了，请到一块儿坐坐，一面聊表谢意，一面向他讨教，也是人之常情。当时料到会是这样，不如前去他的办公室聊聊，就算是给他送送行。这下倒好，他悄无声息地走了，我们谁都不知道，心里觉得很不是滋味。"

"谁说不是呢，"倪布然说，"后来我才知道，有人听说齐市长要走，准备在他走的那天给他送块匾，敲锣打鼓地欢送一番。可能是怕惊动乌酉的老百姓，他才悄悄地走了的。"

"人心是杆秤呀，"叶冰清感叹道，"谁是真心为老百姓办事，他们的心像明镜似的，清楚得很！"

"事情已经过去了，"倪布然说，"那天去没有请出他，但他说了一番发人深省的话，倒是需要我们深思的。"

"是呀，他是向我们敲警钟呢！"师玉洁说，"这是他临走时送给我们最好的礼物，我们就加倍珍惜这份厚礼吧！"

三人点点头，说了一些为官做人操守原则之类的话。就把话题扯到这次公选上来了。"你是从公选场上杀出来的，"师玉洁对倪布然说，"向你讨教了，你可不要有所保留呀！"

"我也是蒙的，瞎猫碰了个死耗子，让我给逮住了。"倪布然调侃道。

"你就不要谦虚了，"师玉洁说着从包里拿出几本书，"你知道，园区刚开始运作，工作上的事千头万绪，忙得不可开交。你是过来人，给我画画重点，我也只能有重点地复习一下了。"

"好吧，"师玉洁接过书，拿笔勾勾画画的，画了一些重点。又说了些应该注意的事项，就把书还给师玉洁。师玉洁收起书。才想起叶冰清的来意。就当着倪布然的面商量起自己的婚事来。倪布然就说，"我是不是回避一下。"

"不用，你帮我们参谋参谋，"叶冰清说，"玉洁想出去旅游，我想热热闹闹办一下。作为女人，不穿一次婚纱，不进一次婚礼的殿堂，算什么女人呀！"

师玉洁笑笑，边认真边开玩笑地说："一想那结婚的场面，就觉得俗，不如出去散散心，也浏览一下祖国的大好河山。"

"这好办，"倪布然建议道，"你们举行一个简单的婚礼，让冰清穿穿婚纱，享受享受婚礼的乐趣。然后再出去旅游，如何？"

师玉洁和叶冰清互相望望，不约而同地说："好主意！"

就这样，他俩的婚事如此三言两语地敲定了。师玉洁和叶冰清离他而去。送走他俩，局里的秘书敲门进来送文件。倪布然拿过刚送来的文件夹，先翻阅了一下文件的标题。当他看到有一份给他自己的私人文件时，就看了起来。看着看着，他的脸上掠过一丝笑容。接着便紧绷着脸，目光投向侧面墙上的一张世界地图，久久地不忍离去。

这是一份邀请函，因他的一篇论文获得一个国际大奖，邀请他去香港参加一个国际人类学学术研讨会，后面还附着一所大学人事任用合同的样本，拟聘任他到本校任教，从事人类学研究。如果他同意，就回执本校，双方再

签订聘任合同。这份文件拨动了他休眠的某根神经,使他心潮起伏,难以平静。看着这份文件,他不禁想起了他的同学艾妮突然造访他的那个早晨。就是那次造访,改变了他的人生轨迹,他离开市委秘书科长的位子,去人文学院从事学术研究。不久前,鬼使神差般的,他被逼上公选的考场,又回到了行政机关。这份文件,是不是又要改变他的命运,将他从行政机关再次唤回到学术领域?

这个问题在他的脑子里翻江倒海般地闹腾了一阵子,他慢慢地平静下来,把这份文件收起来放到抽屉里,平心静气地批阅文件夹里的公文。批阅完公文,他又拿出那份文件,看了又看。他心里七上八下的,怎么也理不出个头绪。这样折腾到下班时间,他带着满腹心事回到家里,沈惠贞已经到家,盘算着怎么吃午饭呢。

"吃什么呢?"她问。

"随便,"他看着她说,"有个事想和你商量一下。"

"什么事,这么严肃?"沈惠贞警惕地问。

倪布然想一想,估计和她商量也商量不出什么结果,弄得不好,又要不欢而散,让人闹心。这样想着,就说,"也没啥事,还是算了吧!"

"你看你这人,有事就说,吞吞吐吐的,什么事把你难成这样。"沈惠贞不满地说。

倪布然听她这么一说,心想,再丑的媳妇也是要见公婆的,迟早都要和她说的,迟说不如早说。于是就把邀请函和聘任合同的事说了说。沈惠贞听罢,望着他戏谑道:"怎么,动心了?是不是又想当教授了?"沈惠贞提高了声音,很不高兴地说,"就是当上教授,又能怎的?你不听人说嘛,教授,教授,越教越瘦,有什么出息!"

"话不要说得这么难听,这不和你商量嘛!"

"没啥商量的,你就死了这份心吧!"她生硬地说,语气中毫无妥协的余地。

就这样,完全不出倪布然所料。夫妻俩说着说着,就充满了火药味,倪布然就说:"好吧,我们都冷静地考虑考虑吧!"说完就出了家门,满怀心事,信步向人民广场走去,

到了广场上,碰巧遇上了艾妮。

"一副苦大仇深的样子,谁惹你了?"艾妮玩笑道。

倪布然苦笑一声,就把事情的前因后果说了一遍。她不假思索地说:"这是好事呀,看把你愁的!"接着她说,"如果夫人反对,你可以先去参加

会议，考察一下学校的情况，再决定接受不接受它的聘任啊。"

"对呀，"倪布然眼前一亮，"这不是还有一个缓冲地带嘛！"

这么一说，倪布然心里的不安缓解了许多。两人一边溜达，一边聊着，倪布然忘记了饥饿，聊到很晚方休。

此后几天，倪布然忙于工作，就把去香港的事暂时放到一边。忙了一阵子，他得空到汤银汉那儿去讨教。进了局长室，两人拉扯了几句工作上的事，倪布然就扯出了那事儿，诚恳地请教他："你老领导了，帮我出出主意。"

汤银汉笑笑，慢条斯理地说："按说这是你的个人问题，我也不好说什么的。你问到我了，我就说说心里话吧。过去人说你是个学者，原则性有余，灵活性不够，不适宜担任行政部门领导。说实话，刚到局里，我也怀疑过你的行政工作能力。我没想到，你很快适应了行政事务管理工作。而且处理了几件久拖不决、非常棘手的老大难问题，社会上反响很大，我就对你刮目相看了。"

倪布然说："换了别人也会这么做的，说不定做得会更好。"

汤银汉轻轻地摇摇头："不是谁都能做到的。"他话锋一转，"我已经是船到码头车到站的人了。我曾想过，我退下来，推荐你来挑起这副担子。没承想，你还是没有放弃你的学者梦呀！"

倪布然很不自然地笑笑："做学者有什么不好呀！"

汤银汉也笑笑，再没说什么。不用问，对学者的不屑就写在他的脸上。倪布然想起邰子达说过的一个诺贝尔奖不如一个小科长的话，不禁毛骨悚然。这不是个别人的想法，是从政的人的普遍共识，甚至是全社会的共识。他就不苛求于他的顶头上司来理解他了。于是他直言相告："汤局长，我还是参加一下吧，要不要受聘，我回来之后再请教你，好吗？"

"你执意要去，我也不好再说什么。你写个请假条，我签个字，你去组织部汇报一下，看他们是个什么态度。"

"好的，我现在就去。"

他转身就要走，汤银汉叫住他："哦，我忘了，组织部的人都忙着公选面试的这事儿呢，过几天再去吧。"

"是吗，我也忘了。"倪布然看看手表上的日历，还真是面试的日期。就回到了自己的办公室。

这几天，他忙工作忙昏了头，也没有和师玉洁联系过，他知道师玉洁拿

到了笔试第一名,不知面试考得怎么样了。这样想着,他打电话询问叶冰清,叶冰清说面试刚刚结束,她正和师玉洁在一块儿呢,最后问他要不要和他说话。他说,"你把电话给他吧。"师玉洁喂了一声,他就迫不急待地问,"考得怎么样呀?"

"还可以,"师玉洁回答道,"你这会儿能不能出来,能出来的话,到爽口斋来!"

倪布然犹豫了一下,答应道:"好。"他收起手机,打的赶到爽口斋,师玉洁已经订好了雅座,和叶冰清一起喝茶呢。倪布然见师玉洁轻松的样子,估计他面试还不错。就说,"看你这么自信,想必马到成功了。"

"后面还有几关呢,你是过来人,又不是不知道,说马到成功,有点言之过早了吧!"说着,他把菜谱递给倪布然,"看看,吃点啥好。"

倪布然接过菜谱,望着他问:"面试成功了?"

师玉洁望着他微笑着。叶冰清替他说道:"也是第一名。"

倪布然端起茶杯:"来,恭喜你。"说着三人举杯碰了一下,咕嘟咕嘟喝干了各自杯中的茶。之后,倪布然把菜谱递给叶冰清,豪气十足地说:"你来点吧,最好不要为他省钱!"叶冰清也没有客气,翻了翻菜谱,点了几个菜,把菜谱交给了服务小姐。说了一些喜庆的话。服务小姐便端着饭菜上来了。

吃着饭,师玉洁觉得倪布然似有什么心事,一问,才知他遇上这么一件事。师玉洁和叶冰清不约而同地说:"这是好事呀,还犹豫什么呢!"

倪布然露出了笑容:"我以为你俩也反对呢!"

师玉洁吃惊道:"你也认为我成了官迷了吗?"说着,他向服务小姐喊道,"小姐,拿酒来!"看上去比他考上第一名还高兴呢!

服务小姐应声拿过一瓶酒来。师玉洁斟上酒,对叶冰清说:"我俩陪你去香港,如何?"

叶冰清回过神来,说:"好主意,来,干杯!"

倪布然的眼睛湿润了,他也端起酒杯:"谢谢。来,干!"于是,三人端起杯就干将起来,直至酒酣而归。

没过多久,本次公选活动落下了帷幕,师玉洁如愿以偿,坐上了园区管理委员会主任的位子。倪布然办好了去香港的一切手续。

在一个风和日丽的早晨,梅雪、艾妮、孔佰文和沈惠贞一行人等,在乌酉机场,一一与倪布然、师玉洁和叶冰清相拥而别。他亻向大家挥挥手,转身向候机大厅走去。